Teri Terry
Infiziert

5 4 3 2 1
ISBN: 978-3-649-62599-5

Originalverlag: Orchard Books
Originaltitel: Contagion
Aus dem Englischen von Petra Knese
Umschlaggestaltung: Anne Sent, unter Verwendung eines Motivs von Jonas Hafner
Lektorat: Sara Mehring
Satz: Sabine Conrad, Bad Nauheim
Printed in Germany
www.coppenrath.de
Das @book erscheint unter der ISBN: 978-3-649-62702-9.

Teri Terry

INFIZIERT

Aus dem Englischen
von Petra Knese

COPPENRATH

PROLOG

EINS ZWEI DREI VIER FÜNF SECHS

XANDER

DESERTRON, TEXAS
1993

Das Schrillen der Sirene sprengt mir fast die Schädeldecke weg. Ich krieche aus dem Bett. Kann es nicht fassen. Wie denkt man das Undenkbare?

Die Sicherungssysteme haben versagt. Es ist tatsächlich passiert.

Wir rennen.

Henri bellt seine Kommandos. Lena und ich setzen sie eilig um. Mir zittern die Hände am Kontrollpult, Angst und Adrenalin pushen mich, aber wir haben das System gleich manuell heruntergefahren. Wird schon gut gehen, wir werden alle …

BANG

Schallwellen reißen uns zu Boden. Heftige Kälte. Metallsplitter hageln auf uns nieder und Schlimmeres.

Viel, viel Schlimmeres.

Es entweicht.

Trifft uns.

Schmerz kommt.

SCHMERZ

QUAL

Schreie verbinden sich zu einem – Lenas, Henris und meine. Wir schreien wie aus einem Mund.

Doch dann verstumme ich. Nur ein Duett aus Schmerz bleibt übrig.

Zellen, Gewebe und Organe werden von innen zerstört, zerrissen von einer Kettenreaktion. Ein kurzer Moment der Klarheit am Ende zeigt, was hätte sein können, bevor Henri und Lena – Freunde, Kollegen, beide brillante Wissenschaftler – dahinschwinden. *Lena, meine Lena.* Tot.

Ich überlebe. Meine Freunde sind tot, aber die letzten Augenblicke ihres Daseins sind für immer in mich eingeschrieben.

Niemandem fällt auf, wie ich mich verändert habe: Dinge verloren, Fertigkeiten gewonnen. Segen und Fluch zugleich.

Mit meinen neuen Sinnen nehme ich Wellen wahr, die mir so ähnlich wie Schall und Farben erscheinen. Alles verströmt Wellen: belebte und unbelebte Objekte, Menschen. Besonders Menschen.

Von jedem Mann, jeder Frau, jedem Kind geht ohne ihr Wissen ein einzigartiges Schallmuster aus – persönlicher als Fingerabdrücke, aufschlussreicher als Gedanken und Verhaltensweisen. Es ist, als könnte ich in ihre Seelen schauen. Ich nenne dieses Muster *Vox*, eine Stimme, von der sie nichts ahnen.

Aber ich weiß es. Und Wissen ist Macht.

Und ich will mehr, immer mehr.

Um alles zu wissen, was es zu wissen gibt.

Erst kam der Unfall, dann der Plan …

HEUTE

1 H EINS | 2 E ZWEI | 3 U DREI | 4 T VIER | 5 E FÜNF

TEIL 1

1	2	3	4	1
T	E	I	L	1
EINS	ZWEI	DREI	VIER	EINS

IRRLÄUFER

Der Zustand von Schrödingers Katze ist eigentlich gar kein Paradox, dachte er. Verlässt man die Grenzen der endlichen, beobachtbaren Welt und akzeptiert die Unendlichkeit, so kann die Katze gleichzeitig tot und lebendig sein.

Xander, *Manifest des Multiversums*

1

1

EINS

SUBJEKT 369 X

SHETLAND INSTITUTE, SCHOTTLAND

Time Zero: 32 Stunden

Ich bin krank, sagen sie, und muss geheilt werden. Aber ich fühle mich nicht krank. Nicht mehr.

Ihre glänzenden Schutzanzüge verbergen alles, von den Schuhen bis zu den Haaren, und lassen sie wie Außerirdische aussehen. Sie erinnern mich mehr an die Bösewichte bei Doctor Who als an Menschen. Mit dicken Handschuhen greifen sie durch die durchsichtigen Wände nach mir, drücken mich in den Rollstuhl, schnallen mich fest.

Genau wie ich tragen sie Masken, aber ihre verhindern, dass Luft von außen einströmt – alles für den Fall, dass *es*, was auch immer es ist, durch Wände, Handschuhe und Schutzanzüge dringt. Hinter den Atemgeräten können sie sich noch murmelnd verständigen und bilden sich ein, sie könnten per Knopfdruck entscheiden, ob ich mithöre. Das können sie sich sparen. Ich höre genug. Mehr, als mir lieb ist.

Meine Maske ist anders. Sie lähmt meine Zunge. Ich kann zwar atmen, aber nicht sprechen, als wären meine Worte gefährlich.

Wie ich hierhin gekommen bin, weiß ich nicht mehr, auch nicht, wo ich vorher war. Aber ich erinnere mich, dass ich Callie heiße und zwölf Jahre alt bin und dass die Wissenschaftler glauben, ich könnte ihnen Antworten auf ihre Fragen geben. Wenn es ganz schlimm wurde, habe ich mich an meinem Namen festgehalten, mir im Kopf immer wieder *Callie, Callie* vorgesagt. Solange ich meinen Namen noch weiß, spielt es keine Rolle, dass ich alles andere vergessen habe. Jedenfalls rede ich mir das ein. Solange ich noch einen Namen habe, gibt es mich. So lange bin ich noch ich. Auch wenn mich hier niemand Callie nennt.

Und noch etwas weiß ich. Heute werde ich geheilt.

Mein Rollstuhl und ich stecken in einer riesigen Blase, die mich komplett umschließt. Die Tür geht auf. Dr. 6 kommt herein und schiebt mich im versiegelten Rollstuhl nach draußen, begleitet von Schwester 11 und Dr. 1.

Die Ärzte und Schwestern sind beeindruckt, dass Dr. 1 dabei ist. Er hat eine Stimme wie Samt, wie Schokolade, Sahne und ein Weihnachtsmorgen zusammengenommen. Sobald er etwas sagt, springen alle. Wie ich ist er nur unter einer Nummer bekannt. Alle anderen haben Namen, aber ich habe sie durchnummeriert. Wenn die mich hier Subjekt 369 X nennen, ist das nur fair, finde ich.

Ich kann laufen, das würde ich ihnen auch sagen, wenn ich sprechen könnte, doch so werde ich im Rollstuhl durch die Gänge geschoben. Schwester 11 scheint aufgebracht, sie macht kehrt. Läuft dorthin zurück, wo wir hergekommen sind.

Dann bleiben wir stehen. Dr. 1 drückt einen Knopf an der Wand und Metalltüren öffnen sich. Dr. 6 fährt mich hindurch. Die Ärzte folgen, die Türen schließen sich hinter uns, eine weitere geht auf und noch eine, bis sie mich in einen dunklen Raum schieben. Die Ärzte gehen hinaus. Zischend schließt sich die Tür und ich bleibe allein im Dunkeln zurück.

Kurz darauf leuchtet eine Wand auf. Erst nur ein wenig, dann stärker, bis ich etwas erkennen kann. Ich befinde mich in einem kleinen quadratischen Raum. Leer. Ohne Fenster. Außer der leuchtenden Wand gibt es hier nichts. Keine Arzneimittel, keine Ärzte, keine Nadeln, keine Messer. Darüber bin ich froh.

Aber dann beginnt die Behandlung.

Ich würde schreien, wenn ich könnte.

Callie, Callie, Callie, Callie …

2

2

ZWEI

SHAY

KILLIN, SCHOTTLAND
Time Zero: 31 Stunden

Als ich mich im Coop-Markt hinter die Regale verdrücke, ist es bereits zu spät, da haben sie mich schon entdeckt.

Ich stürze nach links davon, stoppe. Duncan steht am Ende des Ganges. Ich wirble herum, flitze in die andere Richtung, wieder zu spät. Duncans zwei Kumpane, die ich vorhin schon über die Regale hinweg erspäht habe, stehen jetzt dort. Gar nicht gut. Ansonsten ist niemand in Sicht.

»Sieh an, sieh an. Wenn das nicht *My Sharona* ist.« Duncan stolziert auf mich zu, während die anderen beiden Jungen das Lied anstimmen und entsprechende Bewegungen mit dem Becken vollführen. Nett. Als wir letztes Jahr nach Schottland gezogen sind, hatte ich gehofft, dass hier niemand meinen richtigen Namen erfährt. Und wenn, dass dann zumindest keiner das Lied kennt. Wie alt ist *My Sharona*? Eine Million Jahre? Doch als wäre ich nicht schon seltsam genug, hat einer es herausbekommen und ein anderer das Lied im Schulbus gespielt. Damit war ich unten durch.

»When you gonna give to me, give to me?«, singt Duncan und lacht sich halb tot.

»Wenn du Eier in der Hose hast, Loser.« Mit finsterer Miene versuche ich, mich an ihm vorbeizudrängen, aber so leicht macht er mir das nicht.

Er packt mich am Arm und stößt mich gegen das Regal. Ich stehe ihm gegenüber und ringe mir ein Lächeln ab. Überrascht lächelt Duncan zurück, und da werde ich so sauer, weil ich mich von diesem Loser einschüchtern lasse. Und diese Angst und Wut nutze ich und ramme ihm mit Wucht das Knie in den Schritt.

Duncan geht zu Boden, krümmt sich stöhnend.

»Sorry, habe mich geirrt, Mann. Hast wohl doch welche.«

Im Ausgang remple ich fast eine alte Dame um, die sich mit ihrem Rollator durch die Tür schiebt. Dabei knalle ich gegen die Wand.

Der Typ hinter der Kasse funkelt mich böse an. Als ich mir die schmerzende Schulter reibe, bemerke ich, dass ich das Schwarze Brett umgerissen habe. Ich schaue mich um, von den anderen keine Spur. Duncans Kumpane helfen ihm wohl noch auf.

»Sorry, tut mir leid.« Ich bücke mich und stelle das Schwarze Brett wieder auf. Beim Sturz sind einige Zettel abgefallen, aber ich muss jetzt schleunigst raus hier.

Da sehe ich sie.

Das Mädchen. Sie blickt mich von einem Zettel am Boden aus an.

Langes dunkles, fast schwarzes Haar. Unvergessliche blaue Augen, zum einen, weil sie nicht zu dem dunklen Haar passen, und zum anderen, weil sie so gehetzt wirken – auf dem Bild und auch damals, als sie mich angesehen hat. Nicht die Spur eines Lächelns.

Hinter mir nehme ich Bewegungen wahr, ich stecke den Zettel ein und stürme hinaus. Ich sprinte über die Straße zu meinem

Rad, fummle hektisch am Schloss herum. Endlich springt es auf. Sie sind mir schon auf den Fersen. Ich schwinge mich aufs Rad und trete wie verrückt in die Pedale. Sie kommen näher, eine Hand greift nach mir, gleich haben sie mich.

Angst treibt mich an, lässt mich schneller treten. Ich entkomme ihnen.

Als ich mich umdrehe, haben sie die Verfolgung aufgegeben. Hinter ihnen kommt Duncan langsam angetrabt.

Ich fahre lieber direkt nach Hause, falls sie einen Wagen dabeihaben und mir den Weg abschneiden wollen. Von der Straße wechsle ich auf den Radweg und fahre dann querfeldein durch den Wald den Berg hinauf, hoch und immer höher.

Das Radfahren tut mir gut und nach ein paar Kilometern beruhige ich mich wieder. Aber jetzt mal im Ernst, was hat sich meine Mutter nur dabei gedacht, mich Sharona zu nennen? Das habe ich mich schon oft gefragt. Als würde ich nicht schon so genug herausstechen, mit meinem Londoner Akzent und all dem Kram, den ich weiß und in der Schule besser nicht äußern sollte, was ich aber oft einfach vergesse. Zum Beispiel ist mir nun mal klar, dass sich Quanten, diese winzig kleinen Partikel, gleichzeitig als Wellen und Teilchen bewegen können. Verrückt. Aber mein derzeitiges Lieblingsfeld ist der Aufbau der DNA – dieser verdammte genetische Code, der dafür verantwortlich ist, dass ich dunkles, lockiges Haar habe und Duncan so ein Arsch ist. Und als wäre es nicht schon schlimm genug, dass Mum mich Sharona genannt hat, bindet sie nun auch noch jedem auf die Nase, dass der Name von diesem Lied stammt. Weil ich auf einem Feld hinter einem Knack-Konzert gezeugt wurde.

Auch wenn ich alle immer wieder darum bitte, mich Shay zu nennen, können selbst meine Freunde dem Namen *Sharona* nicht widerstehen. Sobald ich achtzehn bin, also in einem Jahr, vier Monaten und sechs Tagen, ändere ich offiziell meinen Namen.

Kurz vor dem Gipfel steige ich ab. Die Nachmittagssonne verblasst, es wird kühler. Lange kann ich nicht bleiben, aber ich halte immer hier an.

Da fällt mir das Mädchen wieder ein. Der Zettel, den ich mir vorhin in die Tasche gestopft habe.

Hier habe ich sie vor einem Jahr gesehen. An genau diesem Baum mit dem Ast, der sich so gut als Lehne eignet, habe ich gestanden. Mein Fahrrad wie jetzt neben mir.

Dann fiel mir ein Punkt ins Auge, der hin und wieder zwischen den Bäumen unter mir auftauchte. Wahrscheinlich habe ich sie nur wegen ihrer leuchtend roten Klamotten so schnell entdeckt. Jedenfalls lief diese Person den Berg hinauf, was mich ärgerte. Das ist mein Platz, den ich extra gewählt habe, weil sonst keiner Lust hat, mit dem Rad oder zu Fuß diese verrückte Steigung zu erklimmen. Wer drang da in mein Reich ein?

Doch als sie näher kam, sah ich, dass es ein Mädchen war, wesentlich jünger als ich. Vielleicht zehn oder elf Jahre alt. Mit Jeans und rotem Kapuzenpulli bekleidet, ihr dickes, dunkles Haar hing ihr offen über den Rücken. Und mir fiel noch etwas an ihr auf. Sie hatte ein ziemliches Tempo drauf, nahm den Anstieg mit entschlossenen Schritten. Sah nicht nach rechts, nicht nach links. Lächelte nicht.

Als sie mich fast erreicht hatte, rief ich: »Hallo. Hast du dich verlaufen?«

Sie zuckte heftig zusammen und sah sich mit wirrem Blick nach mir um.

Ich winkte ihr zu. »Ich bin's nur, keine Angst. Hast du dich verlaufen?«

»Nein«, sagte sie plötzlich merkwürdig gefasst und lief weiter.

Und ich ließ sie achselzuckend weiterziehen. Aber nach kurzer Zeit machte ich mir doch Sorgen. Dieser Weg führt zu einer abgelegenen Straße, da ist kilometerweit nichts und der Rückweg ist ebenfalls lang. Selbst wenn sie sofort umgekehrt wäre, wäre sie nicht vor Einbruch der Dunkelheit im Tal.

Ich schnappte mir das Rad und stapfte hinter ihr her. An der Straße blieb sie stehen und sah sich um. Rechts führt die Straße zurück nach Killin, die Strecke nehme ich meistens, fliege den Berg hinunter über den Asphalt. Das Mädchen wandte sich aber nach links. *Sie muss sich verlaufen haben,* dachte ich damals. *Wenn sie nicht mit mir redet, sollte ich die Polizei anrufen.*

Ich versuchte es erneut. »Hallo? Da ist nichts. Wo willst du denn hin?«

Keine Antwort. Ich lehnte mein Fahrrad gegen einen Baum, nahm den Rucksack ab, um nach meinem Handy zu kramen. Gerade als ich es gefunden hatte, kam ein Wagen aus Richtung Killin angefahren. Er brauste an mir vorbei, verlangsamte sein Tempo und hielt an.

Ein Mann stieg aus.

»Da bist du ja«, sagte er zu dem Mädchen. »Steig ein.«

Sie blieb wie angewurzelt stehen. Er hielt ihr die Hand hin und sie trat zu ihm, nahm aber nicht seine Hand. Dann öffnete er die Autotür und sie stieg auf den Rücksitz. Der Mann nahm auf dem Fahrersitz Platz und brauste kurz darauf davon.

Ich war erleichtert, denn ich hatte eigentlich keine Lust gehabt, die Polizei anzurufen und mich einzumischen. Schließlich wollten Mum und ich am nächsten Morgen verreisen, mit dem Rucksack durch Europa, und ich hatte noch nicht gepackt.

Aber ganz wohl war mir bei der Sache trotzdem nicht. Irgendwie seltsam: Für ein Kind in ihrem Alter war das ein ziemlicher Marsch und dann auch noch allein. Und wie der Mann gesagt hatte: *Da bist du ja.* Als wäre sie verschüttgegangen. Oder weggelaufen. Und wenn sie sich wirklich verlaufen hätte, hätte sie dann nicht gelächelt und wäre froh gewesen, als ich sie ansprach?

Allerdings hatte ich in dem Alter selbst oft mit dem Gedanken gespielt wegzulaufen. Sogar jetzt manchmal noch. Mich ging das also nichts an.

Ich fuhr nach Hause und vergaß das Mädchen.

Bis heute.

Ich ziehe den zerknitterten Zettel aus der Hosentasche. Er ist staubig, als hätte er schon ewig am Schwarzen Brett gehangen. Ich streiche ihn glatt und hole tief Luft. Keine Frage, das ist sie auf dem Foto; nur bei den Worten darüber dreht sich mir der Magen um.

Calista, 11 Jahre. Vermisst.

Vermisst? Mir ist schlecht, und ich setze mich hin, um den restlichen Text zu lesen. Sie wird seit dem 29. Juni vermisst, seit fast einem Jahr also. Und als sie zuletzt nur ein paar Meilen von hier gesehen wurde, trug sie Jeans und einen roten Kapuzenpulli.

Oh, mein Gott.

Wann genau habe ich sie denn gesehen? Bevor oder nachdem sie vermisst wurde? Ich denke scharf nach, aber das Datum will mir nicht einfallen. Es muss schon um die Zeit rum gewesen sein, in Schottland fangen die Sommerferien früh an. Mum und ich sind gleich am ersten Ferientag gefahren, bloß wann genau das war, weiß ich nicht mehr.

Es kann doch nicht sein, dass das Mädchen da schon vermisst wurde! Sonst hätten wir davon gehört. Es wäre überall in den Nachrichten gekommen.

Unter dem Foto steht: *Wenn Sie Calista gesehen haben oder Hinweise zu ihrem Aufenthaltsort geben können, rufen Sie bitte unter dieser Nummer an. Ganz gleich, wie belanglos die Information erscheint. Wir lieben Calista und möchten sie zurück.*

3

3

DREI

SUBJEKT 369 X

SHETLAND INSTITUTE, SCHOTTLAND

Time Zero: 32 Stunden

Schmerz. Noch nie zuvor habe ich solchen Schmerz empfunden. Er brennt sich nicht nur durch meinen Körper, meine Knochen, sondern durch jeden Gedanken, jedes Gefühl. Am Ende bleibt nur noch ein Wort übrig: *Callie, Callie, Callie.* Durch meinen Namen halte ich mich verzweifelt an mir fest, aber ich bestehe nur noch aus Schmerz. Flammen verschlingen meine Haut, meine Lungen, mein ganzes Inneres.

Und dann hört der Schmerz plötzlich auf. Die Flammen brennen weiter und ich schwebe über mir. Das Feuer muss richtig heiß sein, sogar die Knochen verkohlen. Bald ist auch von ihnen nur noch Asche übrig.

Bin ich tot?

Muss ich ja wohl. Oder?

Ich stehe in Flammen und verspüre keinen Schmerz. Lebewesen können das nicht. Ich strecke die Hand aus, ich kann sie sehen, es beruhigt mich, eine kühlende Dunkelheit inmitten des Flammenmeers. Auch meine Beine sind noch da, dunkel und ganz.

Nach einer Weile versiegen die Flammen. Die Hitze nimmt ab, die Wände verlieren ihre Strahlkraft.

Ich untersuche die Wände, jeden Winkel, den Boden und die Decke auch, aber es gibt keinen Weg hinaus. Ich lege mich auf den Boden und starre die Decke an. Aus lauter Langeweile lege ich mich irgendwann unter die Decke und starre den Boden an. Für mich scheint die Erdanziehung nicht mehr zu gelten. Aber wenn ich ein Geist wäre, könnte ich dann nicht durch Wände gehen, diesen Ort verlassen? Doch so sehr ich mich auch anstrenge, ich komme nicht hindurch. Die Wände schmecken nach Metall, sie sind meterdick.

4

4

VIER

SHAY

KILLIN, SCHOTTLAND
Time Zero: 29 Stunden

»Ich bin zu Hause«, rufe ich, kicke die Schuhe weg und laufe keuchend Richtung Treppe. Heute hatte ich kein Handy dabei und bin darum so schnell wie möglich nach Hause geradelt.

Mum tritt in den Flur. »Das sehe ich. Hast du schon wieder die Milch vergessen?«

»Ähm, ganz so war es nicht.« Ich habe jetzt keine Lust auf lange Erklärungen. Diese Sache kann nicht länger warten.

»Jetzt mal im Ernst, Sharona. Manchmal weiß ich echt nicht, was in deinem Kopf vorgeht. Dabei bist du doch angeblich so schlau.«

»*Shay*. Bitte nenn mich Shay.«

Mum verdreht die Augen, lacht, dann schaut sie mich genauer an. »Ist was passiert?«

Obwohl sie mich oft wahnsinnig macht: Wenn etwas nicht stimmt, merkt sie es sofort. Mum ist so eine Art Hippie. Mit langem Rock steht sie vor mir, ihr dunkles Haar ist lockig wie meines, nur trägt sie es nicht schulterlang wie ich, sondern bis zur Taille. Um den Hals hängen lange, bunte Perlenketten. Was Vergesslichkeit angeht, hat sie gerade gut reden. Ohne mich würde sie ständig vergessen zu essen. Dafür bemerkt sie die wichtigen Dinge.

»Und ob was passiert ist.«

»Haben dich diese Jungs wieder geärgert?«

»Nein, das ist es nicht. Hier.« Ich ziehe den zerknitterten Zettel aus der Tasche. Mum streicht ihn glatt, liest und sieht mich fragend an.

»Ich habe sie gesehen. Ich habe dieses Mädchen gesehen. Ich muss anrufen.«

»Erzähl mal.« Also berichte ich ihr die ganze Geschichte. Dabei zieht sie mich in die Küche und macht einen speziellen Kräutertee, der beruhigend wirken soll. Schmeckt abartig.

»Bist du dir sicher, dass es das Mädchen war? Ist ja schon ziemlich lange her. Täuschst du dich auch nicht?«

»Nein.«

»Und das ist keine dieser verrückten Geschichten, die deine Freundin Iona bloggt?«, fragt sie vorsichtig. »Du verwechselst da doch nichts, oder?«

»Natürlich nicht!«

»Okay, ich wollte nur sichergehen. Ich glaube dir ja.«

»Wann sind wir letzten Sommer weggefahren?«

Mum legt die Stirn in Falten und überlegt. Dann wühlt sie in einer Schublade und hält triumphierend einen Kalender vom letzten Jahr hoch. Nachdem sie ihn aufgeschlagen hat, macht sie ein langes Gesicht. »Am 30. Juni.«

»Also habe ich sie am 29. gesehen, an dem Tag, an dem sie verschwunden ist.«

»Soll ich da anrufen?«

Ich schüttle den Kopf. »Nein, mache ich schon selbst.«

Als ich die Nummer wähle, zittern mir die Hände ein wenig.

Hätte ich doch bloß damals gleich die Polizei angerufen. Wenn das Auto nur eine Minute später gekommen wäre, hätte ich das auch. Aber vielleicht war der Mann ja auch ihr Vater. Vielleicht ist sie erst später an dem Tag verschwunden und ich hätte nichts tun können.

Es klingelt: einmal, zweimal, dreimal, viermal. Kopfschüttelnd sehe ich Mum an. Endlich wird abgenommen.

»Hallo. Leider können wir nicht persönlich ans Telefon gehen, bitte hinterlassen Sie uns doch eine Nachricht.« Eine warme männliche Stimme, gehobene Ausdrucksweise, mit leichtem Akzent.

»Anrufbeantworter«, zische ich und frage mich, was ich sagen soll.

Piep.

»Ähm, hallo. Ich habe Ihren Aushang gelesen. Über Calista. Und …«

»Hallo, hallo? Hier spricht Kai Tanzer. Ich bin Calistas Bruder. Weißt du, wo sie steckt?« Es ist die Stimme vom Anrufbeantworter. Die Worte sprudeln nur so aus ihm heraus, er ist voller Hoffnung. Auch wenn ich ihn überhaupt nicht kenne, fällt es mir schwer, das im Keim zu ersticken.

»Nein, tut mir leid. Ich weiß nicht, wo sie ist. Aber ich habe sie gesehen.«

»Wo? Wann?«

»Es ist schon länger her. Ich bin erst heute auf die Anzeige gestoßen, aber ich habe Calista im letzten Jahr gesehen, an dem Tag, an dem sie verschwunden ist. 29. Juni stand da.« Ein Flyer, der im Supermarkt am Schwarzen Brett hing, an dem ich bestimmt schon hundertmal vorbeigegangen bin und der mir nie aufgefallen war. »Es war am späten Nachmittag. Calista ging spazieren und stieg dann zu einem Mann in einen Wagen. Ich nahm an, es sei ihr Vater.« Habe ich das wirklich geglaubt? Oder rede ich mir das jetzt ein, weil ich ein Unglück hätte verhindern können, wenn ich nachgehakt hätte?

»Ah, verstehe«, sagt er. Da ist Schmerz in seiner Stimme. »Verschwunden ist sie schon morgens. Weißt du noch, wie der Mann aussah?«

»Ich glaube schon.«

»Wo wohnst du denn?«

»In der Nähe von Killin in Stirlingshire. Schottland.« Ich gebe ihm unsere Adresse, erkläre ihm, dass er der einspurigen Straße den Berg hinauf folgen muss. Und der Wegweiser *Addy's Folly* ihn zu uns führt.

»Bleib, wo du bist. Ich komme zu dir. Geh nirgendwohin, okay?«

»Ich bleibe hier.«

»Ich brauche vielleicht zwei, zweieinhalb Stunden. Wie heißt du?«

»Shay.«

Die Leitung ist tot.

5

5

FÜNF

SUBJEKT 369 X

SHETLAND INSTITUTE, SCHOTTLAND

Time Zero: 28 Stunden

Die Zeit vergeht schleppend.

Endlich regt sich was. An einer Wand öffnet sich eine Tür und ich verdrücke mich in die hinterste Ecke. Menschen in Schutzanzügen kommen rein.

Von mir nehmen sie keine Notiz, sodass ich mich nach einer Weile aus meiner Ecke raustraue. Ich fuchtele ihnen mit den Händen vor dem Gesicht herum. Keine Reaktion.

Mit Instrumenten überprüfen sie die Asche am Boden, entnehmen kleine Proben, die sie unter Sensoren halten. Sie scheinen zufrieden zu sein und zücken einen Besen. Nicht gerade Hochtechnologie. Was von mir übrig ist, wird zu einem Haufen zusammengekehrt, und dann wird ein silbernes Teil zum Einsatz gebracht, noch eine Düse aufgesteckt … Und schwups hat man einen Staubsauger. Ich werde aufgesaugt. Einfach so. Futsch.

Anschließend nehmen sie den Sauger wieder auseinander und schreiben »Subjekt 369 X« auf den Beutel.

Jetzt werde ich aber sauer. Richtig sauer.

»Ich bin Callie!«, brülle ich.

Beklommen halten sie inne. Tauschen Blicke, zucken die Achseln und sammeln ihre Instrumente zusammen. Als sie durch die Tür gehen, bin ich ihnen dicht auf den Fersen. Ich will nicht in diesem kahlen Raum festsitzen.

Den Reaktionen nach konnten sie mich hören, jedenfalls ein wenig. Auch wenn ich nicht weiß, was ich bin, kann ich zumindest wieder sprechen – die Maske bin ich los. Ich hatte so lange keine Stimme, dass ich richtig glücklich darüber bin.

Ich kann sogar singen! Ich stimme ein Lied an, das ich manchmal von den Schwestern gehört habe, als ich krank im Bett lag; einer der Techniker vor mir pfeift im Takt mit.

6

6

SECHS

SHAY

KILLIN, SCHOTTLAND

Time Zero: 27 Stunden

»Soll ich wirklich nicht dabei sein?«, fragt Mum und bleibt unsicher im Türrahmen stehen.

»Zum hundertsten Mal: nein. Geh endlich! Ich komm allein zurecht.«

»Du rufst mich an, wenn …«

»Wenn was? Wenn er ein Axtmörder ist? Ich weiß nicht, ob das klappt. ›Entschuldigung, könnten Sie Ihre Axt kurz weglegen. Ich habe meiner Mami versprochen anzurufen!‹« Mum sieht mich entnervt an. »Alles gut. Du hast ja seinen Namen und die Telefonnummer. Geh!«

Sie gibt mir einen Kuss auf die Stirn und verlässt das Haus.

Am liebsten würde ich sie zurückrufen, aber ich verkneife es mir. Ich bin sechzehn, fast siebzehn, da kann ich mich nicht mehr hinter meiner Mutter verstecken. Warum bin ich nur so aufgeregt?

Seufzend lasse ich mich aufs Sofa plumpsen und lehne mich an Ramsay, meinen riesigen Plüscheisbären. »Sei doch ehrlich, Shay«, sage ich laut und fahre erschrocken zusammen, als meine Stimme durch das leere Haus dringt. Wenn ich diesem Jungen die ganze Geschichte erzähle, wird er fragen, warum ich nichts unternommen habe, und mich womöglich für Calistas Schicksal verantwortlich machen.

Vielleicht denke ich insgeheim genauso. Normalerweise hätte ich keinen Gedanken mehr an eine solche zufällige Begegnung verschwendet. Ich kann mich so gut daran erinnern, weil mir bei der Sache nicht wohl war. Und ich habe nichts unternommen.

Die Zeit will nicht vergehen. Endlich höre ich Motorengeräusche. Ich stehe auf und ziehe den Vorhang beiseite. Die Sonne verschwindet gerade hinter den Bergen, als ein Motorrad um die Ecke biegt. Kurz werden die Maschine und der schwarz gekleidete Fahrer von einer Art Heiligenschein umrahmt. Dann ist es wieder stockdunkel.

Als ich die Haustür öffne, nimmt der Fahrer den Helm ab. Er fährt sich mit der Hand durchs Haar und streicht es sich aus den Augen.

»Shay?«, fragt er. »Ich bin Kai.« Er zieht sich die Handschuhe aus und wir geben uns die Hand. Er hält meine eine Weile. Sieht mich dabei durchdringend an – bittend, bedürftig. Wie gebannt schaue ich ihm in die Augen – hellbraun, mit einem goldenen Ring um die Pupillen, der in Grün übergeht.

Blinzelnd löse ich den Blick. »Komm doch rein«, sage ich. »Magst du vielleicht einen Tee oder …«

»Nein. Nein, Shay. Sag, was du beobachtet hast. Bitte.« Er klingt ängstlich und angespannt. Seine Schwester, seine kleine Schwester, wird seit fast einem Jahr vermisst. Wie fühlt sich das wohl an? Ich muss ihm alles genau erzählen, egal, ob ich dabei gut wegkomme.

»Natürlich. Tut mir leid.«

Im Wohnzimmer biete ich ihm einen Sessel an und nehme auf

dem Sofa Platz. Vorher öffnet er noch den Reißverschluss seiner Motorradjacke und zieht sie aus. Er ist hochgewachsen, hat breite Schultern. Von der Sonne ist das Haar ausgebleicht, blonde und braune Strähnen wechseln sich ab. Wahrscheinlich ist er ein oder zwei Jahre älter als ich. Meine Freundin Iona würde sagen, er sieht todesgut aus. Er setzt sich und schaut mich ruhig an. Wartet, dass ich loslege.

»Okay. Ich war mit dem Rad unterwegs. Da gibt es diese eine Stelle oben auf dem Berg, wo ich immer anhalte. Es war nachmittags, so zwischen drei und vier. Ich weiß, dass es der 29. Juni war, weil wir am nächsten Tag in die Ferien gefahren sind, sonst hätte ich sicher auch mitbekommen, dass sie vermisst wird.«

Er nickt, lässt mich nicht aus den Augen.

»Ich sah jemanden den Pfad hinaufkommen. Ein Mädchen. Mit Jeans und rotem Kapuzenpulli. Der Weg ist ziemlich steil, und zu Fuß ist es ein weiter Marsch von Killin, darum habe ich mich gefragt, wer sie wohl ist, und genauer hingeschaut. Da oben treffe ich sonst nie jemanden.«

Er greift in die Tasche und reicht mir ein Foto. »Und du glaubst, es war meine Schwester? Unsere Calista?«

Auch wenn es ein anderes Bild ist als das auf dem Handzettel, lassen das lange dunkle Haar, die blauen Augen und der fragende Blick keinen Zweifel zu. Ich nicke. »Das ist sie. Da bin ich ganz sicher.«

»Auch nach all der Zeit?«

»Ja.« Ich zögere, eigentlich will ich darüber gar nicht reden, aber es muss wohl sein. »Das ist so ein bisschen mein Ding. Wenn ich mich konzentriere, habe ich ein fotografisches Gedächtnis. Ich präge mir leicht was ein.«

»Okay. Und was war dann?«

Also erzähle ich ihm die ganze Geschichte. Dass sie sich angeblich nicht verirrt hatte, ich ihr gefolgt bin, wie der Wagen hielt und sie mit dem Mann einstieg.

»Wie sah der Mann aus?«

»Ganz gewöhnlich. Sorry, das hilft dir jetzt nicht. Kurzes Haar, schon ein wenig schütter. Etwas über vierzig. Wenn ich ein bisschen darüber nachdenke, fällt mir vielleicht noch mehr ein.«

Er runzelt unwillig die Stirn.

»Tut mir echt leid. Hätte ich sie doch bloß dazu gebracht, mit mir zu reden, die Polizei gerufen oder sonst was getan. Irgendwas.«

Als Kai aufschaut und meinen Blick sieht, werden seine Züge weicher. Er schüttelt den Kopf. »Was immer auch mit meiner Schwester passiert ist, ist nicht deine Schuld. Ich dachte nur, na ja.« Er greift erneut in seine Tasche und fördert ein weiteres Foto zutage. »Ich dachte, es könnte eventuell dieser Mann gewesen sein.« Sein Blick sagt mehr als tausend Worte, er hasst ihn.

Auf dem Bild ist ein älterer Mann mit langem, üppig silbergrauem Haar zu sehen. Mit den durchdringend blauen Augen sieht er aus wie ein Filmstar, selbst auf dem Foto hat er eine unglaubliche Ausstrahlung. Und irgendwie kommt er mir auch bekannt vor, vielleicht habe ich ihn mal in einem Film gesehen?

Aber das ist nicht der Mann, zu dem Calista in den Wagen gestiegen ist. »Nein. Sieht ihm überhaupt nicht ähnlich.«

»Sicher? Bist du ganz sicher?«

Weil ich spüre, dass er es sich wünscht, schaue ich noch einmal richtig hin. Und seltsamerweise triggert das Bild eine Erinnerung. Nur dieses silberne Haar irritiert mich. Angestrengt denke ich nach und schüttle schließlich den Kopf – woran auch immer ich mich erinnere, ist für Kais Sache nicht von Bedeutung. »Es ist nicht der Mann, den ich mit deiner Schwester gesehen habe.« Ich schaue Kai an. »Wer ist es?«

»Mein Stiefvater. Meine Mutter hat sich vor ein paar Jahren von ihm scheiden lassen.«

»Und du meinst, er könnte deine Schwester entführt haben?«

»Der würde alles tun, um Mum wehzutun. Gehst du mit mir zur Polizei, erzählst du denen, was du gesehen hast?«

»Klar.«

»Kannst du mir auch zeigen, wo du Calista begegnet bist?«

Ich nicke. »Das können wir nur nicht im Dunkeln machen.«

»Ich komme morgen wieder.«

Allmählich verlöscht das Feuer in seinen Augen. Kai wirkt müde und abgespannt.

»Wo wohnst du denn?«

»Newcastle.«

»Also einen Geordie-Dialekt hast du aber nicht.«

Er lächelt verhalten. »Nein. Wir sind da erst vor fünf Jahren hingezogen. Vorher haben wir überall gewohnt. Ursprünglich kommen wir aus Deutschland. Du klingst aber auch nicht besonders schottisch!«

»Nee, bin ich auch nicht. Meine Mutter schon. Sie stammt hier aus der Gegend. Vor etwas über einem Jahr sind wir aus London hergezogen. Ihre Tante Addy ist gestorben und hat ihr das Haus hinterlassen. So hat es mich hier in die Pampa verschlagen und …« Beschämt halte ich inne, als mir klar wird, dass ich ihn zutexte. *Halt die Klappe, Shay. Deine Familiendramen interessieren ihn nicht.*

»Dann haue ich jetzt mal ab.« Kai streckt sich und langt nach seiner Jacke.

Ich bin unschlüssig. Mir ist klar, was Mum täte, wenn sie hier wäre. »Ist 'ne ziemlich lange Fahrt zurück nach Newcastle und morgen wieder her. Du kannst gerne hier auf dem Sofa schlafen.«

»In netter Gesellschaft?«, fragt er und mir steigt die Hitze in den Kopf. Kais Blick wandert zu Ramsay und zurück zu mir, er grinst. In seinen Augen steht der Schalk, als wüsste er genau, was ich zuerst gedacht habe. Als ob so ein Typ Interesse an mir haben könnte!

»Na, das musst du mit Ramsay klären. Vielleicht verbringt er die Nacht lieber allein auf dem Sessel.«

»Musst du nicht deine Eltern fragen?«

»Ich wohne hier bloß mit meiner Mum. Sie arbeitet im Pub und kommt erst in ein paar Stunden nach Hause. Außerdem ist sie sowieso einverstanden.«

Kais Lächeln verschwindet wieder, so als könnte es sich nie lange auf seinem Gesicht halten. »Da fällt mir noch was ein. Ich rufe lieber meine Mutter an und erzähle ihr, was du gesagt hast.«

Er verschwindet nach draußen. Ich höre ihn in einer fremden Sprache reden – wahrscheinlich Deutsch. Für mich ergeben die Worte keinen Sinn, aber er hat eine schöne Stimme, fast melodisch. Im Englischen formuliert er die Wörter schulbuchmäßig. Man hört weder Newcastle noch irgendeine andere Region raus.

Ich schreibe Mum eine Nachricht. *Er ist da und hat mich noch nicht gekillt. Kann ich ihm für heute Nacht das Sofa anbieten? Morgen soll ich ihm die Stelle zeigen, wo ich seine Schwester gesehen habe, und mit ihm zur Polizei gehen.*

So schnell, wie sie antwortet, wird sie mit dem Handy in der Hand gelauert haben. *Natürlich. Mach ihm was zu essen. Kommst du alleine klar? Ist er nett?*

Draußen in der Dunkelheit klingt seine Stimme wie Musik. Traurige Musik, so wie in der Oper, wenn alles schiefgeht. Ob er nett ist, will Mum wissen. Auf jeden Fall nicht Hundebaby-nett. In seinem Blick liegt etwas Verstörendes, als müsste er mit seinem Inneren ringen.

Auf einmal steht Kai ganz verlegen in der Tür. Anstelle von Wut verströmt er unendliche Traurigkeit. Ich wünschte, ich könnte ihn irgendwie aufheitern.

Ich schreibe zurück: *Ja.*

7

7

SIEBEN

CALLIE

SHETLAND INSTITUTE, SCHOTTLAND

Time Zero: 26 Stunden

Ich folge dem pfeifenden Techniker und dem Staubsaugerbeutel mit der Aufschrift *Subjekt 369 X* durch Gänge und Türen. Jede Tür ist doppelt gesichert, man geht durch eine, wartet, bis sie sich schließt, und tritt dann durch die nächste. Ich halte mich so dicht hinter dem Mann, dass ich nicht mittendrin stecken bleibe.

Doch dann führt eine Tür nicht zur nächsten. Stattdessen gelangen wir in einen Raum mit Bänken und ausgefallenen Apparaturen. Vielleicht ein Labor? Dort sitzen zwei Wissenschaftler, die ebenfalls in glänzenden Overalls stecken. Der Techniker hört auf zu pfeifen. »Ich habe noch einen für Sie, Doc«, sagt er. Einer der Wissenschaftler erhebt sich und nimmt den Beutel an sich.

»Ah, ja, das X-Mädchen«, sagt er. »Wie spannend.«

Der Techniker verschwindet. Ich bleibe im Labor bei meinem Beutel. Der Wissenschaftler geht mit dem Beutel zu einer Tür im hinteren Teil des Labors und betritt einen weiteren Raum. Ich folge. Die Atemluft des Mannes steigt als weißer Nebel auf. Auch wenn ich nichts spüre, ist es offenbar kalt hier und riesig ist es auch. Unter der Decke ist so ein Förderband mit Haken, an dem Beutel wie meiner hängen. Mit Nummern drauf.

Der Mann drückt auf einen Knopf neben der Tür und das Förderband dreht sich wie bei einer Reinigung. Ein Beutel nach dem anderen zuckelt an uns vorbei. Dann hält es an. Zwischen Beutel 368 und 370 ist ein freier Haken. Dorthin verfrachtet er meine Asche.

Waren all diese Beutel einst Menschen wie ich? Mit Namen?

Ich bin nicht 369 X!

Nie, nie wieder werde ich eine Nummer sein.

ICH BIN CALLIE!

8

8

ACHT

SHAY

KILLIN, SCHOTTLAND

Time Zero: 25 Stunden

Ich liege in meine Decke gemummelt im Bett, aber ich bin nicht müde.

Mum kam früh zurück. Auf der Arbeit war angeblich nichts los. Wer's glaubt.

Trotzdem war ich froh, als sie kam. Wir hatten schon gegessen – Pasta, das einzige Gericht, das ich halbwegs passabel hinbekomme –, und Kai war so höflich, es zu loben und zu antworten, wenn ich ihn etwas gefragt habe. Bei meinen kläglichen Konversationsversuchen bekam ich immerhin heraus, dass er und seine Mutter allein in Newcastle leben. Seine Mutter ist Ärztin und arbeitet irgendwo in der Forschung. Er hat gerade Abi gemacht und soll nach den Sommerferien zur Uni gehen. Dieses »soll« klang allerdings nicht so, als hätte er wirklich vor zu studieren. Kai hat mir sogar beim Abwasch geholfen. Aber es war ihm anzumerken, dass er keine Lust hatte, sich zu unterhalten, und allein sein wollte.

Auch wenn es für einen Freitagabend noch früh war, wollte ich mich gerade mit einem demonstrativen Gähnen nach oben flüchten, als Mum kam. Dennoch wurmte es mich gewaltig, dass sie mich wie ein kleines Kind ins Bett schickte.

Unten höre ich ihre Stimmen. Verstehen kann ich nichts, es ist ein Gemurmel. Meistens redet Mum, Kai antwortet kurz.

Noch nicht mal Mum kann ihn knacken?

Das überrascht mich. Wenn es ein Problem gibt, ganz gleich, ob Liebeskummer, Todesfall in der Familie oder Bad Hair Day, wenden sich immer alle an Mum. Deshalb ist sie im Pub ja auch so beliebt. Die Leute kommen, reden mit ihr und trinken. Man muss nur gut zuhören können, sagt sie.

Nach einer Weile verebben die Stimmen. Das Haus ist still, dunkel. Es hat lange gedauert, bis ich in dieser absoluten Stille einschlafen konnte. Nach dem Londoner Verkehrslärm, den Sirenen und Menschen, die zu jeder Tages- und Nachtzeit unten auf der Straße singen oder rumbrüllen, war die Stille in diesem abgelegenen Haus ohrenbetäubend.

Jetzt muss ich vor allem eines tun: mich erinnern. Wenn ich mir die Situation mit Calista noch einmal ganz klar vor Augen führe, gibt es vielleicht noch einen Hinweis, den ich bisher übersehen habe.

Zwar verfüge ich über ein fotografisches Gedächtnis, aber nur, wenn ich mich konzentriere. Und das muss ich wohl letztes Jahr getan haben, ansonsten hätte ich Calista auf dem Foto nicht sofort wiedererkannt. Nun geht es darum, nach all der Zeit Zugang zu den Erinnerungen zu finden. Dann kann ich mir alles in Ruhe anschauen, wie ein Video, das ich nach Belieben anhalten, zurückspulen und immer wieder ansehen kann.

Konzentrier dich, Shay. Konzentrier dich …

9

9

NEUN

CALLIE

SHETLAND INSTITUTE, SCHOTTLAND

Time Zero: 24 Stunden

Selber schuld. Hätte ich doch bloß den Kühlraum mit dem Wissenschaftler verlassen, aber ich habe mich so geärgert, dass ich erst bemerkt habe, dass er gegangen ist, als die Tür scheppernd ins Schloss fiel. Dann wurde das Licht gedimmt und ich war allein.

Ich stemme mich gegen die Wände, die Tür, den Boden, sogar gegen die Decke, doch es bringt nichts. Der Raum ist komplett abgedichtet. Was habe ich davon, ein Geist zu sein, wenn ich nicht mal durch Wände gehen kann?

Überall hängen Beutel wie meiner herum. Mir wird mulmig. Steckt in ihnen auch die Asche von toten Menschen? Sind sie auch Geister? Wo sind sie?

Wie viele sind es überhaupt?

Viele.

Ich bekomme Panik. Schön ein- und ausatmen und bis zehn zählen, haben sie mir eingeschärft. Versuch, die Panik zu bekämpfen, bevor es richtig losgeht. Aber wie soll das gehen, wenn man nicht mehr atmet?

Ich werde zählen. Zähle sämtliche Beutel von Anfang an.

Ich folge der Schiene über mir bis zum Beutel mit der Nummer 1 und fange an: 1, 2, 3, 4 … 99, 100, 101 … 243, 244, 245 …

Zähle und zähle. Bis hoch zu Nummer 368 und da bin ich: 369 X. Und weiter. 370, 371, 372 bis zu 403. Danach gibt es noch viele leere Haken. Warum hängen schon so viele Beutel hinter meinem? Ich muss spät dran gewesen sein.

Auf keinem der anderen Beutel steht ein X, nur auf meinem. Was bedeutet das X wohl?

Über vierhundert Tote hängen hier.

Wo sind nur ihre Geister? Zeigen sie sich vielleicht bei Nacht?

Ist es Tag oder Nacht? Keine Ahnung.

Ich habe Angst. Ich rolle mich zusammen und werfe mich gegen die Tür.

»Lasst mich raus!«, brülle ich wieder und wieder und wieder.

In mir wachsen Panik und Wut, werden größer und größer, schwappen wie eine heiße Welle über mich und dann …

Piep-piep. Piep-piep.

Ein leiser Alarm erklingt. Vielleicht von draußen?

Piep-piep. Piep-piep.

Kurz darauf geht die Tür auf. Ich stürze hinaus, direkt in die Arme des Wissenschaftlers, der mich gerade eben aufgehängt hat. Er bleibt wie angewurzelt stehen. Hinter ihm warten zwei Techniker in weißen Schutzanzügen, ungeduldig drängen sie an ihm vorbei in den Kühlraum.

»Ich verstehe nicht, warum die Temperatur angestiegen ist«, sagt einer der Techniker, nachdem er Armaturen und Bildschirme überprüft hat. »Jetzt stimmt es wieder. Alles ist richtig eingestellt. Die Anlage läuft, wie sie soll.«

»Seltsam«, sagt der Wissenschaftler. »Als ich gerade die Tür geöffnet habe, ist mir ein warmer Lufthauch ins Gesicht geweht.«

Der Techniker dreht sich zu ihm um. »Die Temperatursensoren zeigen keine Abweichung. Und außerdem können Sie durch den Anzug überhaupt keine Temperaturschwankungen wahrnehmen. Das wissen Sie doch.«

Der Wissenschaftler strafft die Schultern. »Behalten Sie die Anlage heute Nacht einfach im Blick.« Damit stampft er davon.

Ich hefte mich an seine Fersen. Schlüpfe durch die Tür und lasse die Beutel mit der Toten-Asche hinter mir.

Auch meinen.

10

10

ZEHN

SHAY

KILLIN, SCHOTTLAND

Time Zero: 23 Stunden

Erst spät in der Nacht gelingt es mir, Zugang zu meiner Erinnerung von jenem Tag zu finden; ich spiele sie ab, als würde alles gerade in diesem Moment passieren:

Die Sonne scheint, aber im Wald ist es kühl.

Ich beobachte sie mit ihrem dunklen Haar und dem roten Kapuzenpulli. Sie kommt näher und näher.

Am liebsten würde ich ihr zurufen, sie möge auf mich warten. Ihr sagen, ich würde sie auf den Gepäckträger nehmen und mit ihr nach unten ins Tal zur Polizei fahren oder Kai anrufen. Nur kann ich nicht in der Zeit zurückgehen. Ich bin unfähig, mich zu rühren. Gezwungen, alles noch einmal zu erleben. Genau so zu erleben, wie es passiert ist. Nun hat sie mich fast erreicht.

»Hallo. Hast du dich verlaufen?«

»Ich bin's nur, keine Angst. Hast du dich verlaufen?«

Sie dreht sich um. Ihre Augen sind blau, aber nicht so langweilig mittelblau wie meine, sie sind dunkel, fast lila. Zwischen den Bäumen hindurch fällt ein Lichtstrahl genau auf sie und um ihren Hals glitzert und funkelt etwas. Eine Kette mit einem Anhänger. Ich blinzle und sie tritt etwas aus der Sonne. Ein Anhänger wie ein Strahlenkranz. Auch wenn ich mir sicher bin, so was noch nie gesehen zu haben, weckt es eine Erinnerung.

»Nein«, sagt sie, wendet sich ab und läuft weiter.

Abermals habe ich den Impuls, ihr hinterherzulaufen, doch ich bin wie versteinert. Erst als ich sie fast aus dem Blick verloren habe, kann ich mich wieder rühren und ihr bis zur Straße folgen. Wie an jenem Tag hole ich mein Handy aus dem Rucksack.

Ruf diesmal wirklich die Polizei an, Shay. Mach schon!

Der Wagen kommt. Er ist schwarz, vier Türen, ein glänzender Mercedes mit getönten Scheiben. Mit zusammengekniffenen Augen schaue ich auf das Nummernschild, aber mir ist der Blick von dem Gestrüpp am Fahrbahnrand versperrt. Ich sehe nur die obere Hälfte der Zahlen und Buchstaben, das reicht nicht.

Ein Mann steigt aus. »Da bist du ja«, sagte er. Er ist halb von mir abgewandt. Sein Gesicht kann ich nicht besonders gut erkennen. Er hat schütteres Haar, oben schon eine Glatze. Dunkel, nicht grau. Von meiner Warte lässt sich die Größe schlecht schätzen, aber vielleicht um die 1,80.

Sie geht zu ihm hin, steigt in den Wagen ein – hinten.

Als er sich umdreht, um auf dem Fahrersitz Platz zu nehmen, erkenne ich ihn für den Bruchteil einer Sekunde von vorn. Ich nehme jedes Detail auf. Die kaum verhohlene Wut in den braunen, weit auseinanderstehenden Augen, eine kleine Narbe am linken Auge. Das rechte wirkt ein wenig rot und geschwollen, als wäre er kürzlich geschlagen worden und würde morgen ein blaues Auge haben. Um den Hals glitzert etwas Goldenes.

Vorne sitzt noch eine Person. Abgewandt. Durch die getönten Scheiben kann ich nur eine Silhouette ausmachen. Eine vage Vorstellung von Größe. Stärke. Noch ein Mann?

Der Wagen fährt davon.

11
11
ELF

CALLIE

SHETLAND INSTITUTE, SCHOTTLAND

Time Zero: 22 Stunden

Ich folge dem Wissenschaftler durch einen Gang und durch noch einen weiteren. Wir gelangen zu einer dieser Doppelsicherheitstüren. Mit einem Ausweis öffnet er sie. Ich bin ihm wieder dicht auf den Fersen.

Vor der nächsten Tür bleibt er stehen und hält sein Auge außen an ein Gerät. Die Tür gleitet auf. Und erst als sie sich hinter uns schließt, wird mir klar, dass wir uns in einem Fahrstuhl befinden.

Ich hasse Fahrstühle. Überhaupt hasse ich es, eingepfercht zu sein, doch Fahrstühle sind am schlimmsten. Zitternd rolle ich mich in einer Ecke zusammen, aber es ist nicht der Fahrstuhl allein. Dieser ganze Ort, die langen Flure, Labore, nirgends gibt es Fenster. Nirgends. Ich will hier raus! Endlich mal die Sonne, den Himmel sehen, ein paar Bäume, selbst ein halb vertrockneter Park in einer grauen Großstadt wäre mir recht.

Wir sind eine ganze Weile in dem Fahrstuhl. Fahren wir rauf oder runter? Ich spüre keine Bewegung und über der Tür werden auch keine Stockwerke angezeigt.

Endlich geht der Fahrstuhl auf. Der Wissenschaftler steigt aus, ich folge ihm wie ein Schatten durch einen merkwürdigen Tunnel aus Plastikplane. Erst tritt er unter einen Wasserstrahl, dann unter einen Nebelstrahl und anschließend durch einen Bereich mit seltsamen blauen Lichtern. Mir kommt es vor, als würden wir durch eine Autowaschanlage marschieren. Am Ende zieht er den Anzug aus, legt den Helm und den ganzen Krempel ab und steckt ihn in eine Klappe. Nun sieht er nicht mehr wie ein Alien aus, sondern eher wie ein griesgrämiger alter Mann in zerknautschtem Hemd und knittriger Hose.

Er streicht sich das Haar glatt und hält das Auge mal wieder vor ein Gerät bei der Tür. Als sie aufgeht, stehen wir in einem großen Raum. Auch wenn es keine Fenster gibt, ist der Saal zumindest geräumig, und meine Panik legt sich. Die Menschen hier tragen keine Schutzanzüge, sondern normale Klamotten. Manche haben ziemlich ausgefallene Röcke und Anzüge an, andere laufen mit weißen Laborkitteln über der Kleidung rum und wieder andere mit Arbeiterkleidung und schweren Stiefeln. An der Wand hängen riesige Monitore, davor stehen Schreibtische mit Computern. Alle wirken aufgedreht, etwas liegt in der Luft.

»Da bist du ja. Ich dachte schon, du verpasst den ganzen Spaß hier unten«, sagt eine Ärztin im weißen Kittel zu dem Mann, mit dem ich gekommen bin.

»Ich wurde aufgehalten«, sagt er. »In der Kühlkammer gab es ein Problem mit der Temperatur. Habe ich es verpasst?«

»Nein. T minus zwei Minuten bis zur Strahlung«, sagt sie.

Allmählich kommen die Stimmen im Raum zur Ruhe. Eine große Digitaluhr über den Bildschirmen zählt die letzte Minute herunter. Es herrscht Stille.

3 … 2 … 1 …

Alle scheinen die Luft anzuhalten, während sie auf den großen Bildschirm in der Mitte starren.

Ein schwaches Piepen ertönt und auf dem Monitor leuchtet ein grelles Licht auf.

Allgemeiner Jubel. Die Leute unterhalten sich aufgeregt, schütteln sich die Hände. Offenbar gratulieren sie sich gegenseitig. Ich schnappe Bruchstücke der Unterhaltung auf: Noch ein Erfolg ... Immer eine spannende Sache ... Wir haben es wieder geschafft ...

Und das für so ein bisschen Leuchten am Bildschirm?

Aber es gibt auch besorgte Gesichter. Etwas abseits starren Leute auf andere Monitore und eine hitzige Diskussion entbrennt. Ich schwebe rüber, um zu lauschen.

»Siehst du? Alles okay. Besteht kein Grund zum Runterfahren. Fünf Durchgänge sind noch drin, bevor ...«

»Verzögert die Kollision. Überprüft mal Sektor 24.«

»Nicht nötig. Die Messungen zeigen ...«

»Mach einfach.«

Von den Leuten in Arbeitskleidung verlassen einige den Raum. Neugierig schlüpfe ich hinter ihnen her.

Die Arbeiter laufen einen endlosen Flur entlang, fluchen leise vor sich hin. Offenbar sind sie nicht froh über den Job, den man ihnen zugeteilt hat. Im Boden sind Luken. Die Männer laufen immer weiter, bis sie endlich vor einer stehen bleiben.

Ein Arbeiter bückt sich und öffnet die Luke. »So was sollte man während der Strahlung nicht machen«, murmelt er. Der andere Arbeiter hat die Augen weit aufgerissen. Sie steigen in die Luke und klettern über eine Leiter hinunter, tiefer und immer tiefer. Ich schwebe an ihnen vorbei.

Am Ende des Schachts folgt ein gebogener, sehr breiter Tunnel. In diesem steckt eine gigantische Apparatur, die sich durch den Tunnel windet wie ein riesiger metallischer Erdwurm – ein rundes Ding mit allen möglichen technischen Geräten an der Unterseite.

Mich interessiert dieser Wurm und ich hänge mich obendrauf, lausche. Summt es im Inneren? Das hat was mit mir zu tun. Was genau, weiß ich aber nicht.

Die beiden Männer machen sich an den Maschinen unter der riesigen Röhre zu schaffen. Ich lasse sie hinter mir und fliege über den Wurm, so weit und so schnell ich kann. Über mir endlos viele Luken, wie die, durch die wir gekommen sind. Hin und wieder stoße ich auf große Räume mit noch mehr seltsam anmutendem Wissenschaftskrempel und Menschen, vielen Menschen. Ich sehe mich um. Als ich gerade an einem dieser Räume vorbei bin, dringt eine Stimme an mein Ohr.

Eine besonders schrille Frauenstimme. Die kenne ich. Ich halte inne und horche.

Das ist Dr. 6, die meinen Rollstuhl zur Heilung geschoben hat. Ich habe sie noch nie richtig gesehen, nur im Schutzanzug. Irgendwie merkwürdig, wenn die Person dann ganz normal vor einem steht. Dr. 6 läuft auf eine Tür zu, hinter ihr ein paar weitere Leute. Auch wenn mich der Wurm fasziniert, muss ich ihr irgendwie folgen. Hinter der Tür halten sie an, ziehen ihre Schutzanzüge über. Und schon verschwinden die Menschen hinter Visieren und Plastik.

Dann geht es wieder durch eine Menge Sicherheitstüren. Mir wird mulmig zumute. Wäre ich doch bloß im Tunnel geblieben und hätte dem Summen des Metallwurms gelauscht.

Ich mag nicht, wohin wir gehen. Doch die Ärzte laufen unbeirrt weiter. Natürlich könnte ich zurückbleiben, aber dann stecke ich nachher in diesem schmalen Gang fest.

Mein Grauen wächst.

12

12

ZWÖLF

SHAY

KILLIN, SCHOTTLAND

Time Zero: 21 Stunden

Die lebhaften Erinnerungen, zu denen ich nun endlich wieder Zugang gefunden habe, verfolgen mich: Calista. Der Wald. Der Wagen und dieser Mann. Irgendwas stimmte mit dem nicht.

Im Dunkeln taste ich herum, bis ich die kühle Form meines Handys zu fassen bekomme. Es ist drei Uhr nachts.

Die Stille macht mir zu schaffen. Ich stehe ganz leise auf. Wenn es ruhig ist, wird das kleinste Geräusch megafonmäßig verstärkt. Ich bin schon halb die Treppe runter, um mir einen Tee zu machen, da fällt mir Kai wieder ein, der ja im Wohnzimmer schläft.

Allein im Dunkeln. Wenn er nun aufwacht und sieht, wie ich in die Küche schleiche? Vielleicht hält er den Kummer allein nicht mehr aus. Vielleicht will er jetzt endlich reden, wo alles ruhig und dunkel ist. Nur mit mir. Vielleicht …

Reiß dich mal zusammen, Shay. Ich seufze.

Vorsichtig trete ich den Rückzug an und nehme mir oben lieber ein Glas Wasser. Als ich den Badezimmerhahn aufdrehe, gurgelt und bollert die Leitung. Ich halte die Luft an.

Statt eines ganzen Glases muss ein Schluck reichen. Die Toilettenspülung ziehe ich nicht ab.

13

13

DREIZEHN

CALLIE

SHETLAND INSTITUTE, SCHOTTLAND

Time Zero: 20 Stunden

Noch eine Tür. Hier endet der Gang. Entweder folge ich Dr. 6 und ihren Leuten oder ich bleibe eingekeilt zwischen zwei Türen zurück. Aus Angst vor dem Alleinsein entschließe ich mich in letzter Sekunde, den anderen zu folgen.

Doch sobald mir klar wird, wo wir sind, weiche ich zurück, versuche zu entkommen. Zu spät. Die Tür ist zu.

Ich schließe die Augen, aber das hilft nicht. Sobald sie zu sind, kommt die Erinnerung zurück, und die ist noch schlimmer. Ich öffne die Augen wieder und schaue mich in dem Zimmer um, das ich nur von der anderen Seite kenne.

Wir befinden uns in einem großen quadratischen Raum, drei der Wände bestehen aus Fenstern. Durch die dicken Scheiben hat man Einblick in kleinere Räume. Eher Zellen als Räume.

Aus jeder Zelle blickt einem ein verängstigtes Gesicht entgegen. Menschen jeden Alters: Kinder, Teenager, alte Leute. Alle sind auf eine Tragbahre geschnallt.

Auf dieser Seite wimmelt es von geschäftigen Ärzten und Schwestern. Es gibt Monitore und medizinische Geräte.

»Sedierung Abteilung 1«, sagt Dr. 6. Auf einer Zellenzeile entspannen sich die ängstlichen Gesichter. Die Augen fallen zu. Doch nun brülle ich: *Hört auf! Lasst sie gehen!*

Als ich in so einer kleinen Zelle steckte, haben sie mir keine Beruhigungsmittel verabreicht, und ich habe mir die Seele aus dem Leib geschrien, bevor überhaupt etwas passiert ist. Niemand konnte wissen, dass ich unter Platzangst leide.

Unter den Fenstern reichen merkwürdige elektronische Hände durch die Wand. Nun bedient jeweils ein Arzt oder eine Krankenschwester diese Hände.

Als ich dort lag, hatten sie Probleme, mir Spritzen zu verabreichen, obwohl ich festgeschnallt war. Solche Angst hatte ich.

Die Nadeln sind keine gewöhnlichen Nadeln.

Der Schmerz ist kein gewöhnlicher Schmerz. Bis zur Heilung hätte ich schwören können, dass es der weltschlimmste Schmerz ist. Ob sie keine Lust mehr auf die Schreierei haben und deshalb Beruhigungsmittel verabreichen?

Ich rolle mich zusammen, möglichst weit weg von den Fenstern, den Nadeln, den Schmerzen.

Aber die Erinnerung lässt mich nicht los.

14

14

VIERZEHN

SHAY

KILLIN, SCHOTTLAND

Time Zero: 19 Stunden

Ein kleiner Raum. Ein Mädchen mit dunklem Haar. Es weint. Mutterseelenallein.

Das Mädchen schaut auf, Tränen stehen ihm in den blauen Augen. Es starrt mich an, verzieht den Mund. »Du hättest mir helfen können, aber hast du nicht. Ich war dir egal.«

»Nein, nein, das stimmt doch nicht. Ich …«

»Stimmt wohl und das weißt du auch. Alles deine Schuld.«

»Nein!«

»Kai wird es aufdecken. Ganz bestimmt. Und dann hasst er dich, genau wie ich.«

Ich will schreien. Wälze mich hin und her, verheddere mich in den Laken, wache auf.

Ich bin allein. Im Bett. In meinem Bett.

Das war nicht real. Nur ein Albtraum.

Ist Calista wirklich tot?

Bin ich schuld?

Das kann nicht stimmen.

Oder?

15

15

FÜNFZEHN

CALLIE

SHETLAND INSTITUTE, SCHOTTLAND

Time Zero: 18 Stunden

Endlich geht eine Tür auf. Eine Schar Schwestern kommt herein und löst einige der anwesenden ab. Sie verlassen den Raum und ich stürze hinterher.

Die Schwestern lachen und plaudern, als hätten sie nicht gerade schreckliche Schmerzen verursacht, nicht gerade Dutzende von Menschen langsam und qualvoll in den Tod geschickt. Vielleicht versuchen sie es auch nur zu vergessen!

Ich hasse die Schwestern.

Sie laufen durch Flure und Sicherheitstüren, bis sie schließlich vor einer Tür zum Stehen kommen. Zwei gehen hinein, die Tür schließt sich. Minuten später geht sie wieder auf und abermals treten zwei hindurch. Diesmal bin ich mit von der Partie. Wie der Wissenschaftler, dem ich vorhin gefolgt bin, müssen auch sie durch eine Art Autowaschanlage, dann legen sie ihre Anzüge ab. Sie sehen stinknormal aus, nicht wie Massenmörderinnen.

Als sie am Ende an eine Tür gelangen, bleibt diese verschlossen.

»Bitte warten Sie«, hallt es durch den Lautsprecher.

Die beiden Schwestern sehen sich an. »Was ist denn jetzt schon wieder?«, fragt die eine.

Die andere legt die Stirn in Falten. »Ich kenne jemanden unten aus der Technik. Im Kontrollraum ist einer umgekippt. Und wenn diesmal wirklich was rausgelangt ist?«

»Bestimmt war es ganz harmlos, Magen und Darm oder Blinddarm. Du weißt doch, wie vorsichtig die hier sind. Da kann nichts rausgelangen.«

Jemand ist zusammengebrochen? Vielleicht genügen die Schutzanzüge und Sicherheitsvorkehrungen nicht, und jemand hat sich mit dem angesteckt, was sie den Leuten spritzen.

Hoffentlich.

»Nein, so harmlos ist es diesmal nicht«, antwortet die andere. »Der gesamte Kontrollraum steht unter Quarantäne, sonst wüsste der aus der Technik es gar nicht. Niemand kann rein oder raus.«

16

16

SECHZEHN

SHAY

KILLIN, SCHOTTLAND
Time Zero: 17 Stunden

Nachdem ich stundenlang wach gewesen bin und mich nicht noch einmal aufs Klo getraut habe, reicht es mir jetzt. Mir doch egal, was Kai hört.

Bevor ich spüle, stelle ich doch noch die Dusche an. Nur zur Sicherheit.

Es ist erst sieben Uhr, als ich mich auf Zehenspitzen am Sofa vorbei in die Küche schleiche, aber er ist nicht da. Unter der Decke steckt nur Ramsay, den Kopf aufs Kissen gebettet. Wie niedlich.

Ich linse in die Küche. Von Kai keine Spur.

Ist er etwa abgehauen?

Dafür gibt es eigentlich keinen Grund.

Ich schaue aus dem Fenster, das Motorrad ist noch da. Und jetzt entdecke ich auch Kai, hinten im Garten auf der Bank. Ich ziehe mir Schuhe an und gehe nach draußen.

Kai wendet mir den Rücken zu. Reglos. In seinem blonden Haar fängt sich die Morgensonne und lässt es golden schimmern. Ob ihm die Aussicht gefällt? Die meisten Leute sind beim ersten Mal immer ganz hin und weg. Ooh und Aah. Über die Wipfel kann man bis hinunter zu Loch Tay sehen, der sich wie ein glitzerndes blaues Band kilometerweit in beide Richtungen erstreckt. Auf der anderen Seite ragen Ben Lawers und andere Gipfel empor.

Ich gehe zu Kai. Als er mich hört, dreht er sich um und lächelt.

»Hi«, sage ich. »Schon so früh auf?«

»Habe nicht so gut geschlafen.«

»Tut mir leid. Lag es am Sofa?«

»Nein, gar nicht.« Er zuckt die Achseln. »Konnte einfach nicht schlafen.«

»Ich auch nicht.«

Ich setze mich neben ihn und schaue hinunter zum See. An einem sonnigen, windstillen Morgen wie heute ist das Wasser glasklar. Die Welt darüber – Bäume, Hügel, Berge – wird detailgetreu gespiegelt. Wenn ich nur weit genug gucken könnte, sähe ich sicher eine perfekte Kopie von Kai und mir im Wasser.

Dann schüttelt Kai den Kopf. »Ich verstehe schon, warum die Leute herkommen, aber ich muss hier immer nur daran denken, was fehlt.« Kurzerhand steht er auf und wendet sich vom See ab.

17

17

SIEBZEHN

CALLIE

SHETLAND INSTITUTE, SCHOTTLAND

Time Zero: 16 Stunden

Endlich geht die Tür auf und die beiden Schwestern betreten einen quadratischen Raum. Ein Mann im Schutzanzug misst bei ihnen Fieber und fragt nach ihrem Befinden. Ihnen wird gesagt, dass sie Platz nehmen sollen und eine Stunde warten müssten, dann würde noch einmal gemessen.

Schimpfend setzen sich die Schwestern. Die eine beschwert sich, dass sie Hunger hätten und nun außerdem den Beginn ihres Films verpassten.

Nachdem ein zweites Mal gemessen wurde, dürfen sie endlich gehen.

Ein langer Korridor führt sie zur Cafeteria. Es gibt große und kleine Tische, an denen die Leute zu zweit, zu dritt oder in Gruppen sitzen, sich unterhalten, lachen, essen oder einfach nur abhängen. Doch ich entdecke auch einen Haufen missmutiger Gesichter, die fieberhaft miteinander flüstern. Leider kann ich nichts verstehen. Eigentlich sieht es hier aus wie in einer Schulkantine, nur dass das Essen besser zu sein scheint und die Stühle bequemer wirken.

Plötzlich ertönt ein lautes Scheppern.

Eine Frau ist gestolpert und ihr Tablett mit dem Essen ist auf dem Fußboden gelandet.

Jemand hilft ihr auf. Die Frau kommt mir bekannt vor. Ach, es ist die Ärztin im weißen Kittel, die ich schon in dem Raum mit den Monitoren gesehen habe – die, die wissen wollte, warum der eine Wissenschaftler zu spät ist.

Wenn das der Kontrollraum war, hätte sie dann nicht in Quarantäne sein sollen? Offenbar ist sie kurz zuvor gegangen.

Sie wirkt ein wenig blass.

18

18

ACHTZEHN

SHAY

KILLIN, SCHOTTLAND

Time Zero: 15 Stunden

»Hast du schon mal auf einem Motorrad gesessen?«, fragt Kai.

»Nein. Nur auf einem Mofa.«

Kai klappt das Case hinten auf seinem Motorrad auf und holt etwas Rotes heraus. Einen Helm.

»Guck mal, ob er dir passt.« Ich setze den Helm etwas schief auf. Kai richtet ihn gerade. Steckt mir das Haar darunter.

»Bequem?«

»Ja, ist okay.« Ich zögere. »War das ihrer? Ich meine …«

»Ob es Calistas Helm war? Ja. Rot war ihre Lieblingsfarbe. Ihr Haar war so dunkel wie deins, nur …«

»Lang und glatt. Nicht so ein Mopp. Ich habe die falschen Locken-Gene abbekommen.« Fast hätte ich ihm von den Gen-Studien erzählt, die es eines Tages ermöglichen werden, meine Krause in den Griff zu bekommen – ohne stundenlanges Glätten. Denn wer hat dafür schon Zeit?

»Aber es steht dir.« Selbstvergessen spielt er mit einer Haarlocke, die unter meinem Helm hervorquillt. Und als würde ihm plötzlich klar, was er da macht, zieht er hastig die Hand weg.

Er hat mich gebeten, meine derbsten Stiefel anzuziehen, und

ich stopfe nun meine Jeans hinein. Anschließend zeigt er mir, wie man aufsteigt und wo man sich festhält.

Dann geht's los.

Garantiert fährt er meinetwegen langsamer als sonst, aber ich bin im Geschwindigkeitsrausch, genieße, wie die Straße unter uns hinwegfliegt. In Nullkommanichts sind wir in Killin, wofür ich mit dem Rad eine halbe Stunde brauche.

Auf Killins Hauptstraße mit den paar Geschäften, Cafés, der Kirche und dem Pub – was hier eben so als Zivilisation zählt –, drosselt er das Tempo. Strahlend blauer Himmel. Glitzernd spiegelt sich die Morgensonne in den Wasserfällen der Dorchart. Bäume und Berge tragen einen funkelnden Strahlenkranz. Es ist ein warmer Frühlingstag, aber auf den Gipfeln liegt noch Schnee.

Also gut, an einem Tag wie heute ist es ziemlich schön hier. Nur manchmal wäre es mir lieber, es gäbe mehr Menschen, sodass man anonym bleiben kann. Hier weiß jeder gleich, wer Einheimischer und wer Tourist ist. Und wer keines von beidem ist: ich. Trotz meiner schottischen Mutter bin ich offenbar vom anderen Stern.

Wir fahren an ein paar Mädchen aus meiner Schule vorbei, die schon früh am Samstagmorgen unterwegs sind. Ich spüre ihre Blicke im Rücken, als Kai das Motorrad parkt. Darüber können sie sich am Montag im Bus die Mäuler zerreißen. Aber wenigstens ist der Grund dieses Mal groß, blond und gut aussehend.

»War das okay?«, fragt Kai, als er den Helm abnimmt.

»Es war toll!« Ich strahle über das ganze Gesicht.

»Wir können ja mal eine richtige Tour machen, wo man auch ein bisschen Gas geben kann.«

In meinem Bauch kribbelt es. »Gerne«, bringe ich gerade so zustande.

Kai verstaut den Helm in der Box. Über sein Gesicht huscht ein seltsamer Ausdruck, als würde er die Einladung gerade bereuen. Wahrscheinlich hat er es aus reiner Höflichkeit gesagt. Bestimmt hat er es nicht so gemeint. Ich versuche, es mir nicht zu Herzen zu nehmen; Kai hat wirklich gerade andere Sorgen.

»Okay. Wo fängt der Weg an?«, fragt er.

»Komm. Ich zeig's dir.« Wir laufen über die Straße zur Brücke, die über die Stromschnellen der Dorchart führt. Wie immer lausche ich der Musik des Wassers und ergreife erst wieder das Wort, als wir auf der anderen Seite sind und den Weg unterhalb des Pubs einschlagen. »Warum war deine Schwester überhaupt hier? Wo hat sie gewohnt?«

»Sie war mit Mum in unserem Ferienhaus. Es gehört zu einer kleinen Siedlung südlich des Sees.« Er deutet zum Loch Tay, der aber hinter den Bäumen verborgen liegt.

»Die kenne ich.« Dort stehen eine Handvoll sehr, sehr teure Häuser, die selbst in den Ferien kaum bewohnt sind. Übers Wasser sind sie gut zu erreichen, bloß zu Fuß muss man weit um den See herumlaufen. »Das ist aber ein ganz schönes Stück. Es gibt auch kaum Wege, da muss man an der Straße entlanglaufen. Oder ist sie gerudert?«

»Calista war immer gerne auf dem See. Und ist manchmal auch heimlich ganz allein rausgepaddelt. Doch unser Kanu war noch am Haus.«

»Mal angenommen, sie ist gelaufen, dann kann ich mir nicht vorstellen, dass sie keiner gesehen hat. Hier kennt jeder jeden, weiß, wer wohin gehört. Garantiert wäre sie jemandem aufgefallen.«

»Das hat der Detective auch gesagt. Also muss sie den Weg in den Wald eingeschlagen haben. Oder wurde vom Haus entführt.«

»Was ist mit deiner Mutter? Hat die was gesehen oder gehört?«

Kai schweigt.

»Tut mir leid, wenn ich dich so löchere.« Ich bleibe stehen und zeige zu einem Holperpfad. »Hier kommen wir auf den Fahrradweg. Weiter oben zweigt noch ein unmarkierter Pfad ab, der steil hochführt. Dem folgen wir dann.«

Unterwegs schaue ich immer wieder verstohlen zu Kai. Er wirkt verschlossen, beherrscht, als fürchte er, zu viel von sich preiszugeben.

»Tut mir leid«, sagt er schließlich. »Ist doch völlig in Ordnung, dass du Fragen stellst. Es fällt mir einfach nur schwer, darüber zu reden. Nein, unsere Mutter hat nichts mitbekommen. Als sie morgens spät aufgewacht ist, war Calista verschwunden. Mum hat sich keine Sorgen gemacht, dachte, sie wäre wohl spazieren gegangen oder auf dem See rudern. Aber es wurde immer später. Und als sie nachgeschaut hat, war das Kanu auch noch da. Sie bekam es mit der Angst und rief die Polizei an. Die vermutete, dass sich Calista im Wald verirrt hätte. Suchtrupps wurden organisiert. Tagelang hat man nach ihr gesucht. Keine Spur gefunden.«

»Glaubst du denn, dass sie sich verlaufen hat und …« Ich verstumme. Wie soll ich den Satz beenden?

»Das scheint die Theorie der Polizei zu sein. Dass Calista sich verlaufen hat und sie verletzt war. Und dass man ihre Leiche eines Tages im Wald finden wird.« Bei dem Wort *Leiche* zuckt er zusammen.

»Aber du glaubst das nicht.«

»Nein. Ich war überzeugt, dass ihr etwas zugestoßen ist. Verlaufen sieht ihr nicht ähnlich. Für ihr Alter war sie ziemlich vernünftig und hatte einen guten Orientierungssinn. Ansonsten gab es ja keinerlei Anhaltspunkte, nichts. Und weil da nichts war …«, er zuckt die Achseln, »hielt die Polizei an ihrer Theorie fest und gab auf.«

»Aber jetzt weißt du, dass ich sie gesehen habe.«

»Ja, nun müssen sie den Fall noch einmal aufrollen«, sagt Kai entschlossen.

Schweigend laufen wir weiter. Kai hat sich so gefreut, dass ich seine Schwester gesehen habe. Doch als er erfuhr, wie lange das schon her ist, habe ich all seine Hoffnungen wieder zunichtegemacht.

Dennoch ist jetzt klar, dass Calista sich nicht einfach verirrt hat. Nun muss die Polizei sich erneut auf die Suche nach ihr begeben. Und das scheint Kais gestrige Zuversicht wieder zu beflügeln.

19

19

NEUNZEHN

CALLIE

SHETLAND INSTITUTE, SCHOTTLAND

Time Zero: 14 Stunden

Da ich nichts essen kann, finde ich es auch langweilig, anderen beim Essen zuzuschauen. Also folge ich ein paar Leuten nach draußen und gehe auf Erkundungstour. Es gibt eine Bibliothek, ein Kino, eine Turnhalle. Zimmer wie Hotelzimmer, nur dass sie bewohnter wirken. Doch auch die haben keine Fenster. Ich weiß nicht, ob es Tag oder Nacht ist. Und am Verhalten der Leute kann ich es auch nicht ablesen, manche machen sich für die Nacht fertig, andere stehen auf, wieder andere kommen gerade an.

Ich schlendere durch die Gänge, als ich jemanden singen höre. Die Stimme kenne ich. Ich lausche angestrengt und folge dem Klang. Er dringt hinter einer verschlossenen Tür hervor, einer ganz normalen Tür mit Schlitz darunter. Ich schwebe hindurch ins Zimmer.

Noch immer ertönt der Gesang. Deshalb kommt er mir bekannt vor: Es ist Schwester 11. An ihrem Gesicht hätte ich sie nicht erkannt, denn das habe ich ja kaum gesehen. Nun trägt sie ein Nachthemd, kämmt sich das Haar und singt zu leiser Hintergrundmusik.

Sie war netter als die meisten Schwestern und Ärzte. Hat mir vorgesungen, wenn die Schmerzen schlimm wurden. Und sie hatte sich auch geweigert, mitzukommen, als die Ärzte mich zur Heilung brachten.

Ich beobachte sie. Sie hat ein freundliches Gesicht.

Sie stellt die Musik ab und geht ins Bett. Neben ihr liegt ein Buch, sie nimmt es zur Hand und liest.

An der Wand hängen Bilder. Kinder. Die meisten sind älter als ich, Teenager, aber ein Mädchen ist jünger, vielleicht mein Alter, zwölf oder dreizehn. Ich schaue mir das Foto an. Schwester 11 lächelt, ihren Arm um das dünne, blasse Mädchen gelegt.

Wie kann sie hier arbeiten und zulassen, dass mir solche Dinge angetan wurden?

Wut keimt in mir auf. Wollte sie bei der Heilung nicht dabei sein, weil sie wusste, was mit mir geschehen würde?

Durch den Lautsprecher an der Wand ertönt plötzlich ein Signal. Schwester 11 legt das Buch beiseite.

»Achtung. Das ist keine Übung. Begeben Sie sich umgehend zu Ihrem Sammelpunkt und folgen Sie dem Dekontaminierungsprogramm 1. Bleiben Sie dann am Sammelpunkt und warten Sie auf weitere Instruktionen.«

20

20

ZWANZIG

SHAY

KILLIN, SCHOTTLAND

Time Zero: 13 Stunden

Inzwischen befinden wir uns auf dem unmarkierten Wegstück, das nach und nach steiler bergauf führt. Ich bin es ja gewohnt, doch Kai schnauft ganz schön.

Als würde er meinen Blick spüren, dreht er den Kopf und lächelt mich an. »Du fährst hier mit dem Rad hoch?«

»Ja.«

»Steigst du zwischendurch auch mal ab?«

»Früher schon. Jetzt nicht mehr.« Ich grinse.

»Warum?«

Nach kurzem Zögern antworte ich ihm ehrlich, was mich selbst überrascht. »So viel gibt es hier nicht gerade zu tun. Aber das ist nicht der Grund. Wenn ich mich an meine Grenzen bringe, kann ich alles um mich herum vergessen.«

Kai nickt, als wäre das vollkommen einleuchtend.

Wir laufen weiter. Während wir im Zickzack den Hang erklimmen, steigt die Sonne am Himmel höher. Ihr Licht dringt durchs Blätterdach, zeichnet Muster auf uns, auf den Weg. Dann kommt eine Passage, auf der uns die Sonne direkt ins Gesicht scheint.

Ich bleibe stehen. »Hier habe ich sie zum ersten Mal gesehen.

Ich stand etwas höher und entdeckte etwas Rotes zwischen den Bäumen. Sonst sieht man hier nie jemanden. Der Weg ist ja in keiner Karte vermerkt. Also habe ich sie weiter beobachtet und mich gefragt, wer das wohl ist.«

Wir setzen unseren Weg bis zu meiner Lieblingsstelle fort.

»Hier oben habe ich gestanden. Hier halte ich immer an.«

»Könntest du Calista spielen? Da hingehen, wo sie gewesen ist, und ich bin du und bleibe hier oben?«

»Okay.«

Kai lehnt sich an meinen Baum. Ich laufe zu der Stelle zurück, wo ich Calista zuerst gesehen habe.

Und dann bin ich Calista. Ich ahme ihre Bewegungen nach, erklimme den Pfad wie sie. Kai erinnert sich noch an unser Gespräch und sagt die entsprechenden Worte. Ich zucke zusammen, schaue mich verwirrt um. Beruhige mich wieder. Gehe dann weiter. Verneine, als Kai mich erneut fragt, ob ich mich verlaufen habe.

Ich folge dem Pfad, Kai mir. Oben an der Straße holt er mich schließlich ein.

»Wie du dich bewegt hast, dein Haar, ich weiß auch nicht. Einen Moment lang hätte ich dich wirklich für meine Schwester halten können.« Nun wirkt er nicht mehr verschlossen, sondern traurig, richtig traurig. Es ist kaum zu ertragen.

»Tut mir leid, dass ich sie nicht aufgehalten habe. Sie nicht dazu bringen konnte, mit mir zu reden. Wenn sie vor jemandem weggelaufen ist, warum hat sie dann nicht mit mir gesprochen? Das verstehe ich nicht. Aber ich hätte mehr tun sollen. Und wenn wir am nächsten Tag nicht auch noch verreist wären, hätte ich bestimmt mitbekommen, dass sie vermisst wird, und wäre zur Polizei gegangen.«

»Mach dir keine Vorwürfe. Ich hätte dort sein sollen. Ich hätte bei ihnen sein sollen. Mum wollte, dass ich mitkomme, aber ich war so beschäftigt mit meinen Freunden.« Kai wirkt gequält. Er gibt sich also selbst die Schuld. So wie ich. Dabei hat eigentlich keiner von uns Schuld, oder?

Wir haben ja nicht am Steuer des Wagens gesessen, der sie fortgebracht hat.

21

21

EINUND-
ZWANZIG

CALLIE

SHETLAND INSTITUTE, SCHOTTLAND

Time Zero: 12 Stunden

»Das ist keine Übung.«

Verängstigte Gesichter, wohin man schaut. Schnelle Schritte. Hastig verriegelte Türen.

Und dann ertönt ein neues Geräusch: schrille, panische Stimmen.

Offenbar kommen sie aus dem Kino.

Die Lichter sind an, der Film läuft noch, keiner schaut hin.

Die Frau, die in der Cafeteria gestürzt ist, liegt vor der letzten Reihe am Boden. Zitternd, stöhnend. Wachen in Schutzanzügen stehen bei den Türen, lassen niemanden hinaus. Eine Menge von wütenden und angstverzerrten Gesichtern, die Leute versuchen wegzukommen, drängen sich nach vorne zur Leinwand. Die beiden Schwestern, denen ich vorhin gefolgt bin, sind auch darunter. Eine weint. Der anderen steht der Schweiß auf der Stirn.

»Mir geht es nicht gut«, sagt sie.

Sie bricht zusammen und ihre Freundin schreit.

22

22

ZWEIUND-
ZWANZIG

SHAY

KILLIN, SCHOTTLAND
Time Zero: 11 Stunden

Kai hat sich schnell wieder im Griff. Er presst die Kiefer aufeinander, so als bereite es ihm körperliche Anstrengung, seine Gefühle zu verbergen.

»Es ist genauso wenig deine Schuld wie meine.« Ich muss das jetzt einfach sagen. Er nickt, aber überzeugt ist er nicht. Ich habe das Gefühl, dass er um sich eine Mauer errichtet hat, durch die meine Worte nicht dringen können.

Schweigend machen wir uns an den Abstieg.

23

23

DREIUND-
ZWANZIG

CALLIE

SHETLAND INSTITUTE, SCHOTTLAND

Time Zero: 10 Stunden

Endlich hat jemand den Schalter gefunden, um den Film auszustellen, der die ganze Zeit noch auf der Leinwand lief. Hingesehen hat ohnehin keiner mehr, aber nun ist die Panik noch greifbarer.

Jetzt dringen auch die Schmerzensschreie der Ärztin aus der letzten Reihe nach vorne.

Leute in Schutzanzügen sammeln die Schwester ein, die neben ihrer Freundin zusammengebrochen ist, und tragen sie nach hinten zur Frau im weißen Kittel. Die andere Schwester begleitet ihre kranke Freundin nicht.

Bald wird auch sie schreien. Beide werden schreien.

24

24

VIERUND-
ZWANZIG

SHAY

KILLIN, SCHOTTLAND
Time Zero: 9 Stunden

Als sich der Polizist, auf den wir warten, dem Gartencafé nähert, steht Kai vom Tisch auf und geht ihm entgegen. Sie geben sich die Hand, wechseln ein paar Worte und kommen gemeinsam zum Tisch.

»Schön, dich kennenzulernen. Ich bin Dougal. Shay, nicht wahr?« Er trägt ganz normale Klamotten, schüttelt mir die Hand und setzt sich dann auf den freien Stuhl neben Kai.

»Ja. Ich bin Shay.«

»Kai hat mir erzählt, dass du glaubst, seine Schwester gesehen zu haben.«

»Ich glaube es nicht nur. Ich habe sie gesehen.«

»Und dass du dich nur deshalb nicht bei der Polizei gemeldet hast, weil du am nächsten Tag verreist bist und nicht mitbekommen hast, dass sie vermisst wurde.« Dougal lächelt und ist freundlich, dennoch mag ich ihn irgendwie nicht.

»Stimmt.« Kai und ich tauschen Blicke. Dougal bestellt einen Kaffee. Die Kellnerin kommt mit einem Tablett zurück und räumt die Reste unseres späten Mittagessens ab. Um Platz zu machen, schiebe ich mein Handy beiseite.

Dougal fördert ein kleines Diktiergerät zutage und hält es hoch. »Hast du was dagegen, wenn ich das Gespräch aufnehme?«

Ich zucke die Achseln. »Okay.«

Daraufhin schaltet er das Gerät ein, sagt seinen Namen, wo wir uns befinden, den Tag und die Uhrzeit. Er schaut mich an. »Bitte nenn mir deinen vollen Namen.«

Mit einem Seitenblick zu Kai sage ich seufzend: »Sharona Addy McAllister. Genannt Shay.«

»Nun gut, Shay. Erzähl mir doch bitte, was du letztes Jahr am 29. Juni gesehen hast.«

Also beschreibe ich alles bis ins kleinste Detail, besonders den Mann und den Wagen. Und da ich die Situation gestern Nacht wieder und wieder durchgegangen bin, ist eine Menge zusammengekommen. Ich zeichne sogar die obere Hälfte des Nummernschildes auf eine Serviette, wobei ich nicht glaube, dass sie damit etwas anfangen können.

Als ich endlich fertig bin, schaltet Dougal den Rekorder aus. Er sieht mich seltsam an. Kai auch irgendwie. Wahrscheinlich, weil ich ihm nichts von den Dingen gesagt habe, die mir über Nacht noch eingefallen sind.

»Das sind aber ziemlich viele Einzelheiten«, sagt Dougal schließlich.

»Ich habe nichts dazuerfunden.«

»Aha.« Er wirkt skeptisch. Kai sieht mich auch fragend an.

»Ich habe eine Art fotografisches Gedächtnis. Ich merke mir nicht alles, nur worauf ich achte.« Ich halte die Speisekarte hoch. »Ich kann die Karte jetzt nicht auswendig, weil ich nicht darauf geachtet habe.«

»Aber was sich vor einem Jahr ereignet hat, weißt du noch ganz genau.« Er glaubt mir nicht, das merke ich.

»Okay. Dann beweise ich es Ihnen.«

Ich schaue mich um. Im Moment sind alle anderen Tische leer. Die Kellnerin tut so, als würde sie lesen. So nahe, wie sie sitzt, bekommt sie jedes Wort unserer Unterhaltung mit, und sie hat noch keinmal die Seite umgeblättert.

»Entschuldigen Sie. Könnte ich Ihr Buch mal kurz haben?«, frage ich.

Als sie es mir reicht, stöhne ich auf. *Fifty Shades of Grey*. Das hat mir gerade noch gefehlt.

»Wählen Sie eine Seite, irgendeine, und zeigen Sie sie mir dann«, bitte ich Dougal.

Mit einem Achselzucken schlägt er das Buch irgendwo auf und reicht es mir.

Für den Bruchteil einer Sekunde schaue ich auf die Seite, konzentriere mich. Dann gebe ich es ihm zurück und deute zum Anfang der Seite. Die Seite vor Augen, beginne ich zu lesen. Wort für Wort. Als ich beim dritten Absatz angelangt bin, wird die Sache sehr fifty-shadig und zum Glück bedeutet Dougal mir aufzuhören. Ich habe schon rote Ohren.

Als ich der Kellnerin das Buch zurückgebe, starrt sie mich mit offenem Mund an. Das wird heute noch Dorfgespräch und morgen weiß es die ganze Schule. Na toll.

Dougal trommelt mit einem Stift auf dem Tisch herum. »Gut. Okay, dann nehmen wir uns der Sache mal an. Vielleicht finden wir ja jemanden, der das Nummernschild entschlüsseln kann.« Damit schnappt er sich mein Serviettengemälde. »Wenn wir was herausbekommen, melden wir uns bei dir und deiner Mutter, Kai.« Dougal schüttelt uns beiden die Hand, dann verschwindet er durchs Gartentor.

Kai sieht mich mit großen Augen an.

Ich seufze. »Okay. Jetzt weißt du, dass ich ein Freak bin.«

»Nein, du bist unglaublich klug und toll.« Kai zieht mich aus dem Stuhl und umarmt mich.

Sein T-Shirt fühlt sich warm und weich an, darunter klopft sein Herz. Mit allen Sinnen sauge ich ihn in mir auf. An diesen Moment will ich mich erinnern.

Als er mich loslässt, bin ich verlegen.

»Hoffentlich findest du sie«, sage ich. »Hoffentlich geht es ihr gut. Sagst du mir Bescheid?«

»Danke. Und natürlich sage ich dir Bescheid, *Sharona.*«

Ich verdrehe die Augen. »Nun kennst du meine beiden Geheimnisse.«

»Sei froh, dass es nur zwei sind. Aber dafür verrate ich dir jetzt auch ein Geheimnis.«

»Was denn?«

Kai kommt näher. »Eigentlich heiße ich mit erstem Namen Geordie. Du verstehst also, dass ich lieber meinen zweiten Namen nutze.«

Nur mit Mühe kann ich mir das Lachen verbeißen. »Geordie der Geordie.«

»Als wir vor fünf Jahren nach Newcastle gezogen sind, bin ich wegen des Namens ständig in Schlägereien geraten. Du kannst es dir nicht vorstellen! Aber ich sage nichts, wenn du nichts sagst.«

»Abgemacht. Und jetzt muss ich los. Mum wartet schon auf mich.«

»Tschüss, Shay. Und danke noch mal.« Er schaut mich lieb an.

Dennoch reiße ich mich von ihm los und stürme durch die Pforte.

Ich schaue auf die Uhr. Mit Mum hatte ich vereinbart, dass ich sie von der Arbeit abhole und sie mich dann nach Hause fährt.

Wahrscheinlich wundert sie sich, wo ich so lange bleibe. Allerdings haben wir auch keine genaue Zeit ausgemacht, deshalb muss ich mich nicht unbedingt beeilen. Ich habe das Bedürfnis, einen Moment allein zu sein. Also biege ich nicht links zum Pub ab, sondern laufe nach rechts Richtung Park.

Ich drehe mich noch einmal zum Café um. Kai steht am Tisch und sieht mir hinterher. Er winkt. Ich winke zurück, und weil ich beim Laufen nicht nach vorne schaue, knalle ich fast gegen den Betonpfeiler beim Parkeingang. Hastig fange ich mich ab und sehe mich abermals um. Kai ist verschwunden.

Vielleicht hat er meinen anmutigen Fehltritt nicht bemerkt.

Ja, klar.

Ich laufe durch den Park. Am hölzernen Zaunübertritt am Ende des Parks bleibe ich unschlüssig stehen. Von dort gelangt man auf einen Trampelpfad, der den Berg hinaufführt. Es ist einer meiner Lieblingswege, weil man dort kaum jemanden trifft. Ich klettere über den Übertritt, dahinter liegt eine Wiese und hinter der Wiese führt ein weiterer Übertritt zu einem Eichenwald. Der Weg geht steil bergan, aber zur Abwechslung treibe ich mich mal nicht zur Eile, sondern laufe gemächlich. In Gedanken bin ich wieder bei dem Moment, als Kai mich umarmt hat.

Träum weiter, Shay. Wegen Calista war die Stimmung emotional aufgeheizt, er ist nur dankbar, dass ich ihm wieder Hoffnung gegeben habe. Mehr nicht.

Aber ich verharre in diesem Moment. Verliere mich darin …

Auf einmal packt mich jemand von hinten an der Schulter.

»Na, wen haben wir denn hier? Diesmal sind wir ganz allein, *My Sharona.*«

25

25

FÜNFUND-
ZWANZIG

CALLIE

SHETLAND INSTITUTE, SCHOTTLAND
Time Zero: 8 Stunden

Bald schreien die Menschen nicht bloß im Kino. Ich folge den verzweifelten Rufen, laufe durch Korridore und Zimmer. Überall Kranke.

Sie werden sterben und das freut mich. All diese Schwestern, Ärzte und Techniker, die den Menschen Spritzen verabreichen, ihnen beim Sterben zusehen und Notizen machen; die Menschen verbrennen, ihre Asche aufsaugen und in Beuteln in einer unendlichen Kammer des Todes aufbewahren; sie verdienen es nicht anders.

Und die Wissenschaftler und die anderen in den unteren Stockwerken auch. Ich weiß nicht genau, was sie mit alldem zu tun haben, aber sie müssen mit drinhängen. Hatte die Schwester nicht gesagt, dass der Kontrollraum unter Quarantäne steht? Zu spät wohl, denn die Frau im weißen Kittel, die als Erste im Kino kollabiert ist, hat den Kontrollraum ganz klar schon vorher verlassen. Sie hat es nach oben mitgebracht.

Überall herrscht Panik. Einzelne Abteilungen werden abgeriegelt, um etwas wegzusperren, was sich nicht wegsperren lässt. Viele von denen, die noch nicht erkrankt sind, tragen Schutzanzüge, aber es scheint nicht genügend zu geben. Die Leute haben Angst, selbst die mit Anzügen. Haben sie sich rechtzeitig vermummt? Werden sie überleben oder sterben?

Sie alle verdienen den Tod, doch ich möchte trotzdem wissen, wer damit angefangen hat. Wer hat diesen Ort erschaffen, wo Menschen infiziert werden, um ihnen beim Sterben zuzusehen?

Es muss dieser Dr. 1 sein, der Einzige, der nur eine Zahl und keinen Namen hat. Vor ihm kuschen alle. Ist er auch hier? Wenn ja, dann hat er den Tod als Erster verdient. Bloß wo ist er?

Wer könnte das wissen? In der Cafeteria halten sich eine Menge Leute auf, aber essen tut keiner mehr. Ihnen steht die Angst ins Gesicht geschrieben, hier trägt keiner einen Schutzanzug.

Ich schwebe umher, lausche. Wenn er unter diesen Leuten ist, erkenne ich ihn vielleicht nicht, denn er hat immer einen Schutzanzug getragen. Ich weiß nur, dass er groß ist. Doch seine samtweiche Stimme erkenne ich garantiert wieder.

Manche sitzen allein am Tisch, starren mit leerem Blick vor sich hin, als hätte man sie abgeschaltet.

Andere hängen zu zweit oder dritt zusammen. Weinen und flüstern leise oder keifen laut herum.

»Ich habe es ihm nie gesagt. Hätte ich es ihm doch bloß gesagt. Nun wird er nie erfahren, was mit mir passiert ist …«

»Was geht hier vor? Warum informiert uns keiner?«

»Meine Enkelin wird nächste Woche zwölf. Da habe ich extra freigenommen. Vor ihrer nächsten Chemo wollten wir doch in die Harry-Potter-Welt. Jetzt werde ich sie nie mehr wiedersehen. Ich habe ihr nie gesagt, warum ich immer weg war und was wir hier gemacht haben. Es war alles umsonst. Wir haben kein Heilmittel gefunden.«

Ich halte inne. Die Stimme und auch der Rest kommen mir

doch bekannt vor: Schwester 11. War das blasse Mädchen auf dem Foto ihre Enkelin?

Vor ihrer nächsten Chemo. Hat ihre Enkelin also Krebs und sie möchte ihr helfen? Redet sie darum von einem Heilmittel, und sie machen hier Menschenversuche, um ein Mittel gegen Krebs zu finden?

Am Eingang gibt es einen Tumult. Drei weitere Leute werden in die Cafeteria geschubst und die Tür wird hinter ihnen verrammelt. Sie hämmern dagegen. »Lasst uns raus!«

Andere gehen zu ihnen. »Was ist da los? Warum sagt uns niemand was?«

»Die Lautsprecheranlage ist ausgefallen. Alle, die nicht erkrankt sind, kommen hier in die Cafeteria. Die anderen werden woanders hingebracht.«

Die Leute sehen sich um, als würden sie kurz durchzählen, überlegen, wer fehlt.

»Nur was passiert, wenn einer von uns es hier kriegt?«

»Die Frage ist ja wohl eher, wann.«

»Das ist ja der reine Wahnsinn. Die können uns nicht einfach hier einsperren. So verbreitet es sich doch viel leichter. Wenn auch nur einer es hat, bekommen es alle.«

»Aber sie müssen doch Quarantäne verhängen. Sonst gelangt es womöglich nach draußen.«

»Und wir sind egal? Warum gibt es nicht genügend Schutzanzüge?«

»Wo ist er? Wo ist Dr. 1?«

Die letzte Frage kommt von einer erbosten Frau mit durchdringender Stimme. Alle sehen jetzt erschrocken aus, so als dürfte man das nicht fragen.

Also ist er nicht hier. Und keiner von den Leuten hat einen

Schimmer, was vor sich geht. Ich schlüpfe unter dem Türspalt durch nach draußen.

Auf der anderen Seite stehen jetzt Wachen. Mit richtigen Waffen. Vorhin waren die noch nicht da. Auch die Wachleute tragen Schutzanzüge, aber sie sehen anders aus. Schwerer. Die Wachen sprechen miteinander, bloß verstehe ich nicht, was sie sagen.

Von innen wird weiter gegen die Tür gehämmert.

Zwischen den Wachen entbrennt eine Diskussion. Dann gibt einer einem anderen ein Zeichen.

»Geht einen Schritt zurück und wir öffnen die Tür!«, bellt er in Richtung Kantine. Nun ist seine Stimme deutlich zu vernehmen.

Die anderen Bewaffneten rücken näher zusammen und stellen sich im Halbkreis vor der Tür auf.

Dann öffnet der Sprecher die Tür zur Cafeteria.

»Was ist los?«

Ein Schwall von Fragen prasselt auf ihn ein, aber er hört gar nicht hin.

Er hebt die Hand und irgendwie übertönt er die anderen mit seiner Stimme. Wahrscheinlich hat er ein Megafon in seinem Anzug. »Ja, ich weiß. Wir sitzen hier alle unter der Erde fest und manche von uns sterben. Wir geben unser Bestes, um eine Ausbreitung zu verhindern. Sie müssen im Moment einfach etwas Geduld haben und hier warten.«

»Was ist mit Dr. 1?«, brüllt ein Mann. »Wo ist er? Ist er überhaupt noch auf der Insel?«

Die Wache wendet sich ihm zu, mustert ihn, als würde er die Antwort abwägen. Dabei packt er die Waffe noch fester. Doch dann zuckt er die Achseln. »Das wüsste ich auch gern! Und jetzt los. Gehen Sie wieder rein und setzen Sie sich! Entspannen Sie sich! Wir überwachen den Raum mit einem Temperaturscanner.

Bekommt jemand Fieber … wird er sofort entfernt! Seien Sie froh, dass Sie hier sind und nicht dort, wo Sie dann hinkommen.«

Die Leute verstummen und die Türen werden verschlossen.

Der Wachmann, der mit den Leuten gesprochen hat, dreht sich zu einem Kollegen um. Offenbar hat der etwas gefragt. Achselzuckend antwortet er: »Man hat versucht, ihn zu erreichen, aber die Kommunikation ist unterbrochen. Jemand wurde nach oben geschickt, um nachzusehen, ob er in seinem Haus ist. Er hat sich nicht wieder gemeldet. Vielleicht ist er abgehauen oder …« Und als würde ihm plötzlich klar, dass er den Lautsprecher nicht abgestellt hat, verstummt er, obwohl sich die Lippen hinter dem Visier weiter bewegen.

Okay, einer der Leute meinte gerade, wir sind auf einer Insel?

Insel heißt, umgeben von Wasser. Offene und weite See. Jetzt will ich noch dringender hier raus, der Brandung lauschen, die salzige Luft atmen. Auf einmal steigt eine Erinnerung in mir hoch, an das Meer, an einen Urlaub. Jemand Großes hält meine Hand, während ich barfuß am Strand stehe und mir der Sand durch die Zehen quillt. Quiekend und lachend hüpfe ich herum, als eine kalte Welle Füße und Knöchel umspült.

Kann ich das Meer überhaupt noch fühlen und riechen, so wie ich jetzt bin?

Ich muss es wissen.

Und wenn Dr. 1 dort oben ist, habe ich noch einen Grund mehr.

Lasst mich raus!

26

26

SECHSUND-
ZWANZIG

SHAY

KILLIN, SCHOTTLAND

Time Zero: 7 Stunden

So sehr ich mich auch drehe und winde, ich komme nicht los. Duncan ist zu stark und dieses Mal konnte ich ihn nicht überraschen.

»Du hast mir neulich echt wehgetan, Sharona. Meine Gefühle verletzt. Machst immer einen auf nett und dann so was.«

»Tut mir leid. Lass mich los!«

»Tut es dir auch wirklich leid? Das glaube ich dir nicht. Beweis es mir. Küss mich, aber richtig, mit Zunge. Dann lass ich dich vielleicht gehen.« Und damit versucht er, mich gewaltsam herumzudrehen. Sein heißer Atem an meinem Hals.

Vergeblich wehre ich mich. Ich habe Angst, doch Duncan drückt mir von hinten so den Brustkorb ab, dass ich nicht einmal schreien kann. Ist ja ohnehin keiner in der Nähe, der mich hören könnte.

In dem Moment fällt mir wieder ein, dass ich schwere Stiefel trage. Ich trete ihm mit voller Wucht auf den Fuß. Und als er vor Schmerz aufschreit, hole ich noch mal aus und treffe mit der Hacke sein Schienbein.

Duncan gibt mich frei.

Mit erhobenen Fäusten wirbele ich herum, aber Kai kommt mir zuvor. Er schlägt einmal zu, noch mal und noch mal. Duncan geht stöhnend zu Boden, hält schützend die Arme über den Kopf.

Kai packt ihn bei der Schulter, zerrt ihn auf die Beine. Mit der anderen Hand will er ihm einen weiteren Schlag verpassen. Blut und Tränen rinnen Duncan übers Gesicht.

Ich halte Kais Faust mit beiden Händen fest. »Das reicht, Kai!« Mit wildem Blick dreht er sich zu mir um, als würde er mich nicht erkennen.

»Das reicht! Lass ihn los!«

Allmählich wird Kais Blick klarer, sein Atem langsamer. Noch immer hält er Duncan an der Schulter fest. Schließlich lässt er die Faust sinken.

»Hör mir gut zu. Wenn du Shay noch einmal zu nahe kommst, bringe ich dich um. Verstanden?«

Aus Duncans Nase läuft blutiger Schnodder. »Ja. Ich hab's verstanden. Ich lasse Shay in Ruhe.«

Kai lässt ihn los und er läuft davon.

»Alles okay?«, fragt Kai und will mich wieder in den Arm nehmen.

Aber jetzt gerade möchte ich einfach gar nicht angetatscht werden, nicht einmal von Kai. Ich schiebe ihn weg. »Ich komme allein klar. Ich hatte ihn schon im Griff.«

»Ach ja?« Kai deutet auf mein T-Shirt. Bei meinem Befreiungsversuch ist es am Kragen zerrissen. Diesen Moment möchte ich nicht noch einmal Revue passieren lassen, aber schon geht das Kopfkino los. Inzwischen zittere ich am ganzen Körper.

Kai hält mir mein Handy hin. »Du hast es auf dem Tisch liegen lassen, deshalb bin ich dir gefolgt. In letzter Sekunde habe ich noch gesehen, dass du hinter dem Park verschwunden bist. Gott sei Dank. Wollen wir die Polizei anrufen?«

»Dann zeigt er dich noch wegen Körperverletzung an. Außerdem hast du ihn schon genug bestraft.«

»Wenn du mich nicht aufgehalten hättest, hätte ich ihn vielleicht wirklich umgebracht.« Hilflos lässt Kai die Hände baumeln, als hätte er selbst Angst vor ihnen. Er schaut auf. »Es war, als wärst du Calista und ich könnte dich retten. Aber ich war nicht zur Stelle, um sie zu retten.« Seine Augen glänzen feucht, ihm kommen die Tränen. Und mir auch, als wären wir verbunden.

Diesmal nehme ich Kai in den Arm. Wir halten uns und weinen. Und so wie er gegen die Tränen ankämpft, weiß ich, dass er nur selten weint.

Zu selten.

Später fährt mich Kai mit dem Motorrad nach Hause. Mein zerrissenes T-Shirt verberge ich unter Kais Jacke.

Von zu Hause rufe ich dann Mum an, um ihr zu sagen, dass Kai mich schon gebracht hat. Und Kai wartet. Er verspricht, so lange zu bleiben, bis Mum zurück ist.

Ich werfe mein zerrissenes T-Shirt weg und dusche – schrubbe und schrubbe, um mir Duncan wegzuwaschen –, und obwohl ich weiß, dass niemand an Kai draußen vorbeikäme, denke ich an die Duschszene aus *Psycho*. Seife läuft mir ins Auge, weil ich unentwegt zur Tür starre, obwohl ich doch eigenhändig abgeschlossen habe.

Nach der Dusche ziehe ich mir blitzschnell Jeans und Pulli über. Ich will nicht allein sein, sondern bei Kai. Um mich sicher zu fühlen.

27

27

SIEBENUND-
ZWANZIG

CALLIE

SHETLAND INSTITUTE, SCHOTTLAND

Time Zero: 6 Stunden

Weil mir nichts Besseres einfällt, bleibe ich bei den Wachen vor der Tür. Wenn jemand was erfährt, dann die. Einer der Wachmänner starrt auf ein Control Panel, darauf blinkt erst ein roter Knopf, dann noch einer.

Die Männer öffnen die Tür. Nun brüllt niemand mehr herum, die Leute sind kleinlaut geworden. Ein paar Wachmänner gehen hinein und halten eine Art Scanner hoch. Bei ein paar Leuten bleiben sie stehen, reden mit ihnen. Darunter ist auch Schwester 11. Die Angesprochenen sollen aufstehen und mitkommen. Als sich einer aus der Gruppe weigert, packen die Wachen ihn am Arm und zerren ihn mit sich.

Alle weichen zurück, als die Gruppe die Cafeteria verlässt.

Ich laufe mit. Sie werden nicht ins Kino gebracht. Stattdessen geht es in eine große Halle mit Torstangen und markierten Feldern auf dem Boden. Eine Turnhalle.

Auf dem Boden liegen Menschen. Manche still und reglos. Andere krümmen sich schreiend. Die Gruppe um Schwester 11 schreckt zurück. Noch fühlen sie sich nicht krank, nicht sehr, sie haben nur leicht erhöhte Temperatur.

Doch Schwester 11 läuft hinein. Schüttelt empört den Kopf. »Wo sind denn die Ärzte?«, fragt sie.

Eine Frau, die bibbernd am Boden liegt, reagiert. »D-d-d-der letzte ist gerade gestorben.«

Schwester 11 beugt sich zu der Kranken hinunter. »Jan?«

Jan schließt die Augen, zittert und stöhnt.

Aufgebracht läuft Schwester 11 zur Tür und hämmert dagegen. »Wir brauchen hier Schmerzmittel. Bringt mir Morphium und Spritzen.«

»Alles aus«, ruft jemand von draußen.

Das gibt den Menschen in der Turnhalle den Rest, das Gejammer wird noch eine Spur lauter.

All die Menschen hier haben es nicht besser verdient.

So viele Menschen.

Sie schreien vor Schmerzen, manche weinen einfach nur. Qual und Leid übertragen sich von den Kranken auf den Raum und lassen ein neues Wesen entstehen, das wächst und wächst, während die Menschen immer kleiner und nichtiger werden.

Nur ein paar haben Glück. Die rühren sich nicht mehr. Die sind tot.

Das Leid, das sie anderen zugefügt haben, stürzt nun auf sie selbst herein. Aber wer hat damit angefangen, wer würde das mit Absicht anderen antun? *Warum?*

Schwester 11 mag ja hergekommen sein, weil sie für ihre Enkelin ein Heilmittel gegen den Krebs gesucht hat, nur ist das sicher nicht der einzige Grund, aus dem Dr. 1 diesen Ort geschaffen hat. Wer ein Mittel gegen Krebs findet, wird reich, reicher als jeder Popstar, Fußballspieler … reicher als die Queen.

Mir wird dieses ganze Leid zu viel. Ich will weg hier. Aber auf dem Weg zur Tür bleibe ich stehen.

Schwester 11 singt, so wie sie für mich gesungen hat. Andere stimmen mit ein. Und die anschwellenden Stimmen besänftigen das Schmerzmonster, jedenfalls ein wenig.

Wer ist nur diese Frau, die mal ihre Patienten tröstet, um sie dann wieder mit irgendwas zu infizieren und umzubringen?

Ich schüttle den Kopf. Ich verstehe sie nicht. Und mich auch nicht, denn ich hoffe, dass sie nicht stirbt.

Aber das wird sie und dabei will ich nicht zusehen. Mir reicht das alles hier. Ich schlüpfe unter der Tür hindurch an den Wachen vorbei. Hoffentlich gibt es am Ende noch jemanden, der für Schwester 11 singt.

28

28

ACHTUND-
ZWANZIG

SHAY

KILLIN, SCHOTTLAND
Time Zero: 5 Stunden

Als ich mit nassen Haaren aus der Dusche komme, bin ich plötzlich schüchtern. Kai sitzt verloren neben Ramsay auf dem Sofa. Um seine Lippen spielt ein unsicheres Lächeln.

Zögerlich streckt er die Hand nach mir aus. Unter seinem Blick werde ich verlegen. Ich setze mich dicht neben ihn. Zu dicht? Schnell rücke ich ein wenig ab, aber er tastet nach meiner Hand. Und als er seine warmen Finger mit meinen verschränkt, erwacht in mir ein ganz neues und noch viel wärmeres Gefühl.

»Wie geht's dir?« Besorgt schaut er mich an.

»Gut«, sage ich. Er hebt eine Braue, als glaubte er mir kein Wort. »Einigermaßen.« Natürlich binde ich ihm nicht auf die Nase, dass jetzt, wo ich Händchen haltend neben ihm auf der Couch sitze, es mir tatsächlich gut geht. Mehr als gut.

»Ich möchte mich bei dir entschuldigen«, sagt er.

»Wofür denn?«

Er schüttelt den Kopf, ihm fehlen die Worte. Aber ich warte ab, sage nichts. »Weil ich vollkommen die Kontrolle verloren habe«, sagt er schließlich. »Erst ist die Wut mit mir durchgegangen und dann …« Er zuckt die Achseln, beendet den Satz nicht.

»Also ich fand's echt nett, dass du dem Loser aufs Maul gehauen hast. Aber einmal hätte gereicht.«

»Ich weiß. Jetzt weiß ich das auch.« Kai runzelt die Stirn. »Irgendwie habe ich dich und meine Schwester durcheinandergebracht. Was mit ihr geschehen ist und mit dir heute.«

»Ich bin kein Kind. Ich kann auf mich selbst aufpassen.«

»Klar.« Er grinst verschmitzt. »Ich habe ja gesehen, wie du ihm auf den Fuß getrampelt bist. Wetten, dass der morgen keinen Schritt mehr tut!«

»Wolltest du nicht gerade noch was sagen?«

»Ja, das danach tut mir auch leid.«

Es dauert, bis der Groschen fällt. »Was, weil du geweint hast? Weil du ein Mensch bist?«

»Ja, genau. Viel zu viel Mensch. Das muss aufhören.« Jetzt blitzt ihm der Schalk aus den Augen.

»Du kannst doch nicht ständig deine Gefühle unterdrücken. Sonst platzen sie irgendwann einfach raus. Davon kann Duncan jetzt ein Lied singen.«

»Heißt der Typ so?«

Ich nicke.

»Meinst du, dass der dich jetzt in Ruhe lässt? Sagst du mir Bescheid, wenn er noch mal Probleme macht?«

»Duncan ist ein Feigling. Nach der Aktion heute wird er einen großen Bogen um mich machen.« Hoffe ich. Bloß mit ein bisschen Fantasie kann mir Duncan das Leben in der Schule auch so zur Hölle machen. »Über den will ich nicht mehr reden.«

»Worüber willst du denn reden?«

Im Grunde gibt es nur einen Menschen, über den Kai dringend reden müsste, aber garantiert nicht reden will. Ich gebe mir einen Ruck: »Erzähl mir von deiner Schwester.«

29

29

NEUNUND-
ZWANZIG

CALLIE

SHETLAND INSTITUTE, SCHOTTLAND
Time Zero: 4 Stunden

Lautes Knallen im Gang. Schüsse?

Schreie ertönen, nur klingen sie anders als die der Kranken. Überrascht. Erstickt. Weitere Schüsse.

Ich folge den Geräuschen. Der Weg führt zurück zur Cafeteria. Die Türen stehen offen, ein Wachmann liegt erstochen davor, das Messer ragt noch aus seinem Körper. Sein Schutzanzug ist zerrissen, Blut sickert aus der Wunde.

In der Cafeteria liegen weitere Menschen blutend und reglos am Boden.

Zwei Wachen haben die Gewehre auf die wenigen verbliebenen Menschen drinnen gerichtet. Wo sind die anderen?

Wieder folge ich den Geräuschen. Schnelle Schritte. Rufe. Schüsse. Noch ein Toter am Boden und noch einer. Ich überhole die Wachen, die eine Handvoll Menschen um die Ecke jagen und in die Arme einer weiteren Gruppe mit Wachmännern treiben. Die Menschen weichen zurück, doch nun sind sie gefangen zwischen den beiden Wachmannschaften. Obwohl sie sich mit erhobenen Armen ergeben, fallen Schüsse, ertönen Schreie. Die Menschen gehen zu Boden.

Warum bringen sie sich gegenseitig um?

Mir ist schlecht, ich möchte mir die Seele aus dem Leib kotzen, aber nicht einmal das kann ich mehr.

Warum bringen sie sich gegenseitig um, wenn ohnehin schon so viele im Sterben liegen?

Ich muss hier raus. Egal wie.

Aber sämtliche Wege enden in einer Sackgasse.

Wenn alle hier sterben, bin ich zum Schluss mit den Leichen und Geistern für immer eingesperrt!

Es muss einen Weg heraus geben.

30

30

DRESSIG

SHAY

KILLIN, SCHOTTLAND
Time Zero: 3 Stunden

Kai zögert, und ich habe schon Angst, dass er nicht will. Doch dann beginnt er zu erzählen. Am Anfang noch stockend, aber dann taut er immer mehr auf, berichtet, dass Calista zu früh auf die Welt kam und winzig klein war wie eine Puppe. Dass sein Name ihr erstes Wort war. Dass sie ihn in den Wahnsinn trieb, weil sie ihm überallhin folgte, sobald sie laufen konnte. Dass sie gerne las und Sport nicht mochte, aber trotzdem bei all seinen Fußballspielen zusah, auch wenn sie dabei immer ein Buch auf den Knien hatte.

Dass er sie geliebt hat.

Kaum ist er in Fahrt gekommen, ist er nicht mehr zu bremsen. Und die ganze Zeit hält er meine Hand wie eine Rettungsleine.

31

31

EINUND-
DREISSIG

CALLIE

SHETLAND INSTITUTE, SCHOTTLAND

Time Zero: 2 Stunden

KA-BOOM!

Die Explosion ist laut wie hundert Donnerschläge. Die Erde bebt, als gefiele ihr der Ort genauso wenig wie mir.

Dagegen ist das Geschrei richtig leise.

Offenbar hat die Explosion meinem Gehirn auf die Sprünge geholfen, denn ich kapiere endlich, wohin die Menschen liefen, als sie erschossen wurden. Da standen Wachen. Was haben die denn beschützt? Die Leute wollten fliehen. Das muss der Weg nach draußen sein!

Ich will nicht dahin zurück. Ich will das Blut und die Leichen nicht sehen.

Aber mir bleibt nichts anderes übrig.

32

32

ZWEIUND-
DREISSIG

SHAY

KILLIN, SCHOTTLAND
Time Zero: 1 Stunde

Nach einer Weile verstummt Kai, aber es ist nicht das Gleiche wie heute Morgen, als er dichtgemacht hat. Diesmal schweigt er, weil alles gesagt ist.

Die Uhr tickt, draußen rascheln die Blätter im Wind. Kai lässt meine Hand los, doch nur, um den Arm um mich zu legen.

Erst lehnt mein Kopf bloß an seiner Schulter, dann schmiege ich mich an seine Brust, alles ist ganz natürlich, ich frage mich auch nicht, wie es weitergehen soll, es ist einfach schön, gemeinsam hier zu sitzen. Ganz still.

Mir fallen die Augen zu, der fehlende Schlaf von gestern macht sich bemerkbar, auch wenn ich in diesem Moment unbedingt wach bleiben möchte.

Mit Kais Herzschlag am Ohr döse ich ein. Immer wieder, während er mir sanft über den Kopf streichelt.

33

33

DREIUND-
DREISSIG

CALLIE

SHETLAND INSTITUTE, SCHOTTLAND
Time Zero: 40 Minuten

Die Leichen sind noch da, aber sie wurden zur Seite geschafft. Auf einen Haufen gestapelt. Die Wachen sind fort.

Sind sie geflohen?

Wenn ja, haben sie die Tür hinter sich geschlossen. Die ist nämlich versiegelt, dicht versiegelt. Nirgends ein Spalt für mich zum Durchschlüpfen.

Rauch zieht in den Flur. Das schnelle Trampeln von Füßen erklingt, kommt näher.

Wieder Leute aus der Cafeteria? Auch sie versuchen sich vergeblich an der Tür. Sie bleibt verschlossen.

»Wir müssen sie aufsprengen«, sagt einer. Alle husten wie verrückt vom Rauch.

»Vielleicht hat eine der Wachen noch ein Gewehr gehabt«, sagt ein weiterer. Daraufhin laufen ein paar der Leute zurück, wohl um die Leichen abzusuchen.

Als sie wiederkommen, hat einer ein Gewehr in der Hand und ballert wie wild auf die Tür. Dann zielt er richtig und schießt wieder und wieder auf das Türschloss, bis es nachgibt. »Versucht es mal!«, ruft er.

Die Tür gibt nach und sie laufen durch. Ich sause an ihnen vorbei, aber kurz darauf verzweigt sich der Flur und ich weiß nicht weiter. Ich muss auf die Leute warten.

Manche stürzen zu Boden.

Andere schleppen sich hustend durch den Rauch.

Bis zu einer letzten Tür.

Ein Fahrstuhl?

Mit Gewalt brechen sie die Türen auf, aber der Fahrstuhl ist nicht da.

34

34

VIERUNDDREISSIG

SHAY

KILLIN, SCHOTTLAND

Time Zero: 20 Minuten

»Hallo«, sagt Mum, und ich bin sofort hellwach.

Mit großen Augen steht sie im Türrahmen. Einerseits möchte ich auf sie zustürzen, andererseits will ich nicht von Kais Seite weichen.

Kai drückt mich kurz und gibt mich dann frei.

Er wollte bloß warten, bis Mum von der Arbeit zurückkommt. Und das hat er ja, obwohl sie sich verspätet hat und ich auch noch eingeschlafen bin.

Mum sagt nichts dazu, dass wir so dicht beieinander auf dem Sofa sitzen, auch nicht, dass es schon nach Mitternacht ist.

Als sie rausgeht, verabschieden wir uns.

»Danke fürs Zuhören«, sagt Kai. Sein Blick ist warm, und etwas Friedvolles liegt darin, das ich sonst nicht wahrgenommen habe. Er legt mir die Arme um die Schultern, meine wandern um seine Taille. Einen Augenblick lang hält er mich ganz fest. Dann lässt er mich los und sieht mich an. »Du rufst doch an, wenn er …«

»Ja«, falle ich ihm ins Wort. Ich will mir den Moment nicht mit Duncan versauen. »Ist das auch kein Problem, so spät zurückzufahren?«

Kai tippt mir ans Kinn. »Machst du dir etwa Sorgen um mich?« Er grinst. »Wird schon schiefgehen. Gib mir mal deine Nummer, dann schreibe ich, wenn ich angekommen bin.« Er zieht sein Handy raus und ich diktiere ihm meine Nummer.

Kai beugt sich zu mir runter und küsst mich flüchtig auf die Wange. Zart wie ein Windhauch. Seine Lippen sind weich, sein Atem warm, seine frischen Bartstoppeln kratzig. Am liebsten würde ich ihm ins Haar greifen und ihn auf den Mund küssen, richtig küssen. Ich bin völlig durcheinander. Alles Blut sackt aus dem Kopf, Arme und Beine werden so schwer, dass ich mich nicht mehr rühren kann. Auch wenn ich wie zur Salzsäule erstarrt bin, ist der Moment perfekt.

Doch dann prasseln all die Gefühle der letzten Tage auf mich ein. Mir kommen die Tränen. In dieser kurzen Zeit ist so viel passiert, dass ich den Eindruck habe, als wäre das Mädchen, das gestern Morgen aufgestanden ist, über Nacht um Jahre gealtert. Kais vermisste Schwester, unsere gemeinsame Erkundung, das Durchleben der Erinnerungen, Kais aufkeimende Hoffnung durch die neuen Ermittlungen. Duncan. Wie Kai mir zur Hilfe geeilt ist und einfach nicht aufhören konnte. Kais Tränen und meine. Alles, was er mir erzählt hat, während er meine Hand hielt. Wie er mich im Arm gehalten hat, bis ich einschlief.

Und nun verabschieden wir uns.

Doch Kai sieht die Tränen nicht, die mir über die Wange rinnen. Er hat sich bereits abgewandt, zieht Jacke und Helm über. Hastig wische ich die Tränen fort.

35

35

FÜNFUND-
DREISSIG

CALLIE

SHETLAND INSTITUTE, SCHOTTLAND

Time Zero: 5 Minuten

Wieder hört man das laute Dröhnen einer Explosion.

Diesmal nicht unter uns, sondern aus der Ferne, aber stärker als vorher.

Die Menschen, denen ich gefolgt bin, sind am Boden zusammengebrochen. Einige rufen um Hilfe. Nur wer soll schon kommen? Andere liegen still da.

Ich fliege den Fahrstuhlschacht hinauf und lasse die Menschen hinter mir. Hoch und höher, bis ich ihr Weinen nicht mehr höre.

Der Schacht wird immer wieder von kleineren Explosionen erschüttert.

Als ich endlich oben ankomme, versperrt mir der Fahrstuhl den Weg.

Nein! Lasst mich raus!

Ich breite mich ganz dünn über den Boden des Fahrstuhls aus, über die Wände, fahnde, forsche.

Und dann finde ich etwas. Einen Riss im Boden des Fahrstuhls. Keine Ahnung, ob er schon immer da war oder von der Explosion stammt.

Unter mir zischt es. Und als wären der Luft Klauen gewachsen, packt sie mich und zerrt mich in die Tiefe. Vergeblich versuche ich, mich an den Schachtwänden festzukrallen, falle und falle, bis mir eine Hitzewelle entgegenschlägt und mich wieder nach oben katapultiert. Ein Flammenball, eine Feuerwand.

In Feuer gehüllt, finde ich den Riss aufs Neue. Ist er groß genug? Ich mache mich klein und dünn und schiebe mich durch den Schlitz. Überall Flammen. Das Metall verformt sich, der Riss wird schmaler. Mehr und mehr von mir schlüpft hindurch. Nun verspüre ich einen Schmerz von der Hitze des Feuers, er wird stärker. Schmerz wie bei der Heilung, stechend und brennend. Zum ersten Mal spüre ich überhaupt wieder etwas.

Auch wenn ich die Flammen schon mal überlebt habe, so ausgebreitet und dünn schaffe ich es nicht. Ich muss mich zu einer Kugel zusammenrollen und schleunigst weg hier, sonst vernichten sie mich.

Immer noch besser, als unterirdisch eingesperrt zu sein.

Doch dann habe ich es ganz plötzlich geschafft! Ich bin durch!

Bin ich in einem … Haus? Nein, in einer Scheune. Sie wirkt wie eine ganz gewöhnliche Scheune aus Holz und Stein, etwas verfallen vielleicht.

Der Fahrstuhl war hinter Strohballen versteckt, die nun lichterloh brennen. Flammen schießen in die Höhe.

Und auf der anderen Seite der Scheune ist eine Tür offen.

Frische Luft kommt herein. Am Himmel steht der Mond, aber so hell wie es ist, kann es nicht Nacht sein.

Ich stürze zur Tür.

36

36

SECHSUND-
DREISSIG

SHAY

KILLIN, SCHOTTLAND
Time Zero: 2 Minuten

Mum kommt zurück ins Zimmer. Sie legt die Hand auf meine Schulter, als wüsste sie, dass ich das jetzt brauche. Durchs Fenster sehen wir, wie Kai auf seinem Motorrad davonbraust. Werde ich ihn je wiedersehen?

Ich friere zwar nicht, aber trotzdem habe ich eine Gänsehaut und zittere. Heute kommt mir die Welt viel gefährlicher vor, gefährlicher als gestern. Aus unerklärlichen Gründen mache ich mir Sorgen um Kai, um mich selbst und um alle, die mir etwas bedeuten.

Tschüss, Kai. Pass auf dich auf. Komm bald zurück zu mir.

37

37

SIEBENUND-
DREISSIG

CALLIE

SHETLAND INSTITUTE, SCHOTTLAND
TIME ZERO

Ich fliege nach draußen.

Hinter mir steht die Scheune in Flammen. Unter mir rumpelt und poltert die Erde. In der Ferne glüht der Himmel rot.

Aber mir ist das egal.

Ich bin vor Freude ganz aus dem Häuschen, hüpfe ausgelassen durchs Gras. Mache Saltos in einem seltsamen Halbdunkel, das mehr Nacht als Tag ist.

ICH BIN FREI!

TEIL 2

1	2	3	4	2
T	E	I	L	2
EINS	ZWEI	DREI	VIER	ZWEI

DER APFEL

Entdeckungen sind selten geplant. Mit dem rechten Augenmerk betrachtet, kann ein Fehler ein Multiversum an Möglichkeiten eröffnen.

Xander, *Manifest des Multiversums*

1

1

EINS

SHAY

»Wach auf. Bitte wach auf, Sharona.«

Mums Stimme ist durchdringend, aber ich bin total groggy, weil ich so wenig geschlafen habe. Und sofort überkommt mich ein freudiges Gefühl, wenn ich an den Grund denke. Ich bin wach geblieben, weil ich auf Kais Nachricht gewartet habe. Die kam dann auch: *Liebste Shay, ich bin gut angekommen. Pass auf dich auf, Kai.*

Und ich habe mich so gefreut, habe die Worte wieder und wieder gelesen, bis ich eingedöst bin.

»Shay?« Ich öffne ein Auge. Es ist noch dunkel. Und ist heute nicht Sonntag?

Hastig setze ich mich auf. »Was ist denn? Ist was passiert?«

Mum steht noch in den Klamotten von gestern in meiner Zimmertür. »Komm und schau dir die Nachrichten an. Irgendwas geschieht da auf den Shetlandinseln.« Aufgeschreckt durch den panischen Unterton in ihrer Stimme, reibe ich mir die Augen, ziehe einen Bademantel über und stolpere hinter ihr die Treppe hinunter zum Fernseher. Mums Bruder Davy wohnt mit seiner Frau und drei Kindern auf den Shetlandinseln.

Ich setze mich neben Mum aufs Sofa und kuschle mich an sie.

Die Bilder in den Nachrichten erinnern an einen Katastrophenfilm. Das kann doch nicht wahr sein! Ist es aber.

Meterhohe Flammen schießen in den Himmel. Selbst der Erdboden scheint zu brennen. Häuser stehen in Flammen, vor Shetlands Nachthimmel wird die gesamte Szenerie von einem gespenstisch roten Feuer erleuchtet. Ich nehme Mums Hand.

»Hast du angerufen?«

»Ich hab's versucht. Das Telefonnetz ist tot. Davy geht auch nicht ans Handy.«

»Was ist passiert?«

Mum schüttelt ungläubig den Kopf. »Der Öl-Terminal in Sullom Voe ist explodiert. Das Feuer hat sich ausgebreitet. Keiner weiß warum. Oder sie sagen es nicht«, flüstert Mum mit tränenerstickter Stimme.

Den Rest der Nacht verfolgen wir die Berichterstattung. Ist es ein Terroranschlag? Oder ein schrecklicher Unfall? Die Reporter können nur mutmaßen. Man weiß, dass es eine gewaltige Explosion gegeben hat und dass Shetlands Ölvorräte – die per Schiff oder Pipeline von den Bohrinseln der Nordsee zum größten europäischen Öl-Terminal geliefert werden – in Flammen stehen. Sicherheitsvorkehrungen, die einzelne Abschnitte der Pipeline hätten abschotten sollen, haben versagt. Die Bohrinseln brennen ebenfalls.

Und das ungewöhnlich schöne trockene Wetter lässt alles wie Zunder entflammen. Selbst der Rasen hat Feuer gefangen. Die Insel verfügt nicht über die Kapazitäten, mit einer Katastrophe solchen Ausmaßes fertig zu werden. Evakuierung ist die einzige Möglichkeit.

Es ist bereits ein Notruf an umliegende Schiffe rausgegangen, die den Inselbewohnern zur Hilfe kommen sollen. Mum und ich kleben am Bildschirm, Stunde um Stunde. Als die Sonne aufgeht, hoffen wir noch immer, meinen Onkel und meine Tante mit den Kindern in ein Boot oder einen Hubschrauber steigen zu sehen. Fischerboote und Kähne in sämtlichen Größen – selbst ein Kreuzfahrtschiff – helfen, die Menschen zu evakuieren. Gebannt halten wir Ausschau.

Wir können sie nirgends entdecken.

2

2

ZWEI

CALLIE

Die Freude darüber, meinem unterirdischen Gefängnis entkommen zu sein, lenkt mich nicht lange ab. Die Wachen haben gesagt, Dr. 1 wohnt auf der Insel und dass sie jemanden zu ihm nach oben geschickt haben, als die Kommunikation unterbrochen war.

Ob der Bote es noch vor dem Feuer geschafft hat?

Der Fahrstuhl war oben. Wenn er nicht im Fahrstuhl stecken geblieben ist, hat er es geschafft.

Wie finde ich ihn bloß?

Ich rase zurück zu der brennenden Scheune. Inzwischen ist sie fast vollständig zerstört. Um besser sehen zu können, fliege ich hoch in die Luft. Ringsum brennt alles, durch den Rauch kann man nur schwer etwas erkennen. Von der Scheune breiten sich die Flammen auf Gras und Büsche aus, aber die großen Feuermassen kommen vom Wasser, wo der Himmel vorhin schon rot leuchtete. Aus diesem Leuchten sind hoch aufschießende Flammen geworden. Das Feuer greift um sich. Kommt das von der zweiten Explosion, die wir gehört haben?

Konzentrier dich auf Dr. 1.

Zur Scheune führt keine Straße. Es gibt nur Felder und Wanderwege. Ich schwebe dicht über dem brennenden Gras. Reifenspuren kann ich nicht ausmachen. Wenn sie jemanden zu Fuß losgeschickt haben, kann Dr. 1 nicht allzu weit weg wohnen.

Ich ziehe immer größere Kreise um die Scheune. Es gibt keine Bäume, nur kargen Boden, der in zerklüftete Hügel mit seltsam gefärbten Steinen übergeht. Dort ist der Aufstieg beschwerlich, bestimmt ist hier niemand langgekommen. Als ich wieder tiefer sinke, entdecke ich doch endlich etwas Weißes am Boden.

Dort. Ein Mann liegt seltsam verdreht auf dem Weg. Er trägt einen weißen Kittel. Ich bleibe neben ihm stehen. In dieser Gegend brennt nichts, noch nicht. Also ist der Mann nicht wegen des Rauchs kollabiert.

Er schwitzt wie verrückt. Bewegt die Lippen, murmelt unverständliches Zeug. Dann geht ein Zucken durch seinen Körper – einmal, zweimal …

Er hat sich angesteckt. Der lebt nicht mehr lange.

Wie soll ich ohne ihn zu Dr. 1 finden?

Seufzend lasse ich mich neben ihm am Boden nieder. Abermals murmelt er, blinzelt, dann reißt er die Augen weit auf und sieht mir direkt ins Gesicht.

Können Sie mich sehen?, frage ich.

»Was bist du?«, haucht er.

Ich bin ein Geist.

»Bin ich tot?«

Nein. Aber viel fehlt nicht mehr. Vielleicht können Sie mich deshalb sehen.

Er seufzt. »Das habe ich mir schon gedacht.«

Wo ist Dr. 1?

»Weiß ich nicht.« Seine Lider zucken.

Warten Sie noch. Wo wohnt er? Ich gehe nachschauen, ob er noch da ist.

Auch wenn ich ein Geist bin, erscheint ihm dieser Einwand wohl vernünftig. Er faselt was von einem weißen Haus mitten im Wasser. »Das Schwein wusste wohl, dass uns Feuer irgendwann mal gefährlich werden könnte«, presst er heraus. Keine extra Insel, erfahre ich von dem Mann. Unweit der Ruinen sei es über ein Strandstück verbunden. Es liege auf der anderen Seite der Insel mit Blick aufs Meer. Das einzige Haus. Mit großem Teleskop, fügt er noch hinzu.

Und dann stirbt er.

Ich folge dem Weg, lasse die Scheune immer weiter hinter mir. Am Himmel leuchtet es wieder, die Sonne geht auf. Auch wenn ihre Strahlen nicht so hell sind wie die Flammen, hilft sie mir, mich zurechtzufinden. Hin und wieder verzweigt sich der Weg, und ich muss ein paarmal umkehren, weil der Pfad nicht in die richtige Richtung führt.

Dann entdecke ich eine kleine Insel, die aus der Nähe betrachtet durch einen schmalen Sandstreifen verbunden ist. Gegenüber liegen verfallene Gebäude. Bin ich hier richtig? Ich schwinge mich in die Luft und folge der Küste. Und dort, den Flammen abgewandt, steht ein weißes Haus am Meer. Diese Insel, die keine Insel ist, liegt weit entfernt von den Bränden.

Das Haus wirkt nobel. Dr. 1 muss Geld haben.

Es sieht dunkel und verlassen aus. Ich schlüpfe durch den Schornstein hinein und schaue mich in jedem Zimmer um. Oben gibt es zwei Schlafzimmer, die Betten ordentlich gemacht und leer. Unten ist alles ein einziger großer Raum mit einer schicken, blitzsauberen Küche, Plüschsofas, Bücherregalen und einem Schreibtisch. Vom Wintergarten schaut man aufs Meer hinaus und dort steht ein großes Gerät unter einer Plane. Wenn das ein Teleskop ist, muss es das Haus von Dr. 1 sein.

Wo kann er wohl sein, wenn er weder hier noch unten in der Station ist?

Der Schreibtisch ist riesig, darüber hängen Regale mit Büchern und Ordnern. Diese vielen Schreibtischschubladen gehen mir besonders auf die Nerven. Direkt vor meiner Nase verbergen sich vielleicht Antworten, aber ich kann weder Schubladen öffnen noch Bücher vom Regal nehmen. Ich bin zu nichts nütze.

Ich verlasse das Haus wieder durch den Schornstein, wild entschlossen, die gesamte Insel abzusuchen.

Die Sonne steht nun voll am Himmel. Ich schwebe zurück über den schmalen Sandstreifen, vorbei an der inzwischen abgebrannten Scheune und den Hügeln aus rotem Stein. Dieser Teil der Insel ist mit anderen verbunden, auch mit der Flammenwand auf der anderen Seite des Wassers. Das Feuer ist riesig. Wieder gibt es eine Explosion und die Flammen schießen noch höher. Wenn sich Dr. 1 in die Richtung aufgemacht hat, ist er tot.

Ich folge weiter der Küstenlinie. Die Insel ist groß und ausladend, ihre Finger erstrecken sich ins Meer. Überall wo Häuser stehen, brennt es, als wäre das, was explodiert ist, mit allen Häusern verbunden. Und von den Häusern springt es auf Gras und Gebüsch über, sodass die einzelnen Brandherde immer weiter zusammenwachsen.

So viel ist zerstört worden. Wohin ich auch schaue, kokelt es schwarz oder brennt noch lichterloh. Die größte Stadt liegt am Wasser, die Flammen schießen von den Häusern an der Promenade hoch in den Himmel.

Abseits der Städte und Ortschaften versammeln sich die Menschen in Buchten, die man mit kleinen Booten erreichen kann. Ich lasse mich zwischen den Leuten nieder, klettere die Felsen hinunter bis zum Wasser. Die Wellen lecken an meinen Füßen, aber es fühlt sich nicht kalt und nass an. Die wildgrüne See ist wunderschön, bloß kann ich das Salz in der Luft nicht riechen.

Ich schließe die Augen, doch ich spüre nichts. Nichts verrät mir, wo ich bin.

Am liebsten würde ich jetzt herumbrüllen, so lange, bis sich rausstellt, dass das alles gar nicht wahr ist. Ich schlinge die Arme um mich, muss mich beruhigen. Aber die Panik überschwemmt mich mit aller Macht, schlägt über mir zusammen, so wie die See gegen die Felsen brandet. Die See, die ich so geliebt habe, die ich jetzt aber weder spüren noch riechen kann.

Ich lasse mich auf einem Felsen nieder. Kleine Boote pendeln zwischen Küste und größeren Schiffen. Die Menschen warten, um die Insel zu verlassen. Manche weinen, andere sind verstört, verbrannt, verletzt. Manche können sich nicht mehr bewegen und müssen getragen werden: tot oder im Sterben.

Über uns schwirren Hubschrauber, einige mit Filmkameras. Andere schaufeln Wasser aus dem Meer und löschen die Feuer. Wieder andere bringen Verletzte fort.

Mich berührt das Leid ringsum nicht. Mein Inneres ist tot, genauso wie mein Körper, nichts als ein Beutel Asche in einem unterirdischen Labor.

Daran ist allein Dr. 1 schuld. Wo ist er jetzt?

Ich verlasse den Felsen und halte nach Dr. 1 Ausschau. Sein Gesicht habe ich nie gesehen. Aber er ist groß, und ich weiß auch, wie er steht und sich bewegt, als müssten alle ihm Aufmerksamkeit zollen. Ich bin noch nie einem König begegnet, doch so stelle ich mir einen vor. Und seine Stimme kenne ich. Ich sehe mich um, horche, aber nirgends ist jemand, der ihm gleicht.

Vielleicht ist er ja auch im Feuer verreckt. Wenn nicht, befindet er sich nicht mehr auf der Insel, also muss ich auch fort.

Am Strand legt ein Boot an, man hilft den Menschen an Bord. Manche werden getragen, einige können noch selbst laufen. Ich schließe mich ihnen an.

Auf den Wellen schaukeln wir einem Schiff entgegen. Es ist riesig. Eines dieser schicken Kreuzfahrtschiffe, auf denen reiche Leute rumschippern. Wir fahren an die Seite des Schiffs heran, aber ich warte das Manöver nicht erst ab. Ich schwebe nach oben über so eine Gangway.

Ich folge den Stimmen zu einer offenen Lounge, die sich über alle Decks erstreckt. Sieht aus wie ein Krankenhaus im Disneyland: Menschen mit Verbrennungen kreischen unter Kronleuchtern und Glastreppen.

Anscheinend gibt es nur einen einzigen Arzt und ein paar Schwestern. Ihre Gesichter sehen so aus, als würden sie vor Angst am liebsten über Bord springen.

Ein Mann geht auf eine der Schwestern zu. Er ist bleich, Schweiß steht ihm auf der Stirn. Dann bricht er auf dem Deck zusammen.

3

3

DREI

SHAY

Endlich klingelt das Telefon.

Mum rast so schnell hin, dass sie fast stürzt. Ich bin ihr dicht auf den Fersen.

»Hallo? Hallo?«

Auf ihrem Gesicht zeigt sich ein breites Grinsen und sie hält den Daumen hoch.

»Gott sei Dank. Ja. Alles in Ordnung?« Eine Pause. »Kommt doch zu uns. Wir rücken zusammen.« Eine weitere Pause. »Also, das Angebot steht. Okay. Ich hab dich lieb, Davy. Tschüss.«

Sie legt auf und steht mit gesenktem Kopf da.

»Was ist denn? Sag schon!«

Doch sie kann nicht antworten. Nachdem sie die halbe Nacht die Tränen zurückgehalten hat, weint sie jetzt.

»Sag endlich!«

Zitternd holt sie Luft und schaut auf. »Es geht ihnen gut. Die kleine Shona hat sich auf der Flucht vor dem Feuer das Bein gebrochen. Und Davy glaubt, das Haus ist völlig zerstört. Ansonsten geht es ihnen gut.«

»Und? Kommen sie her?«

»Nein.« Mum legt die Stirn in Falten. »Davy konnte nicht so

lange reden, weil andere auch telefonieren wollten. Er meinte nur, dass sie erst mal in Aberdeen bleiben müssten. Keine Ahnung warum. Er kann diese Stadt doch nicht ausstehen.«

»Aber außer dem gebrochenen Bein ist ihnen nichts passiert. Das ist doch schon mal gut.«

»Ja, natürlich.« Mum weint noch immer, drückt mich an sich.

Wir essen eine Kleinigkeit und legen uns dann hin. Gemeinsam in Mums Bett. Selbst im Schlaf hält sie meine Hand ganz fest.

4

4

VIER

CALLIE

Das ist also Aberdeen.

Erst wandere ich ein wenig im Hafenviertel umher. Eine Karawane aus Krankenwagen kommt mit heulenden Sirenen angerast. Ärzte und Schwestern müssen entscheiden, wer zuerst abtransportiert wird. Doch anders als die Leute im unterirdischen Labor wirken sie, als wollten sie den Menschen wirklich helfen.

Ich habe die Nase voll von den Schmerzen und dem Geschrei, von den Kranken und den Sterbenden. Ich will einfach nur weg. Aus dem Labor erkenne ich niemanden hier, aber wie auch, wenn sie immer Schutzanzüge getragen haben? Dr. 1 könnte überall und jeder sein. Wenn er in der Menge untertauchen will, bräuchte er bloß seinen Gang zu verstellen, und schon könnte er unbemerkt an mir vorbeilaufen. Es bringt nichts, hier noch weiter herumzulungern.

Ich werde mir einfach die Stadt ansehen.

Es gibt viele große beeindruckende Gebäude aus weißem oder cremefarbenem Stein. Die Sonne steht tief am Himmel und die Häuser glitzern im Sonnenlicht wie mit silbernem Feenstaub bedeckt.

Ich laufe durch Straßen mit Läden und Restaurants. Kann man

auch hungrig sein, wenn man nicht essen kann? Offenbar. Ich beobachte die Leute beim Essen in den Cafés und wünschte, ich könnte mal probieren. Sie würden mich ja nicht sehen. Ich stelle mir vor, wie ich ihnen was vom Teller stibitze, koste und es behalte, wenn es mir schmeckt. Aber natürlich kann ich nichts in die Hand nehmen.

In einer Pizzeria sitzt die perfekte Familie. Bilderbuch-Mum, Dad und vier Kinder, angefangen vom Baby bis zu einem Jungen in meinem Alter. Ich setze mich zu ihnen an den Tisch und tue so, als ob es meine Eltern und meine Geschwister wären.

Aber es fühlt sich nicht echt an, jedenfalls nicht lange. Allmählich wird es dunkel und ich gehe. Bei diesen Leuten, die schick im Restaurant sitzen und sich fröhlich unterhalten, fühle ich mich nicht wohl. Ich verdrücke mich in dunklere Gassen.

Unter einer Brücke trinken Jungs reihum aus einer Flasche. Ein Mädchen ist auch dabei. Als sie die Flasche bekommt und würgt, lachen alle.

Hier fühle ich mich wohler, bleibe eine Weile.

Was soll ich als Nächstes tun? Ich kann überall hin, mir alles ansehen. Niemand kann mich aufhalten. Die Leute sehen mich ja nicht einmal. Nur dieser Mann auf der Insel, der im Sterben lag, wusste, dass ich da war.

Dennoch muss ich es noch einmal ausprobieren. Ich fuchtle dem Mädchen mit der Hand vorm Gesicht herum. Keine Reaktion. Ihr Kopf fällt zur Seite, sie kann kaum noch gerade sitzen. Einer der Jungs stützt sie, legt ihr den Arm um die Schulter. Das Mädchen wird immer betrunkener. Füllen die Jungs sie etwa ab?

Der Junge neben ihr küsst sie. Jetzt reicht es mir. Das geht zu weit.

Aufhören!, brülle ich, so laut ich kann. Und er hört auf, sieht sich verstört um. Seine Freunde lachen ihn aus, nun grapscht ein anderer nach dem Mädchen, zieht sie zu sich.

Wilde Wut packt mich. Ich stürze mich auf den Jungen, in ihn hinein.

Die anderen Jungs springen schreiend auf, laufen davon, das Mädchen stolpert hinterher.

Hitze. Flammen.

Der Junge schreit. Flammen brechen aus ihm hervor, er brennt überall gleichzeitig.

Taumelnd will er sich noch zum Wasser retten, aber zu spät.

Er stürzt.

5

5

FÜNF

SHAY

Duncan taucht erst auf, als der Schulbus schon in Sicht ist, als hätte er sich so lange hinter der Ecke versteckt.

Er geht tatsächlich auf Krücken! Also habe ich ihm doch ordentlich zugesetzt. Dem Gips nach zu urteilen, ist der Fuß gebrochen.

Duncan meidet meinen Blick. Seine Nase ist bandagiert, sein Gesicht grün und blau. Sofort scharen sich alle um ihn. Dann gibt er eine verrückte Geschichte von Einbrechern zum Besten, die er auf frischer Tat ertappt haben will. Denen hat er es aber gezeigt! Allgemeine Begeisterung.

Hä? Beim Einsteigen wirft Duncan mir immer wieder Blicke zu, als fürchte er, ich könne ihm widersprechen. Auf seinem geschwollenen Gesicht macht sich ein fragender Ausdruck breit. Ich nicke halbherzig.

Dieser Typ ist echt Abschaum. Vom ersten Tag an hat er mich schikaniert und es wurde immer schlimmer. Wahrscheinlich muss man sich vor ihm in Acht nehmen.

Und ich weiß nicht, was er mit mir angestellt hätte, wenn Kai ihm nicht in die Quere gekommen wäre. Dennoch habe ich das ungute Gefühl, dass es nicht passiert wäre, wenn ich ihm im

Supermarkt nicht in die Eier getreten hätte. Damit habe ich eine Grenze überschritten und ihn provoziert. Nicht dass das sein Verhalten entschuldigen würde, aber davor hat er sich immer nur wie ein ganz normaler Schläger verhalten.

Kais Reaktion schockt mich immer noch. Wenn er Duncan nicht halb tot geprügelt hätte, hätten wir die Polizei rufen können und dieser Mistkerl Duncan wäre vielleicht in einer Zelle gelandet. Aber wie die Dinge jetzt stehen, kommt es mir fast vor, als hätte er mich in der Hand. Gar nicht gut.

»Shay?« Ich drehe mich um. Amy. Auch das noch. Sie lächelt.

»Ja?«

»Wer war denn der Typ, mit dem du am Samstag in der Stadt warst? Der war ja ziemlich heiß.«

Etliche Augen sind auf mich gerichtet.

»Das geht dich gar nichts an.«

Amy lächelt zuckersüß. »Du sollst dir irgendeine wilde Geschichte ausgedacht haben, dass du das Mädchen gesehen hast, das letztes Jahr verschwunden ist. Und sie ist wohl seine kleine Schwester. Alles nur, um an einen Typen zu kommen? Das ist schon krass.«

Ich verziehe keine Miene.

»Und ein *geniales* Gedächtnis sollst du auch noch haben!« Großes Gekicher bei ihren Freundinnen. Mann, sind die hohl. Calista ist verschwunden und auf den Shetlandinseln ist die Hölle los, aber Amy und ihre Freundinnen interessieren sich nur für sich und ihre kleine Welt! Auf jeden Fall glauben sie nicht, was sie über mein Gedächtnis gehört haben. Besser, sie halten mich für eine Hochstaplerin als für einen Freak.

Der Bus hält. Iona steigt mit ein paar anderen ein. Sie setzt sich neben mich und blickt mich fragend an.

»Was ist denn mit unserer Dumpfbacke passiert?«

»Hat bei sich zu Hause Einbrecher überrascht und davongejagt, sagt er.«

»Was? Bullshit.« Iona mustert mich. »Da steckt doch mehr dahinter. Und mein Gefühl sagt mir, dass du es weißt.«

Ich schüttle den Kopf.

»Mit meinen detektivischen Fähigkeiten kitzle ich das schon noch aus dir raus.«

Iona holt eine Zeitung aus ihrem Rucksack. Sie will unbedingt Journalistin werden, deshalb liest sie auf der langen Busfahrt nach Callander immer Zeitung. Diesmal stürze auch ich mich drauf, vielleicht erfahre ich ja etwas über die Shetlandinseln.

Iona merkt gleich, wonach ich suche. »Echt schrecklich, was passiert ist.«

»Mein Onkel wohnt da. Gestern wussten wir den ganzen Tag nicht, was mit ihm ist, bis er sich endlich aus Aberdeen gemeldet hat.«

»Du Ärmste«, sagt sie und drückt meine Hand. »Du siehst auch echt etwas mitgenommen aus.«

Fotos von dem Unglück auf den Shetlandinseln bestimmen jede Titelseite. Ich überfliege die Artikel, das meiste ist reine Spekulation. Keine Antworten.

»Was ist da bloß passiert?«, frage ich.

Iona zuckt die Achseln. »Angeblich weiß keiner was. Das kann ich mir aber nicht vorstellen. Irgendwas verschweigen die!«

Auf der Titelseite, ganz in der Ecke steht: *Junge stirbt plötzlichen Flammentod.* Das glaube ich jetzt nicht. Wie können die so einen Quatsch neben einer Tragödie drucken?

Iona schnaubt abschätzig.

»Was?«

Sie hält eine Zeitungsseite hoch. »Diese Spinner. Wollen eine Genehmigung für etwas, das sie eh schon errichtet haben. Geht um so eine Kommune bei Rannock Wood. Die gehört zu einem Netzwerk, das sich gerade überall in Amerika und Europa ausbreitet. Woanders auch.«

Ich schaue ihr über die Schulter. »Was sind das für Typen? Religiöse Spinner oder stinknormale Spinner?«

»Die nennen sich Multiversum. Keiner weiß so recht, worum es da geht. Die bleiben für sich und versuchen, möglichst wenig Aufmerksamkeit auf sich zu ziehen. Meine Quellen sagen, sie verehren die Wahrheit.«

Wenn Iona von ihren Quellen spricht, reagiere ich schon lange nicht mehr. Irgendwelche Netzwerke sind das, die von Leuten betrieben werden, die zu viel Zeit im Internet verbringen. Das meiste ist totaler Blödsinn, aber hin und wieder hört Iona tatsächlich mal was, bevor es in den Nachrichten erscheint.

»Na, die Wahrheit zu verehren, finde ich jetzt nicht verwerflich.«

»Ja, nur wessen Wahrheit?«

»O Mann, das ist zu viel für mein Hirn am Montagmorgen, Iona.«

Iona blättert zurück zur Titelseite und gibt mir die Zeitung. »In der steht noch mehr über die Shetlandinseln.«

Leichen müssen identifiziert werden und Angehörige informiert. In manche Regionen ist man bislang noch nicht vorgestoßen. Schockiert und traurig betrachte ich die Liste der Vermissten, ganze Familien sind offenbar im Schlaf verbrannt. Ich frage mich, ob ich manche der Leute schon mal gesehen habe, als ich bei meinem Onkel zu Besuch war.

Und dann gibt es auch eine Liste mit den bestätigten Toten, manche mit Foto.

Ganz unten erkenne ich jemanden, mit dem ich so gar nicht gerechnet habe.

»Das ist er!« Vor Schreck sage ich es laut.

Iona schaut auf. »Wer ist das?«

Ich falte die Zeitung so, dass ich nur noch das kleine Bild sehe. Mir darf jetzt kein Fehler unterlaufen, nicht bei einer so wichtigen Sache.

Iona schaut sich das Foto ebenfalls an. »Voll der Schlägertyp.«

Stirnglatze. Ein kleine Narbe über dem Auge. Angriffslustiger Blick. Kein geschwollenes oder blaues Auge, aber das ist ja auch schon ein Jahr her gewesen, und wer weiß, wann das Foto gemacht wurde.

Er ist es. Da bin ich absolut sicher. Der Mann, der mit Calista weggefahren ist.

Ich wühle in meiner Tasche herum, leider finde ich mein Handy nicht. »Rufst du mich mal an?«, frage ich Iona.

Sie verdreht die Augen. »Was machst du denn immer mit deinem Handy?« Sie ruft mich an, nur klingelt es nirgends bei mir.

»Dann habe ich es wohl zu Hause liegen lassen.« Schicksalsergeben hält Iona mir ihr Handy hin.

»Danke. Du bist ein Schatz!«

Doch als ich zugreifen will, zieht sie es wieder weg. »Unter einer Bedingung: Du musst mir verraten, was los ist.«

Ich schaue mich um. Vielleicht ignorieren uns wieder alle, doch das Risiko will ich nicht eingehen. »Hier nicht, später.«

»Okay.« Iona gibt mir ihr Handy. Natürlich weiß ich Kais Nummer auswendig. Als er mir Samstagnacht geschrieben hat, habe ich mir alles ganz genau eingeprägt.

Es klingelt drei-, viermal, dann: »Hallo, hier ist Kai. Bitte hinterlasst mir eine Nachricht!«

Mist. Ich beiße mir auf die Lippe. »Hi, Shay hier. Ich rufe vom Handy einer Freundin an. Im *Herald* auf Seite zwei, der Dritte von unten links. Brian Daugherty. Das ist er. Der Mann, den ich mit deiner Schwester gesehen habe. Du kannst mich bis vier unter dieser Nummer erreichen, ansonsten ab halb fünf auf meinem Handy. Tschau.«

Iona hebt eine Augenbraue. »Schön. Wolltest du mich noch was fragen?«

»Ähm, kann ich dein Telefon für heute behalten?«

»Kannst du mir auch garantieren, dass du es nicht verbummelst?« Seufzend schüttelt sie den Kopf. »Ja, du kannst es behalten. Aber wenn es weg ist, gibt's Ärger.«

6
6
SECHS

CALLIE

Durch das Zugfenster sehe ich die Landschaft vorbeiziehen. Nachdem ich einmal richtig nachgedacht habe, war mir klar, wohin ich will. Nach Hause. Newcastle. Ich habe den Bahnhof in Aberdeen ausfindig gemacht und mich dort umgehört. Dann habe ich auf den Plänen das richtige Gleis herausgesucht und mich in einen Zug nach Edinburgh gesetzt. Von da bin ich weiter Richtung Newcastle gefahren. Ich habe eine Weile gebraucht, bis ich einen leeren Fensterplatz ergattern konnte. Nach der Sache unter der Brücke will ich lieber nicht direkt neben jemandem sitzen. Nicht dass noch jemand in Flammen aufgeht. Das war so seltsam. Vielleicht hatte es auch nichts mit mir zu tun. Vielleicht war es einfach für den Jungen an der Zeit, in Flammen aufzugehen. Eine Strafe Gottes. Verdient hatte er es jedenfalls.

Ich muss nach Newcastle, so viel ist klar, aber ansonsten bin ich durcheinander. Meine Erinnerung ist merkwürdig zersplittert. Manches weiß ich einfach so, dass ich Wasser liebe oder wie es sich anfühlt, mit den Füßen darin zu planschen. Anderes ist weg. Auch wenn ich mir alle Mühe gebe, kann ich nicht mehr sagen, wo wir gewohnt haben. An das Haus oder mein Zimmer kann ich mich kein Stück erinnern.

Ich sehe meinen Bruder Kai vor mir, meine Mutter auch, bloß bleiben sie irgendwie blass und ungenau. Als würde etwas fehlen.

Und das war es auch schon.

Sie haben mich dort unten total verkorkst. Logisch, ich bin schließlich tot! Aber auch darüber hinaus. Mein Gedächtnis ist wie ein Schweizer Käse. Oder schlimmer noch: Schweizer Käse, den man gerieben und wild durcheinandergemischt hat.

Ob ich da wieder Ordnung reinbringen kann?

Und wo soll ich hin, wenn der Zug in Newcastle hält?

Ich versuche, mich zu entspannen, vielleicht kommen mir dann ja Ideen. Wenn ich mich nicht mehr erinnere, wo wir gewohnt haben, kann ich Kai und Mum dann woanders finden?

Kai hat Fußball gespielt, nur wo weiß ich nicht mehr.

Und Mum? Sie ist Ärztin. Ja, genau, Ärztin. Und sie arbeitet an der Uni.

An welcher Uni? Wie viele gibt es wohl in Newcastle?

Das bekomme ich sicher heraus.

Je stärker ich versuche, mich zu erinnern, desto schneller entgleitet mir alles, so wie die Landschaft, die draußen am Fenster vorbeirast. Ich werde immer trauriger. Ich möchte weinen, aber ich habe keine Tränen und das macht es noch schlimmer. Alles staut sich an und ich kann es nicht rauslassen.

Draußen regnet es jetzt und eine längst vergessene Stimme flüstert mir zu: *Himmlische Tränen. Der Himmel weint.* Wer hat das noch mal gesagt?

Vielleicht weint der Himmel für mich, weil ich es nicht mehr kann.

7

7

SIEBEN

SHAY

Mitten in der Mathestunde vibriert Ionas Handy. Ich linse unter das Pult. Kai.

Ich zeige auf und halte das Handy hoch, das im Unterricht natürlich verboten ist. »Entschuldigung, Miss. Meine Verwandten von den Shetlandinseln rufen an. Da muss ich rangehen.«

Die Lehrerin nickt voller Mitgefühl und ich stürme hinaus in den Flur. Wohl fühle ich mich bei der Lüge nicht, aber die Sache mit Calista ist auch wichtig. Und garantiert nichts, was ich vor der Klasse erklären möchte.

»Hallo?« Ich habe Angst, dass er inzwischen aufgelegt hat.

»Shay. Kai hier.« Allein wie er meinen Namen ausspricht, bereitet mir Gänsehaut. Seine Stimme ist gewohnt warm, hat aber auch etwas Dringliches. »Ich habe die Zeitung. Bist du sicher, dass es dieser Brian Daugherty ist?«

»Ja, total sicher. Das ist er.«

»Okay. Ich rufe gleich mal Detective Dougal an. Könntest du dich notfalls auch mit ihm treffen?«

»Klar.«

»Auf welcher Nummer kann ich dich erreichen?«

»Ähm, erst mal auf dieser hier«, sage ich und entschuldige mich im Geiste bei Iona. »Ich habe keine Ahnung, wo mein Handy ist. Ich schreibe dir, wenn ich es gefunden habe.«

»Und wenn du es mal wirklich dringend brauchst? Versprich mir, dass du es in Zukunft immer bei dir hast.«

Auch wenn er ein wenig nach Mum klingt, macht sich eine tiefe Zufriedenheit in mir breit – er sorgt sich um mich!

»Ja, okay. Versprochen.«

8

8

ACHT

CALLIE

Als der Zug in Newcastle einfährt, steht mein Plan. Jedenfalls so halb. Ich bin durch den Zug gepilgert und habe mich nach Reisenden umgesehen, die vom Alter her Studenten sein könnten. Dann habe ich erst bei der einen, dann bei der anderen Gruppe gelauscht, bis ich ein paar Studenten gefunden habe, die von einer Party aus Edinburgh zurückkommen und jetzt überlegen, wie sie ihr Fehlen im Seminar erklären sollen.

Das Grüppchen setzt sich zu Fuß in Bewegung. Ich folge ihnen und sehe mich begierig um, ob ich etwas wiedererkenne. Gegenüber vom Bahnhof holen sie sich noch einen Kaffee, ich nutze die Wartezeit und pese die Straße auf und ab, aber mir kommt nichts bekannt vor.

Der Tag ist grau geworden: grauer Himmel, graue Straßen. Es nieselt, und als die Studenten mit ihrem Kaffee nach draußen treten, beeilen sie sich.

Über eine lange Einkaufsstraße geht es weitere Straßen entlang, der Regen wird stärker.

Als wir schließlich um die Ecke biegen, sehe ich das Schild: *Universität von Northumbria.*

Wo könnte Mum stecken? Sie ist Ärztin. Dr. Tanzer. Gibt es

hier auch eine medizinische Fakultät? Doch als dann eine Studentin von einem Dr. Soundso aus der Englischen Fakultät spricht, bin ich verwirrt. Ist Mum Ärztin oder hat sie einen Doktortitel für irgendwas anderes? Wieso weiß ich das nicht? Wut und Panik steigen in mir auf.

Ich lasse die Studenten links liegen und schwebe allein weiter durch die verschiedenen Gebäude, in der Hoffnung, auf etwas Bekanntes zu stoßen. Nichts. Vielleicht bin ich auch nie mitgekommen.

Hier gibt es nichts, was irgendwie mit Medizin zu tun hat. Ich schwebe in immer größeren Kreisen von Haus zu Haus. Auf einmal stoße ich auf ein weiteres Schild: *Universität von Newcastle.*

Das gibt es doch nicht. Zwei Unis an einem Fleck?

Schon bald wird mir klar, dass diese Uni noch größer ist. Ich wandere durch verschiedene Gebäude, schaue mich um. Endlich entdecke ich ein paar Studenten in weißen Arztkitteln, denen folge ich zu einem Krankenhaus. Ich erkunde die Gänge, nichts kommt mir vertraut vor, nirgends taucht Mums Name auf.

Ich verlasse das Krankenhaus und schwebe in die umliegenden Gebäude. Nichts.

Wann finde ich sie endlich?

Noch ein Haus. Dann noch eins. Dieses hat im Keller eine Cafeteria, daneben liegt das Büro für Bakterielle Zellbiologie. Das kommt mir nicht richtig vor. Gerade will ich gehen, da fällt mir eine Abteilung auf der anderen Seite der Cafeteria ins Auge: *Institut für Gesundheit und Gesellschaft.*

Ich bleibe stehen. Irgendwie klingelt es bei mir.

Schnell knöpfe ich mir den Rest dieses Gebäudeteils vor. Oben liegen weitere Büros, an den Türen stehen die Namen. Ich gehe an einem, noch einem und noch einem vorbei.

Als ich endlich auf ihren Namen stoße, kann ich es kaum fassen: *Dr. S. Tanzer.*

Ist das ihr Büro? Ist sie da?

Auch wenn die Tür verschlossen ist, gibt es darunter einen Schlitz. Ich habe Angst. Und wenn sie nun nicht da ist?

Ich mache mich dünn und schwebe unter der Tür durch.

Mummy?, sage ich leise. Sie sitzt am Schreibtisch. Das dunkle Haar zu einem Pferdeschwanz gebunden. Trotz der feinen Falten um die Augen ist sie wunderschön. Ich sauge ihren Anblick gierig in mich auf, versuche, die Lücke zu schließen, die in meine Erinnerung gerissen wurde.

Auf dem Schreibtisch steht ein Foto. Ich und Mum und mein Bruder. Kai möchte er genannt werden, sein zweiter Name ist Kai. Nun fällt mir plötzlich alles Mögliche wieder ein.

Mum seufzt. Sie tippt am Laptop. Dann nimmt sie einen Schluck aus einer Tasse, verzieht das Gesicht, stellt sie wieder ab und schreibt weiter. Eine Weile lese ich mit, aber das ist nur langweiliges medizinisches Zeug.

Deshalb schaue ich mir lieber ihr Gesicht an.

Meine Mummy.

9

9

NEUN

SHAY

Nach der Schule fährt Iona mit mir im Bus nach Killin. Als ich sie auf dem Gepäckträger mitnehme, mault sie so lange rum, bis ich ihr vorschlage zu tauschen. Soll sie doch den Berg raufstrampeln. Kreischend klammert sie sich an mich, als ich das Rad nach dem letzten Abzweiger bergab rollen lasse und erst in letzter Sekunde vor unserem Haus abbremse.

»Bist du lebensmüde?«

Ich lehne das Fahrrad ans Haus. Nach wie vor finde ich es befremdlich, dass ich es nicht wie in London zehnmal abschließen muss.

Mums Auto ist nicht da. Also haben wir sturmfrei. Super.

Im Vorbeigehen reibe ich dem Buddha im Flur den Bauch, Iona folgt mir ungeduldig.

»So, nun sind wir allein. Jetzt spuck's endlich aus.«

»Ja, ja, gleich. Aber erst muss ich das Handy suchen, damit du deins wiederhaben kannst.«

»Wann hast du es denn zuletzt gehabt?«

»Hmmh …«

»Wann hast du es zuletzt benutzt?«

Ich zucke die Achseln.

Iona probiert, mich anzurufen, während wir durchs Haus laufen. Es klingelt nicht. Der Akku muss leer sein.

Wir verbringen Ewigkeiten mit der Suche: auf Ablagen, unter Büchern und Sofakissen, hinter Möbeln. Auf meinem Schreibtisch, unter meinem Bett, in Jackentaschen. Schließlich findet Iona es in der Jeans von gestern im Wäschekorb.

»So, das nehme ich jetzt mal in die Hand«, sagt Iona und schwenkt mein Telefon durch die Luft. »Noch mal wühle ich nicht durch deine dreckigen Socken.«

»Wie meinst du das?«

»Ortungs-App fürs Handy. Ich verbinde unsere Handys, dann können wir mit meinem Telefon deins suchen. Ich meine ja nur, falls du es wieder verlierst, dann kann ich auf meinem Handy sehen, wo es liegt. Gib mir mal dein Ladegerät und dein Passwort.«

»Okay, gut.« Nachdem ich das Ladegerät gefunden habe, stöpselt sie es ein und lädt die App runter.

Dann schreibe ich Kai. *Hi, habe das Handy gefunden!*

Kurz darauf piept mein Telefon. *Pass gut darauf auf, Shay. Vielleicht brauchst du es mal dringend. Mit morgen geht alles klar. Wann und wo kann ich dich nach der Schule abholen? Kxx*

Zwei Küsse. Vielleicht beendet er alle Nachrichten so. Vielleicht auch nicht. Gestern hat er es jedenfalls nicht getan.

»Was grinst du denn so blöd?«, fragt Iona.

»Hmmh?«

Sie schnappt sich das Handy. »Ah, verstehe: Kxx. Und er wartet nach der Schule auf dich. Wer ist denn dieser K? Und sind das normale Abschiedsküsschen oder richtige Küsse? Du stehst doch auf ihn. Jetzt erzähl schon.«

»Lass mich erst mal antworten.« *McLaren High, Callander.*

Dann überlege ich mir eine Zeit, damit ich mir noch die Schuluniform ausziehen kann, und nenne ihm eine Straßenecke bei der Schule. Nach kurzer Überlegung beende ich die Nachricht mit Sxx.

Iona schaut mir über die Schulter und lacht laut los.

»Was denn?«

»Das ist aber ganz schön gewagt, Shay.«

»Wovon redest du?«

»Autokorrektur. Es wurde automatisch korrigiert.« Iona bringt vor Lachen keinen Ton mehr raus. Mir rutscht das Herz in die Hose.

Ich schaue aufs Handy. Meine Nachricht endet mit: *Bis dann Sexy.*

»Oh. Mein. Gott.« Entsetzt sehe ich Iona an.

»Tut mir leid, dass ich lachen muss. Es ist nur so … so …« Iona schüttelt sich, weil sie versucht, sich das Lachen zu verkneifen.

»Soll ich ihm das mit der Autokorrektur zurückschreiben?«

Sie zuckt die Achseln. »Dann wird er erst recht darauf aufmerksam. Vielleicht ist ihm das gar nicht aufgefallen.«

»So kann ich das auf keinen Fall stehen lassen.« Dann schreibe ich zurück: *ähm, das hätte »Sxx« heißen sollen.*

Sekunden später vibriert das Handy: *Mist.*

»Der flirtet mit dir.«

»Nee. Der macht sich nur einen Spaß.«

»Und wie der flirtet«, sagt Iona. »Okay. Dann rück mal mit der ganzen Geschichte raus.«

»Du musst mir aber versprechen, dass nichts davon in der Schülerzeitung, in deinem Blog oder sonstwo landet.« Iona bloggt unter dem Namen Jitterbug: Journalistin-in-Bereitschaft. Und ständig ist sie auf der Suche nach irgendwelchen Sensationen.

Seufzend bekreuzigt sie sich. »Großes Ehrenwort. Nun pack aus.«

Also erzähle ich ihr alles, angefangen mit Duncan im Supermarkt – dem Frontalangriff auf seine Männlichkeit lauscht sie mit Genugtuung, und ich muss immer wieder beschreiben, wie er zu Boden gegangen ist – bis hin zu dem Flyer, meinem Telefonat mit Kai und dem Rest. Doch ich beende die Geschichte im Café, als Kai mich zum Abschied umarmt hat. Den Teil mit Duncan und Kai im Wald lasse ich weg. Auch dass Kai anschließend noch mit zu mir gekommen ist und wir Händchen gehalten haben, verschweige ich. Manche Dinge möchte – *muss* – ich für mich behalten.

»Und auf diesem Foto in der Zeitung ist der Mann, den du mit Kais Schwester gesehen hast?«

»Ja.«

»Und dann hast du morgen ein heißes Date auf der Wache? Nicht gerade ideal zum Rummachen.«

Ich verdrehe die Augen. »Eben.«

»Hast du das Bild aus der Zeitung noch?«

Ich ziehe den Zeitungsabschnitt aus der Tasche und reiche ihn rüber. Iona betrachtet das Foto.

»Blöd, dass er tot ist. Tote können keine Fragen mehr beantworten.«

Am Abend setze ich mich mit Mum zum Essen wieder vor den Fernseher. Ein neues Ritual seit dem Unglück auf den Shetlandinseln.

Die Spekulationen, was die Explosion ausgelöst haben könnte, gehen weiter. Kurz bevor die Öltanks explodiert sind, wurden in der Region Erdstöße gemessen. Doch die Augenzeugenberichte lassen vermuten, dass die Explosionen nicht bei den Öldepots, sondern woanders begannen, und Experten zweifeln, ob ein Erdbeben von der Stärke überhaupt solche Zerstörung hätte anrichten können. Dazu kommen tragische Berichte von Verschollenen, aber auch Geschichten von heldenhaften Rettungen, auf die sich die Reporter natürlich stürzen.

Dann gibt es Nachrichten aus Aberdeen: »Brandaktuell. Um Aberdeen wird von Fällen eines besonders aggressiven Grippevirus berichtet. Zur Sicherheit werden sämtliche Schulen im Umkreis geschlossen. Von einem Besuch in der Region wird abgeraten.«

Mum schüttelt den Kopf. »Ob ich deshalb nichts mehr von meinem Bruder gehört habe? Liegen die alle mit Grippe flach?« Sie sieht besorgt aus.

»Na, selbst wenn. Wie oft hatten die schon Grippe?« Ich bin doch diejenige, auf die sich immer sämtliche Erreger stürzen. Am schlimmsten war die Schweinegrippe. »Denen geht es bestimmt gut.«

Mum ist nicht überzeugt. »Ich werde dir mal eine Spezialmischung für dein Immunsystem verabreichen.«

»Nein … keine Spezialmischung!« Mum ist keine Verfechterin herkömmlicher Medizin und ihre »Spezialmischungen« schmecken grauenhaft. »Da bekomme ich lieber Grippe.«

»Du wirst eine Spezialmischung nehmen und ich auch.«

Kurz darauf kehrt sie mit zwei kleinen Gläsern einer schmutzig grünen Brühe zurück.

Ich weiß, wann ich mich geschlagen geben muss, und stoße mit ihr an. »Prost!« Je schneller ich das Zeug runterbringe, desto weniger schmecke ich davon. Anschließend mime ich einen Erstickungsanfall und winde mich zuckend am Boden.

»Du verrücktes Huhn!« Sie streckt mir die Hand hin und

hilft mir auf. Noch immer laufen die Nachrichten. Jetzt geht es wieder um die Shetlandinseln. Nach wie vor brennt es dort, auf dem Land, auf See, auf den Bohrinseln. Es ist die Rede von einer Umweltkatastrophe, andere Inseln werden vorsichtshalber gleich mit evakuiert.

Mum seufzt. »Erst die Shetlandinseln, jetzt eine neue Grippe in Aberdeen. Aller schlechten Dinge sind drei. Was kommt noch auf Schottland zu?«

10
10
ZEHN

CALLIE

Es ist unser Haus, mein Zuhause. Aber von außen kommt mir nichts bekannt vor, überhaupt nichts.

Nach der Arbeit war Mum mit dem Rad losgefahren. An einem Schild, auf dem Jesmond stand, bog sie ab, radelte durch Straßen mit vielen Bäumen und blieb in einer Reihenhaussiedlung vor diesem Haus stehen.

Mum öffnet die Haustür, nimmt den Fahrradhelm ab.

»Hallo?«, ruft sie.

Anstatt eine Antwort abzuwarten, stürme ich ins Haus, gespannt, meinen großen Bruder zu sehen.

Doch als ich ins Wohnzimmer gelange, ist dort nur eine Person, die ich nicht kenne. Ob ich mich mit Kais Aussehen so vertan habe? Nein, das Foto bei Mum im Büro stimmte mit meinen Erinnerungen überein. Das ist nicht mein Bruder.

Mum kommt ins Wohnzimmer. »Hi, Martin«, sagt sie. »Schönen Tag gehabt?«

Er schaut vom Computer auf und verzieht das Gesicht. »Es geht langsam voran.«

»Ach, du musst nur am Ball bleiben. Das wird schon. Wo ist Kai? Hast du ihn gesehen?« Da ist ein Anflug von Besorgnis.

»Der ist heute Morgen mit dem Motorrad los. Ist noch nicht wieder zurück.«

Mum setzt sich zu Martin und sie unterhalten sich über dessen wissenschaftliche Arbeit. Offenbar ist er ein Student, der hier wohnt und selbst schon einen Doktortitel hat. Ihr Gespräch ist langweilig.

Da gehe ich lieber auf Entdeckungstour.

Im Haus gibt es vier Schlafzimmer. Mums ist ganz oben. Daneben liegt ein kleineres. Es ist in Rot und Weiß gehalten. In den Regalen stehen Kinderbücher, im Schrank sind Mädchenkleider. Mein Zimmer? Bestimmt.

In der Etage darunter liegen zwei weitere Zimmer. Eines quillt von Büchern über und gehört garantiert dem Studenten. Das andere muss Kais Zimmer sein. An der Wand hängen Poster von Motorrädern und von der Decke baumeln Modellbaumotorräder. In der Ecke türmen sich Fußballklamotten. Es ist total chaotisch hier.

Unten rumort Mum in der Küche. Ich gehe zurück ins Wohnzimmer, wo der Student seine Arbeit am Laptop inzwischen aufgegeben hat. Der Fernseher läuft. Ich setze mich zu ihm. Er schaut eine Quizsendung, in der Fragen gestellt werden, die kein normaler Mensch beantworten könnte, doch der Student ruft jede Antwort rein.

An der Wand hängen Fotos von Mum, Kai und mir. Ich schwebe darüber hinweg, sauge sie in mir auf.

Kai mit schmutzigem Gesicht und Fußballpokal, da muss er so zehn gewesen sein. Mum als junge Frau in seltsamer schwarzer Robe und mit einem Hut. Neben ihr steht ein strahlendes altes Paar, meine Großeltern? Babybilder von mir. Ich und Kai, in verschiedenem Alter.

Ich nehme alle Erinnerungen auf, verstaue sie als etwas Neues: *Das bin ich.*

Nein, so stimmt das nicht. Ich werde unheimlich traurig. Martin verzehrt sein Abendbrot vor dem Fernseher; Mum isst allein, leere Plätze neben ihr. Vielleicht kommt Kai später und belegt einen weiteren Stuhl, aber einer wird für immer leer bleiben. Selbst wenn ich mich neben sie setze, werden sie es nicht merken.

Das bin ich gewesen.

11

11

ELF

SHAY

Iona will unbedingt mitkommen, um sich Kai anzugucken. Während sie in Schuluniform wartet, ziehe ich mir schnell Jeans und T-Shirt an. Obwohl Iona herumalbert, vergesse ich nicht den Ernst der Lage. Hier geht es um Kais Schwester. Nichts könnte in diesem Moment wichtiger für ihn sein und das finde ich auch richtig so.

Dennoch kämpfe ich auf dem Schulklo mit meinem Haar. Wie immer führen die Locken ein Eigenleben und kräuseln und kringeln sich, wie sie wollen.

»Du kommst noch zu spät«, sagt Iona und zerrt mich vom Spiegel weg. »Los jetzt.«

Iona führt mich über den Schulhof und durchs Schultor bis zur Ecke, wo ich mit Kai verabredet bin. Vorhin gab es ein paar Regenschauer, aber jetzt scheint die Sonne wieder und auf Gräsern und Bäumen schimmern die Tropfen. Als wir ankommen, braust Kai gerade um die Ecke, bremst und zieht sich den Helm vom Kopf.

»Hi«, sagt er.

»Hi«, entgegne ich.

Kais Blick fällt auf Iona.

»Das ist meine Freundin Iona. Von ihrem Handy habe ich dich gestern angerufen.«

»Und du musst Sexy sein«, sagt sie und er lacht. Wenn er lacht, wird sein Blick sofort weicher. Iona grinst ihn an, legt den Kopf schief. Ich versetze ihr einen Stoß.

»Okay. Ich gehe dann mal«, sagt sie.

Kopfschüttelnd sieht er ihr hinterher. Ihr Rock ist viel zu kurz, das ist mir vorher nie aufgefallen. Ich wette, ihm fällt es auf. Blitzschnell drehe ich mich zu ihm um, aber Kai guckt gar nicht mehr, sondern wischt mit dem Arm den Sitz trocken. Er holt den roten Helm für mich aus dem Case und reicht ihn mir. Ich stehe bloß da und starre ihn an.

»Ist was?«, fragt er.

»Nein. Nichts.« Ich setze den Helm auf und wir fahren auf die Polizeiwache nach Callander.

Ich bin noch nie auf einer Wache gewesen und es ist so gar nicht wie im Kino. Wir nennen unsere Namen, und kurz darauf erscheint Dougal, der uns zu seinem Schreibtisch führt.

Vor ihm liegt eine Ausgabe der Zeitung, das Foto von Brian Daugherty ist umkringelt.

»So, Shay. Bist du dir auch sicher, dass dies der Mann ist, den du letztes Jahr am 29. Juni mit Calista gesehen hast?«

»Ja. Das ist er. Am Auge hat er so eine kleine Narbe.« Ich tippe mit dem Finger drauf. »Und auch, wie er sein Haar trägt. Das ist er ganz sicher.«

»Ich habe ein paar Nachforschungen angestellt. Mr. Daughertys Leiche wurde von der Such- und Rettungsmannschaft abseits auf einem Weg gefunden. Sie wissen nicht, woran er gestorben ist. Verbrannt ist er jedenfalls nicht. Und wir wissen auch nicht, warum er sich überhaupt auf den Shetlandinseln aufgehalten hat.

Weder arbeitet er dort noch wohnt er dort zur Miete oder hat Eigentum und offiziell auch keinerlei Einkünfte. Und falls er Urlaub gemacht hat, dann ist er jedenfalls nirgendwo gemeldet. Bloß bei dem Chaos auf den Inseln lässt sich das im Moment auch nur schlecht nachprüfen. Geflogen ist er nicht und die Fähre hat er auch nicht genommen.«

»Wenn er nicht von den Shetlandinseln kommt, können Sie denn nicht feststellen, wo er gewohnt hat und ob da jemand etwas über ihn weiß?«, fragt Kai.

»Nein, der Mann ist ein einziges Rätsel. In den letzten fünf Jahren taucht er nirgends auf. Keine Steuern, kein Strafzettel, keine Sozialleistungen. Nichts.«

»Wie haben Sie denn seine Identität festgestellt, wenn er gar nicht hätte dort sein sollen und niemand etwas über ihn weiß?«, erkundige ich mich.

Dougal zögert. »Fingerabdrücke«, sagt er schließlich.

»Dann hat er ja wohl ein Vorstrafenregister, warum hätten Sie sonst seine Fingerabdrücke?«, fragt Kai.

»Im Moment darf ich dir dazu keine Auskunft geben«, antwortet Dougal.

Kai legt die Stirn in Falten. »Ach ja? Über die letzten Jahre können Sie nichts sagen, über die Vergangenheit wollen Sie nichts sagen, dabei ist der Mann vielleicht für das Verschwinden meiner Schwester verantwortlich!«

»Beruhig dich, Kai. Wir bleiben an ihm dran, das verspreche ich dir. Und ich melde mich, wenn es was Neues gibt. Aber Tote können keine Fragen mehr beantworten.«

Das hat Iona auch gesagt.

Kai diskutiert noch eine Weile mit Dougal herum, bis wir endlich gehen.

Auf dem Weg zum Motorrad wirkt er extrem angespannt. »Das kann doch jetzt keine Sackgasse sein. Irgendwas müssen sie über den Mann herausfinden, das zu Calista führt.« Kai schüttelt den Kopf und sieht mich an. »Ich muss jetzt ein bisschen Dampf ablassen. Schnell fahren. Ich kann dich vorher nach Hause bringen. Oder willst du mit?« Herausfordernd sieht er mich an, mein Puls rast.

»Ich bin dabei. Wäre nur schön, wenn du uns nicht umbringst.« Eigentlich sollte das ein Witz sein, aber er sieht so wild entschlossen aus. Vielleicht fährt er ja vorsichtiger mit mir hintendrauf, vielleicht auch nicht.

»Dann weiß ich auch schon, wo wir hinfahren«, sagt er.

Wir steigen aufs Motorrad. Kai reizt die Geschwindigkeitsbegrenzung ziemlich aus. Wir verlassen Callander und fahren weiter in den Trossachs Nationalpark hinein. Mir kommt es vor, als brenne das Motorrad nur darauf, endlich freie Bahn zu haben. Schließlich nimmt Kai eine Abzweigung, die ich kenne: Three Lochs Drive. Eine Panoramaroute über verschlungene, einspurige Straßen an den Lochs vorbei, wo einem niemand entgegenkommen kann.

Kai hält am Beginn der Straße an und dreht sich zu mir um. »Traust du dir das zu?«

Mir schlägt jetzt schon das Herz bis zum Halse. »Ja, klar!«

Er grinst. »Halt dich gut fest«, sagt er und legt meine Hände tief um seine Taille. »Geh mit meinen Bewegungen mit. Drück fester zu, wenn ich langsamer fahren oder anhalten soll.«

Beim Losfahren schaue ich noch einmal in den Himmel. Die Sonne ist noch zu sehen, aber nur so gerade eben. Wolken ziehen auf, der Wind nimmt zu.

Kai beschleunigt, wird immer schneller. Noch hat er die Maschine im Griff, nur spüre ich, dass er am liebsten ganz loslassen würde. Es ist wie fliegen!

Die dunklen Wolken am Himmel und den auffrischenden Wind nehme ich kaum noch wahr. Als es regnet, bin ich völlig überrascht.

Kai drosselt das Tempo, und als der Regen stärker wird, fährt er in den Schutz einiger Bäume.

»Lass uns einen Moment warten, vielleicht hört es ja gleich auf.«

Es ist offensichtlich, dass er nicht in Schottland lebt. Das kann hier den ganzen Tag so weitergehen.

Wir steigen vom Motorrad und er nimmt den Helm ab. Ich tue es ihm gleich, schüttle mein Haar aus. Der Wind peitscht mir ins Gesicht. Der Regen donnert wie eine Wand herunter, unter das dichte Blätterdach kommt er allerdings nicht. Noch nicht.

Das stürmische Wetter scheint Kais Stimmung zu entsprechen. Mit entschlossenem Gesicht wendet er sich mir zu.

»Ich habe eine Entscheidung getroffen.«

»Und die wäre?«

»Ich werde mit dem Foto von diesem Brian Daugherty zu meinem Ex-Stiefvater gehen. Irgendwie glaube ich immer noch, dass er was mit Calistas Verschwinden zu tun hat. Ich möchte sehen, wie er auf das Bild reagiert. Dougie wird ganz offensichtlich nicht viel unternehmen, deshalb muss ich die Sache selbst in die Hand nehmen.«

Ich sehe ihm fest in die Augen und nicke. »Okay. Ich bin dabei.«

Er hebt überrascht die Augenbrauen. »Nein, du hast schon genug getan. Das ist echt nett, danke. Du musst nicht mitkommen.«

»Muss ich wohl. Schließlich habe ich diesen Brian Daugherty gesehen.« Das sage ich, denken tue ich etwas anderes. Mit Kais

Wut habe ich bereits meine Erfahrung, und was er von seinem Ex-Stiefvater hält, weiß ich auch. Kai darf nicht allein zu ihm. Wer weiß, wozu er sich hinreißen lässt.

»Echt jetzt, du brauchst nicht …«

»Wenn ich mir was in den Kopf gesetzt habe, lasse ich mich nicht wieder davon abbringen. Tut mir leid, aber so schnell wirst du mich nicht wieder los.« Mit den Händen in den Hüften funkle ich ihn an.

Erst sieht er mich skeptisch an, dann grinst er. »Das sehe ich. Wenn du unbedingt willst, kannst du mit. Nur wollte ich nicht bis zum Wochenende warten. Unter der Woche bekommt man ihn leichter zu fassen.«

Ich zucke die Achseln. »Dann schwänze ich eben die Schule. Prüfungen sind vorbei, also kein Ding. Mum stört es nicht, solange ich einen guten Grund habe.« Eine kleine Stimme flüstert mir zu, dass der Besuch bei einem potenziellen Kindesentführer bei Mum nicht in die Kategorie »guter Grund« fallen würde. »Wo wohnt er denn?«

»Edinburgh. Er arbeitet an der Uni. Schaffst du das morgen?«

»Ja. Morgen. Kein Problem. Ich fahre mit dem Bus von der Schule nach Stirling, dort steige ich in den Zug nach Edinburgh. Und du holst mich vom Bahnhof ab. Abgemacht?« Ich halte ihm die Hand hin.

Zögernd ergreift er meine Hand und schüttelt sie. »Okay. Abgemacht«, sagt er und hält meine Hand länger als nötig. Er schlingt die Finger um meine, drückt kurz zu und lässt dann los.

Der Regen tropft durch das Blätterdach über uns, aber Kai scheint das nicht zu stören. Er tritt hinaus und hält sein Gesicht lachend in den Regen.

Die Sonne kämpft sich hinter den Wolken hervor. Kurioserweise hört es auf zu regnen. Und auch bei Kai hat der Entschluss, etwas zu tun, Wunder gewirkt. Seine Anspannung ist verflogen und seine Miene hat sich aufgehellt.

Wir machen uns wieder auf und durchpflügen vorsichtig die überfluteten Straßen.

12

12

ZWÖLF

CALLIE

Die Haustür schlägt zu.

»Hallo?«, ruft jemand. Mein Bruder Kai!

Er kommt ins Wohnzimmer und ich kann mich gar nicht genug an ihm sattsehen. Groß, er ist so groß. Ist er in der Zwischenzeit gewachsen? In seinen blonden Haarsträhnen fängt sich das Licht, er zieht die Motorradjacke aus und hängt sie über einen Stuhl.

»Hey«, sagt er zu Martin, der noch immer auf dem Sofa sitzt und mit vollem Mund sämtliche Quizfragen beantwortet.

»Wo warst du, Kai?«, fragt Mum.

»Nirgends.« Er grinst.

»Der Gesichtsausdruck gefällt mir nicht. Du machst doch nicht irgendwelchen Blödsinn?«

»Wenn du es unbedingt wissen musst, ich habe heute eine längere Motorradtour gemacht. Zusammen mit einem Mädchen. Zufrieden?«

Mum ist überrascht, sehr überrascht. Ich auch. Hat Kai eine Freundin?

»Stellst du sie mir mal vor?«

Kai zuckt die Achseln. »Irgendwann mal. Morgen bin ich auch

mit ihr unterwegs.« Hungrig linst er zu Mums Teller. »Das sieht gut aus.«

Auf den Themenwechsel reagiert Mum mit einem Stirnrunzeln, sagt aber nichts weiter. »Ich habe dir was warm gestellt.«

Er geht in die Küche, und ich weiche ihm nicht von der Seite, während er sich Essen auffüllt, es ins Wohnzimmer trägt und sich auf einen Stuhl beim Fernseher pflanzt. Ich lasse mich vor ihm auf dem Boden nieder und lehne mich an seinen Stuhl. Wenn er morgen ein Date hat, komme ich mit.

Die Nachrichten laufen, und Mum hat sich neben Kai gestellt, um zu lauschen.

»… und die Ärzte raten Risikogruppen zur Grippeimpfung, aber wird der herkömmliche Impfstoff auch Schutz vor diesem neuen Virus bringen? Hier ein Bericht aus Aberdeen.«

Die Kamera zeigt einen Reporter vor einem Krankenhaus.

»Die Schulen bleiben hier heute geschlossen, denn die zuständigen Behörden machen sich Sorgen um die neue Grippe, die sich in der gesamten Stadt ausbreitet.«

Kai schaut vom Essen auf. »Ich kann mich nicht erinnern, dass die wegen einer Grippe mal eine komplette Schule geschlossen haben.«

Mum bedeutet ihm, leise zu sein, doch da ist der Bericht schon vorbei.

»Das war aber kurz. Und nicht sehr informativ«, sagt sie.

Martin legt die Gabel weg. »Ich habe gehört, dass es viel schlimmer ist, als sie zugeben.«

»Wo hast du das her?«

»Ein Freund von mir ist wissenschaftlicher Mitarbeiter an der Uni in Aberdeen. Die haben die Armee einberufen, um ganze Stadtteile abzuriegeln und unter Quarantäne zu stellen. Aber das bringen sie nicht in den Nachrichten. Die haben Angst, dass die Leute in Panik geraten, abhauen und es sich so noch weiter verbreitet.«

Mum macht ein ernstes Gesicht. Sie geht zum Telefon im Flur und wählt schnell eine Nummer.

»Dr. Sonja Tanzer hier. Ich muss mit Dr. Lawson sprechen.«

Kurz darauf sagt sie: »Craig? Ja, ich bin's. Sag mal, was geht da eigentlich vor in Aberdeen?«

Eine Weile hört sie nur zu. Stellt hin und wieder eine Frage. Schließlich verabschiedet sie sich und legt auf.

Kopfschüttelnd und mit großen Augen kommt sie zurück.

»Mum? Was ist?«

»Ja, genau das ist die Frage. Die wissen nicht, was es ist. Craig ist beim englischen Gesundheitsamt angestellt, die arbeiten eng mit der schottischen Gesundheitsbehörde zusammen. Viel durfte er mir nicht sagen, aber was ich erfahren habe, beunruhigt mich ziemlich. Es gab schon etliche Todesfälle und die Krankheit schreitet viel schneller voran als eine herkömmliche Grippe.« Mum schüttelt den Kopf. »Das mit der Grippe ist nur vorgeschoben. Was verschweigen die uns nur?«

Kai und Martin sehen sie an.

»Craig meinte, ich soll mich verfügbar halten, falls sie mich brauchen. Die stellen gerade ein Expertenteam zusammen. Auch um die Eskalationsstufe zu bestimmen und um die Zusammenarbeit zwischen England und Schottland zu fördern.« Unwirsch zuckt sie die Achseln. »Politischer Firlefanz! Forschung und wissenschaftliche Ergebnisse brauchen sie, und zwar sofort. Die müssen herausfinden, womit sie es zu tun haben und wie man es eindämmt, bevor es sich ausbreitet. Ende der Debatte.« Mum schnippt mit den Fingern.

Wenn ich doch nur sprechen könnte, ich könnte ihr sagen, was es ist!

Es ist aus dem Labor gelangt. Muss ja. Es ist aus dem unterirdischen Labor von den Shetlandinseln mit den Toten und Verwundeten nach Aberdeen gelangt.

Viele werden sterben und dagegen können sie nichts machen.

13

13

DREIZEHN

SHAY

Wenn ich mich jemals für ein Studienfach entscheiden könnte, würde ich gerne an die Uni von Edinburgh gehen. Aber wie? Ich möchte das Quantumparadox von Schrödingers Katze begreifen. Wie kann etwas gleichzeitig tot und lebendig sein? Ich möchte lernen, wie in meinem Körper alles ineinander greift, das Blut, das Herz, die Gehirnzellen. Wie funktioniert das Zusammenspiel zwischen Genen und Umwelt, das jeden von uns so einzigartig macht? Ich will alles wissen. Wie kann man das in ein einziges Studienfach packen?

In der Schule bekomme ich oft Ärger, weil ich unkonzentriert bin. Dort heißt es, wenn ich mich immer so schnell ablenken lasse, werde ich nie gut auf einem Gebiet. Und was soll das mit der Uni, wenn man sich nicht auf ein Fach festlegen kann?

Edinburgh hat was, vor allem vom Rücksitz eines Motorrads. Und wie Mum immer betont, müssen wir hier nur lange genug gewohnt haben, um mich als Schottin zu deklarieren. Dann kann ich hier nämlich umsonst studieren. Nur wenn sie meinen Akzent überprüfen, bin ich geliefert.

Kai scheint den Weg zu kennen.

Hoch über der Stadt liegt das Unigelände, auf das er zusteuert.

Nachdem er geparkt hat, laufen wir auf ein altes Gebäude zu, das mich irgendwie an Sozialbauwohnungen erinnert.

Abseits des Eingangs bleibt Kai stehen und sieht mich an. »Vielleicht ist es doch nicht so schlecht, dass du mitgekommen bist.«

»Nicht so schlecht? Na danke.«

»Eigentlich habe ich hier Hausverbot und der Pförtner erkennt mich womöglich und ruft den Sicherheitsdienst. Aber wenn ich mich etwas im Hintergrund halte und du die mit Fragen ablenkst, falle ich gar nicht auf.«

»Warum hast du denn Hausverbot?«

»Vielleicht bin ich beim letzten Mal etwas wütend geworden.«

»Ah ja.«

»Und vielleicht haben sie auch die Polizei gerufen.«

»Hast du eine Anzeige gekriegt?«

Beschämt schaut er mich an. »Nee. Bei dem Mal nicht.«

»Verstehe.« Ich schüttle den Kopf. »Und heute auch nicht, okay? Ausrasten hilft gar nichts.«

»Natürlich. Heute gehen wir es ganz ruhig und rational an.«

»Und wie wärst du's sonst angegangen, wenn ich nicht mitgekommen wäre?«

»Durchs Fenster hinterm Haus.«

Ich verdrehe die Augen.

Wir warten, bis ein paar Studenten auf den Haupteingang zulaufen, und schließen uns ihnen an. Von Kai habe ich den Namen eines Studenten im Masterprogramm, den ich angeblich besuchen will. Und während ich den Pförtner mit Fragen löchere, schlüpft Kai hinein. So einfach geht das.

Ich folge Kai zur Treppe. »Sein Büro liegt im vierten Stock«, sagt er.

Wir steigen die Treppen hinauf und gehen dann durch einen

Flur. »Sein Büro.« Kai deutet auf eine Tür mit einem Schild: *Dr. A. Cross, Professor für Theoretische Physik.*

Er klopft an, keine Reaktion. Dann dreht er den Knauf, abgeschlossen.

Kai verdrückt sich um die Ecke, während ich vorm Büro stehen bleibe. Der Gang ist hell, an den Wänden hängt Kunst, grelles Farbgekleckse, das für mich nur eins aussagt: *Schau mal, ich bin teuer!* Ist das normal für den Wissenschaftstrakt einer Uni?

Die Vorlesung ist offenbar gerade vorbei. Stimmen und Schritte erschallen. Ein Typ, der wie ein Prof aussieht, geht an mir vorbei in ein anderes Büro. Studenten in weißen Kitteln strömen durch die Flure.

Endlich taucht Dr. Cross auf. Ich erkenne ihn von dem Foto, das Kai mir gezeigt hat, aber irgendwie ist er mir ohnehin vertraut. Bin ich ihm schon mal begegnet? Er ist hochgewachsen, hat silbernes Haar. Durchdringende blaue Augen. Als er das Büro aufschließt, mache ich einen Schritt auf ihn zu.

»Dr. Cross?«

Er lächelt und öffnet die Tür. »Ja?«

»Ich hatte gehofft, Sie kurz sprechen zu können. Eigentlich wir.«

»Wir?«

Kai tritt neben mich.

Dr. Cross lächelt nach wie vor. »Hallo, Kai.«

»Hallo, Alex«, erwidert Kai mit unbewegtem Gesicht.

»Schön, dich zu sehen, auch wenn ich gar nicht mit dir gerechnet habe. Geht es euch gut, dir und deiner Mutter? Und wer ist die junge Dame?«, fragt er mit Blick auf mich. Er hat einen amerikanischen Akzent, auch wenn er sehr verschliffen klingt. Offenbar lebt er schon lange hier. Als er mich abermals anlächelt, bin ich wie verzaubert. Irgendwie hat er Charme. Obwohl er ein alter Knacker ist, hat er etwas sehr Anziehendes. Unwillkürlich lächle ich zurück.

»Dann kommt mal rein, ihr beiden. In Gesellschaft einer Dame benimmst du dich ja hoffentlich anständig, Kai.« Jetzt klingt ein leichter Vorwurf aus seiner Stimme. »Ich mache Tee, dann können wir uns unterhalten.«

Wir folgen ihm ins Büro. Während Dr. Cross den Wasserkocher füllt, sehe ich mich um.

Das Büro ist riesig, schön eingerichtet, er muss ein hohes Tier sein.

Auf dem Schreibtisch steht ein Foto von Dr. Cross und Calista, er legt einen Arm um sie; das Bild ist vielleicht drei oder vier Jahre alt. Als er meinen Blick bemerkt, tritt er zu mir und deutet auf das Foto.

»Meine wunderschöne Tochter. Kais Schwester Callie.«

»Ihre Tochter?«

»Dachtest du, weil ich Kais Stiefvater bin, wäre ich auch Callies? Nein. Sie war meine Tochter.« Keine Frage, seine Augen sind so blau wie ihre.

Sie *war* meine Tochter. Die Vergangenheitsform trifft bei Kai sofort einen Nerv. »Sie *ist* deine Tochter, auch wenn ich nicht so gerne daran erinnert werde.«

Dr. Cross blickt ihn traurig an. »Du musst akzeptieren, was du nicht ändern kannst. Zu dem Schluss bin ich auch gekommen. Nach all dieser Zeit ist es unwahrscheinlich, dass wir sie noch finden werden.«

»Woher willst du das wissen? Oder weißt du, was mit ihr passiert ist?« Im Vergleich zu der sanften melodischen Stimme seines Stiefvaters klingt Kai harsch und kalt.

»Kai, ich habe es dir schon hundertmal gesagt. Ich weiß nicht, wo Callie ist. Ich wünschte, ich wüsste es. Aber das wollen wir doch heute nicht schon wieder durchkauen? Wer ist denn deine bezaubernde Freundin?«

Wieder fixiert er mich.

»Ich bin Shay. Eigentlich Sharona.« Warum muss ich das jetzt sagen? Das gebe ich doch sonst nie preis.

»Ah, was für ein schöner Name. Von einem Evergreen!«

Immer noch sieht Dr. Cross mich fragend an. Ich werfe Kai einen Blick zu. Er nickt.

»Ich habe Calista gesehen, nachdem sie verschwunden ist.«

Nun schaut er wirklich interessiert. »Hast du? Wo?«

Und dann erzähle ich ihm die ganze Geschichte, auch den Teil mit dem Mann, in dessen Auto Calista gestiegen ist.

»Warst du damit bei der Polizei?«

»Ja. Die wirkten nicht besonders zuversichtlich.«

»Es ist fast ein Jahr her. Nach so langer Zeit ist es bestimmt schwer, den Mann und den Wagen ausfindig zu machen.«

»Aber ich weiß, wer es war.«

»Wirklich? Wie?« Er schaut mir direkt in die Augen. »Erzähl.«

Ich hole den Zeitungsausschnitt heraus. Brian Daugherty ist eingekreist.

Dr. Cross mustert das Foto in der Zeitung. »Das ist er? Warum ist sein Bild in der Zeitung?« Er faltet die Seite auseinander und liest die Überschrift. »Ach, verstehe. Er ist bei dem Unglück auf den Shetlandinseln ums Leben gekommen.«

»Ja. Und Tote kann man ja nicht befragen.« Das war jetzt wie von einem Papagei nachgeplappert. Ich beobachte Dr. Cross genau, Kai auch.

»Aber die Polizei muss dem doch nachgehen! Ich engagiere einen Privatdetektiv, zwinge sie, die Ermittlung wieder aufzunehmen.« Dabei macht er sich eine Notiz auf seinem Tablet.

»Ein Freund von dir?« Kai kann sich nicht länger zusammenreißen.

»Der Privatdetektiv? Eher ein Bekannter, mit ausgezeichneten Referenzen.« Eine ironisch hochgezogene Braue.

Kai nimmt die Zeitung und deutet auf Brians hässliche Visage. »Du weißt genau, wen ich meine.«

»Ja, leider weiß ich das. Aber ich versichere dir, dass der nicht zu meinen Freunden gehört.« Er sagt die Wahrheit, das spüre ich ganz deutlich. Kai muss sich irren.

Doch der hat die Fäuste geballt und funkelt seinen Stiefvater eiskalt an.

»Lass uns gehen«, sage ich.

Dr. Cross nickt. »Das ist eine gute Idee.«

Ich schubse Kai zur Tür und laufe hinter ihm her. Neben der Tür steht ein Modell, das mir zuvor nicht aufgefallen ist. Obwohl ich Kai hier dringend rausschaffen muss, bleibe ich fasziniert davor stehen.

»Ein neugieriger Geist ist wunderbar. Weißt du, was es darstellt?«

Und ich weiß es, auch wenn es weit über das hinausgeht, was wir in der Schule an Physik hatten. »Es ist ein Atommodell. Aber es hat viel mehr Partikel als das, was uns in der Schule beigebracht wird. Mehr noch als Higgs Boson.«

»Woher weißt du das?«

»Mit dem Physikkurs sind wir letztes Jahr zum CERN gefahren, um uns den Teilchenbeschleuniger anzusehen.« Doch das ist nur die halbe Wahrheit. Ich war vollkommen fasziniert von dem Beschleuniger, den sie in der Schweiz unter der Erde gebaut haben. Kaum zu glauben, dass ein Schnarchfach wie Physik zu solch großartigen Experimenten führt, mit denen man die kleinsten existierenden Dinge untersuchen kann. Danach kam eine Phase, in der ich unbedingt Physikerin werden und alles über Partikel und Quantenphysik lernen wollte, bevor ich dann von dem Locken-Gen abgelenkt wurde.

Dr. Cross sieht mich erwartungsvoll an, als wüsste er, dass sich noch mehr hinter meinen Ausführungen verbirgt. »Also nicht nur ein neugieriger Geist, sondern auch ein beobachtender und fragender. Dieses Modell entspricht der momentanen Theorieauffassung. In der Schule wirst du so ein Modell nicht finden, nicht einmal im Grundstudium an der Uni.«

Kai hat die ganze Zeit vor der Tür auf mich gewartet, doch nun stampft er davon. Ich sollte schnell hinterher, stattdessen blicke ich wie gebannt auf das Modell. Woran erinnert es mich bloß …? Dann fällt der Groschen.

»Sie irren sich. Ich habe es schon mal gesehen. Oder ein sehr ähnliches Modell.«

»Ach ja?«

»Calistas Anhänger. Sie trug eine goldene Kette mit Anhänger. Nicht wahr?«

Überrascht reißt er die Augen auf. »Ich habe sie ihr bei unserem letzten Treffen geschenkt. Du hast den Anhänger gesehen?«

»Sie hatte ihn um.« Ich rufe mir die Erinnerung ins Gedächtnis. Vergleiche den Anhänger mit dem Modell im Büro. »Aber er war etwas anders. Noch komplexer.«

Dr. Cross macht einen Schritt auf mich zu, mustert mich. »Du hast ein ausgezeichnetes Auge. Ein außergewöhnliches Gedächtnis.«

Was ist nur mit seinen Augen? Irgendetwas … stimmt da nicht.

Wie Calistas sind sie strahlend blau, was an sich schon ungewöhnlich ist, aber das meine ich nicht. Es ist auch nicht die Art, wie er mich ansieht. Mit seinen Augen an sich stimmt was nicht. Blinzelnd wendet er sich ab.

Mir ist mulmig, doch gleichzeitig bin ich von ihm fasziniert. Schließlich siegt das mulmige Gefühl und ich verlasse das Büro.

Was habe ich da gesehen? Auf mich wirkte es, als hätten sich seine Augen einen Moment lang verändert, in der Iris wirbelte etwas Dunkles. Ich schüttle den Kopf, das kann ja nicht sein. Das muss ich mir eingebildet haben.

Ich haste die Treppen hinunter bis zum Erdgeschoss. Von Kai keine Spur.

Der ist doch nicht ohne mich los?

Ich trete nach draußen. Hier ist er auch nicht.

Dann renne ich zu der Stelle, wo wir das Motorrad abgestellt haben. Es ist weg.

Das gibt es doch nicht. Ist der etwa ohne mich abgehauen?

Tatsächlich.

14
14
VIERZEHN

CALLIE

Irgendwas hält mich davon ab, mit in das Büro dieses Stiefvaters zu gehen. Kai hasst ihn, das höre ich ihm an, also bleibe ich auch lieber auf Abstand.

Außerdem bin ich von dem heutigen Tag eh schon so durcheinander, da brauche ich einen Moment, um nachzudenken. Erst sagt Kai zu Mum, dass er mit diesem Mädchen verabredet ist, dann fährt er ganz bis nach Edinburgh und holt sie vom Bahnhof ab. Na, um die Ecke wohnt sie jedenfalls nicht.

Und Shay ist auch gar nicht so, wie ich es erwartet habe. Ich weiß eigentlich auch nicht genau, was ich erwartet habe, aber sie ist anders. Sie hat massig dunkle Locken, einen klugen Blick. Ich nehme mal an, dass sie etwas jünger ist als Kai. Mit diesen großen blauen Augen sieht sie schon ganz gut aus, obwohl sie schlank und schmal ist. Eigentlich nicht so sein Typ. Und dass sie ihre Meinung sagt, scheint Kai auch zu verunsichern.

Schnell ist mir klar, dass das kein normales Date ist. Offenbar sind sie auf einer Art Mission.

Doch als Kai dann ohne Shay aus dem Gebäude stürmt, bin ich überrascht. Er ist wütend. Die Arme sind angespannt, der Kiefer. Dann setzt er den Helm auf und wirft die Maschine an.

Wo ist Shay? Vielleicht haben sie sich gestritten. Mir passt es nicht, dass sie meinen Helm trägt und sich auf dem Weg vom Bahnhof so eng an ihn geschmiegt hat.

Die wären wir los!

Aber als er an die Hauptstraße gelangt, bremst er ab und kehrt um.

Shay steht auf dem Parkplatz. Mit verschränkten Armen sieht sie uns entgegen.

»Ich dachte gerade schon, du hättest mich hier einfach sitzen lassen.«

»Hätte ich auch fast.«

»Warum?«

»Weil du ihn wie seine Studenten angehimmelt hast. Wie Mum, bevor sie ihn durchschaut hat. Wie Calista.« Den letzten Satz sagt er so leise, dass ich nicht weiß, ob ich ihn mir nur eingebildet habe.

»Idiot! Wenn du geblieben wärst, hättest du mitbekommen, was ich rausgekriegt habe.«

»Was denn?«

»Dieses Atommodell neben der Tür hat mich an Calistas Kette erinnert.«

»Und?«

»Na, er war überrascht, dass ich den Anhänger wiedererkannt habe. Dabei ist ihm noch was rausgerutscht.«

»Und das wäre?«

»Dass er ihr die Kette geschenkt hat, als sie sich das letzte Mal getroffen haben. Und ich bin sicher, dass er die Wahrheit sagt. Hast du die Kette mal gesehen?«

»Nein. Glaube ich jedenfalls nicht. Wobei mir Calista jetzt auch nicht unbedingt Dinge von ihm gezeigt hat.«

»Und deine Mutter? Wenn er Calista eine Goldkette mit einem

Atomanhänger geschenkt hat, hat sie das doch sicher mitbekommen.«

»Du hast recht. Ich frage sie mal.«

»Die Leute sind eher bereit, einem was zu erzählen, wenn man nett ist. Mehr habe ich nicht getan.«

»Okay. Du hast schon wieder recht.«

»Und? Willst du mir sonst noch was sagen?«

Nun schaut er verlegen drein. »Tut mir leid.«

»Danke. Und warum hast du mir nicht gesagt, dass er Calistas Vater ist?«

Ich bin schockiert. Kais Stiefvater … ist mein Vater? Wieso erinnere ich mich nicht mehr an ihn? Ich drehe mich zu dem Gebäude um. Soll ich noch mal zu ihm rein?

Dabei weiß ich noch nicht einmal, wie er aussieht. Warum weiß ich das nicht? Wütend stampfe ich mit dem Fuß auf. Am liebsten würde ich schreien, weil ich so viel vergessen habe, aber mich würde ja doch keiner hören.

»Weil ich nicht gern daran denke«, sagt Kai. »Und was spielt das überhaupt für eine Rolle?«

»Dann hätte ich eben vor ihm nicht so dumm dagestanden.«

»Auch das tut mir leid. Aber das ändert nichts an der Tatsache, dass er was mit Calistas Verschwinden zu tun hat. Ich muss es nur irgendwie beweisen. Dann finde ich sie und hole sie zurück.«

Was? Mein eigener Vater?

»Ich weiß«, sagt Shay und fasst ihn beschwichtigend am Arm. »Ich weiß, dass du ihn für schuldig hältst. Doch bis du eindeutige Beweise hast, solltest du auch andere Möglichkeiten in Betracht ziehen. So kommst du vielleicht schneller ans Ziel.«

Kai sieht sie an, nickt. »Ich werd's versuchen«, sagt er. »Mir ist schon klar, dass er auf den ersten Blick nett und vernünftig wirkt.

So habe ich ihn auch erst eingeschätzt. Aber du kennst ihn nicht so wie ich. Er manipuliert gern. Ist schwer zu erklären, aber er hat mit uns allen gespielt, als wären wir Schachfiguren.«

Shay hört zu und nickt. »Aber nur weil er nicht der perfekte Stiefvater und Ehemann gewesen ist, muss er ja nicht gleich deine Schwester entführt haben.«

»Vielleicht nicht«, sagt Kai, aber ihm ist anzumerken, dass er es nicht glaubt. »Soll ich dich nach Hause fahren?«

Sie schüttelt den Kopf. »Ich habe ja schon eine Rückfahrkarte, die verfällt sonst.«

»Sicher? Ich fahre dich gern.«

»Nein, schon okay.«

Kai bringt sie zum Bahnhof. Als Shay sich verabschiedet, ringt Kai mit sich. Halb hat er schon die Hand erhoben, bevor er es sich anders überlegt. Wollte er sie etwa in den Arm nehmen? Auch wenn er es nicht getan hat, bin ich eifersüchtig.

Den ganzen Weg nach Newcastle sitze ich bei ihm hinten auf der Maschine, nur wir beide. So sollte es sein. Was ich nicht mehr fühlen kann, stelle ich mir vor: den roten Helm auf dem Kopf, den Fahrtwind im Gesicht, das flatternde Haar. Die Kurven und Buckel. Den Rausch der Geschwindigkeit.

Dabei denke ich an den Mann, den sie besucht haben: meinen Vater. Seltsam, dass ich nur nach meiner Mutter und meinem Bruder gesucht habe. Ein Vater kam mir nicht in den Sinn.

Vielleicht mochte ich ihn auch nicht.

Kai glaubt, dass er etwas mit dem zu tun hat, was mir passiert ist. Shay scheint anderer Meinung zu sein. Nun habe ich die Gelegenheit verpasst, meinem Vater in die Augen zu schauen. Vielleicht hätte ich mich ja erinnert.

Ein andermal, Dad, sage ich mir. Ein andermal.

15

15

FÜNFZEHN

SHAY

Im Zug und anschließend im Bus starre ich aus dem Fenster, ohne wirklich was zu sehen.

Mir ist nicht wohl dabei, wie ich Kai dazu gebracht habe, sich bei mir zu entschuldigen. Ich war sauer, weil er mich in Edinburgh fast hätte sitzen lassen. Das war ja auch noch okay, aber sein Stiefvater hat mich irgendwie in den Bann gezogen. Kein Wunder, dass seine Studenten ihn vergöttern.

Dass die Frauen ihn vergöttern!

Nur was war mit seinen Augen? Richtig unheimlich! Und als wüsste er, dass ich etwas darin gesehen habe, hat er rasch weggeschaut. Als er mich dann wieder angesehen hat, war alles wieder normal.

Und irgendwie hat die Begegnung eine Erinnerung geweckt. So ging es mir auch schon, als Kai mir das Foto von ihm gezeigt hat. Wieso? Dr. Alex Cross. Den Namen habe ich noch nie gehört, aber habe ich ihn vielleicht schon mal gesehen? Kann eigentlich nicht sein. Nur was ist es dann?

Mit ein bisschen Geduld kommt die Erinnerung schon zurück. So ist es immer.

Es passiert, als ich so gar nicht damit rechne. Mum macht Essen, ich helfe ihr, das Radio spielt. Während sie die Kartoffeln pellt, tanzt sie zu einem Oldie.

Mum … tanzt.

Und da rattert es plötzlich bei mir.

Ich schließe die Augen und gehe zurück …

Mum ist nicht zu Hause und ich durchstöbere ihr Zimmer nach … nach Geschenken? Mein Geburtstag steht vor der Tür. Mein zehnter. Ich sollte hier nicht so herumschnüffeln, tue es aber trotzdem.

Auf dem obersten Regal fühle ich unter Slips und Socken etwas. Ich erwische es mit dem Fingernagel, hebel es hoch und ziehe.

Ein Foto.

Darauf ist Mummy, aber nicht so, wie ich sie kenne. Sie ist viel jünger, das Haar ist hochgesteckt. Sie trägt Lippenstift und ein langes, elegantes Kleid. Es ist grün. Und sie tanzt mit einem Mann.

Ich kenne ihn nicht. Aber irgendwie fasziniert er mich, sodass ich wieder und wieder hinschaue.

Er ist älter als Mum und trägt einen schicken Anzug, den man sonst nur in Filmen sieht, mit einer Fliege. Der Mann ist hochgewachsen und hat längeres, dunkles Haar. Und blaue Augen. Ein tiefes, durchdringendes Blau.

Hin und wieder schleiche ich mich in ihr Zimmer und schaue mir das Foto an. Sagen tue ich nichts, weil ich irgendwie das Gefühl habe, dass Mum einen Grund hat, das Bild zu verstecken.

Und eines Tages ist es dann verschwunden.

Mum schnippt mit dem Finger. »Erde an Shay. Wirst du mit dem Salat durchbrennen oder ihn doch aufschneiden? Das Essen ist fast fertig.«

Ich schüttle den Kopf, um mich in die Gegenwart zurückzuholen. Den Romanasalatkopf, den ich selbstvergessen an mich gepresst habe, lege ich zurück auf das Brett und wende mich an Mum.

»Kann ich dich mal was fragen?«

»Schieß los.«

»Vor Jahren habe ich mal ein Foto bei dir gefunden, auf dem du total aufgetakelt warst. Und mit einem Mann getanzt hast.« Ich beschreibe ihr Kleid, seinen Anzug. Wie er sie im Arm gehalten hat. »Wer war das?«

Mum zuckt die Achseln, holt die Teller aus dem Schrank. »Weiß ich nicht mehr. Irgend so ein Typ, mit dem ich vor Jahren mal zusammen war. Warum?«

»Er sieht einfach jemand anderem ähnlich.«

Nun dreht sie sich zu mir. »Wem? Wem sieht er ähnlich?«

Natürlich will ich ihr ungern unter die Nase reiben, dass ich heute die Schule geschwänzt habe, und überhaupt will ich die Sache für mich behalten. »Einem Mann, den ich gesehen habe.«

»Wo?«

»Dafür, dass du dich gar nicht erinnern kannst, bist du aber ziemlich neugierig. Wer war er?«

»Niemand, Shay. Niemand.«

Sie lügt. Das schockiert mich. Mum lügt mich sonst nie an.

Was hat Dr. Cross ihr bedeutet?

Abends sehen wir noch die Spätnachrichten. Die Aberdeen-Grippe wird die Krankheit nun genannt. Es gibt sehr unterschiedliche Berichte über die Vorkommnisse dort. Angeblich breitet sich die Krankheit nach Süden aus. Ein Arzt wird interviewt, der die ersten Symptome beschreibt: Kopfschmerzen, die wie Verspannungskopfschmerzen beginnen, aber binnen weniger Stunden immer heftiger werden und von hohem Fieber begleitet werden. Schließlich breiten sich die Schmerzen auch auf die inneren Organe aus und es kommt zu Organversagen. Von Tod ist jetzt nicht direkt die Rede, aber was sonst bedeutet Organversagen?

Überall wurden Krankenzelte im Freien errichtet. Ärzte und Schwestern tragen Schutzanzüge, gigantische Plastikoveralls, die von Kopf bis Fuß alles bedecken.

Das passiert bei uns in Schottland? Mum und ich sehen uns an, schauen wieder zum Bildschirm, können es nicht fassen.

Im Bericht heißt es, dass es sich besorgniserregend schnell ausbreitet und man sich fragt, wodurch es ausgelöst wird.

Über die Zahl der Opfer schweigt man sich aus.

Sämtliche Schulen in Schottland sind ab morgen geschlossen, ein Reiseverbot wurde verhängt. Es werden Leute ausgesandt, die von Tür zu Tür gehen und Fieber messen.

Mum steht auf, um eine Freundin in Aberdeen anzurufen.

Ich hole mein Handy heraus. Noch keine Nachricht von Kai. Soll ich ihm schreiben? Eine Weile kaue ich unschlüssig auf meiner Lippe herum, ringe mit mir, ob und was ich schreiben soll. Aber ich mache mir einfach Sorgen um ihn.

Hi, Kai, die Schulen in Schottland werden geschlossen. Hurra! Hoffe, es geht dir gut. Sxx.

Bevor ich die Nachricht abschicke, lese ich sie noch mal genau durch. Nicht dass mir die Autokorrektur wieder einen Streich spielt. »Bitte antworte, Kai«, flüstere ich beim Abschicken. Wenn er nicht zurückschreibt, weiß ich nicht, ob ich ihm auf den Keks gehe oder ob ihm was fehlt. Warum mache ich mir nur solche Sorgen? Er wohnt schließlich nicht in Aberdeen.

Mum kommt kreidebleich zurück.

»Die holen die Leute ab. Die gehen in diesen seltsamen Anzügen zu ihnen nach Hause und versiegeln sie in Blasen. Dann transportieren sie sie in großen Krankenwagen ab. Niemand kehrt zurück. Ist das auch mit Davy passiert?«

Auf dem Bildschirm wird eine Telefonnummer eingeblendet, dazu ertönt aus dem Off: »Wenn Sie an diesen Symptomen leiden, bleiben Sie zu Hause und rufen Sie diese Nummer an.«

16

16

SECHZEHN

CALLIE

Kai schlüpft in das Zimmer, das wohl meins gewesen sein muss. Er schließt die Tür hinter sich und steht so verunsichert dort, als wäre er zum Beten in eine Kirche gegangen, wüsste aber nicht genau wie.

Als das Handy in seiner Tasche piept, fährt er zusammen, nimmt es heraus. Und dann grinst er von einem Ohr zum anderen, seine Augen leuchten und die Fältchen werden ringsum sichtbar. Ich sehe ihm über die Schulter. Eine Nachricht von Shay.

Kai schreibt zurück. *Genieß die freie Zeit! Mir geht's gut. Besser, seit ich von dir gehört habe. Pass auf dich auf, Kxx.*

Er atmet einmal tief durch und knöpft sich dann eine kleine hölzerne Schmuckschatulle vor, die bei mir auf der Kommode steht. Fasziniert sehe ich ihm zu. Ob ich etwas wiedererkenne? Anfangs ist er noch recht zögerlich, wird aber zunehmend entschlossener in seiner Suche. Viel Schmuck habe ich nicht, das meiste ist Kinderkram. Eine richtig schöne Kette ist darunter, eine zierliche Silberkette mit einem Delfinanhänger. So wie Kai die Kette in die Hand nimmt, scheint sie für ihn eine Bedeutung zu haben.

Wonach sucht er? Nach der Kette mit dem Atommodell, von der Shay gesprochen hat?

Aber Shay meinte doch, dass ich sie getragen habe, als ich verschwunden bin.

Woher will sie das überhaupt wissen?

Es ist so frustrierend! Ich kann niemanden fragen, mit keinem sprechen. Bloß zusehen und zuhören.

Als Kai nach einer weiteren kleinen Schachtel greift, stößt er etwas um. Es zerbricht klirrend. Kai seufzt enttäuscht, als er die Scherben am Boden sieht. Dann schneidet er sich beim Aufsammeln auch noch und flucht.

Auf der Treppe sind leise Schritte zu vernehmen.

Mum öffnet die Tür und Kai fährt herum.

»Hi. Dachte ich mir doch, dass ich dich hier gehört habe.« Beim Anblick der Glasscherben in seiner Hand wird sie ganz traurig. »Ach, hallo, Teddybär. Bist wohl vom Regal gesprungen?«

»Tut mir leid. Es war meine Schuld. Ich habe ihn runtergeschmissen.«

»Nicht so schlimm.«

»Doch. Es war ihr Lieblingsbär.« Kai wirkt verzweifelt.

»Zeig mir mal die Hand.«

Mum zerrt ihn ins Badezimmer und wäscht die Wunde aus. »Desinfektion. Pflaster. Manchmal ist es ganz schön, Ärztin zu sein. Wenn nur alle Wunden so leicht zu verarzten wären. Was hast du denn bei Callie gesucht?«

Kai zuckt die Achseln. »Weiß nicht. Sie hatte so eine Kette mit einem Atommodell. Ich glaube, von *ihm*.« So wie er *ihm* sagt, ist schon klar, wen er meint. Den, den er hasst. Meinen Vater.

»Und warum hast du die Kette gesucht?« Mum mustert Kai eindringlich und seufzt. »Du bist wieder bei ihm gewesen.« Sie formuliert es nicht einmal als Frage, sondern als Fakt. Vielleicht können Mütter ein schlechtes Gewissen lesen.

»Ja, aber ich habe ihn nicht geschlagen, nicht einmal laut bin ich geworden.« Mum hebt eine Augenbraue. »Vielleicht hätte ich es gern, hab ich aber nicht. Und bevor du fragst, ja, ich hatte einen sehr guten Grund, ihn zu besuchen.«

»Dann erzähl mal.«

Gemeinsam gehen sie nach unten. Mum macht Tee. Kai berichtet, dass er mit Shay unterwegs war, dem Mädchen, das mich angeblich gesehen hat. Und dass der Mann, mit dem sie mich gesehen hat, in der Zeitung abgebildet war und auf den Shetlandinseln gestorben ist. Kai fördert eine Zeitung zutage und zeigt ihr das Bild. Neugierig blicke ich ihm über die Schulter. Ob ich den Mann erkenne?

Und tatsächlich erkenne ich ihn! Es ist der Mann, der auf dem Weg gestorben ist, der Bote, den sie geschickt haben, um Dr. 1 zu informieren. Hätte ich gewusst, dass er mein Kidnapper war, wäre ich nicht so nett gewesen.

Mum schüttelt den Kopf. »Aber ich begreife immer noch nicht, weshalb du damit zu Alex gegangen bist.«

»Die Polizei hat kein richtiges Interesse signalisiert. Und ich dachte, wenn ich ihm das Bild zeige und er reagiert …«

»Ich weiß, dass du Alex nicht ausstehen kannst, und ich verstehe zum Teil auch wieso. Aber das musst du dir aus dem Kopf schlagen. Mit Callies Verschwinden hat er nichts zu tun.«

»Sicher?«

»Er hat es abgestritten, als ich ihn gefragt habe. Und ich glaube ihm. Callie war auch seine Tochter. Er hat sie geliebt.«

Hat mein Vater mich wirklich geliebt? Warum kann ich mich dann nicht an ihn erinnern?

Kai schüttelt den Kopf. »Für ihn war sie bloß ein Versuchskaninchen, das er mit Zahlen und Fakten gefüttert hat. Und als ihm klar wurde, dass sie auch nicht viel klüger ist als ich, hat er sie fallen gelassen. Dich hat er auch fallen gelassen.«

Ich verschränke die Arme. Ich bin nicht klug. Ich bin eine Enttäuschung. Davon weiß ich nichts mehr.

Mum verzieht das Gesicht, ihre Lippen bilden eine schmale Linie. »Ich kenne deine Theorie. Du glaubst, er hätte mich nur wegen meines hohen IQs geheiratet und war enttäuscht, dass Callie nur etwas über dem Durchschnitt lag. Deine Fantasie möchte ich haben! Aber was hat das alles mit der Kette zu tun?«

Kai gibt wieder, was er von Shay erfahren hat.

»Aber wenn Callie sie doch getragen hat, was suchst du denn …?«

»Na ja. Shay meinte, ich soll nicht so verbohrt sein und auch andere Möglichkeiten in Betracht ziehen. Wenn es diese Kette gegeben hat, könnte es nicht auch andere Hinweise hier geben?«

»Diese junge Dame scheint mir recht vernünftig zu sein.«

»Sie hat auch gesagt, ich soll dich nach der Kette fragen.«

»Das ist auch sinnvoller, als Callies Zimmer zu durchwühlen.« Kai macht ein betretenes Gesicht. »Tut mir leid, das nehme ich zurück. Für mich ist es okay. Ich dachte nur, du gehst nicht gern in ihr Zimmer, deshalb war ich überrascht. Mehr nicht.« Mum zuckt die Achseln. »Ich kann mich an keine solche Kette erinnern. Das letzte Mal hat Alex Callie kurz vor unserem Besuch am Loch gesehen. Wir haben auf dem Weg in Edinburgh angehalten, das weißt du ja. Die beiden haben zusammen Mittag gegessen, während ich noch Besorgungen gemacht habe.«

»Wenn er ihr die Kette bei der Gelegenheit gegeben hätte, hättest du sie doch bestimmt gesehen, oder?«

Mum legt die Stirn in Falten. »Callie hätte sie mir sicher gezeigt.«

»Wenn sie sie aber getragen hat, als Shay sie gesehen hat, wann hat sie die Kette bekommen?«

»Ich weiß es nicht. Vielleicht hat Callie sie ja auch getragen und mir ist es nur nicht aufgefallen oder ich hab's vergessen. Warum ist das so wichtig?«

»Verstehst du denn nicht? Ihm ist da was rausgerutscht. Er hat gesagt, er hätte sie Calista bei ihrem letzten Treffen gegeben.«

»Damit ist noch gar nichts bewiesen. Damals hatte ich so viel um die Ohren, wahrscheinlich habe ich es einfach vergessen. Lass es dabei bewenden, Kai. Bitte!«

Kai senkt enttäuscht den Blick und seufzt.

Also gab es da eine Kette, eine goldene Kette mit einem Atommodell. Aber wie sieht ein Atom aus? Wenn ich mich konzentriere, kann ich mich fast erinnern. Ich habe es schon mal gesehen, das weiß ich. Nur wann oder wo?

Kai setzt sich, schiebt Martins Laptop beiseite. Mit gerunzelter Stirn sagt er: »Kann der Typ seinen Kram nicht wegräumen?«

Mum schaut zum Laptop. »Seltsam. Da stand er gestern Abend auch schon. Normalerweise schleppt er den überall mit hin. Hast du Martin heute Morgen schon gesehen?«

Kai zuckt die Achseln. »Ich glaube nicht. Schau einfach, ob noch Essen im Kühlschrank ist, dann weißt du, ob er hier ist.«

Mum guckt nach und macht ein besorgtes Gesicht. »Das Essen hat er nicht angerührt. Sieh mal in seinem Zimmer nach.«

»Echt jetzt?«

»Na, ich kann da ja schlecht reingehen. Nachher hat er ein Mädchen mitgebracht.« Kai hebt skeptisch eine Braue.

»Unmöglich ist es nicht. Mach einfach.«

»Na schön.« Kai geht nach oben. Er klopft laut an die Tür und ruft: »Hey, Martin, bist du noch im Bett?«

Keine Antwort.

Kai klopft wieder.

Dann wird offenbar eine Tür geöffnet.

Über uns sind Schritte zu vernehmen. Mum spült derweil die Teetassen.

»Mum? Komm mal. Schnell.« Der dringliche Unterton in Kais Stimme lässt Mum die Treppen hinaufstürmen.

Ich fliege an ihr vorbei, bin Erste.

Wie gestern quillt das Zimmer von Büchern über. Und mittendrin im Bett liegt Martin. Mit offenen und blutigen Augen. Das Gesicht mit getrocknetem Blut gesprenkelt, als hätte er rote Tränen geweint.

Es hat ihn erwischt. So sehen die Leute aus, wenn sie gestorben sind.

Kai steht neben dem Bett, als Mum angerannt kommt.

»Ich glaube, er ist … Ist er …?«

Mum kniet sich neben ihn, fühlt den Puls. Mit entsetztem Blick schaut sie Kai an. »Tot. Seit ein paar Stunden schon. Bring mir mal das Telefon.«

Kai läuft in den Flur, aber bevor er das Telefon in die Hand nehmen kann, klingelt es bereits.

17

17

SIEBZEHN

SHAY

»Aber warum kann ich denn nicht zu Iona?«

»Du hast doch gehört, was sie im Radio gesagt haben. Man soll zu Hause bleiben, bis sie Entwarnung für die Region geben. Was bringt es, die Schulen zu schließen, wenn ihr euch privat trefft und Keime tauscht? Wenn dir langweilig ist, kannst du mir im Haus helfen.«

Genervt stöhne ich auf, aber die Zeit vergeht so quälend langsam. Da Mum Höhenangst hat, bin ich in einem Haus mit hohen Decken für alles verantwortlich, was auf einer Leiter erledigt werden muss. Schon bald schleppe ich den Tritt durch die Gegend und entferne die Spinnenweben in den Ecken. Als ich damit fertig bin, reicht mir Mum Eimer und Schwamm zum Fensterputzen.

Ich hasse den Geruch von Fensterputzmittel. Ob die Scheiben sauber werden, ist mir egal, ich schrubbe wie eine Wilde drauflos.

Vorne bin ich schon fast fertig, als ich einen Wagen kommen sehe. Ist das die Polizei?

»Mum! Hast du in letzter Zeit was ausgefressen?«, rufe ich. Mum kommt aus der Küche und sieht stirnrunzelnd aus dem Fenster. »Was wollen die denn hier?«

Zwei Polizisten steigen vorne aus dem Wagen. Dann geht die

hintere Tür auf und Mums Freundin Shelley kommt in Schwesterntracht zum Vorschein. Was hat Shelley denn mit der Polizei zu schaffen?

»Soll ich Tee aufsetzen?«, frage ich.

»Putz das Fenster zu Ende«, sagt Mum. Ächzend mache ich weiter.

Als Shelley mich am Fenster sieht, winkt sie mir zu und ruft »Hallo«. Sie geht zur Tür, die beiden Polizisten im Schlepptau.

Mum öffnet. »Guten Tag«, sagt sie.

Einer der Polizisten hat ein Klemmbrett. »Wir überprüfen hier alle Häuser in der Gegend.«

»Verstehe.«

»Und Schwester Allardyce misst die Temperatur.«

»Ach ja?«

»Tut mir leid, lässt sich nicht ändern«, sagt Shelley unglücklich, denn sie weiß, was Mum von Schulmedizin hält. Von Impfstoffen bis Antibiotika haben sie schon über sämtliche Themen gestritten. »Ist ja nur ein Thermometer, Moyra. Mehr nicht.«

Mum seufzt. »Also gut.«

Ein Polizist bittet um den vollen Namen aller zum Haushalt gehörenden Personen.

»Das habe ich Ihnen doch schon gesagt!«, seufzt Shelley entnervt. Der andere Polizist meint, er müsste sich im Haus umschauen, ob sich hier nicht noch jemand befindet.

Shelly steckt Mum ein seltsames Teil ins Ohr. »37«, sagt sie laut und der Polizist notiert es.

»Sharona?«, fragt er.

Ich verdrehe die Augen, klettere von der Leiter und halte Shelly mein Ohr hin. »37,7«, sagt Shelley und misst erneut. »37,5. Wahrscheinlich bist du vom Leiterrauf- und -runtersteigen aufgeheizt.

Morgen früh kommen wir wieder und messen noch mal. Bleib so lange zu Hause. Wenn du Kopfschmerzen oder überhaupt Schmerzen bekommst, ruf doch bitte hier an.« Shelley reicht mir einen Zettel.

Kaum sind sie weg, wirft Mum den Zettel ins Altpapier.

Dann fordert sie mich auf, ihren Wagen zu waschen. Ich will schon protestieren, dass man dafür aber keine Leiter braucht, doch als ich ihren Blick sehe, mache ich mich lieber draußen ans Werk. Als ich später wieder reinkomme, wirkt Mum sehr entschlossen. Das verheißt nichts Gutes.

»Was ist denn?«

»Soldaten. Ich habe Freunde angerufen, die ein Stück weiter entfernt wohnen. Die meinten, vor unserem Abzweiger versperrt ein Militärfahrzeug den Weg, damit wir nicht wegkönnen. Das ist doch nicht okay. Marschieren ohne Durchsuchungsbefehl in unser Haus, wollen wissen, wer hier wohnt, und kontrollieren auch noch, ob wir die Wahrheit sagen. Wir leben in einem freien Land.«

Ich zucke die Achseln. »Ist ja nicht so schlimm, wenn sie nur Fieber messen. Die wollen sichergehen, dass wir uns nicht mit dieser Grippe angesteckt haben.« Bloß warum blockieren die unsere Zufahrt? Mir wird mulmig zumute. Und wenn meine Temperatur morgen noch steigt?

»Am liebsten würde ich die mit einer Schrotflinte vertreiben.«

»Wenn du eine hättest.«

Mum grinst. »Wenn ich eine hätte.« Unvorstellbar, Mum mit einer Schrotflinte. Immerhin setzt sie sich für strengere Waffengesetze ein, ist gegen Jagd und gegen Krieg.

Am Abend schauen wir ein wenig Glotze. Obwohl es früh ist, bin ich von all den Aufgaben heute todmüde und suche nach einer Ausrede, mich nach oben zu verziehen. Da schickt mir Iona eine Nachricht, ich soll sie mal anrufen. Perfekt, so kann ich mich aufs Zimmer verziehen. Schulfrei zu haben ist ja schon genial, aber wenn man unter Hausarrest steht, ist das etwas öde.

Ich lasse mich aufs Bett fallen und wähle Ionas Nummer mit der Kurzwahltaste. Nach einmal Klingeln hebt sie ab. »Du wirst nicht glauben, was ich rausgefunden habe«, sagt sie voller Ungeduld.

»Nette Begrüßung. Was ist es diesmal?«

»Logg dich mal bei JIT ein. Dein Gerede von Kais Schwester hat mich auf die Idee gebracht. In letzter Zeit gibt es richtig viele Fälle von Vermissten, vor allem Menschen, die es nicht in die Schlagzeilen schaffen: Obdachlose und Ausreißer.«

Ich krame meinen Laptop hervor und logge mich bei Jitterbug ein. Sobald ich drin bin, habe ich Zugang zu Ionas unveröffentlichten Blogs. Sie lässt mich ihre Texte vorab lesen, damit sich die Verleumdungen im Rahmen halten und sie sich nicht zu allzu abenteuerlichen Schlussfolgerungen hinreißen lässt, und natürlich soll ich Rechtschreibfehler korrigieren.

Seit dem letzten Mal sind einige neue Texte hinzugekommen. In einem geht es um das Multiversum, diese merkwürdige Wahrheitskommune, aber das Projekt scheint sie zugunsten eines neuen auf Eis gelegt zu haben.

Ich klicke auf den Artikel ganz oben auf der Seite: Die Vergessenen.

»Dann leg mal los«, sage ich, während ich den Text überfliege.

»Im Internet wurde in den letzten drei Jahren verstärkt nach Vermissten gesucht, die alle offenbar ähnliche Merkmale haben. Die meisten kommen aus bestimmten Regionen in Schottland und Nordengland. Schwer zu sagen, wo genau die Grenze verläuft.«

Im Artikel listet Iona eine Seite nach der anderen auf; Links, Namen, Fotos.

»Was meinst du, wenn du sagst, dass verstärkt gesucht wurde? Wie hoch ist der Zuwachs?«

»Richtig, richtig hoch.«

»Hast du Zahlen?«

»Nein, aber …«

»Und wenn es wirklich stimmt, wären die Behörden nicht schon hellhörig geworden?«, frage ich als kritische Instanz.

»Schau dir doch mal die Leute an, Shay. Das sind alles Menschen, die sich am Rande der Gesellschaft bewegen. Außer ein paar Freunden vermisst die doch keiner und die nimmt man nicht ernst. Aber ich habe es hier schwarz auf weiß.«

»Meinst du, Kais Schwester gehört auch dazu?«

»Weiß ich nicht. Sie passt nicht ins Schema. Kannst du den Artikel lesen und mir sagen, was du davon hältst?«

»Kann ich das morgen machen? Mum hat mir heute alle möglichen Jobs aufs Auge gedrückt. Ich bin platt.«

»Aber dann morgen. Versprochen?«

»Ja. Und jetzt lass mich schlafen.«

Iona lacht. »Na, deine Mutter hat dich ja richtig geschunden. Dann freust du dich sicher wieder auf die Schule!«

Wir verabschieden uns und ich bin müde, aber ich überfliege ihren Entwurf trotzdem. So viele Menschen sind verschwunden – buchstäblich Hunderte – und tatsächlich viele aus bestimmten Regionen Schottlands und Nordenglands.

Wo sind die alle hin? Was könnte mit ihnen geschehen sein?

Soll ich Kai davon erzählen oder Dougal, falls es doch mit Calista in Zusammenhang steht? Nachdenklich kaue ich auf meiner Lippe herum. Es ist ja reine Spekulation, dass zwischen all den

Vermissten eine Verbindung besteht. Ist der Zuwachs wirklich so enorm oder interpretiert Iona in ihrem Wunsch nach einer Story etwas hinein?

Aber selbst wenn Iona auf eine große Sache gestoßen ist, kann es mit Calista nichts zu tun haben, denn sie passt überhaupt nicht in die Gruppe.

Ich beschließe, es erst einmal für mich zu behalten und abzuwarten, was Iona noch so zutage fördert.

Auf dem Handy lese ich Kais Nachricht noch mal, dass es ihm besser geht, weil er von mir gehört hat.

Lächelnd schreibe ich zurück: *Von wegen freie Zeit! Ich durfte das Haus nur verlassen, um den Wagen zu waschen. Hoffe, du hast mehr Spaß als ich. Sxx.*

Hinter den Augen verspüre ich einen dumpfen Schmerz. Ich nehme ein paar Paracetamol-Tabletten und lege mich ins Bett.

18

18

ACHTZEHN

CALLIE

Mum kehrt kreidebleich vom Telefonieren zurück.

Sie flucht auf Deutsch.

»Was ist denn?«, fragt Kai.

»Das war Craig, Dr. Lawson, mit dem ich gestern Abend gesprochen habe. Der Freund, der für das englische Gesundheitsamt arbeitet. Er hat mich um Hilfe gebeten. Wie ich schon vermutet habe, ist diese sogenannte Aberdeen-Grippe keine gewöhnliche Grippe. Von Aberdeen bis nach Edinburgh wurden Fälle gemeldet. Und jetzt auch in Newcastle.« Ihr Blick wandert zum Bett.

»Ist er daran …«

»Vielleicht, vielleicht auch nicht.« Mum seufzt. »Armer Martin. Was soll ich nur seinen Eltern sagen?«

Kai schaut von Martin zu Mum, rückt von der Leiche ab. »Bekommen wir es jetzt auch?«

»Ich glaube nicht. Wenn wir uns angesteckt hätten, hätten wir schon längst Symptome. Aber ich weiß noch viel zu wenig über die Krankheit und wie sie sich verbreitet. Oder wie Martin sich angesteckt hat. Wenn er überhaupt daran gestorben ist. Könnte auch was ganz anderes sein.« Daran glaubt sie aber nicht, das sehe ich ihr an.

»Sollen wir einen Krankenwagen rufen?«

Mum schüttelt den Kopf. »Craig kümmert sich darum.«

Kurz darauf schrillen schon die Sirenen. Ich eile zum Fenster. Es kommt nicht nur ein Krankenwagen, sondern gleich zwei und ein Laster.

Und das sind nicht die einzigen Sirenen, die wir hören, in der Ferne ertönen noch mehr.

Als Kai die Tür öffnet, macht er große Augen. Vor ihm stehen Männer in Plastikanzügen.

Ich bin nicht überrascht, ich bin entsetzt. So sahen auch die Anzüge aus, die die Ärzte und Schwestern im unterirdischen Labor getragen haben. Alle, außer Subjekte wie ich. Wiederholt sich hier nun alles? Werden Mum und Kai jetzt auch krank?

Und es kommt noch schlimmer, man kann nämlich erahnen, was unter den Anzügen steckt: Uniformen. Das sind Soldaten oder wenigstens Polizisten, für mich sehen die alle gleich aus. Auf jeden Fall bedeutet es nichts Gutes.

Einige der Männer verstauen Martin und sein Bettzeug in einem Sack und schaffen ihn weg. Sie bitten Mum und Kai aufzuschreiben, wo Martin in den letzten Tagen gewesen ist.

»Nirgends. Er war nirgends«, antwortet Kai.

»Das stimmt«, pflichtet Mum ihm bei. »Er hat an seiner Doktorarbeit geschrieben und das Haus nicht verlassen. Jedenfalls haben wir nichts bemerkt. Ich kann mir nicht erklären, wie er mit irgendwas in Kontakt gekommen sein soll.«

»Ich habe Anweisung von Dr. Lawson, Sie mitzunehmen. Sie müssen einen Schutzanzug überziehen.«

»Was ist mit meinem Sohn?«

»Der kann hierbleiben. Unter Quarantäne.«

»Wie heißen Sie?«

»Bryson.«

»Nun, Bryson, ohne meinen Sohn gehe ich nirgendwohin.«

»Aber …«

»Wenn Sie mich hier nicht mit Gewalt rauszerren wollen, kommt er mit.« Mum liefert sich ein Blickduell mit Bryson, bis der schließlich seufzend nachgibt.

»Also schön, warum nicht.«

Die Männer helfen Mum und Kai in die Schutzanzüge und geleiten sie in den zweiten Krankenwagen. Hinter uns wird die Haustür mit einem breiten Klebeband versiegelt. Sieht aus wie das Klebeband der Polizei, aber dieses ist rot mit komischen schwarzen Symbolen und dem Wort QUARANTÄNE. Die Nachbarn schauen durch die Fenster, doch die Türen bleiben verschlossen. Wenn all die Vorsichtsmaßnahmen, Schutzanzüge und versiegelten Türen auf den Shetlandinseln nichts gebracht haben, hilft das hier auch nicht. Ist es erst mal da, kann nichts es aufhalten.

»Wohin bringen Sie uns?«, fragt Mum.

»Zu einem provisorischen Militärstützpunkt. Dort wird ein Expertenteam gebildet, das die Ausbreitung der Krankheit untersuchen soll. Wir müssen Sie und Ihren Sohn einen Tag lang isolieren. Wenn Sie in der Zeit keine Symptome zeigen, hoffen wir, dass Sie uns bei unserer Aufgabe helfen«, antwortet Bryson.

»Dann hoffen wir mal beides«, sagt Mum.

»Genau.«

Ich habe Angst. Als wir zum Stützpunkt gelangen und sie Mum und Kai in Quarantäne nehmen, erinnert es mich zu sehr an meine Gefangenschaft im Labor. Eigentlich will ich die beiden begleiten, aber ich halte es nicht aus, wieder eingesperrt zu sein. Wenn sie in 24 Stunden keine Symptome entwickeln und kein Fieber haben, können sie raus. Mum verlangt Zugang zu allen Informationen über die Krankheit.

Und wenn Mum und Kai sich nun angesteckt haben? Sterben sie dann? Ich bin nicht daran gestorben. Am Anfang hatte ich solche Schmerzen, dass ich dachte, ich sterbe, aber irgendwann ging es mir besser. Und wenn sie sterben, werden sie auch zu Geistern? Und können mich hören und mit mir sprechen? Sind wir dann wieder vereint?

Was ich will und nicht will, ist ein einziges wirres Knäuel. Ich will, dass sie wissen, dass ich da bin. Ich will, dass sie mit mir reden. Aber ich will nicht, dass sie leiden. Dass sie sterben.

Eine Weile beobachte ich sie. Kai starrt unentwegt auf sein Handy, packt es dann aber unverrichteter Dinge wieder weg. Mum läuft ungeduldig auf und ab, wartet auf den versprochenen Computer mit all den Daten über die Aberdeen-Grippe.

Mum und Kai hinter Plexiglasscheiben zu sehen, lässt mich nur das Schlimmste denken. Mich können sie ja ohnehin nicht hören, aber jetzt kann ich sie auch nicht mehr hören.

Also schaue ich mir lieber den Stützpunkt an. Das Lager liegt inmitten von Hügeln, in der Ferne sieht man die Silhouette von Newcastle, um uns ist alles grün. Bryson hat gemeint, es ist ein provisorisches Lager; statt Häusern stehen hier Zelte, alles ist neu, das Gras frisch runtergetreten, dennoch wirkt es stabil und massiv. Ringsum stehen hohe Zäune mit Stacheldraht. Der einzige Zugang ist das Tor, durch das wir gekommen sind und das von bewaffneten Wachen in Schutzanzügen kontrolliert wird. Weitere Wachen patrouillieren an den Zäunen.

Das Lager wurde garantiert nicht an einem Tag errichtet. Die waren vorbereitet.

Ich schlendere durch den Stützpunkt, lausche bei Gesprächen

in der Cafeteria, bei Besprechungen. Einige schleichen davon und zücken heimlich ihre Handys, um Freunde und Familie zu warnen, sie sollen abhauen.

Eines ist klar: Die Lage ist ernst, sehr ernst. Alle haben Angst.

Es ist von den Shetlandinseln entkommen, und nichts wird bleiben, wie es war.

19

19

NEUNZEHN

SHAY

Ich schlafe und schlafe nicht, beides zugleich. Mir tut der Kopf weh und ich höre jemanden *Mum, Mum* rufen. Ist das meine Stimme? Muss ja wohl, aber sie klingt so weit weg, als gehörte sie zu jemand anders.

Die Tür geht auf. Vom Flur fällt Licht hinein, spaltet mir den Schädel wie eine stumpfe Axt. Ich schreie auf.

Mums Stimme beruhigt mich. Ihre Hand liegt auf meiner Stirn.

Tief in mir spüre ich heftige Schmerzen und mir kommen die Tränen. Ich will nicht weinen, aber ich kann nicht anders.

Mum sagt so was wie: Solange ich es verhindern kann, holt dich hier niemand weg.

Mum eilt hin und her. Legt mir etwas Kaltes auf die Stirn, bringt mir ein Gebräu. Ich kann den Kopf nicht heben, sie hilft mir, hält mir die Tasse an die Lippen. Es schmeckt gar nicht so schlecht. Ich muss wirklich krank sein.

Dann hilft sie mir, mich aufzurichten. Durch die Bewegung vibriert der Schmerz in meinem Kopf wie ein Glockenklöppel und ich weine von Neuem.

»Du musst jetzt tapfer sein, Schatz«, sagt sie, aber mir laufen nur so die Tränen über die Wangen.

»Habe ich's? Diese Aberdeen-Grippe? Muss ich sterben?« Nur flüsternd bringe ich die Worte raus.

»Ach, Quatsch. Du hast nur was Verdorbenes gegessen. Du kommst schon wieder auf die Beine.«

Mum hilft mir, mich anzuziehen, und ich zwinge mich, mein Handy einzustecken. Schließlich habe ich es Kai ja versprochen!

Inzwischen sind wir draußen, die kühle Luft tut mir gut. Ich atme schon etwas freier.

»Wohin wollen wir?«, frage ich.

»Weg. Wir brauchen mal Urlaub.« Mum zieht mich den Pfad hinunter zum Loch. Ich lehne mich an sie, versuche, es ihr nicht so schwer zu machen, aber ich habe keine Kraft. Arme und Beine fühlen sich hölzern an, als gehörten sie gar nicht zu mir.

Als wir endlich das Seeufer erreichen, setzt mich Mum auf einer Bank an dem kleinen Landungssteg ab, wo unser Boot liegt. Das Wasser schlägt sanft ans Ufer, aber für mich klingt es wie ein Tsunami.

»Warte mal hier eine Minute, Shay. Rühr dich nicht vom Fleck.«

Leise gebe ich ihr mein Versprechen. Selbst wenn ich wollte, könnte ich mich nicht wegbewegen.

Mum bleibt länger als eine Minute fort. Ich schaue in den Nachthimmel. Der Schmerz hält unvermindert an, nur gewöhne ich mich allmählich daran. Wenn ich stillhalte, kann ich ihn sogar ohne Weinen ertragen. Aber mit dem Himmel stimmt irgendwas nicht. Der Mond und die Sterne glänzen so hell, dass ich kaum hinsehen kann, außerdem haben sie bunte Lichtringe.

Als Mum zurückkommt, schleppt sie eine Menge Zeug mit sich. Sie hilft mir ins Boot, meint, ich könne mich hinlegen, wenn ich wolle, und legt mir dann etwas Weiches unter den Kopf.

Mum rudert. Ich weiß nicht, ob ich wache oder träume. Die

kalte Luft und das Schaukeln auf dem Wasser beruhigen mich, dennoch habe ich Schmerzen im Kopf, in der Brust, überall.

Ich schließe die Augen, atme und versuche, den Schmerz abzuspalten. Ich stecke ihn in eine Schublade und mache sie zu. Und ja nicht wieder auf. Der Schmerz ist noch da, das weiß ich, aber ich kann mir einbilden, er wäre weg.

Die Zeit vergeht. Vielleicht habe ich geschlafen, keine Ahnung. Das Boot prallt irgendwo gegen. Bei der Erschütterung schreie ich auf. Mein Kopf.

»Tut mir leid, Shay. Wir sind da. Du musst mir ein wenig helfen.« Ich schlage die Augen auf. Es ist nach wie vor Nacht. Die Sterne strahlen noch heller, unnatürlich hell. Wie die Sonne erleuchten sie den Himmel. Vergeblich versuche ich, mich aufzurichten. Mum muss helfen.

»Wo …«, wispere ich. Mir fehlen die Worte.

»Wo wir sind? Wir gehen zur Vogel-Schutzhütte auf dem geplanten Bauland. Dort kann man sich prima verstecken. Bislang hat es noch keiner entdeckt. Und die haben mächtig gesucht, glaub mir.«

Dort kann man sich prima verstecken? Ihre Worte spuken mir im Kopf herum, aber ergeben keinen Sinn.

Mum hilft mir mit dem Laufen. Trägt mich halb. Sonst könnte ich mich gar nicht bewegen. Ich will mich entschuldigen, aber ich bin so verwirrt, und mir tut der Kopf so weh, dass ich wieder anfange zu weinen.

»Schhhh, schhhh. Gleich sind wir da.« Mum summt ein Schlaflied und ich konzentriere mich darauf, schiebe den Schmerz zurück in eine Schublade. Eine Schublade reicht aber nicht mehr aus. Erst ist es ein kleiner Küchenschrank, dann ein Kleiderschrank. Schließlich ein ganzes Zimmer.

Wir sind da. Es ist ein zeltmäßiger Unterschlupf aus gesprenkelter Plane, die von den Büschen und Bäumen ringsum kaum zu unterscheiden ist. Mum lehnt mich an einen Baum. Schiebt eine selbstaufblasende Luftmatratze, die sie mitgebracht hat, in den Unterschlupf und legt eine Decke darauf. Hilft mir, mich hinzulegen.

»Schhhh, mein kleiner Engel. Jetzt schlaf einfach. Schhhh …«

Keine Ahnung, ob ich schlafe, aber als ich später die Augen aufmache, ist Mum verschwunden. Der Schmerz ist nun so groß, dass er ein Fußballstadion einnimmt. Da ich keine Eintrittskarte habe, kann ich auch nicht rein. Eine sichere Nummer.

Mum kommt zurück, schleppt Zeug vom Boot, küsst mich, holt mehr.

Ich schließe die Augen und alles wird schwarz.

20
20
ZWANZIG

CALLIE

Ich gehe zurück zu Mum und Kai, sehe ihnen beim Schlafen zu. Es ist mitten in der Nacht und dunkel hinter der Scheibe, dennoch sitzt eine Wache davor. Mit einer Infrarotkamera. Über einen Bildschirm überwacht er die beiden, auch die Temperatur der Luft wird ständig gemessen.

Noch ist alles im grünen Bereich.

Ich zähle schon die Minuten, bis Mum und Kai morgen freigelassen werden. Eine Stunde vergeht, noch eine und noch eine. Eine Uhr tickt. Die Wache atmet ruhig.

Auf einmal klingelt das Telefon, die Wache nimmt ab.

»Sir! Aber wie … Ja, Sir!«

Er legt den Hörer weg und sprintet zu einem großen Schrank in der Ecke. Er reißt einen Schutzanzug heraus und hat ihn in Nullkommanichts an. In der Nähe ertönt ein Alarm.

Neugierig schwebe ich nach draußen. Überall gehen die Lichter an und tauchen die Zeltstadt unter dem bleichen Neumond in ein seltsam orangefarbenes Licht. Die Leute, die in Schutzanzügen aus den Zelten kommen, scheinen aufgelöst und ängstlich. Im Kantinenzelt liegen Menschen auf Feldbetten. Manche schwitzen schweigend, andere schreien vor Schmerz.

Mums Freund Dr. Lawson ist auch darunter, aber nicht im Schutzanzug, er liegt in einem Feldbett.

Der Schmerz ist ihm anzusehen, aber er kämpft dagegen an. Er notiert was in sein Notizbuch.

Als Mums und Kais Wache das Zelt betritt, winkt Dr. Lawson sie sofort zu sich. Die Wache hilft ihm auf.

Langsam begeben sie sich nach draußen, dabei lehnt Dr. Lawson jede weitere Unterstützung ab. Zusammen laufen sie zum Quarantäne-Zelt.

Dort brennt jetzt Licht. Mum und Kai sind wach und angezogen. Erst ist Mum erleichtert, als sie Dr. Lawson sieht, doch als er näher kommt, macht sich Entsetzen auf ihrem Gesicht breit. Er ist aschfahl und zittert unkontrolliert.

Dr. Lawson bedeutet der Wache, die Schleuse zu öffnen.

»Aber das ist gegen die …«

»Was soll das noch bringen, wo das halbe Camp krank im Kantinenzelt liegt? Machen Sie einfach und lassen Sie uns dann allein. Helfen Sie den anderen.«

Die Wache drückt ein paar Knöpfe und die Tür springt auf. Mum stürmt hinaus zu Dr. Lawson, Kai folgt zögerlich. Die Wache salutiert und verlässt das Zelt.

Dr. Lawson fasst Mum am Arm. Hält mit der anderen Hand das Notizbuch hoch. »Die Symptome …«, er keucht, kneift die Augen zu, reißt sie wieder auf. »Ich habe sie von Anfang an notiert. Alles, mit genauen Zeitangaben. Nun kann ich nicht mal mehr einen Stift halten. Du musst morgen das Treffen der Taskforce leiten. Wir sind eine von fünf Gruppen, die sich zusammengeschlossen haben, um …« Abermals hält er inne, bebt am ganzen Leib. »… um uns auszutauschen. Um eine Lösung zu finden.«

»Was, ich?«, fragt Mum. »Aber ich weiß doch …«

»Du bist die einzige Ärztin, die nicht erkrankt ist, und das wirst du wohl auch nicht. Diese Krankheit spart niemanden aus. Du musst immun dagegen sein.« Dr. Lawson verkrampft sich vor Anstrengung. »Nimm es.«

Mum nimmt ihm das Notizbuch ab. »Hilf mir, Kai.« Gemeinsam hieven sie Dr. Lawson auf ein Bett im benachbarten OP-Zelt.

»Schreib die Zeit auf, Kai. Schreib alles auf, was er sagt.« Mum rennt herum, prüft die Geräte und hat Dr. Lawson schon bald mit Elektroden an eine seltsame Apparatur angeschlossen. Ein Gerät am Zeigefinger misst noch etwas anderes.

»Das Licht ist so komisch«, sagt Dr. Lawson. »Es ist in verschiedene Spektren aufgespalten, als wären meine Augen ein Prisma. Besonders die Sterne draußen.« Dr. Lawson zittert am ganzen Leib, krümmt sich stöhnend. Sein Gesicht glänzt vor Schweiß.

»Kannst du ihm irgendwie helfen?«, fragt Kai.

»Dafür gibt es noch keine Therapie, kein Mittel. Habt ihr noch Morphium oder andere Schmerzmittel, Craig?«

Er schüttelt den Kopf. »Ja, aber nicht für mich. Schreib auf. Die Sterne waren wundersam. Ich konnte ihr Plasma sehen, ihr magnetisches Feld. Die Elemente gleichen einem Regenbogen, jedes hat eine eigene Farbe.« Er keucht. »Mit jedem Moment nimmt der Schmerz in Kopf und Brust zu. Ich ertrinke in den Wellen.« Dr. Lawson verzieht das Gesicht.

Und während er beschreibt, was er fühlt und sieht, erlebe ich es noch mal, denn genauso war es auch bei mir. Ich schlinge die Arme um mich, möchte am liebsten davonlaufen, aber ich will Mum und Kai nicht aus den Augen lassen, falls sie es doch noch erwischt.

Ich konzentriere mich ganz auf Mum. Sie liest die Geräte ab und diktiert Kai die Werte. Auch in Mums Miene spiegelt sich der

Schmerz, nur anders als bei Dr. Lawson. Mum leidet mit ihrem Freund mit.

Sie hält seine Hand.

»Und der Schmerz steigt ins Unermessliche und dann hört er plötzlich auf.« Man sieht es ihm gleich an. Entspannte Züge. Überraschter Blick.

»Wer ist denn das Mädchen hier?«, fragt er.

»Welches Mädchen?« Mum und Kai tauschen Blicke. Dr. Lawson schaut mich direkt an.

Er kann mich sehen! »Sagen Sie ihnen, dass ich hier bin!«, rufe ich aufgeregt. Soll er ihnen noch eine Botschaft geben, bevor er stirbt.

»Aber wer bist du?«

»Sie ist meine Mutter. Ich bin Callie. Callies Geist.«

»Ah. Ich weiß nicht, ob sie das wissen will.«

»Craig? Craig?«, sagt Mum. »Was ist los?« Sie streichelt seine Hand. »Mit wem sprichst du?«

»In mir ist Frieden. Ich sehe Dinge, die ich nicht sehen sollte. Die Toten. Bald bin ich einer von ihnen.«

Tränen rollen über Mums Gesicht.

»Sagen Sie es ihr! Sagen Sie ihr, dass ich hier bin!« Inzwischen brülle ich. Er schaut mich an, schüttelt traurig den Kopf. Die Augen fallen ihm zu, der Kopf sinkt in die Kissen. Blut rinnt ihm aus den Ohren, aus dem Mund, aus den Augen.

Und dann pieeeeeeeeep. Nur eine flache Linie auf dem Monitor. Selbst ich habe genug ferngesehen, um zu begreifen, dass er tot ist.

Kais Hand liegt auf Mums Schulter. Mum hat Tränen in den Augen, noch immer hält sie Dr. Lawsons Hand. Aber ich bin sauer. Warum hat er ihr nur nicht gesagt, dass ich hier bin?

Wenn sich die Krankheit ausbreitet, werden noch mehr Menschen sterben. Vielleicht sieht mich einer von denen und gibt die Botschaft weiter.

Mum lässt Dr. Lawsons Hand los, strafft die Schultern. »Ich muss mich um die anderen Kranken kümmern.«

»Was kannst du denn tun? Es gibt doch keine Therapie, kein Mittel. Das hast du selbst gesagt.«

»Dann können wir immer noch ihre Hand halten. Manchmal ist es das Einzige, was man tun kann. Du musst nicht mitkommen.«

Kai hat Angst. Das sehe ich in seinem Blick, in seiner Haltung, er steht so vornübergebeugt, als wollte er sich verteidigen. Doch er schüttelt den Kopf. »Nein. Ich komme mit. Wir bleiben zusammen.«

Ich folge ihnen bis zum Kantinenzelt, bleibe aber auf Abstand.

Mum will den Kranken die Hand halten, ihr Leiden lindern. Bestimmt möchte sie nicht, dass die Leute mich sehen, und erfahren, dass ihre tote Tochter neben ihr steht. Das kann ich ihr nicht antun.

Also schaue ich von oben zu.

Auch Leute in Schutzanzügen erkranken, ziehen die Anzüge aus. So wie die Wache. Der Mann liegt mit anderen auf einem Feldbett.

Es gibt schon Tote. Kai hilft, die Leichen in ein anderes Zelt zu tragen, das jetzt als Leichenhalle dient. Dabei verzieht er keine Miene, sein Körper ist so angespannt, dass ich mich frage, wie er sich noch bewegen kann.

Eine Krankenschwester im Schutzanzug, die auch noch nicht erkrankt ist, verteilt Morphium, aber es reicht nicht lange. Und Mum bemüht sich, den Leuten, so gut es geht, beizustehen. Die

Schmerzen sind bald vorbei, sagt sie, und wenn es so weit ist, hält sie ihnen beim Sterben die Hand.

Es dämmert, am Himmel zeigen sich rosa Streifen. Eine erkrankte Schwester, die schon jenseits der Schmerzen ist, murmelt etwas über den Strahlenkranz der Sonne. Die Farben.

Und wie alle anderen stirbt auch sie dann.

21

21

EINUND-
ZWANZIG

SHAY

Mum gibt mir einen Kuss. Legt mir einen kalten Lappen auf die Stirn und legt sich neben mich.

Durch die Fensterschlitze in der grünen Zeltplane sehe ich die Sonne aufgehen. Ihr farbiges Regenbogenlicht tut mir in den Augen weh, aber ich muss immerzu hinsehen. So sieht doch nicht die Sonne aus.

Dann lasse ich mich treiben, weiß nicht, ob ich wache oder träume.

In meinem Kopf hallt es, klingelt.

Es muss ein Traum sein.

Mum ist da. Sie hält mich im Arm, sagt, es tut ihr leid. Dass sie versagt hat.

Sterbe ich?, frage ich.

Nein, ich. Sie lächelt. Sie spricht, aber wir unterhalten uns lautlos. In meinem Kopf.

Mum hat auch Schmerzen, und ich zeige ihr, wie sie die Schmerzen in ein Fußballstadion packen kann, aber es gelingt ihr nicht.

Mum ist tapferer als ich. Sie weint nicht.

22

22

ZWEIUND-
ZWANZIG

CALLIE

Der ranghöchste überlebende Offizier ist nicht sehr ranghoch und außerdem ängstlich, er möchte warten, bis ein ranghöherer Kollege kommt.

Doch Mum gängelt ihn. Nachts hat sie sich durchs Lesen schlau gemacht, und mit den Erkenntnissen von Dr. Lawson im Kopf gibt sie nun vor zu wissen, was zu tun ist. Dem Offizier sagt sie, Dr. Lawson hätte ihr dies und jenes aufgetragen, und er kauft es ihr ab.

Außer Mum und Kai sind im Lager nur die von der Krankheit verschont geblieben, die beim Ausbruch einen Schutzanzug getragen haben. Die Toten werden von dem Leichenzelt zu einem Feld hinter dem Lager getragen. Bald schon steigt Rauch in den Himmel.

Und dann trinkt Mum Unmengen Kaffee und treibt den einzigen noch verbliebenen Techniker auf, der sich mit dem Computerkram auskennt und der ihr alles für das virtuelle Treffen der Sondereinheiten einrichtet. Dabei erklärt er ihr, was er tut. Über die Monitore verlinkt er Aberdeen, Edinburgh, London, Newcastle und etwas, das sich WHO nennt. Nicht die Rockband, sagt der Techniker zu Kai, sondern die Weltgesundheitsorganisation.

Als alles fertig ist, erwacht ein Bildschirm nach dem anderen zum Leben.

»Hallo, offenbar sind wir vollzählig.« Eine Stimme aus London. »Ich vertrete die englische Gesundheitsbehörde in London und werde heute den Vorsitz führen. Wir beginnen mit einer Vorstellungsrunde.« In der Gruppe sind Ärzte und Politiker, von denen selbst ich schon mal gehört habe.

»Jetzt Newcastle bitte.« Als er Mum und den nicht sehr ranghohen ranghöchsten Offizier erblickt, runzelt der Vorsitzende aus London die Stirn. »Wo ist Dr. Lawson mit seinem Stab?«

»Hallo. Ich bin Sonja Tanzer, Epidemiologin von der Universität Newcastle. Dr. Lawson hat mich um Hilfe gebeten. Gestern Nacht ist in unserer als sicher eingestuften Einrichtung die Krankheit ausgebrochen. Außer mir sind vom medizinischen Team nur noch zwei Schwestern übrig. Von der Einheit haben nur die Wachen überlebt, die das Gelände in Schutzanzügen kontrolliert haben, und die, die während des Ausbruchs nicht zugegen waren.«

Schockreaktionen auf allen Bildschirmen.

»Gibt es Vermutungen, wie es zu dem Ausbruch kam?«, fragt der Vorsitzende.

»Nein. Mein Sohn und ich kamen hier in Quarantäne, nachdem unser Untermieter gestorben war. Aber wir haben uns nicht angesteckt. Als dann klar war, was passiert, hat Dr. Lawson uns aus der Quarantäne entlassen. Solange er konnte, hat Dr. Lawson seine Symptome notiert, und dann habe ich es bis zu seinem Tod übernommen. So etwas wie diese Krankheit ist mir noch nie untergekommen.«

»Mit Verlaub, Dr. Tanzer, ich weiß, dass Dr. Lawson Sie mit ins Team nehmen wollte, aber Sie sind Wissenschaftlerin und keine Ärztin.« Das sagt ein Weißkittel aus London.

Bei dem Ton sträubt sich mir alles. Genauso gut hätte er sagen können: *Kleine Mädchen haben zu schweigen, wenn Erwachsene reden.* So was kenne ich gut.

Mum hebt eine Braue. »Dr. … wie hießen Sie noch gleich?«

Der Vorsitzende ruft den Mann zur Räson, weil er unerlaubt das Wort ergriffen hat. Dann wird der finster dreinblickende Mann erneut vorgestellt.

»Nach dem, was ich bislang gesehen habe, kommt man hier mit medizinischen Standardverfahren nicht weiter«, entgegnet Mum. »Vielleicht kann der Blick einer Epidemiologin da ganz fruchtbar sein.«

»Edinburgh hier. Wir pflichten Dr. Tanzer bei, die eine Koryphäe auf ihrem Gebiet ist. Und ehrlich gestanden, können wir im Moment jede Hilfe gebrauchen.«

Der Vorsitzende stellt nun auch noch die übrigen Teams vor, dann bittet er einen Arzt aus Aberdeen um eine Zusammenfassung der Ereignisse.

Der Arzt räuspert sich und legt los: »Die sogenannte Aberdeen-Grippe verläuft vollkommen untypisch. So etwas haben wir bei Grippewellen oder bei Epidemien oder Pandemien noch nie erlebt. Anfänglich gingen wir von Schadstoffen in der Umwelt aus, einer Art Gift. Möglichkeiten einer Grundwasserverseuchung durch Terroristen und derartiges wurden überprüft und ausgeschlossen. Es konnten keine Toxine nachgewiesen werden. Die schnelle Verbreitung schien zwar eine Massenvergiftung nahezulegen, aber schon bald wurde deutlich, dass die Krankheit durch Kontaktinfektion übertragen wird, also ansteckend ist.«

London: »Womit Bioterrorismus nicht auszuschließen wäre.«

Aberdeen: »Nein. Es gibt anscheinend zwei Ausformungen dieser Krankheit. In einigen Fällen wird sie durch Kontakt mit Infizierten übertragen, die ersten Symptome treten nach 24 Stunden auf. Aber in anderen Fällen, besonders in Aberdeen, Edinburgh und Newcastle, hat sich die Krankheit viel schneller ausgebreitet, als dieses Modell prognostiziert: Eine große Anzahl von Menschen hat sich gleichzeitig angesteckt, wobei oft gar kein Kontakt zu Infizierten nachweisbar war. Sobald sich die ersten Symptome zeigen, sind die Verläufe identisch. Die Patienten klagen über Fieber und Kopfschmerzen. Innerhalb kürzester Zeit verschlimmern sich die Symptome, die Schmerzen werden unerträglich. Der Tod tritt binnen weniger Stunden ein. Die Autopsien deuten auf multiples Organversagen hin. Bei vielen Patienten rufen die starken Schmerzen Halluzinationen hervor, aber kurz vor dem Tod werden sie oft noch einmal klar und ruhig.«

London: »Wie sieht es mit der Sterblichkeitsrate bei Ansteckung aus?«

Aberdeen: »Die Sterblichkeitsrate scheint nahezu bei 100 Prozent zu liegen.«

Den Leuten von der Weltgesundheitsorganisation und den Londonern bleibt die Luft weg. Alle anderen wissen es bereits.

Ein Politiker aus London: »Jeder, der sich infiziert, stirbt daran?«

Aberdeen: »Es gibt unbestätigte Berichte von Überlebenden. Ein paar aus Aberdeen, einer aus Newcastle. Wir müssen das erst überprüfen. Denkbar wäre, dass die Betroffenen an etwas anderem erkrankt waren. Und dann gibt es eben auch Leute wie Dr. Tanzer und ihren Sohn, die der Krankheit ausgesetzt sind, aber nicht daran erkranken. Vielleicht sind fünf Prozent der Bevölkerung resistent, aber unsere Erhebungen sind noch nicht abgeschlossen. Diese Resistenz scheint genetisch bedingt zu sein, denn bestimmte Familien und ihre Verwandten erkranken nicht, obwohl alle anderen um sie herum infiziert sind. Das müssen wir uns auch genauer anschauen, um darauf vielleicht aufbauen zu können.«

WHO: »Welcher Erreger ist für die Infektion verantwortlich?«

Edinburgh: »Den Erreger haben wir noch nicht isolieren können. Es ist kein Bakterium, so viel ist sicher. Wir haben auch keine Spuren eines Grippe-Virus oder eines bekannten Virus oder Erregers gefunden. Vielleicht haben wir es mit einem vollkommen neuen Typus zu tun.«

WHO: »Wie können wir etwas bekämpfen, wenn wir nicht wissen, was es ist?«

London: »Genau. Bislang haben wir auf Eindämmung gesetzt, aber besonders gut sind wir damit auch nicht gefahren. Von heute an sind sämtliche Schulen in Großbritannien geschlossen. Reisen ins In- und Ausland sind verboten, es sei denn mit einer Sondergenehmigung oder mit einem Immunitätspass. Flughäfen und Häfen wurden geschlossen. Die Küstenwache und die Marine beobachten die Küste, falls irgendjemand versucht zu fliehen. Die Armee sperrt in diesem Augenblick gemeinsam mit der Polizei die Zufahrtsstraßen zu den betroffenen Städten ab.«

Edinburgh: »Aufgrund Ihrer Immunität können Sie ja reisen, Dr. Tanzer. Und das kann wirklich sehr hilfreich sein.«

Mum nickt. »Wenn ich wirklich immun bin und nicht nur bislang einfach Glück gehabt habe.«

Der nicht so ranghohe Offizier neben Mum rührt sich. »Verzeihen Sie, dass ich mich einmische, Dr. Tanzer, aber ich war mit meiner Einheit draußen am Absperren, als die Krankheit hier begann. Das Stadtzentrum von Newcastle, wo auch Ihre Uni liegt, und Jesmond, Ihr Wohnbezirk, stehen komplett unter Quarantäne. Berichten zufolge sind neunzig Prozent der Bewohner dort schon gestorben. Sie müssen immun sein.«

Kai schnappt nach Luft. Mum lässt sich den Schreck nicht anmerken, setzt sich nur ein bisschen gerader hin.

Mum: »Wenn wir den Krankheitserreger nicht kennen, wie sollen wir die Ausbreitung verhindern und es behandeln?«

London: »Genau. Die Untersuchungen müssen oberste Priorität haben.«

WHO: »Wir haben es also mit einer Epidemie zu tun, die wir weder behandeln noch unterbinden können und die das Potenzial hat, 95 % der Weltbevölkerung auszulöschen.«

London: »Vermutlich.«

Mum: »In der Zwischenzeit müssen wir uns die Verbreitungsmuster anschauen. Alle Fälle sollten auf einer Karte eingetragen werden. Welche Verbindungen bestehen? Vielleicht hilft es uns, die Krankheit einzudämmen und die Ursache herauszufinden.«

Edinburgh: »Von einigen Regionen haben wir nur unzureichende Daten. Aber wir tun, was wir können.«

London: »Dr. Tanzer, könnten Sie sich vielleicht den Patienten in Newcastle ansehen, der die Ansteckung überlebt hat? Wir werden Ihnen einen Immunitätspass ausstellen, damit Sie reisen können.«

Mum: »Und einen für meinen Sohn. Er ist achtzehn. Er hat sich zusammen mit mir die ganze Nacht um die Kranken und Toten gekümmert. Ich möchte, dass er mich begleitet.«

London: »Wir schicken Ihnen eine Eskorte, sobald wir den Vorrat an Schutzanzügen aufgefüllt haben.«

Mum: »Gerade deshalb will ich ja meinen Sohn dabeihaben. Damit ich sofort loskann und so schnell wie möglich zurück bin, um die Daten auszuwerten.«

London: »Warten Sie einen Moment.« Es herrscht eine Pause, der Vorsitzende wendet den Blick ab. Dann schaut er wieder in die Kamera. »Also schön. Die zwei Pässe samt Verstärkung werden heute Nachmittag per Fallschirmabwurf eintreffen.«

Edinburgh: »In der Zwischenzeit sollten Sie vielleicht etwas Schlaf nachholen, Dr. Tanzer.«

Ein Team nach dem anderen verabschiedet sich, die Bildschirme werden schwarz.

Kai geht zu Mum und umarmt sie. Auch wenn die beiden mich nicht sehen oder spüren können, klinke ich mich in die Umarmung ein.

Natürlich sind sie traurig, dass all die Menschen gestorben sind, die sie kennen. Ich bin so froh, dass Mum und Kai nicht krank geworden sind und diese Schmerzen durchleiden mussten. Da sie immun sind, bleibt ihnen das auch in Zukunft erspart.

Aber ein bisschen traurig bin ich auch. Wenn sie krank geworden wären, wären sie vielleicht auch Geister geworden. Zumindest hätten sie mich am Ende noch mal gesehen. Nun werden sie mich wohl nie wieder sehen oder hören.

23

23

DREIUND-
ZWANZIG

SHAY

Die Sonne geht wieder unter.

Mum zeigt mir ihre Erinnerungen, auch Bilder von einem Mann, der gut tanzen konnte, den ich von dem Foto, das sie all die Jahre versteckt hatte, kenne: Dr. Alex Cross. Buchstäblich von den Füßen gerissen hat er sie und auch im übertragenen Sinne. Sie konnte ihm einfach nicht widerstehen.

So strahlend blaue Augen. Die reinste Magie. Ich bin Mum, er hält mich im Arm und wir tanzen. Und sie dreht sich, fällt, steht quasi in Flammen …

Ich ziehe mich heraus. Manche Dinge will man wirklich nicht mit seiner Mutter teilen.

Als sie herausfand, dass sie mit mir schwanger war, lief sie davon. Verließ Schottland, um ihn möglichst weit hinter sich zu lassen. Denn allmählich wurde ihr klar, dass mit ihm etwas nicht stimmte. Nicht nur, dass er für sie nicht der Richtige war, sondern allgemein. An ihm war irgendetwas falsch.

Ja. Kais verhasster Stiefvater ist mein Vater.

Tante Addy hat Mum damals geholfen. Die wunderbare Tante Addy, die Gedichte über die Lochs schrieb und den Vögeln vorsang.

Nach Schottland sind wir erst zurückgekehrt, nachdem Mum erfahren hatte, dass Alex das Haus am Loch Tay nicht mehr besaß. Das war nach der Scheidung nämlich seiner Exfrau zugefallen – Kais Mum. Deshalb war sie auch mit Calista dort.

Ich bin schockiert. Calista und ich haben den gleichen Vater. Wir sind Halbschwestern.

Und nein. Mein Vater weiß nichts von mir.

Die Geschichte mit der Zufallsbekanntschaft auf dem Knack-Konzert war frei erfunden.

Hättest du dir nichts Besseres ausdenken können?

Was gibt es Besseres, als auf einem Rockkonzert gezeugt zu werden?

In diesem Punkt kommen wir wohl nicht auf einen Nenner.

Mum und ich tauschen Träume und Erinnerungen.

24

24

VIERUND-ZWANZIG

CALLIE

An der Wand hängt eine riesige Karte mit bunten Stecknadeln. Blaue Nadeln für Einzelfälle. Rote ab zehn Fälle. Schwarze ab hundert. Newcastle, Aberdeen und Edinburgh sind so mit schwarzen Nadeln gespickt, dass man sie nicht mehr sieht.

»Irgendwie ergibt das alles keinen Sinn«, murmelt Mum und sagt dann noch etwas auf Deutsch. Auch wenn ich die Worte nicht verstehe, weiß ich, dass sie flucht.

Kai ist auf dem Stuhl schon halb eingeschlafen. »Vielleicht solltest du dich lieber hinlegen.«

»Und während ich schlafe, sterben weitere Menschen.«

»Dann erzähl doch mal. Was ergibt keinen Sinn? Vielleicht hilft es dir ja, das Problem einmal zu benennen.«

Sie nickt. »Die Krankheit scheint manche Regionen zu überspringen oder nur sehr leicht zu betreffen, wie zum Beispiel Dunbar und Alnmouth.« Mum zeigt die Ortschaften auf der Karte. »Und andere, na ja. In Newcastle sieht es noch schlimmer aus als in Aberdeen, wo es begonnen hat. Warum breitet sich die Krankheit an manchen Orten schnell und an anderen langsam aus?«

»Kann es was mit der Zugverbindung zu tun haben?«

»Wie meinst du das?«

»Wenn man von Aberdeen nach Newcastle fährt und in Edinburgh Zwischenstopp macht. Aberdeen, Edinburgh und Newcastle sind am schwersten betroffen.« Kai studiert die Karte. »Und viele Ortschaften, in denen es zu kleineren Ausbrüchen gekommen ist, liegen an der Bahnstrecke entlang der Küste.«

Eben hat Mum noch müde ausgesehen. Doch jetzt verfolgt sie aufgekratzt die Bahnlinie zwischen den Nadeln. »Könnte es sein, dass eine Gruppe von Leuten, die infiziert waren, mit diesem Zug gefahren ist? Aber warum betrifft es denn nur diese Verbindung? Warum hat es sich nicht weiter ausgebreitet? Es sei denn …« Mum schnappt sich Kai und drückt ihn. »Ich wusste, dass du ein Genie bist!«

»Klaro. Aber ich kann dir trotzdem gerade nicht folgen.«

»Das ergibt nur einen Sinn, wenn es eine Person oder Personen gibt, die Träger sind. Erst haben sie sich eine Weile in Aberdeen aufgehalten, dort ist die Krankheit zum ersten Mal ausgebrochen. Anschließen in Edinburgh, dort gab es den zweiten Ausbruch, aber lange können sie dort nicht geblieben sein, denn das Ansteckungsgebiet beschränkt sich auf die Universität und den Bahnhof. Dann kam Newcastle, hier ist es bislang am schlimmsten, weil sie hiergeblieben sind. Deshalb hat sich die Krankheit auch nicht weiter nach Süden ausgebreitet, von Einzelfällen mal abgesehen. Und wenn es nun eine Typhus-Mary gibt? Einen Krankheitsträger, der aber nicht erkrankt? An Orten, wo sich diese Person aufgehalten hat, verbreitet sich die Krankheit schneller, denn die Infektion erfolgt auf direktem Wege. Anderenorts, wo die Ansteckung nur über andere Infizierte stattfindet, geht es langsamer vonstatten. Da die Erkrankten schnell sterben, lassen sich diese Fälle durch Quarantäne leichter eindämmen.«

Aufmerksam studiert sie die Karte.

»Aber wenn es solche Typhus-Marys gibt, warum sterben sie nicht selbst daran?«, fragt Kai. »Sind sie immun? Wir sind auch immun, aber geben die Krankheit offenbar nicht weiter.«

»Menschen, die wie wir immun sind, sind keine Träger. Man hat feststellen können, dass Menschen, die sonst keinen anderweitigen Kontakt mit der Krankheit haben, sich bei denen, die immun sind, nicht anstecken. Und die können selbst nicht alle immun gewesen sein, weil etliche davon bei späteren Ausbrüchen doch noch gestorben sind. Diese Träger oder der Träger, von dem wir sprechen, muss ganz anders sein. Als Erstes müssen wir herausfinden, wo die ersten Fälle aufgetreten sind. Wer war dabei und hat sich anschließend auch in Edinburgh und jetzt in Newcastle aufgehalten?«

»Meinst du, wenn du die Person findest, kannst du die Ausbreitung unterbinden?«

»Vielleicht, vielleicht auch nicht. Wir müssen es versuchen. Zunächst müssen wir herausbekommen, wo und wann die Krankheit begonnen hat. In Aberdeen oder anderswo? Wir müssen die genaue Time Zero wissen. Und dann können wir nur hoffen, dass sich der Rest von selbst ergibt.«

Mum eilt davon, um mit dem nicht so ranghohen ranghöchsten Offizier zu sprechen und um sich mit Aberdeen und Edinburgh in Verbindung zu setzen.

Ich seufze. Wenn mich Mum nur verstehen könnte, könnte ich ihr sagen, dass alles im unterirdischen Labor auf den Shetlandinseln begann. Mit Aberdeen hatte es nichts zu tun.

Kai holt sein Handy raus. Er schreibt Shay: *Hallo, genießt du die Ferien? Sicher hast du gehört, dass Newcastle schlimm betroffen ist, aber mach dir keine Sorgen. Mum und mir geht es gut. Kxx.*

Sobald Kai wieder im Sessel sitzt, schläft er umgehend ein.

25

25

FÜNFUND-
ZWANZIG

SHAY

Ich liege zusammengefaltet in einer Schublade. Ich habe sie zugezogen. Der Rest der Welt ist von Schmerz erfüllt.

Halt durch. Du schaffst es, Schatz. Mums Gedanken sind in mir.

Ich öffne die Augen.

Ich liebe dich, Sharona, sagt sie, und ausnahmsweise störe ich mich nicht an dem Namen.

Ich liebe dich auch, Mum. Auch wenn wir die Worte denken und nicht sagen, können wir sie hören. Die Worte sind in uns.

Die Sonne steht am Himmel, als Mum mich zum Abschied küsst. Sie seufzt, ihre Hand liegt auf meiner Wange. Dann entschwindet sie.

Ich bin mutterseelenallein.

Mir gelingt es nicht, die Schublade weiter verschlossen zu halten. Schmerz und Tränen sind alles, was mir bleibt.

26

26

SECHSUND-
ZWANZIG

CALLIE

Der Hubschrauber landet auf der Wiese hinter dem Stützpunkt, nicht weit davon entfernt verbrennen sie die Toten. Rauch wirbelt durch die Luft. Einer fragt, ob hier gegrillt wird. Auch wenn ich nicht mehr riechen kann, halte ich mich von dem Qualm fern. Nachher fliegen noch die Geister der Toten im Rauch davon.

Mum und Kai haben nicht lange geschlafen. Bevor ich Zeit hatte, mich zu langweilen, kam jemand, um Mum zu wecken. Die Immunitätspässe seien jeden Moment da und alles für die Reise vorbereitet. Es soll in Newcastle einen geben, der erkrankt war und das Ganze überlebt hat. Die Suche nach ihm kann losgehen.

»Willst du wirklich mitkommen, Kai?«, fragt Mum. »Ich würde mir das zwar wünschen, aber du musst nicht. Es gäbe ansonsten einen Fahrer mit Schutzanzug, der dich wegbringen könnte.«

Kai reibt sich gähnend die Augen. »Ich komme mit. Ende der Diskussion.«

»Ich weiß nicht, was uns erwartet.«

»Kann es schlimmer sein als das, was wir bereits erlebt haben?«

»Ja.«

Er sieht sie ernst an und nickt. »Dann solltest du das nicht allein durchmachen.«

Ich bin echt stolz auf meinen Bruder. Ist er nicht tapfer? Ich bin es nicht. Wenn ich nicht solche Angst hätte, dass ihnen ohne mich was geschehen könnte, würde ich hierbleiben.

Von einer Wache im Schutzanzug werden sie zum Pick-up gebracht. Unterwegs wirft Kai stirnrunzelnd einen Blick auf sein Handy, bevor er es wieder in der Tasche verschwinden lässt.

»Stimmt was nicht?«, fragt Mum.

Kai zuckt die Achseln. »Ich habe Shay geschrieben. Sie antwortet nicht.«

»Lebt sie nicht in der Nähe von Loch Tay?« Er nickt. »Westlich von Perth sind keine Fälle gemeldet. Vielleicht hat sie gerade keine Zeit oder hat ihr Handy verlegt.«

»Ja. Bestimmt.« Dennoch sieht er besorgt aus.

»Ich erkundige mich noch mal nach der Region.«

»Danke, Mum.«

Sie steigen in den Wagen.

Der Fahrer heißt Bryson. Es ist der, der sie auch schon von zu Hause abgeholt hat, als der Student gestorben ist. So lange ist das ja nicht her, aber Bryson wirkt verändert. Sein militärischer Drill kommt nicht mehr ganz so durch.

Er grinst. »Und? Bereit für eine fantastische Fahrt ins Blaue?« Damit steuert er auf das Tor zu.

Als Kai den Haltegriff über der Tür packt, treten seine Knöchel weiß hervor. Er hat Angst, auch wenn er es nicht zugeben will.

Mum telefoniert auf dem Weg aus dem Lager. »Entschuldigen Sie die Störung, aber könnte ich noch mal die neuesten Zahlen aus Perthshire und Stirlingshire haben? Ja. Aha. Und wo ist das? Danke.« Mum legt auf. »Killin und Umgebung sind ansteckungsfrei. Der nächste Ort ist Stirling, von dort wurden aber nur ein paar Fälle gemeldet.«

»Danke fürs Nachfragen.«

»Hast du das Mädchen gern?«

»Mum, jetzt nicht.«

Bryson pfeift. »Hast du eine Freundin, Junge? Genieß es, solange du kannst – überhaupt alles im Leben. Wenn ich eins in den letzten Tagen gelernt habe, dann das.«

Vor uns ist die Straße gesperrt. Bryson hält an, kurbelt das Fenster herunter, zeigt seinen Ausweis und unsere Papiere; wir werden durchgewunken.

Als Bryson über Funk eine Nachricht bekommt, bremst er plötzlich, kehrt um und nimmt einen anderen Abzweiger. »In der Richtung hätte es Ärger gegeben. Wir sollen eine andere Route nehmen.«

»Was für einen Ärger?«, fragt Mum.

»Da hat jemand versucht, die Straßensperre zu durchbrechen. Tut mir leid, diese Strecke ist sicherer, aber nicht gerade malerisch. Die Gegend wurde unter Quarantäne gestellt. Freigegeben, aber noch nicht geräumt.«

Was das heißen soll, sagt er nicht. Nachfragen tut keiner.

Als Bryson um die Ecke biegt, liegen auf jeder zweiten oder dritten Auffahrt Leichen. Planlos aufgetürmt. Arme und Beine von sich gestreckt. Blutige Augen stieren in den Himmel. Menschen jedes Alters. Und anders als die Toten im unterirdischen Labor, die es nicht besser verdient hatten, und die reglosen Körper am Stützpunkt nehmen mich diese Leichen richtig mit. Mir gelingt es nicht wegzuschauen. Babys, Teenager, Großeltern, alle tot.

Ein kleines Mädchen liegt neben einem Leichenhaufen am Straßenrand, als wäre sie von oben heruntergefallen. Sie ist vielleicht fünf. Blond. Ihr Gesicht ist aufgeschwemmt, die Arme und

Beine seltsam verdreht, als wären sie steif. Sie trägt einen rosa Häschenschlafanzug. Die Augen sind aufgerissen und blutig. Im Arm hält sie noch ihren Teddy.

Mum bekreuzigt sich, betet. Kai schaut konzentriert geradeaus, als könnten wir diesen Ort schneller verlassen, wenn er vor sich auf die Straße starrt. Ich sehe mir den Schrecken ringsherum an.

Unterwegs fängt Bryson plötzlich an zu pfeifen, Mum zuckt richtig zusammen. Vielleicht stellt er sich vor, woanders zu sein.

Bryson macht das richtige Haus ausfindig. In der Gegend sind die ursprünglichen Bewohner alle gestorben und bereits abtransportiert worden. Jetzt hat man hier die Menschen gesammelt und einquartiert, die immun sind. Um sie zu schützen, wie Bryson erklärt.

»Vor wem?«, fragt Kai.

Erst antwortet Bryson nicht, schließlich sagt er: »Kranke können ganz schön verzweifelt sein.«

Wir klopfen an. Ein alter Mann kommt an die Tür. »Ja? Was wollen Sie?«

»Uns ist zu Ohren gekommen, dass Sie einen Überlebenden kennen. Wir würden ihn gerne befragen.«

»Das ist wahr, ich kenne einen. Habe ihm angeboten, hier bei mir einzuziehen, wollte er aber nicht. Blieb draußen in seinem eigenen Haus.«

»Können Sie uns die Adresse geben?«

»Die weiß ich nicht.«

»Wie heißt er denn?«

»Fred Dingenskirchen.«

Bryson und Mum schauen sich vielsagend an. »Wie in aller Welt sollen wir ihn denn so finden?«, fragt Bryson.

»Ich habe die Adresse nicht, aber ich weiß, wo es ist. Ich kann Ihnen das Haus zeigen. Wollen Sie ihn wirklich besuchen? Er ist ein komischer Kauz. Behauptet, er könne mit den Toten sprechen.«

»Ja, wir wollen ihn aufsuchen.«

Der alte Mann steigt mit uns in den Pick-up und lotst uns zu einem kleinen Haus. An der Tür prangt ein F.

»Das bedeutet, das Gebiet ist freigegeben«, sagt Bryson und klopft an die Tür. Keine Antwort. Er klopft noch einmal, dann drückt er die Klinke herunter. Die Tür ist offen.

Wir treten ins Haus.

»Wohl etwas vorschnell freigegeben«, meint Bryson und schaut zur Decke. Dort hängt ein Mann an einem Strick. »Ist er das?«

Als der alte Mann aufblickt, wird er aschfahl. »Ja, das ist Fred.« Damit verschwindet er nach draußen.

»Wir brauchen die Leiche für eine Autopsie«, sagt Mum.

»Okay«, entgegnet Bryson.

Kai tritt auch nach draußen, atmet tief durch. Bryson folgt ihm und treibt im Schuppen eine Leiter auf.

»Brauchen Sie Hilfe?«, fragt Kai.

Bryson schlägt ihm auf die Schulter. »Nein, lass mal, Junge. Schleppen kann ich für zwei.«

Bryson schneidet den Strick durch. Hinten im Pick-up scheint es Unmengen von Leichensäcken zu geben. Und so leistet uns Fred auf dem Rückweg Gesellschaft.

»Das ist so traurig. Erst überlebt er die Krankheit und dann erhängt er sich«, sagt Kai. »Warum hat er das wohl gemacht?«

»Vielleicht hat er alle Menschen verloren, die ihm was bedeutet haben. Vielleicht war das zu viel für ihn«, entgegnet Bryson.

»Wir wissen ja auch gar nicht, ob er es wirklich hatte. Vielleicht war er einfach immun«, sagt Mum.

»Und ob er es hatte«, entgegnet der alte Mann. »Ich habe ihn ja erlebt, als er krank war. Aber Fred hat sich nicht aus Trauer das Leben genommen. Das lag an all den Toten, deren Stimmen er gehört hat – ununterbrochen in seinem Kopf. Das hat ihn in den Wahnsinn getrieben. Hat er mir selbst gesagt.«

Mum stellt dem alten Mann noch weitere Fragen. Mit Toten zu sprechen, hält sie für unmöglich, dieser Fred muss was am Kopf gehabt haben. Aber ich wünschte, Fred läge jetzt nicht im Leichensack, dann könnte er mit mir reden.

Wir liefern den alten Mann zu Hause ab und fahren zurück zum Stützpunkt.

Brysons Funkgerät piept. »Ja? Okay.« Er flucht.

»Was denn?«, fragt Mum.

»Ach, keine Sorge. Wir werden umgeleitet. Schon wieder. Die Gegend ist zwar noch nicht freigegeben, aber es sollte kein Problem sein.«

Bryson ist hyperwachsam, schaut sich unentwegt zu allen Seiten um, dabei fahren wir durch eine stinknormale Straße. Keine Leichenberge am Straßenrand, überhaupt keine Leute. Nichts. Fehlt nur noch ein einsames durch die Straßen treibendes Steppengrasknäuel.

Doch als wir um die Ecke biegen, sehen wir einen Wagen, der gegen einen Baum geknallt ist. Der Motor qualmt. Über dem Lenkrad hängt ein Mann.

»Warten Sie. Vielleicht ist er verletzt«, ruft Mum.

»Ich habe den Befehl, nicht zu halten, das ist zu gefährlich«, antwortet Bryson.

»Aber ich bin Ärztin, ich kann ihm vielleicht helfen. Halten Sie sofort an, sonst springe ich bei voller Fahrt raus!«

Bryson tritt in die Eisen. »Na schön. Warum nicht?« Er dreht sich zu Kai um. »Du bleibst hier, behältst den Wagen im Auge. Ich gebe ihr Deckung.« Mit diesen Worten zückt er ein Gewehr.

Mum stürmt zum Autowrack. Die Türen vorne klemmen, deshalb versucht sie es hinten. Sie klettert auf die Rückbank und fühlt den Puls des Fahrers.

Als sie herauskommt, schüttelt sie den Kopf.

»Hilfe!« Ein lauter Knall. Eine junge Frau haut hinten auf die Tür unseres Wagens.

Bryson schaut zwischen Pick-up und Mum hin und her, als könnte er sich nicht entscheiden, ob er Kai zur Hilfe eilen oder bei Mum bleiben soll. Die Frau läuft einmal um den Wagen herum und probiert es an Mums Tür. Die ist offen. In dem Moment sehe ich, dass sie ein Messer in der Hand hat.

Ich werfe mich schützend vor Kai. Finger weg von meinem Bruder!

Die junge Frau schreit. Kann sie mich sehen? Da entdecke ich das Blut in ihren Augen. Sie ist schon fast tot.

Bevor ich etwas tun kann, geht sie mit dem Messer auf mich los. Ein seltsames Gefühl, ein leichter Druck, doch die Klinge geht durch mich durch und bleibt im Autositz stecken. Das Mädchen zieht sie heraus und starrt erst mich und dann das Messer an. Kai ist inzwischen aus dem Auto raus. Zum Glück.

Nun ist Bryson zur Stelle und zerrt die Frau aus dem Pick-up. Mit Händen und Füßen wehrt sie sich und sticht mit dem Messer nach ihm.

»Beruhig dich doch. Wir tun dir nicht weh«, ruft Mum, die hinzueilt. Doch diese Frau will jemandem wehtun und jetzt hat sie es geschafft. Ihr Messer hat sich durch Brysons Schutzanzug und in seinen Arm gebohrt. Er blutet.

Bryson lässt sie los. Taumelnd geht sie zu Boden. Bäumt sich noch einmal schmerzerfüllt auf und bleibt dann reglos liegen.

Sie ist *daran* gestorben und nun wird auch Bryson sterben.

»Tut mir leid, Bryson«, sagt Mum. »Lassen Sie mich mal sehen.«

»Ist nur ein kleiner Stich, nicht der Rede wert.« Aber Bryson weiß, was es bedeutet. Achselzuckend zieht er seinen Schutzanzug aus.

Mum verbindet ihm den Arm, um die Blutung zu stoppen. Unser Begleiter schaut unentwegt zur Leiche des Mädchens.

»Sieht aus wie meine Freundin«, sagt er. »Dunkle Haare, braune Augen. Sie ist tot. Meine Freundin, meine ich. Meine Mutter, mein Vater, meine Schwester auch. Alle. Vielleicht kann ich jetzt zu ihnen. Am schlimmsten ist, dass ich meiner Freundin nie gesagt habe, dass ich sie liebe, und nun ist es zu spät.« Er packt Kai am Arm. »Warte nicht so lange.«

Sie steigen in den Pick-up ein.

»Es ist meine Schuld«, flüstert Mum. »Es tut mir so leid.«

»Nein, es ist nicht Ihre Schuld. Irgendjemand hat diese Plage in die Welt gesetzt, der hat Schuld. Nun verriegelt die Türen«, sagt Bryson. Er startet den Wagen und wir fahren weiter.

Kai kramt sein Handy hervor. Keine Nachricht. Zögernd drückt er auf Anrufen.

»Shay? Was ist mit dir? Wo bist du? Shay? Sag es mir! Hallo?« Er ruft noch mal an. Wartet ewig. Geht keiner ran?

»Kai? Was hast du denn?«, fragt Mum.

»Es geht um Shay. Beim ersten Mal war sie dran, aber sie klang so seltsam. Konnte gar nicht richtig sprechen und dann war die Leitung auf einmal tot. Und nun geht sie nicht mehr ran.«

Mum runzelt die Stirn. »Aber in dem Teil von Schottland, in dem sie lebt, ist niemand erkrankt. Es muss was anderes sein.«

Kai schüttelt den Kopf, ihm steht das Entsetzen ins Gesicht geschrieben. »Shay ist krank. Sie hat irgendwas von den Lichtern auf der Sonne gefaselt, so wie Craig vor seinem Tod. Ich muss zu ihr.«

»Das geht nicht, Kai.«

»Ich muss aber. Ich bin immun, mir passiert nichts.«

»Aber wie soll das gehen?«

»Mit dem Immunitätspass komme ich durch die Straßensperren. Ich nehme das Motorrad.«

»Aber du kannst ihr nicht helfen!«

»Doch, ich kann ihre Hand halten.«

Mum sieht ihn an und nickt schließlich.

Shay … krank? Davon? So viele Menschen sind schon gestorben. Jetzt auch sie?

Kai sieht so unglücklich aus, dass ich die Hand auf seine lege. Auch wenn mir Shay gründlich auf die Nerven gegangen ist, war sie so voller Leben, ihre Augen haben mehr gesagt als ihre Worte. Dass sie krank sein soll, kann ich genauso wenig glauben wie Kai.

»Wo steht denn dein Motorrad, Junge? Bei euch zu Hause? Eure Nachbarschaft ist freigegeben.« Bryson wendet. »Dann holen wir es jetzt. Ich verstoße nun gegen sämtliche Befehle, aber was sollen sie machen? Mich vors Kriegsgericht stellen?« Er lacht.

Unterwegs gibt Bryson Kai noch Tipps, welche Straßen er nehmen und welche er lieber vermeiden sollte. Auch wie er sich an den Straßensperren verhalten soll. Vor unserem Haus gibt er Kai dann seinen Immunitätspass.

Mum ist bleich. Sie drückt Kai. »Ich hab dich lieb«, sagt sie auf Deutsch.

»Ich dich auch«, antwortet er.

»Pass gut auf dich auf«, flüstert sie. »Ich kann dich nicht auch noch verlieren.«

Mein Name hängt unausgesprochen in der Luft: Mich haben sie schon verloren. Am liebsten würde ich schreien: *Ich bin nicht verloren. Ich bin direkt hier!* Aber mich hört ja eh keiner.

Als Kai auf sein Motorrad steigt, bin ich hin- und hergerissen. Soll ich bei Mum bleiben? Soll ich Kai begleiten? Egal wie ich mich entscheide, fürchte ich, den anderen nie wiederzusehen.

Unentschlossen bleibe ich stehen und sehe Kais Motorrad in die eine Richtung und den Pick-up in die andere Richtung verschwinden. Bald sind beide außer Sicht. Was soll ich nur machen?

Kai ist ganz allein unterwegs. Ich fliege ihm nach, setze mich hinter ihn aufs Motorrad.

Er winkt Mum und Bryson noch einmal hinterher, die mit Freds Leiche in die andere Richtung verschwinden.

Tschüss, Mum, hauche ich.

27

27

SIEBENUND-
ZWANZIG

SHAY

Ich bin durstig und mir ist kalt. Das bisschen Leben, das noch in mir steckt, wird bald fort sein. Ich gleite von einem Traum in den nächsten. Keine Ahnung, ob ich wache oder träume. Für mich ist alles gleich.

In einem Traum klingelt mein Handy. Es ist nach wie vor in meiner Tasche. Kai ist dran. Ich versuche ranzugehen, mit ihm zu reden. Seine Stimme ist beharrlich, er will wissen, wo ich bin, was los ist.

Aber ich will ihm ganz andere Dinge sagen. Dass ich ihn liebe. Verrückt, oder? Ich kenne ihn doch kaum. Aber irgendwie sehe ich mit einem Mal alles klar.

Doch bevor ich es ihm sagen kann, fällt mir das Handy aus der Hand.

28

28

ACHTUND-
ZWANZIG

CALLIE

Die ersten Straßensperren innerhalb von Newcastle passieren wir so problemlos wie vorhin mit dem Pick-up. Kai nimmt den Helm ab, wie Bryson es ihm empfohlen hat, und wartet, bis er an der Reihe ist. Wachen in Schutzanzügen schauen sich seinen Pass an und winken ihn durch.

Aber je näher wir der Stadtgrenze kommen, desto länger dauert es. Mehr Wachen, mehr Waffen.

Am Ortsausgang schließlich wirkt die Lage sehr ernst. Die Wachen halten die Waffen im Anschlag, sind nervös und schreckhaft. Zu beiden Seiten türmen sich die Barrikaden, die Durchfahrt ist schmal. Es passt immer nur jeweils ein Fahrzeug durch, der Gegenverkehr muss warten.

Bis auf ein paar Armeefahrzeuge und Versorgungstrucks will niemand nach Newcastle rein. In die andere Richtung sieht es anders aus. Es gibt Schlangen, lange Autoschlangen. Ein Fahrzeug nach dem anderen wird abgewiesen. Manche Leute streiten, brüllen herum. Weinen. Sie sind noch nicht erkrankt und wollen weg, bevor sie sich anstecken. Aber ohne die richtigen Papiere kommen sie nirgends hin.

Kai hat die Kiefer fest aufeinandergepresst. Immer wieder

spannt er die Muskeln in den Armen an, ballt die Hände zu Fäusten. Inzwischen sind wir weit vorn in der Schlange, vor uns sind nur noch zwei Wagen und die nervösen Wachen haben schon ein Auge auf Kai geworfen. Gut, dass Bryson ihn schon vorgewarnt hat, sonst wäre Kai vielleicht längst ausgeflippt. Kann immer noch passieren, aber …

Kai schaut sich um, er hat was gesehen. Die Frau im Auto vor uns rutscht vom Fahrer- auf den Beifahrersitz, öffnet die Tür vorsichtig und schlüpft hinaus. Der Fahrer vor ihr ist gerade in ein Streitgespräch mit den Wachen verwickelt und weigert sich, umzukehren. Nun wird er verhaftet. Die Wachen sind ganz auf ihn konzentriert, legen ihn in Handschellen und zerren ihn weg. Am Straßenrand steht ein Polizeiwagen, in den er verfrachtet wird.

Die Frau stürmt auf den Durchgang zwischen den Barrikaden zu. Ein Schritt, zwei, drei und dann …

»Stehen bleiben oder ich schieße!«, brüllt ein Wachmann.

Sie bleibt nicht stehen.

Der Wachmann legt an und schießt! Die Frau geht zu Boden.

Auf ihrem Rücken färbt sich alles rot. Nur noch ein paar Schritte und sie hätte es geschafft. Kai schluckt, atmet flach. Seine Augen sind schreckgeweitet.

Hinter uns kehren die Leute reihenweise um.

»Noch jemand?«, brüllt der Wachmann, der die Frau gerade erschossen hat. Spinnt der? Seine Kollegen untersuchen die Frau am Boden und schleifen sie dann an den Füßen weg.

Nun ist Kai an der Reihe. Er zeigt seinen Pass vor. Der Wachmann nimmt ihn entgegen, prüft ihn. Seine Hand zittert.

»Du kannst passieren«, sagt er. Kai steigt aufs Motorrad. Aber er fährt nicht direkt auf den Durchgang zu, sondern macht noch einen Schlenker, um nicht durch die Blutlache fahren zu müssen.

Von da an hält sich Kai genau an Brysons Anweisungen. Er nimmt die vorgeschriebene Route und meidet Edinburgh und andere betroffene Regionen. Vor jeder Straßensperre bremst er zeitig, steigt vom Motorrad, nimmt den Helm ab und hält seinen Immunitätspass hin. Kai wartet höflich, gibt sich Mühe, ruhig zu wirken, obwohl er eigentlich wie der Wind loswill, das merke ich doch.

Um Newcastle sind die Straßen wie leer gefegt und die Leute besonders nervös, so wie dieser schießwütige Wachmann. Je weiter wir Newcastle hinter uns lassen, desto belebter sind die Straßen und desto mehr entspannt sich die Stimmung. Von freigegeben und geräumt haben die Leute hier noch nicht gehört. Nirgends steigen Flammen in den Himmel. Noch nicht.

Ich verliere jedes Zeitgefühl. Wie viele Stunden sind wir schon unterwegs? Weit kann es nicht mehr sein. Überall Berge. In einer kleinen Ortschaft fahren wir über eine Brücke mit einem Wasserfall. Killin steht auf dem Ortsschild. Kai lenkt das Motorrad einen Berg hinauf, dem Ortsausgang entgegen. Unter uns sprudelt Wasser. Kai verlangsamt das Tempo und biegt bei einem Wegweiser mit der Aufschrift *Addy's Folly* rechts ab.

Nun geht es bergab, unten am Ende der Straße liegt ein Haus, ein Auto steht davor. Kai parkt daneben und stürzt fast, so eilig hat er es abzusteigen.

Er rennt zur Haustür. Das Schloss scheint aufgebrochen worden zu sein.

Kai klopft und klingelt, stürmt dann aber hinein. »Shay? Shay?«, ruft er und rast durch das Haus, sucht es von unten bis oben ab.

Niemand da. Aber entweder sind die Bewohner sehr unordentlich oder sie mussten ganz eilig weg. Sämtliche Schränke und Schubladen stehen offen.

Entmutigt sinkt Kai auf die Couch, sein Blick wandert zu dem geknackten Türschloss. »Wo bist du nur, Shay?«, flüstert er. Auf dem Sofa sitzt ein riesiger Eisbär, er nimmt ihn in den Arm. »Wenn du doch nur sprechen könntest.«

Bald darauf sitzt Kai wieder auf seinem Motorrad. Kurz vor dem Abzweiger *Addy's Folly* liegt ein Haus an der Hauptstraße. Dort hält er an.

Kai nimmt den Helm ab und klopft.

»Hallo?« Von oben erklingt eine ängstliche Stimme. Kai macht einen Schritt zurück. Eine alte Frau schaut oben aus dem Fenster.

»Hallo. Ich bin ein Freund von Shay McAllister. Wissen Sie vielleicht, wo sie ist?«

Die Frau schüttelt den Kopf, hängt sich weiter aus dem Fenster. »Ich habe gehört, dass Shay und Moyra verschwunden sind!«

»Ach ja?«

»Oh, ja. Das erzählen sie überall im Dorf.«

»Die Haustür wurde aufgebrochen, hat da jemand …?« Kai kommt nicht dazu, den Satz zu beenden.

»Nein, mein Lieber. Das war die Armee.«

»Was?«

»Na ja, Shay hatte leichtes Fieber, und ihnen wurde befohlen, zu Hause zu bleiben. Am Ende ihrer Straße hatte man sogar ein Militärfahrzeug abgestellt, damit sie nicht wegkonnten! Aber als die Soldaten am nächsten Tag kamen, um Shays Temperatur zu messen, hat niemand aufgemacht, also haben sie die Tür aufgebrochen. Und keiner war da!«

Offenbar ist die Frau glücklich, die Geschichte endlich mal jemandem erzählen zu können.

»Wissen Sie, wo sie hin sind?«

»Keine Ahnung, das habe ich auch dem netten jungen Soldaten

erzählt. Wie hieß er noch gleich?« Sie schaut ein wenig verwirrt, lächelt dann. »Dass Moyra überall *Freunde* hat, habe ich gesagt. Dass die überall sein könnten.« So wie sie Freunde sagt, klingt es zweideutig. »Moyra hat nicht an die Schulmedizin geglaubt. Sie war eine seltsame Person.«

Doch Kai hört gar nicht mehr zu, er hat schon wieder den Helm auf. Jetzt fährt er nach Killin, geht in den Pub, wo Shays Mum gearbeitet hat, geht in ein Café, wo er und Shay offenbar zusammen gewesen sind. Fragt jeden, den er trifft, doch keiner weiß was.

»Was mach ich denn jetzt?«, flüstert er zu sich selbst. »Keine Ahnung, wer ihre Freunde sind oder wo …«

Mitten im Satz bricht er ab und kramt in der Tasche nach seinem Handy. Öffnet die Anrufliste. Vor ein paar Tagen hat jemand mit einer unbekannten Nummer angerufen.

Kai wählt die Nummer.

»Hallo, Iona, bist du das? Hier spricht Shays Freund Kai. Wir haben uns … ja, genau. Weißt du, wo Shay ist?«

Ich dränge mich an Kais Ohr, damit ich mithören kann.

In der Leitung erklingt eine Mädchenstimme: »Ich habe versucht, sie anzurufen. Bislang hat sie mich noch nicht zurückgerufen. Aber Shay verbummelt ständig ihr Handy. Da habe ich mir nicht viel bei gedacht.«

»Hör zu, ich bin in Killin. Ich bin auf der Suche nach ihr. Vor ein paar Stunden habe ich Shay aus Newcastle angerufen. Sie ist rangegangen und hat wirres Zeug geredet. Ich glaube, sie ist krank. Zu Hause ist sie auch nicht. Die Nachbarn meinten, sie und ihre Mutter seien verschwunden. Hier in Killin scheint keiner zu wissen, wo sie hin sind. Ich muss Shay finden.«

»Oh nein.« Iona klingt panisch. »Ich weiß auch nicht, aber

warte mal. Ich hab auf ihrem Handy eine App installiert, damit wir ihres orten können, falls sie es mal wieder verliert. Damit finde ich Shay.«

»Wo bist du? Ich komme dich holen.«

»Ich bin zu Hause, aber das ist ewig weit weg. Außerdem versperren meine Brüder die Zufahrt. Die lassen niemanden in die Nähe unserer Farm. Die glauben, dass jeder hier die Aberdeen-Grippe hat. Oh … Shay, nein. Glaubst du, sie …?«

»Ich weiß es nicht. Kann sein.«

»Warte mal kurz. Ich aktiviere die App und geb dir den Weg durch.«

Bald schon sitzt Kai wieder auf seiner Maschine und verlässt Killin, diesmal nimmt er die andere Ausfahrt. Er fährt in entgegengesetzter Richtung um den See herum. Zwischendurch hält er ein paarmal an, um mit Iona zu sprechen.

Iona lotst ihn über einen Pfad – eine Straße ist das nicht –, vorbei an aufgestapelten Holzscheiten und gefällten Bäumen. Schließlich muss er absteigen und zu Fuß weiterlaufen.

Wieder ruft er Iona an. »Bist du sicher, dass ich hier richtig bin? Ich stehe mitten im Wald. Hier ist nichts weit und breit. Hallo, hallo?«

Kai flucht. Der Akku ist leer.

»Shay! Shay!« Er schlägt vor Wut gegen einen Baum. »Wo bist du, Shay?«

Ich beobachte meinen Bruder. Er versteckt sich gern hinter seiner Wut. Und ich weiß, dass er daran zerbrechen wird, wenn er Shay nicht findet.

Vielleicht, weil er mich nie gefunden hat.

Ich muss ihm helfen.

29

29

NEUNUND-
ZWANZIG

SHAY

In den Sonnenstrahlen tanzen Licht und Farben. Musik gibt es auch: Blätter rascheln im Wind. Mein Herz klopft. Insekten krabbeln über den Waldboden. Vögel schlagen mit den Flügeln. Singen.

Ich sterbe.

Das weiß ich.

Mir macht es keine so große Angst mehr. Wenn Mum es kann, kann ich es auch. Sicher wartet sie auf mich!

In der Nähe höre ich eine Stimme oder bilde ich mir das nur ein? Kai ruft nach mir.

Mache ich mich lächerlich, weil ich mir mit meinen sechzehn Jahren einbilde, ihn zu lieben?

Nein, vielleicht stand noch alles am Anfang, aber es war auf jeden Fall etwas zwischen uns. Dabei ging es nicht nur ums Aussehen. Dass er so gegen seine Tränen angekämpft hat und dass er seine Wut nicht bezähmen konnte, hat mich berührt. Mir gefielen all diese Facetten an ihm, das Gute und das Schlechte, und ich hatte das Gefühl, dass er mich ebenso brauchte wie ich ihn. Es hätte mehr daraus werden können. Wäre es vielleicht auch, wenn ich nicht im Sterben läge.

Wieder höre ich Kai meinen Namen rufen. Und dann erklingt noch eine Stimme, die eines jungen Mädchens.

Nun ist sie bei mir. Ihre Gestalt besteht aus Dunkelheit. Ihr Anblick kühlt meine Augen.

Shay, du musst kämpfen, sagt sie entschlossen. *Gib nicht auf. Er darf dich nicht auch noch verlieren.*

»Wer bist du?«, flüstere ich.

Nun verstummt sie. Schaut mich an. *Du kannst mich hören?*

»Ja. Und dich sehen.« Kühlende Dunkelheit. Schatten im Sonnenlicht. »Wer bist du?«

Ich bin Callie, Kais Schwester.

»Kai hat dich überall gesucht.«

Und nun sucht er dich. Aber du musst ihm helfen. Allein findet er dich nicht, du musst rufen. Ruf nach ihm.

In der Ferne höre ich immer wieder *Shay*.

»Kann ich nicht. Ich sterbe.«

Ruf nach ihm.

Callie lässt nicht locker, bis ich es versuche. Mit Callie habe ich nur geflüstert. Meine Stimme ist heiser und rau, weil ich so lange nicht gesprochen habe. Mein Mund ist zu trocken.

Mach schon!

»Kai«, flüstere ich kaum hörbar.

Lauter.

»Kai!« Etwas lauter. Und wieder: »Kai!« Diesmal klingt meine Stimme schon kräftiger.

Weiter so. Schrei! Denk an die Schmerzen, brülle sie heraus.

»Kai!«, rufe ich mit aller Kraft.

»Shay? Bist du das? Wo bist du?«

Er hat mir geantwortet. Ist er wirklich hier draußen?

Los. Ruf noch mal.

»Kai!« Das kann doch nur ein Traum sein, ein grausamer Traum. Ich glaube nicht, dass er tatsächlich kommt.

Dennoch rufe ich wieder und wieder nach ihm. »Kai, Kai!«

Und dann ist er da.

Er beugt sich über mich, fühlt meine Stirn, streichelt mein Haar.

»Shay?«

Er weint und ich auch.

30
30
DREISSIG

CALLIE

Shays Lider flattern. Stirbt sie?

Kai legt seine Hand an ihren Hals, fühlt vorsichtig ihren Puls. Er beugt sich über sie, um ihren Atem im Gesicht zu spüren. Entweder ist sie bewusstlos oder sie schläft. Heißt das nun, dass Shay überlebt? Die anderen sind immer gleich gestorben, nachdem sie mich gesehen haben. Die haben nicht noch ein Nickerchen gemacht.

Shay befindet sich in einem komischen zeltmäßigen Unterschlupf und sie ist nicht allein. Neben ihr liegt die Leiche einer Frau.

Ist das ihre Mutter?

Kai streicht der Frau sanft das Haar aus dem Gesicht. Ihre Augen sind offen, starr und blutig, dennoch steht ihr nicht das Entsetzen ins Gesicht geschrieben.

Kai trägt sie weg.

Ich bleibe so lange bei Shay, sehe ihr beim Atmen zu und zähle ihre Atemzüge, denn irgendwie weiß ich, dass ihre Chancen zu überleben mit jedem Atemzug wachsen. Und dabei frage ich mich, warum ich mir überhaupt wünsche, dass Shay lebt. Ich meine, abgesehen davon, dass ich es Kai gönne. An dem Tag in

Edinburgh ist sie mir eigentlich auf die Nerven gegangen, es war, als hätte Kai noch ein extra Anhängsel.

Aber Shay konnte mich hören, mich sehen.

Kämpf um dein Leben, Shay.

Vielleicht ist Kai nicht der Einzige, der dich braucht.

31

31

EINUND-
DREISSIG

SHAY

Als ich aufwache, ist Kai immer noch da. Kein Traum also.

Ich flehe ihn an zu gehen. »Hau ab, bitte. Sonst steckst du dich nur an und stirbst. Wie ich.«

Aber Kai weigert sich. Behauptet, er wäre immun und seine Mutter auch. Schwachsinn.

Und dass ich eine Überlebende wäre. Dass es Menschen gibt, die erkranken und nicht daran sterben. Und ich bin eine davon.

Dann gibt es eine weitere Stimme, die zu einer dunklen Gestalt gehört. Angeblich ist sie Callie, Kais Schwester. Meine Halbschwester?

Nein, sie muss der Todesengel sein, der mich holen kommt. Zu Mum bringt.

Mum ist tot.

Auch wenn Kai es noch nicht übers Herz gebracht hat, es mir zu sagen, weiß ich es. Er muss sie weggetragen haben, während ich schlief, denn sie liegt nicht mehr neben mir. Doch ich spüre den Schmerz in Kais Gedanken. Und Mum hat sich von mir verabschiedet. Bei mir hat sie sich angesteckt und nun ist sie tot.

Der Todesengel flüstert mir zu, dass ich das Schlimmste überstanden habe, dass das Gute und das Schlechte in mir in die Balance kommen. Ich müsste mich nur entscheiden, dass ich leben will, mehr nicht. Doch was ist ein Leben ohne Mum? Und wenn ich nun Kai auch noch anstecke?

»Bitte geh«, bettle ich. »Bevor es zu spät ist.«

»Nein. Nie im Leben.«

Er hält mich im Arm, als ich weine. In ihm hat eine Veränderung stattgefunden. Genau wie mir ist auch ihm etwas klar geworden.

Er küsst mich zärtlich, seine Lippen berühren mich sanft. »Verlass mich nicht, Shay. Bleib für immer bei mir.«

Und diese Gefühle sind wie ein Anker für mich. Neu und zerbrechlich, aber stark genug, dass ich leben will.

32

32

ZWEIUND-
DREISSIG

CALLIE

»Wo ist meine Mutter?« Shay sieht Kai an und er ringt mit sich, das sieht man ihm an. Er muss es ihr sagen, aber er hat Angst, dass sie zerbricht wie eine Blüte im Frost. Ihre Haut ist bleich, fast durchscheinend, ihr Gesicht noch schmaler, sodass ihre blassblauen Augen riesig wirken.

»Ich weiß nicht, wie ich es dir sagen soll.« Hilflos zuckt er mit den Achseln.

»Stimmt es? Ist sie gestorben?«, flüstert Shay. Ihre Augen füllen sich mit Tränen. »Ich hatte gehofft, dass es nur ein Traum war. Der schlimmste meines Lebens. Aber es war kein Traum.«

Kai schüttelt den Kopf.

Tränen laufen ihr über die Wangen. »Sie hat sich bei mir angesteckt. Wo kann ich es mir nur geholt haben?«

»Ich weiß es nicht. Bis nach Killin ist die Krankheit noch nicht vorgedrungen. Vielleicht hast du es dir in Edinburgh eingefangen.« Auf einmal schaut Kai entsetzt, als ihm klar wird, was er da sagt. »Es tut mir so leid. Du bist nur meinetwegen da gewesen.«

»Hör auf. Wir wissen überhaupt nicht, wo ich es herhabe. Nun erzähl mal, was in der Zwischenzeit passiert ist. Ohne was zu beschönigen, los!«

Stockend erzählt Kai von Newcastle und den anderen Städten. Die gruseligen Details erspart er ihr, aber ansonsten gibt er alles wieder wie ein Nachrichtensprecher, berichtet von dem Militärstützpunkt und dem Wohnviertel.

Shays Augen werden beim Zuhören sogar noch größer. »Also erliegen 95 Prozent der Krankheit. Fünf Prozent sind wie du immun. Und dann gibt es diese unbestätigten Berichte über Überlebende wie Fred.«

»Und dich.«

»Vielleicht sterbe ich ja noch. Vielleicht dauert es bei mir einfach länger.«

»Nein, die Leute sterben viel schneller an der Krankheit. Das habe ich mit eigenen Augen gesehen. Ich sollte meine Mutter anrufen, ihr erzählen, dass du eine Überlebende bist. Und dass es mir gut geht. Aber mein Handy hat den Geist aufgegeben.«

Shay wühlt herum, findet ihr Handy schließlich unter dem Kissen und gibt es Kai.

»Mum? Ja, ich bin's. Mir geht es gut. Ich habe Shay gefunden und nicht nur das …«

»Hallo, hallo?« Kopfschüttelnd betrachtet er das Telefon. »Der Akku ist auch leer.«

»Wenigstens weiß sie jetzt, dass es dir gut geht. Wie hast du mich überhaupt gefunden?«

»Mir ist eingefallen, dass du mich vom Handy deiner Freundin Iona angerufen hattest. Da habe ich mich bei ihr gemeldet, um sie nach dir zu fragen. Sie wusste nicht, wo du bist, aber sie hatte diese Ortungs-App auf ihrem Telefon. Damit hat sie mich hergelotst.«

»Mit der App hast du bis zu mir gefunden?«

»Na, nicht ganz. Irgendwann mitten im Wald hatte ich keinen Akku mehr. Und ich war fest davon überzeugt, vollkommen falsch zu sein. Dann habe ich nach dir gerufen.«

»Ich habe dich gehört. Dachte aber, ich träume.«

»Aber du hast doch geantwortet.«

»Ja.« Shay sieht sich im Zelt nach mir um. Ich habe am Boden gelegen, doch nun richte ich mich auf. *Ich habe dir geholfen,* sage ich. Doch Shay antwortet nicht, sondern wendet den Blick ab.

Shay, ich bin Callie, Kais Schwester. Ihre Augen huschen zurück zu mir, sie überlegt, schüttelt den Kopf.

Bitte, Shay! Sag Kai, dass ich hier bin! Diesmal brülle ich und sie zuckt zusammen.

»Shay? Es gibt da noch etwas, das wir tun müssen.« Kai nimmt sie in den Arm. Seinem Blick nach zu urteilen, will er ihr noch was sagen, findet wohl nur nicht die richtigen Worte.

»Wo ist meine Mutter jetzt?«, fragt Shay leise. Sie verströmt so viel Schmerz, dass ich vor ihr zurückweiche. »Wo ist ihre Leiche?«

33

33

DREIUND-
DREISSIG

SHAY

Kai errichtet einen Scheiterhaufen im Wald und sammelt auf meine Bitte Wildblumen. So hätte es Mum gerne, das weiß ich.

Ich bin noch recht wacklig auf den Beinen, und Kai muss mich stützen, während ich Mum mit winzig gelben, pinken und weißen Blüten in Frühlingsfarben schmücke. Ins Haar binde ich ihr Glockenblumen, ihre Lieblingsblumen.

Zum Abschied halte ich noch mal ihre Hände. Sie sind inzwischen kalt und steif, aber dennoch sind es ihre Hände. Hände, Arme, Herz und Seele, mit allem hat sie mich bedingungslos geliebt.

Ich schließe die Augen und suche die Verbindung zu ihr, als würde ich einen Teil von mir in sie hineingeben. Was genau ich da tue, weiß ich eigentlich nicht, doch ihre letzten Gedanken kann ich wie Wellen einfangen, sie prägen sich mir für immer ein. In den letzten Augenblicken fürchtete sie nicht um sich selbst, sondern um mich. Ihre Liebe umspült mich, als ihr Körper in Flammen aufgeht. Dann zieht Kai mich weg.

Callie beobachtet alles stumm aus einiger Entfernung. Ich glaube, sie weint auch.

34

34

VIERUND-
DREISSIG

CALLIE

Nachdem ich mir nun sicher bin, dass Shay überleben wird, weiß ich wieder nicht, ob ich das möchte. Sie kann mich hören und sehen, denn sie reagiert, wenn ich sie anspreche. Doch sie weigert sich zu antworten. Tut so, als gäbe es mich nicht.

Endlich jemand, der mich hört, und dann lässt sie mich auch noch links liegen. Das macht mich wahnsinnig!

Und anders als bei allen anderen, denen ich seit meiner Heilung begegnet bin, ist Shay kein unbeschriebenes Blatt. Bei anderen Menschen wie bei Kai zum Beispiel muss ich immer raten, was sie denken oder fühlen. Aus Shay sprudeln die Gefühle nur so heraus: geschmolzener Zucker, wenn Kai sie küsst; brennende Säure, wenn sie an ihre tote Mutter denkt. Als ihre Mutter auf dem Scheiterhaufen lag, hat es sich angefühlt, als wäre es meine eigene Mum. Shays Schmerz ging mir durch und durch.

Und umgekehrt ist es genauso. Selbst wenn ich einen Gedanken nicht laut ausspreche, reagiert Shay darauf. Ihr ergeht es so wie mir damals, nachdem ich die Krankheit überstanden hatte. Bevor man mich mit Feuer geheilt hat. Anders, verändert.

Ich muss ihr begreiflich machen, was mit ihr geschehen ist. Vielleicht kapiert sie dann, dass sie mit mir sprechen kann.

35

35

FÜNFUND-
DREISSIG

SHAY

Du hast dich verändert, sagt Callie. *Deine Augen haben sich verändert.*

Ich ignoriere sie oder versuche es zumindest. So leicht ist es nämlich nicht, wenn sie so klar vor mir steht wie die Bäume, die sich neben mir nach dem Licht recken, wie die pulsierende Erde unter mir.

Geh zum Loch und schau dich im Wasser an.

Eine Weile widerstehe ich. Callie kann es nicht geben, es sei denn, ich habe total den Verstand verloren. Wenn ich nicht auf sie reagiere, verschwindet sie irgendwann, denn sie ist bloß ein Fantasiegebilde. Wahrscheinlich ein Überbleibsel aus meinen Fieberträumen. Schließlich habe ich in so einem Traum auch von Mum erfahren, dass Calista meine Halbschwester sein soll. Noch so eine verrückte Idee meines fiebernden Geistes.

»Sehe ich irgendwie anders aus?«, frage ich Kai.

Mit den Fingerspitzen streicht er mir über die Wange. Bei der Berührung erschaudere ich. »Mal schauen. Du bist dünner geworden. Musst einfach ein bisschen mehr futtern.«

»Dann musst du besser kochen. Und meine Augen?«

Er sieht mir in die Augen. Für den Bruchteil einer Sekunde spiegelt sich Verwunderung in seinen Zügen. »Wunderschön blau, wie immer«, sagt er und küsst mich so zart, als hätte er Angst, ich könnte durch zu viel Druck zerbrechen. Oder durch zu viel Glück.

Ich kann mich noch nicht lange allein auf den Beinen halten. Aber ich sage Kai, dass ich mich dringend waschen möchte, und zwar allein. Er hilft mir zum Seeufer und verschwindet auch, als ich ihn darum bitte.

Mit zittrigen Beinen setze ich mich. Die Bäume stehen am Rand des Sees und spiegeln sich im Wasser, perfekte Abbilder von der knorrigen Rinde bis zum Grün der Blätter. Am Ufer bewegen sich die Blätter im Wind oder in den Wellen des Wassers. Was ist nun realer?

Ich kann spüren, wie sich Kais Sorgen zwischen den Bäumen hindurchschlängeln.

Mir geht es gut, versichere ich ihm mit meinen Gedanken und schicke ihn so mit sanftem Druck davon.

Du bist anders. Erschrocken fahre ich zusammen. Callie steht vor mir. *Oder konntest du früher auch schon in Gedanken mit Leuten sprechen?*

Ich lege die Stirn in Falten. Habe ich das getan?

Schau, sagt sie beharrlich. *Schau dir deine Augen an.*

Ich beuge mich übers Wasser.

Wie auch die Bäume gibt es mich zweimal, ein Land- und ein Wassermädchen.

Wie ich aussehe! Meine Haare völlig wirr und verklettet. Durch die Locken liegen sie wenigstens nicht angeklatscht am Kopf.

Aber meine Haut ist rein. Die Wangen rosig, als wäre ich nie krank gewesen.

Und …?, will Callie wissen.

Meine Augen? Ich sehe wieder und wieder hin. Sehen die nicht ganz normal aus? Mein Blick driftet weiter in die Tiefe, zu den Tönen und Bewegungen der Fische im See, den Insekten auf der Wasseroberfläche, denen auf dem Baum hinter mir, den quakenden Enten, die auf der anderen Seite des Sees schwimmen und dann …

Nicht normal, überhaupt nicht normal. Als ich dem Leben um mich herum gelauscht und ihm nachgespürt habe, kam es mir vor, als würde eine Wolke durch meine Augen wirbeln. Merkwürdig, so merkwürdig wie meine Gedanken. Auf einmal habe ich nicht mehr gesehen, was vor mir lag, nur noch das, wonach ich meine Sinne, meine Gedanken ausgestreckt habe.

Ich schüttle den Kopf. Verrückt. Ich ziehe mich aus und wappne mich für das kalte Wasser. Vorsichtig spritze ich es mir ins Gesicht und wasche mich, so gut es geht, während ich auf einem Stein im Wasser sitze. Ich tauche den Kopf unter, wasche mir die Haare, bin bis auf die Knochen durchgefroren.

Als ich fertig bin, stehe ich behutsam auf und wate aus dem Wasser. Ich trockne mich ab, schlinge das Handtuch um und lehne mich an einen Baum. Nun ist auch noch das letzte bisschen Energie flöten gegangen. Die Sonne scheint und ich lechze nach ihrer Wärme, denn innerlich bin ich eiskalt.

Du bist anders, sagt Callie wieder. *Deshalb hörst du mich.*

Ich runzle die Stirn, will sie nicht hören.

Ich zittere am ganzen Körper, aber wenn ich unentwegt daran denke, wie ich friere, hilft mir das auch nicht. Stattdessen stelle ich mir vor, wie die Sonne ihre Strahlen zu mir ausstreckt. Langsam wird mir wärmer und auch von mir gehen Wellen zur Sonne aus …

Hitze breitet sich in mir aus.

Vor Schreck löse ich mich vom Baum und stelle mich aufrecht

hin. Ich versuche, einen Schritt zu tun, ohne mich festzuhalten, aber meine Beine sind noch schwach, und ich stürze fast.

»Shay? Alles okay?« Kais Stimme dringt von oben zu mir.

»Ja, alles gut. Aber ich bin nackt.«

»Führe mich nicht in Versuchung. Ich mache die Augen zu. Sag Bescheid, wenn du angezogen bist, dann helfe ich dir hoch.«

Ich wünschte, ich könnte einfach zu ihm gehen. Ich stelle mir vor, wie Kraft in mich strömt, durch Arme und Beine … Ich stelle mir vor, dass ich ganz normal laufen kann.

Ich setze einen Fuß vor den anderen, ohne zu wackeln, meine Schritte sind sicher wie immer. Auch wenn ich nicht mehr friere, bekomme ich eine Gänsehaut.

Siehst du endlich ein, dass du anders bist?, fragt Callie. *Oder hast du dich schon immer mit Gedanken geheilt?*

Ich wende mich ihr zu, bin kurz davor, ihr zu antworten. Vielleicht war es Zufall und ich hätte mich ohnehin besser gefühlt. Ist doch verrückt, mir einzubilden, dass ich das bewirkt hätte.

Ich ziehe mich an und schleiche mich lautlos an Kai heran, der wie versprochen mit geschlossenen Augen auf mich wartet. Ich umarme ihn von hinten. Er dreht sich zu mir um und küsst mich. Und zum ersten Mal küssen wir uns richtig. Ich stelle mich auf die Zehenspitzen, um ihm näher zu sein, lege ihm die Hand in den Nacken und ziehe ihn zu mir heran.

Dass er mich vorsichtig behandeln muss, weil ich so wahnsinnig zerbrechlich bin, vergisst er zum Glück. Er küsst mich wieder und wieder.

36

36

SECHSUND-
DREISSIG

CALLIE

Kai überprüft die Wasser- und Nahrungsmittelvorräte, und Shay erzählt ihm, dass ihre Mum das alles rangeschafft hat, als sie mitten in der Nacht herkamen.

»Die Vorräte reichen nur noch für einen Tag«, meint Kai.

»Ich will hierbleiben.«

»Für immer?«

»Ja, nur wir zwei.«

Kotz. Aus Shay quillt noch mehr geschmolzener Zucker, bevor Kai sie küsst.

Du bist nicht allein, vergiss das nicht! Ich bin auch noch hier! Ich stelle mir vor, wie ich ihr an den Haaren reiße, da nimmt sie Abstand von Kai.

»Von Küssen können wir nicht leben«, sagt er.

»Wir könnten Fische angeln! Und Beeren sammeln. Mit Beeren kenne ich mich aus, und ich weiß auch, welche Pflanzen essbar sind. Nesseln zum Beispiel. Daraus kann man Suppe kochen. Und dann gibt es noch Wilden Hafer und alle möglichen Dinge, die wir essen können.«

»Hhmm, lecker. Woher kennst du dich damit so gut aus?«

Ein Schatten huscht über ihr Gesicht. »Mum stand total auf

Zelten und Selbstversorgung. Als ich klein war, gefiel mir das auch, aber später nicht mehr.« Shay ist traurig, weil sie an die vielen Male denkt, wo sie sich geweigert hat zu campen, weil es dort kein Internet gab.

Kai nimmt sie in den Arm, streichelt ihr übers Haar.

»Auch wenn du ein Survival-Genie bist, brauche ich meine Dosis Pizza. Kannst du so was hier draußen auch auftreiben?«

Shay sieht sich zu den Bäumen um. »Wahrscheinlich nicht.«

»Also?«

»Einen Tag noch. Lass uns noch einen Tag allein verbringen. Bitte.«

»Okay. Dann brechen wir morgen auf.«

37

37

SIEBENUND-
DREISSIG

SHAY

Ich weiß, dass wir uns nicht ewig hier draußen verstecken können. Uns gehen die Vorräte aus und ohne funktionierende Handys machen sich Leute wie Iona sicher große Sorgen um uns.

Aber ich will allein mit Kai im Wald sein.

Wir haben noch eine letzte Nacht. Wenn Callie nur endlich verschwinden würde.

Solange Kai mich küsst, ist alles vergessen: die Trauer um Mum, die Angst vor der echten Welt. Sobald er aufhört, erwischt es mich wie mit dem Vorschlaghammer. Und was passiert, wenn wir nach Killin zurückkehren? Darüber will ich auch nicht nachdenken.

Ich will überhaupt nicht denken oder Schmerz spüren. Ich will bloß Kai.

Doch in der Nacht, als ich mich an ihn schmiege, ihn wieder und wieder küsse; als ich ihm näher und immer näher sein will, zögert er. Er will mich zwar, aber er sagt, dass der Zeitpunkt falsch ist. Ich muss erst wieder zu Kräften kommen, mich erholen, heilen.

Sofort kehrt der Schmerz zurück, und Kai hält mich in seinen Armen, während ich weine.

Unser letzter Morgen. Wir beratschlagen, ob wir mit dem Boot über den See rudern oder Kais Motorrad nehmen sollen, um zu mir zu fahren. Am Ende entscheiden wir uns fürs Motorrad. Er verspricht mir, das Boot später zu holen, wenn es mir besser geht, dann kann ich nämlich rüberrudern und er mit dem Motorrad nachkommen. Vorerst marschieren wir durch den Wald zu seiner Maschine.

Ich habe Angst. Mum fehlt mir jetzt schon ganz schrecklich und ich möchte nicht ohne sie nach Killin zurück. Was wird mit uns geschehen? Und was werden die Leute denken, wenn sie erfahren, dass wir die Leiche einfach so im Wald verbrannt haben? Kai meinte, das müssten wir tun, um die Ausbreitung der Seuche zu verhindern, aber haben wir dabei nicht hundert Gesetze gebrochen? Und ich bin noch minderjährig. Werden sie mich von Kai trennen und in irgendeine fiese Pflegefamilie stecken?

Irgendwann gelangen wir zum Motorrad und fahren los.

Je näher wir Killin kommen, desto mehr wird mir klar, dass ich mir um die falschen Dinge Sorgen gemacht habe.

TEIL 3

1	2	3	4	3
T	E	I	L	3
EINS	ZWEI	DREI	VIER	DREI

DER BISS

Strebe nach Wahrheit, aber misstraue den Fakten.
Denn sie unterliegen immer den Fehlern
menschlicher Beobachtungsgabe.

Xander, *Manifest des Multiversums*

1

1

EINS

CALLIE

Ich fahre nicht gerne bei Kai auf dem Motorrad mit, wenn Shay dabei ist. Sie trägt meinen Helm, sitzt hinter ihm und hält sich an ihm fest. Deshalb habe ich mich vorne auf den Lenker gesetzt.

Erst rumpeln wir langsam über den Holperweg, über den Kai und ich auch hergebrettert sind. Vermutlich ein Forstweg, meint Kai. Iona hätte ihn hier entlanggelotst. Aber ohne mich hätte er Shay nie gefunden! Sobald der Name Iona fällt, wird Shay sehnsüchtig. Sie hängt an Iona, brennt darauf, sie zu sehen, solche Gefühle hat sie für mich nicht übrig. Mir tut es weh, dass der einzige Mensch, der mich sehen kann, mich am liebsten los wäre.

Nach dem Holperpfad gelangen wir an einen Weg, der schon eher einer Straße gleicht, und fahren mit etwas mehr Tempo durch den Wald. Es geht bergan, bis sich irgendwann unter uns Loch Tay erstreckt.

Hinter einer Kurve geht Kai fluchend vom Gas. Vor uns auf der Straße bewegt sich was: zwei Wachen und eine Straßensperre.

»Militär«, sagt Kai.

Als Shay sieht, was die Männer anhaben, schnappt sie nach Luft. Gleich umschlingt sie Kai noch fester. Hat sie etwa noch nie Schutzanzüge gesehen?

Kai hält an und steigt vom Motorrad. Er nimmt den Helm ab und bedeutet Shay, das Gleiche zu tun. Shay klammert sich an seiner Hand fest. Eine Wache kommt auf uns zu.

»Da willst du nicht hin, Junge. Killin steht unter Quarantäne.«

»Wie … wie schlimm ist es?«, fragt Shay.

»Sehr schlimm. Es hat das ganze Dorf erwischt.« Shay wird total bleich. »Tut mir leid«, sagt der Soldat. »Und wenn ihr zurück wollt, würde ich mich an eurer Stelle beeilen, sonst kommt ihr nirgends mehr durch. Die Quarantänezone wird ausgeweitet.«

»Lass uns umkehren«, sagt Kai. »Komm mit mir nach Newcastle.«

Ja. Auf nach Newcastle!

Doch Shay schüttelt den Kopf. »Das geht nicht. Killin ist mein Zuhause. Ich muss wissen, was hier vor sich geht.«

Kai versucht, sie umzustimmen, und ich auch, doch sie schüttelt bloß den Kopf. Mich ignoriert sie gleich ganz. Sie ist eigensinnig, aber Angst hat sie auch. Sie befürchtet, dass Kai sie hier zurücklassen könnte, wenn sie sich stur stellt, und sie ihn dann nie wiedersieht. Leider versteht Kai nicht, was ich will; er würde eh nicht auf mich hören.

»Ich muss es mit eigenen Augen sehen«, antwortet Shay.

»Das ist ein Todesurteil«, sagt die Wache.

Shay verzieht das Gesicht. »Nicht für uns. Wir sind immun.«

»Könnt ihr euch ausweisen?«

Shay verneint, während Kai seinen Immunitätspass vorzeigt. Die Wache schaut ihn sich an, notiert Kais Namen und gibt ihn zurück. Dann sieht er Shay an.

»Ich habe keine Papiere, aber ich bin auch immun.« Sie betont das Wort immun so seltsam. Kai schaut verdutzt. Warum gibt sie nicht zu, dass sie eine Überlebende ist?

»Wie heißt du und woher kommst du?«

»Shay McAllister. Ich wohne hier ganz in der Nähe, auf der anderen Seite vom See.«

»Das liegt im Bereich der Quarantäne.« Er schreibt ihren Namen auf. »Dass du mir sagst, dass du immun bist, ermöglicht dir den Zugang, aber du kommst nicht wieder raus. Dafür brauchst du einen Pass.«

Er öffnet die Schranke und Kai schiebt das Motorrad durch. Shay zögert noch.

Tu es nicht! Und wenn du nicht wieder rauskommst? Dann sitzt du bei den Kranken und Sterbenden fest, bis alle tot sind. Wie ich.

Zitternd tritt Shay durch die Sperre.

2

2

ZWEI

SHAY

Ich fasse es nicht.

Killin unter Quarantäne?

Langsam fahren wir in den Ort hinein. Keine Menschen unterwegs, keine Autos auf den Straßen. Die Sonne scheint auf die verschneiten Bergkuppen. Als wir über die Brücke am Fluss kommen, klingt mir das Rauschen des Wassers wie eine vertraute Musik in den Ohren.

Ansonsten herrscht Stille. An einem sonnigen Frühlingstag wie heute sieht das Dorf aus wie ein Postkartenbild, nur dass heute keine Touristen mit ihren Kameras auf der Brücke herumspringen und den Verkehr lahmlegen.

Killin ist eine Geisterstadt, und je weiter wir vordringen, desto stärker wächst das Grauen in mir.

Rauch steigt am Himmel auf, als wir durch die Hauptstraße fahren. In einem Haus meine ich, oben am Fenster ein ängstliches Gesicht zu erkennen, aber als ich ein zweites Mal hinschaue, ist es verschwunden.

Der Rauch kommt vom Park. Ich rüttle Kai an der Schulter, damit er langsamer fährt. Dort im Park stehen Zelte. »Fahr da mal hin«, sage ich, obwohl ich im Grunde so schnell wie möglich wegwill. Dem Ort für immer den Rücken kehren. Ich habe Angst vor dem, was uns hier erwartet.

Kai hält an und ich steige ab, ziehe den Helm vom Kopf.

»Was hast du vor?«, fragt Kai.

»Ich muss nachschauen, was da los ist.« Furcht und Schmerz branden immer wieder auf, wie die Wellen einer unbarmherzigen See zerren sie an mir, bringen meinen Entschluss ins Wanken.

»Bist du sicher, Shay? Wenn es hier so ist wie in Newcastle, dann … Mutest du dir nicht zu viel zu? Du warst selbst erst krank. Und dann deine Mutter. Du musst das nicht tun.«

»Doch, muss ich. Vielleicht kann ich ja helfen«, antworte ich. Auch wenn ich mit den Worten kämpfe, bin ich überzeugt, dass es richtig ist. Ich muss erfahren, was während meiner Abwesenheit geschehen ist.

Die ganze Zeit habe ich mir gewünscht, wieder in London zu sein, aber auf einmal fühle ich eine starke Verbundenheit mit dem Dorf. Hier ist mein Zuhause. »Du brauchst nicht mitzukommen. Warte einfach kurz auf mich.«

Kai schüttelt den Kopf und nimmt mich bei der Hand. »Ich gehe, wohin du gehst.«

Wir laufen zum Parktor, was quasi nicht mehr existiert. Die Pfeiler fehlen, und als sich ein Militärtransporter von hinten nähert, wissen wir auch warum. Rasch springen wir aus dem Weg. Durchs Tor hätte der Wagen nie gepasst. Am Eingang zum Park steht ein Soldat im Schutzanzug, der kurz mit dem Fahrer des Lkws spricht. Der Wagen fährt weiter und der Posten wendet sich uns zu.

»Wir sind immun. Wir möchten helfen«, sage ich mit zittriger Stimme.

»Wir können jede Hilfe gebrauchen. Meldet euch da vorne.«

Als wir beim Laster ankommen, nehme ich Geräusche wahr. Sie dringen aus dem Inneren und werden lauter, weil jetzt hinten die Rampe geöffnet wird. Mir kommt der Klang bekannt vor. Genauso habe ich mich angehört, als ich krank war: Ich habe geweint, gestöhnt und geschrien, wenn ich es gar nicht mehr aushalten konnte. So klingt Schmerz.

Doch ich höre ihn nicht nur. Mit jedem Schritt, mit dem wir uns den Kranken nähern, überkommt mich unerträgliches Leid. Ich fühle mit ihnen. Angefangen hat es schon beim Ortseingang und nun wird es immer schlimmer. Mit Müh und Not halte ich mich noch auf den Beinen, am liebsten würde ich mich schreiend zusammenrollen.

Callie hält sich dicht neben mir. Und zum ersten Mal stört es mich nicht. *Du musst dich schützen, sonst wirst du wahnsinnig*, sagt sie.

Stumm antworte ich ihr. *Wie denn schützen?*

Stell dir vor, du bist von einer undurchdringlichen Mauer umgeben.

Kai spricht den Fahrer des Lkws an. Der nickt. Ich glaube, Kai stellt mich gerade vor, aber ich höre nicht, was er sagt. In meinem Kopf hallen nur die Schmerzensschreie wider. Um nicht loszuschreien, höre ich auf zu denken, zu atmen, mich zu bewegen. *Eine Mauer bauen? Wie?*

Ich helfe dir, sagt Callie. Und dann umspülen mich Wellen kühlender, tröstender Dunkelheit, in die ich mich flüchten kann. Der flammende Schmerz züngelt noch am Ufer, aber ich bin in Sicherheit.

Siehst du? Und ich verstehe, was sie meint. In Gedanken baue ich Mauern aus kühler Dunkelheit, die mich vor der Verzweiflung der Kranken beschützen.

Danke.

Macht, was ihr wollt, ich bleibe jedenfalls nicht hier. In Sekunden wird Callie zum Schatten und löst sich auf.

Kai steigt hinten in den Lkw. Er und der Fahrer helfen den Leuten aus dem Fahrzeug in die Zelte.

Kai reicht mir ein kleines Mädchen von vielleicht drei Jahren, das nach seiner Mutter weint. Ein Junge, der einige Jahre älter ist, klettert eigenständig aus dem Wagen, aber jeder Schritt ist unbeholfen und wacklig, als müsste er sich furchtbar konzentrieren.

»Ist das deine Schwester?«, frage ich ihn.

»Ja.«

»Ist eure Mama auch dabei?«

»Die ist im anderen Laster.«

Ein weiterer Lkw kommt angefahren, doch der hält nicht bei uns, sondern fährt weiter quer über den Rasen, wo schon andere Fahrzeuge ihre Reifenspuren hinterlassen haben. Der Junge läuft dem Lkw hinterher. Unser Fahrer reagiert sofort und fängt ihn wieder ein. Er bittet mich, den Jungen fest an die Hand zu nehmen und ihn ins Zelt zu bringen. Dieser weint inzwischen wie seine kleine Schwester.

Der Fahrer wendet sich ab, doch ich rufe ihn zurück. »Warum waren die Kinder nicht im selben Wagen wie ihre Mutter?«

»Weil sie noch am Leben sind.«

Ich sträube mich dagegen zu begreifen, was er da gerade gesagt hat. Trotzdem schaue ich hinüber zum zweiten Lkw, der gerade ausgeladen wird. Heulend versucht sich der Junge von mir loszureißen.

»Tut mir leid«, sage ich. »Meine Mum ist auch gestorben.«

Er gibt seinen Widerstand auf und sieht mich mit großen Augen an.

»Komm«, sage ich und ziehe an seiner Hand. Da lässt er sich mit seiner Schwester ins Zelt führen.

In einem Meer aus Feldbetten wird auch ein Plätzchen für die Kinder gefunden. Ein paar Armeekrankenschwestern in Anzügen helfen, aber auch Leute ohne Schutzanzüge und Uniformen. Eine Frau erkenne ich wieder. Es ist die rothaarige Kellnerin aus dem Café, die *Fifty Shades* gelesen hat. Auch wenn das noch nicht lange her ist, scheint es mir, als seien Jahrzehnte vergangen. Die Kellnerin wirkt bleich und übermüdet, doch als sie uns sieht, huscht ein Lächeln über ihr Gesicht. Sie umarmt mich und Kai richtig fest.

»Seid ihr beide auch immun?«, fragt sie.

»Ja«, antwortet Kai.

»Dann sind wir gleich noch zwei mehr, um das durchzustehen. Ich bin Lizzie«, sagt sie, »und das da drüben ist mein Bruder Jamie.« Sie zeigt auf einen Mann, der etwas zum hinteren Teil des Zeltes trägt.

Wir stellen uns vor, aber mein Blick schweift unruhig umher.

Feldbetten. Mindestens hundert. Die meisten belegt.

Manche Patienten sind ganz still, rühren sich nicht mehr. Andere weinen, schreien um Hilfe. Lizzie bittet mich, Betten neu zu beziehen. Dabei denke ich lieber nicht darüber nach, warum sie neu bezogen werden müssen. Kai ist eingeteilt, mit Jamie reglose Gestalten wegzutragen, ich wende den Blick ab.

Meine Mauern sind noch intakt, was mir eine gewisse Ruhe verleiht. Dennoch habe ich das Gefühl, als würde ich mich unter Wasser bewegen; die geballte Ladung an Elend und Leid ist dicker als Luft.

Als ich durch die Reihen laufe, um Laken zu holen, berührt mich plötzlich jemand am Bein.

Es ist Amy aus der Schule. Ihre Haut ist bleich, ihr sonst so perfektes blondes Haar strähnig.

»Shay?«, flüstert sie.

Ich knie mich neben sie, nehme ihre Hand.

»Es tut so weh.« Aber sie hat keine Schmerzen, nicht mehr. Die hat sie schon überwunden.

Amys Augen füllen sich mit Tränen, aber es sind keine richtigen Tränen, denn sie sind rot. Rot wie Blut. Ihr Griff wird schlaff. Ihr Kopf fällt zur Seite, ihre blutigen Augen starren noch vor sich hin. Doch sie sehen nichts mehr.

Dafür sehe ich alles. Amys Mutter stirbt. Ihre zwei kleinen Brüder. Ihr Vater. Bevor sie hergebracht wurde, hat Amy sie sterben sehen. Meine Mauer hat Risse bekommen, ein Kaleidoskop von schrecklichen Bildern dreht sich vor meinen geschlossenen Augen. Amys Schmerz und der Schmerz ringsum machen mich fix und fertig. Ich lasse ihre Hand los und stehe auf. Stolpere auf die quadratische Öffnung zu, durch die Tageslicht fällt, und verlasse das Zelt.

Draußen atme ich ein paarmal durch, um frische Luft in meine Lungen zu saugen. Doch stattdessen bekomme ich den Rauch ab, der von der anderen Seite des Parks aufsteigt. Dorthin ist der zweite Lkw gefahren, der, der nicht für die Lebenden bestimmt war. Der Wind muss sich gedreht haben, nun treibt der Qualm zu mir herüber. Vorher habe ich nichts gerochen, doch nun wird mir schlecht, weil ich weiß, was es ist.

Bei dem Gestank dreht sich mir der Magen um, und mir ist, als könnte ich mit jedem Atemzug schmecken, wer dort gerade verbrannt wird. Über den Schweiß- und Zigarettengeruch des knatschigen Kassierers von Coop legt sich die Alkoholfahne von Mums feuchtfröhlicher Stammtischrunde. Dann der Schmerz im sonnigen Lachen der Rasselbande vom Spielplatz. Bald wird auch ein Hauch von Amys Parfüm und von ihrem Sarkasmus dabei sein.

Alles überlagert sich. So sollte es nicht sein, jede Seele sollte für sich gehen, wohin auch immer. Jede Mutter sollte eine Tochter haben, die um sie trauert, jedes Kind eine Familie, die gemeinsam dem Schmerz trotzt. Wie es jetzt ist, sollte es nicht sein.

Wer ist noch da zum Trauern, wenn eine gesamte Familie stirbt, wie bei Amy? Vielleicht ist es besser so. Wenigstens bleibt niemand unglücklich zurück.

Ich möchte schreien, mich in die Flammen stürzen. Der Sog des Feuers ist so groß, dass ich zitternd dagegen ankämpfen muss.

Auf einmal legt mir von hinten jemand die Hand auf die Schulter. Lizzie. Sie reicht mir eine Tasse Tee. Bleibt einen Moment neben mir stehen. Dadurch beruhigt sich mein rasendes Herz, sodass ich meine Schutzmauer verstärken kann.

»Weißt du, wer außer uns noch immun ist?«, frage ich, als ich meine Stimme wiedergefunden habe.

Lizzie zählt die Namen auf, manche kenne ich, manche nicht. Darunter gibt es auch gesamte Familie, die verschont geblieben sind. Aber so viele nun auch wieder nicht, wenn man es auf das Dorf umrechnet. Wie viele Menschen leben hier? Achthundert oder so?

»Heißt das, alle anderen … sind … tot?«

»Alle Straßen haben sie noch nicht kontrolliert. Aber soweit ich gehört habe, sind alle, die sie zuletzt gebracht haben, entweder erkrankt oder schon gestorben.«

»Was ist mit den umliegenden Ortschaften? Crianlarich, Monachyle, die Gegend ringsum?« *Iona.*

»Keine Ahnung. Auf der Webseite der BBC gibt es eine Karte

mit den Gebieten, die unter Quarantäne stehen. Du könntest es auch bei anderen Nachrichtensendern versuchen. Aber ich weiß nicht, wie aktuell deren Seiten sind.«

Ionas Familie lebt ein paar Kilometer entfernt auf einer einsamen Farm. Die ist so abgelegen, dass ihre Brüder Iona immer zum Schulbus fahren mussten.

Vielleicht sind sie ja verschont geblieben.

3

3

DREI

CALLIE

Eine Weile setze ich mich auf Kais Motorrad, aber bald langweile ich mich schon. Könnte ich bloß schlafen! Vielleicht kann ich ja, wenn ich mich anstrenge.

Ich rolle mich neben seiner Maschine im Gras zusammen und schließe die Augen. Ich versuche, an nichts mehr zu denken, aber das gelingt mir nicht. Dann zähle ich Schäfchen. Wer hat sich diesen Mist nur ausgedacht? Und warum sollte es ausgerechnet jetzt funktionieren, wenn es schon nicht funktioniert hat, als ich noch am Leben war? Das ist doch verrückt.

Ich könnte natürlich Kai oder Shay folgen, aber große Lust habe ich nicht. Shay kümmert sich um die Kranken im Hauptzelt, gut geht es ihr dabei nicht. Und Kai schleppt Leichen zum Scheiterhaufen am Tennisplatz, sein Gesicht so grimmig entschlossen wie in Newcastle.

Ich erkunde Killin. Dauert nicht lange, weil es klein ist, und außerdem war ich schon mal mit Kai hier, als wir Shay gesucht haben.

Es gibt eine große Straße mit Geschäften und so, davon gehen Wohnstraßen ab. Alles ist still. Totenstill.

Dann laufen ein paar Männer in Schutzanzügen Richtung

Park vorbei. Kurz darauf kommt eine Gruppe von ihnen zurück. Schichtwechsel? Ich folge den Männern.

Sie laufen die Hauptstraße entlang und halten an einem großen Zelt an. Nach einer kurzen Unterredung mit der Wache, die davorsteht, verschwinden sie im Zelt. Dort erwartet sie wieder so eine Art Waschstraße, wie ich sie aus den Laboren kenne, mit Plastikplanen und Schläuchen. Ein Mann nach dem anderen wird durchgeschleust, streift den Schutzanzug ab und wirft ihn in einen riesigen Container. So hochtechnologisch wie im unterirdischen Labor auf der Insel wirkt es hier alles nicht. Am Ende duscht ein jeder, zieht sich um und verschwindet hinten im Zelt durch eine Tür.

Durch die gelangt man in ein Gebäude. Dort befinden sich weitere Soldaten, die auf eine große Karte mit Nadeln und roten und grünen Kreisen starren. Ein älterer Typ brüllt die anderen an, bestimmt hat er hier das Sagen.

Offenbar handelt es sich um eine Konferenz zwischen den Soldaten im Zimmer und denen auf dem Bildschirm.

Im Hintergrund zeichnet jemand einen weiteren roten Kringel auf die Karte, mich erinnert es an Baumringe. Innerhalb der roten Kringel gibt es auch noch ein paar grüne.

»Wie stellen Sie sich das vor? Wie sollen wir mit den paar Leuten das Gebiet schützen?«

»Wir sind alle mehr als überlastet. Wir versuchen, Ihnen Verstärkung zu schicken, aber im Moment müssen Sie sich so behelfen.«

»Dann wird künftig eben nur noch ein Mann an jeder Straßensperre stehen, auch an den größeren.«

»Oder wir ziehen uns von so aussichtslosen Posten wie Killin zurück.«

»Das können wir nicht machen!«

»Wie viele Einwohner sind immun? Sollen die doch allein weitermachen.«

Es wird eine Liste zurate gezogen. »38, aber darunter auch Kinder.«

»Zwei kommen noch hinzu, die sind vorhin durch die Sperre gekommen, aber die wollen sicher nicht bleiben.«

»Namen?«

»Kai Tanzer und Shay McAllister.«

»Wir lassen einen Kommandostab zurück, der dafür sorgt, dass die Quarantäne eingehalten wird, ansonsten ziehen wir aus der Region ab.«

»Aber, Sir …«

»Tun Sie es.«

4

4

VIER

SHAY

Als wir am Ende des Tages den Ort verlassen und den Hügel zu mir hinauffahren, sind wir vollkommen erschöpft. Abseits des Krankenzelts, abseits des Feuers wirkt alles so normal: Der Berg ragt in den Himmel, der Loch glitzert unter uns. So war es, bevor die ersten Menschen kamen; und so wird es auch sein, nachdem wir lange schon Staub sind.

Kai biegt in unsere Straße ein und hält vor dem Haus. Und auch hier sieht es aus wie immer. Die Sonne spiegelt sich in den Scheiben, die ich geputzt habe. Selbst die Schlieren sind noch da, dort, wo ich mir keine Mühe gegeben habe. Mum hat mich herumkommandiert und ich war genervt und gelangweilt. So verlief unser letzter normaler Tag zusammen.

Als wir vom Motorrad steigen, entdecke ich aber etwas, das nicht ins Bild passt. »Was ist denn mit unserer Haustür passiert?«

»Die alte Frau vorne an der Ecke meinte, das waren die Soldaten. Nachdem bei euch niemand aufgemacht hat, haben sie die Tür aufgebrochen.«

»Aber das Haus war leer.«

»Ja.«

Ich trete ein. Mums Buddha steht noch im Flur, sein Bauch

glänzt, weil wir ihn beim Reinkommen immer gerieben haben. Viel Glück hat er uns nicht gebracht.

Callie taucht neben mir auf. Gerade dachte ich noch, sie sei für immer verschwunden. *Du hast Glück. Du bist noch am Leben.*

Eben, antworte ich, bevor mir einfällt, dass ich sie ja links liegen lassen wollte. Callie grinst.

Ich verdrehe die Augen. *Das zeigt nur, dass du eine Ausgeburt meiner Fantasie bist. Wenn du real wärst, wüsstest du nicht, was ich gerade gedacht habe. Damit ist bewiesen, dass ich mir dich ausgedacht habe. Du bist mein unsichtbarer Freund, so wie ihn einsame Kinder gerne haben. Muss am Trauma liegen.*

Du bist jetzt anders, Shay. Wir können unsere Gedanken teilen, die Gefühle des anderen spüren.

Ich verziehe das Gesicht. *Es gibt sie nicht, es gibt sie nicht, es gibt sie nicht* … wiederhole ich mantramäßig. Wenn ich es oft genug sage, verzieht sie sich ja vielleicht.

Vergiss es.

Ich seufze.

»Shay?«

Es klingt wie ein Echo. Hat Kai mich schon öfter angesprochen und ich hab's nicht mitbekommen?

»Hhmmm?« Ich bin ihm bis ins Wohnzimmer gefolgt und habe mich gedankenverloren neben Ramsay gepflanzt.

Besorgt sieht Kai mich an. »Manchmal schaltest du einfach ab. Vorhin im Park war es genauso. Dann reagierst du gar nicht, wenn man dich anspricht.«

Unsicher sehe ich ihn an. Ich kann ihm ja schlecht sagen, dass ich gerade den Verstand verliere. Damit würde ich ihn nur verscheuchen.

»Ich habe bloß an Mum gedacht.« Sofort habe ich schlimme

Schuldgefühle, weil ich lüge und dann auch noch Mum dafür missbrauche. Kai setzt sich neben mich, legt den Arm um mich. Ich kuschle mich an ihn.

Von wegen Gedanken teilen. Bullshit.

Oder? Ich habe an Amys letzten Gedanken teilgehabt. Und an Mums auch, und das nicht nur, während sie starb. Auch hinterher noch, als ich ihr Blumen ins Haar band.

Kann ich das auch bei Kais Gedanken? Ich habe seine Sorge gespürt. Aber ich wusste ja auch, dass er sich Sorgen macht, ich habe es ihm angesehen. Dafür brauchte ich seine Gedanken nicht erst zu lesen.

Nein, nichts da. Ich seufze. Warum küsst mich Kai nicht endlich, dann muss ich nicht mehr über alles nachdenken?

Er beugt sich über mich und küsst mich, bevor mir überhaupt bewusst wird, was ich da eben gedacht habe. Aber das hat doch nichts zu bedeuten. Kai nutzt schließlich jede Gelegenheit, um mich zu küssen.

Ich erwidere seinen Kuss.

Wollte er nicht eigentlich sofort seine Mum anrufen?

Auf einmal löst er sich von mir. »Ach, das habe ich ja total vergessen. Ich wollte doch meiner Mutter Bescheid sagen, damit sie sich keine Sorgen macht.«

Ich deute zum Apparat, Kai steht auf und geht zum Telefon. Auf halbem Weg bleibt er stehen. »Irgendwie fühlt sich mein Kopf so seltsam an.« Stirnrunzelnd greift er nach dem Hörer.

Darauf antworte ich nicht. Ich sage und denke gar nichts. Vor allem nichts, was mit ihm zu tun hat. Ist das wirklich gerade passiert?

Haben meine Gedanken seine beeinflusst?

Vielleicht sind die Küsse und intensiven Gefühle zwischen uns nur meinen Wünschen geschuldet. Vielleicht ist zwischen uns gar nichts mehr.

Ich schüttle den Kopf. Das ist doch verrückt. Kai wollte seine Mutter gleich von hier anrufen, ihm ist es in dem Moment nur plötzlich wieder eingefallen. Mehr nicht.

Alles andere ist unmöglich. Ausgeschlossen.

5

5

FÜNF

CALLIE

Ich spüre, wie Panik in Shay aufsteigt. Ich weiß noch, wie es war, als ich zum ersten Mal festgestellt habe, dass ich andere Menschen beeinflussen kann. Ich habe ihnen gesagt, was sie tun sollen, und sie haben es getan. Angst hat es mir nicht gemacht, ich fand es toll. Beinahe wäre es mir gelungen, eine Schwester dazu zu bringen, mich freizulassen. In letzter Minute hat sie noch jemand davon abgehalten.

Daraufhin haben sie mir eine Maske verpasst, damit ich nicht mehr sprechen konnte. Hätte ich den Leuten vielleicht auch einfach nur meine Gedanken schicken können, statt sie auszusprechen, wie Shay gerade eben? Hätte ich das bloß gewusst, dann wäre ich der Heilung vielleicht entkommen.

Aber sobald ich geheilt war, war alles vorbei. Nun kann ich niemanden mehr dazu bringen, zu tun, was ich sage; nicht einmal mehr, zu hören, was ich sage.

Aber daran will ich jetzt nicht mehr denken, denn Kai fängt gerade an zu telefonieren. Ich presse mich an den Hörer, um nichts von Mums Stimme zu verpassen.

»Kai? Wie geht es dir?«

»Gut. Tut mir leid, dass ich mich nicht früher gemeldet habe, aber man konnte nirgends das Handy aufladen. Wir sind gerade wieder zurück in Killin.«

»Wir?«

»Shay und ich.«

»Ist sie unversehrt? Du hättest sie nicht nach Killin bringen sollen, das ist …«

»Unter Quarantäne. Ja, wissen wir. Shay war krank, aber sie hat es überlebt. Leider ist ihre Mutter gestorben.«

»Bist du sicher, dass Shay die Aberdeen-Grippe hatte?«

»Absolut sicher. Ich habe ja die Leiche ihrer Mutter gesehen.«

»Hat Shay sonst noch Angehörige?«

»Ja, aber da ist niemand zu erreichen. Ihr Onkel war auf den Shetlandinseln und wurde mit seiner Familie nach Aberdeen gebracht. Seither hatte sie keinen Kontakt mehr.«

»Du musst mit Shay zum Armeestützpunkt und rausfinden, wer dort das Sagen hat. Erzähl demjenigen, dass sie überlebt hat und sie nun so schnell wie möglich zu mir gebracht werden muss. Aber hör gut zu, Kai, das ist jetzt wichtig. Lass niemand anderen wissen, dass sie eine Überlebende ist.«

»Warum nicht? Was ist los?«

»Die anderen, von denen wir mit Sicherheit wissen, dass sie die Krankheit überstanden haben, sind verschwunden oder haben sich umgebracht. Die Armee kann Shay schützen und sie zu mir bringen. Pass gut auf sie auf, Kai. Shay könnte wichtig sein, um eine Lösung für all das hier zu finden.«

»Natürlich ist sie wichtig. Sie ist vor allem wichtig für mich!«

»Tut mir leid, sicher ist sie das. Aber in diesem Fall geht das Überleben der Menschheit vor eurer Zweisamkeit.«

»Autsch.«

»Ich hab dich lieb. Sei vorsichtig.«

»Hab dich auch lieb.«

»Tschüss.«

Kai legt auf und steht einfach nur da. Seine Augen sind auf Shay gerichtet. Sie wirkt zart und zerbrechlich. Im Arm hält sie den weichen Plüscheisbären und ist weit weg in Gedanken. Shays Augen verändern sich, nehmen diesen unheimlichen Blick an, wenn man der Umgebung nachspürt, das Blau wirbelt in der Iris umher. Bei mir war es genauso, das haben die Ärzte und Schwestern jedenfalls gesagt. Sieht Kai es auch oder ist er nicht nah genug dran?

Kai setzt sich zu ihr und nimmt ihre Hand. Als Shay ihn ansieht, wird ihr Blick sofort normal.

»Meine Mutter meint, wir dürfen niemandem sagen, dass du eine Überlebende bist. Wir sollen uns an die Soldaten wenden und nur ihnen davon erzählen. Dann werden die uns zu meiner Mutter bringen. Mit deiner Hilfe können die Ärzte vielleicht herausfinden, wie man die Krankheit besiegt.«

»Du meinst, weg von hier? Nach Newcastle?«

»Das hat sie gesagt.«

»Aber hier bin ich zu Hause.«

6

6

SECHS

SHAY

Am nächsten Morgen erkläre ich Kai, dass ich einverstanden bin und tun werde, was seine Mutter will. Aber nicht sofort. Zwei Dinge muss ich zuvor noch erledigen: herausfinden, wie es Iona und ihrer Familie geht, und alles tun, um in Killin zu helfen.

Auf BBC haben sie gestern in den Nachrichten eine Karte gezeigt, der zufolge über das gesamte Trossachs-Tal Quarantäne verhängt wurde. Also auch über die Farm von Ionas Familie. Obwohl es spät war, hatte ich schon den Hörer in der Hand, um Iona anzurufen, aber ich hatte Angst.

Ruf endlich an, sagt Callie. *Ich habe es dir gestern Abend schon gesagt, innerhalb der roten Kreise waren auch grüne.*

Und wenn nun keiner rangeht? *Was, wenn …* Ich schlucke schwer. *Was, wenn das Schlimmste von allem passiert ist? Will ich das wirklich wissen?*

»Ruf Iona an«, sagt Kai, als hätte er meiner Unterhaltung mit Callie gelauscht. »Wenn es ihr gut geht, macht sie sich bestimmt schreckliche Sorgen um dich.«

Kai überzeugt mich schließlich. Über Nacht haben wir die Handys aufgeladen und ich marschiere jetzt mit meinem nach oben in mein Zimmer und mache die Tür zu.

Natürlich ist mir mein Schatten Callie mal wieder zuvorgekommen. Ausgebreitet liegt sie auf meinem Bett.

Ich setze mich neben sie. »Kannst du bitte gehen? Ich möchte das allein machen.«

Callie richtet sich auf, legt den Kopf schief. Im Licht ist sie Dunkelheit, angenehme Kühle für Augen, die von all der Hitze und den Farben überreizt sind. Callie lächelt.

Ja. Natürlich lasse ich dich allein. Und weißt du auch, wieso? Weil du mich gebeten hast. Sie steht auf und läuft zur Tür. *So kommen wir miteinander klar. Wenn du mich ganz normal behandelst, helfe ich dir.* Ihre dunklen Augen – sind es überhaupt Augen oder bloß dunklere Flecke in der Dunkelheit? – sind auf mich gerichtet. *Wir können einander helfen.* Mit diesen Worten schwebt sie unter der Tür hindurch.

Ich schüttle den Kopf. Ich bin gestört. Habe nicht mehr alle Tassen im Schrank. Ha. Über Tassen und Schüsseln beschwere ich mich längst nicht mehr, bei mir fehlt das komplette Geschirr.

Wenigstens bin ich jetzt allein.

Eine Weile starre ich auf das Handy, bis ich mir einen Ruck gebe und wähle.

Es klingelt einmal … zweimal … dreimal …

»Hallo?«

»Iona?«

»Oh, mein Gott. Bist du das, Shay?«

»Ich hatte so einen Schiss, dich anzurufen. Wenn du jetzt nicht rangegangen wärst, dann …«

»Hat Kai dich gefunden? Warum hat er mir nicht Bescheid gesagt?«

»Sein Akku war leer und meiner auch. Wir sind gestern nach Killin zurückgekommen und waren erst spätabends zu Hause.«

»Warst du krank? Ich kapier's nicht. Ich dachte, jeder, der es bekommt … der …«

»Stirbt daran. So ist es normalerweise auch. Und … und … Mum ist gestorben.« Nun weine ich und wünschte, Iona wäre hier mit mir im Zimmer anstatt am anderen Ende der Leitung. Ich hätte so gern jemanden bei mir, der mich und meine Mum kennt und uns beide zusammen erlebt hat; der versteht, was ich verloren habe.

Inzwischen weint Iona auch. »Es tut mir so leid. Ich mochte deine Mutter sehr«, presst sie hervor.

»Ich weiß«, sage ich unter Tränen. Es dauert eine Weile, bis wir uns wieder im Griff haben und reden können.

»Iona, was ich dir jetzt sage, darfst du niemandem verraten.« Eigentlich sollte ich es ja für mich behalten, aber Iona ist nicht irgendwer. Außerdem weiß sie viel. Falls ihr Netzwerk noch funktioniert, erfährt sie immer als Erste, was los ist.

»Ich halte dicht. Versprochen.«

»Ich hab's gehabt, bin aber nicht gestorben.«

»Oh, mein Gott. Du bist eine Überlebende.«

»Kais Mutter ist Ärztin und Epidemiologin. Sie gehört einem Sonderstab an, der die Krankheit in Newcastle untersucht. Sie meint, wir sollen zum Kommandanten des Armeestützpunkts hier und es ihm erzählen, damit sie mich zu ihr bringen. Vielleicht bin ich der Schlüssel und andere können mit meiner Hilfe überleben.«

»Mach's nicht. Sag's keinem.« Ihr Ton ist scharf.

»Warum nicht?«

»Es kursieren alle möglichen Gerüchte über die Überlebenden. Dass sie Hexen sind oder so.«

»Nett.«

»Und dass sie gefährlich sind. Weil sie mit Toten sprechen können und Leute dazu bringen, Dinge gegen ihren Willen zu tun.«

»Wo hast du das denn her?« Automatisch schlüpfe ich in die Rolle der Kritikerin ihres Blogs. Über den Inhalt denke ich nicht so gerne nach. Mit Toten sprechen? Leute manipulieren?

Mir dreht sich der Magen um. Habe ich nicht genau das auch getan?

»Na ja, nicht aus offizieller Quelle. Aber die Leute haben offenbar Angst vor den Überlebenden. Könnte riskant sein, sich zu outen.«

»Würde das nicht noch mehr dafür sprechen, zur Armee zu gehen? Sollen die sich doch darum kümmern.«

»Ich weiß nicht. Meine Quellen berichten, dass Überlebende von Soldaten weggebracht wurden. Danach wurden sie nie wieder gesehen. Ist das nun ein gutes oder ein schlechtes Zeichen?«

»Moment mal. Kais Mutter meint, der Armee sei es bislang nicht gelungen, Überlebende zu finden. Entweder tauchen sie unter oder bringen sich um.«

»Was stimmt jetzt davon? Für mich klingt das nicht gut.«

»Nein.«

»Hau ab, Shay. Versteck dich irgendwo.«

Iona ist bekannt für ihre Paranoia. Sie stürzt sich auf jede Verschwörungstheorie. Aber mir ist die Sache selbst nicht geheuer.

»Sei vorsichtig. Wenn du Hilfe brauchst, schreib mir eine Nachricht über JIT.«

Wir unterhalten uns noch eine Weile. Ionas Farm gehört zu einem kleinen Landstrich, der von der Aberdeen-Grippe verschont geblieben ist, weil sie sich abgeschottet haben. Sämtliche Privatwege haben sie verbarrikadiert. Ihre Brüder und die Nachbarn bewachen die Sperren mit Gewehren. Strom beziehen sie über Generatoren und vom Land können sie so lange leben wie nötig.

Es dauert Ewigkeiten, bis wir uns endlich verabschieden. Jedes Mal, wenn wir auflegen wollen, fällt einer von uns noch was ein und noch was und noch was.

Als wir uns schließlich doch verabschieden, lausche ich dem Tuten in der Leitung noch lange nach. Irgendwann lege auch ich den Hörer auf die Gabel, schnappe mir den Laptop und gebe *Überlebende Aberdeen-Grippe* in die Suchmaschine ein.

Doch schon bald bereue ich es.

7

7

SIEBEN

CALLIE

Hängt Shay etwa immer noch am Telefon? Schließlich gebe ich das Warten auf und schlüpfe unter ihrer Tür durch. Shay sitzt über ihren Laptop gebeugt.

Shay?

Keine Reaktion.

Und als wäre er mir gefolgt, tritt Kai ins Zimmer.

Shay schaut auf, ihr Gesicht ist verweint. »Ihnen geht es gut. Iona und ihrer Familie.«

Kai nimmt Shay in den Arm und hält sie.

8

8 ACHT

SHAY

Als wir im Park ankommen, rücken die Armeefahrzeuge ab. Lizzie beobachtet das Geschehen mit verschränkten Armen.

»Was geht denn hier vor sich?«, fragt Kai.

»Die hauen ab. Und lassen uns mit allem allein zurück.«

»Was?«, frage ich entgeistert.

»Ist so. Die haben uns eine Liste ausgehändigt, auf der die Straßen verzeichnet sind, die sie bislang noch nicht kontrolliert haben, aber weiter wollen sie uns nicht helfen. Die ziehen sich bis hinter die Qurantänezone zurück.«

Kai nimmt mich bei der Hand und zieht mich außer Hörweite. »Wir müssen denen von dir erzählen. Jetzt, bevor sie alle fort sind.«

»Nein. Siehst du denn nicht, dass Lizzie und die anderen uns jetzt erst recht brauchen? Wir können sie nicht im Stich lassen.«

Der letzte Laster fährt vom Parkgelände. Kai will zur Straße laufen, um ihn anzuhalten, und ich werde richtig sauer. Das ist mein Leben. Er hat kein Recht, Entscheidungen für mich zu fällen.

Das lasse ich nicht zu.

»Rühr dich nicht vom Fleck!«

Mitten im Lauf bleibt er stehen. Will weiter, kann nicht. Ihm ist anzusehen, wie sehr er dagegen ankämpft.

Der Laster fährt davon und sogleich löst sich Kais Starre, fast stürzt er und ist jetzt ebenfalls wütend.

»Was hast du gerade mit mir gemacht? Du hast mir gesagt, ich soll mich nicht rühren, und ich konnte mich nicht mehr rühren. Wie hast du das gemacht?«

»Ich hatte dich gerade gebeten, es ihnen nicht zu sagen, und du wolltest es trotzdem tun. Es ist mein Leben, meine Entscheidung.«

»Nicht, wenn du so unvernünftig bist! Was willst du denn hier noch ausrichten? Nichts. Wenn du gehst, kannst du vielleicht wirklich helfen.«

»Du hast kein Recht, Entscheidungen für mich zu treffen!«

»Aber du für mich? Wie hast du das überhaupt angestellt?«

Was soll ich darauf antworten, wenn ich es selbst nicht weiß? Ich drehe mich um und gehe.

9

NEUN

CALLIE

Ich habe Kai noch sie so sauer erlebt. Shay hat in seinem Kopf herumgepfuscht und keinen Hehl daraus gemacht. Als sollte er wissen, was sie getan hat. Und das weiß er auch – auch wenn er es nicht begreifen kann.

Lizzie und Jamie kommen angelaufen und Lizzie schwenkt ein Klemmbrett. »Hier ist die Liste mit den Straßen, die noch kontrolliert werden müssen. Einer muss mit Jamie fahren, die anderen kümmern sich hier um alles.«

»Ich«, rufen Kai und Shay gleichzeitig.

Lizzie schaut in ihre entschlossenen Gesichter. »Einer geht, einer bleibt.« Ohne weitere Diskussionen stakst Shay zum Laster, Jamie folgt ihr.

»Alles okay zwischen euch?«, fragt Lizzie Kai.

»Keine Ahnung.«

»Wir haben schon genug Probleme, da brauchen wir nicht noch untereinander zu streiten.«

»Wie kommst du denn klar?«

Lizzie zuckt die Achseln. »Ich bin am Leben. Das können die meisten am Ende des Tages wahrscheinlich nicht mehr von sich sagen.«

»Manche überleben es vielleicht.«

»Mir ist noch niemand untergekommen. Zum Glück.«

Kai zieht die Augenbrauen hoch. »Warum zum Glück?«

»Hast du noch nicht davon gehört? Die Überlebenden verändern sich. Die sind gar keine Menschen mehr.«

»Wie meinst du das?«

Lizzie zuckt die Achseln. »Die können mit den Toten reden und davon werden sie verrückt.« Sie tippt sich an die Schläfe. »Viele begehen Selbstmord und können sogar andere dazu bringen, sich umzubringen. Einfach, indem sie es ihnen befehlen. Da ist es besser, im Feuer zu verbrennen.«

Fassungslos starre ich sie an. Ich war auch eine Überlebende und trotzdem haben sie mich im Feuer verbrannt. Haben sie auch so gedacht wie Lizzie? Haben sie es deshalb getan?

Ihre Worte sind wie ein Schlag ins Gesicht, und ohne nachzudenken, hole ich aus und verpasse ihr ebenfalls eins auf die Wange. Auch wenn Lizzie es nicht spürt, geht es mir gleich besser.

10

10

ZEHN

SHAY

Jamie parkt vor dem ersten Haus.

Er klopft erst gar nicht, sondern marschiert direkt rein. Dass die meisten Leute in Killin nicht abschließen, erleichtert uns die Arbeit.

Jamie wirft mir einen Seitenblick zu. »Das Schleppen werde ich wohl übernehmen. Also, wir kontrollieren jedes Zimmer. Geh du oben nachsehen, ich schaue mich unten um. Ruf mich, wenn du jemanden findest.«

Nervös begebe ich mich zur Treppe. Was werde ich wohl sehen oder fühlen? Selbst meine unsichtbare Freundin ist heute nicht dabei. Callie ist bei Kai geblieben. Zu meiner Überraschung wünschte ich, sie wäre mit mir gekommen. Seit Kurzem empfinde ich ihre Anwesenheit als tröstlich.

Kai war stinksauer. Bestimmt macht er nachher mit mir Schluss. Und Callie wird dann mit ihm gehen, schließlich ist sie seine Schwester. Ich klammere mich an meine eigene Wut, sonst würde ich nur traurig werden, weil ich ihn nicht verlieren möchte.

Ich steige die Treppen hoch. Hinter der ersten Tür liegt ein Schlafzimmer. Es wirkt ungenutzt, wahrscheinlich ein Gästezimmer. Es ist leer.

Eine weitere Tür: Badezimmer. Leer.

Schon atme ich etwas beruhigter. Eine Tür habe ich noch. Doch bevor ich sie öffne, weiß ich schon, was sich dahinter verbirgt. Zwei Menschen sind darin. Vorsichtig strecken sie ihre Tentakel aus – verschlungene Gedankenwellen.

»Jamie?«, rufe ich. »Hier oben.«

Ein Mann und eine Frau liegen reglos im Bett. Ausdruckslos blicken sie aus blutigen Augen zur Decke. Weißhaarig sind sie, könnten die Großeltern von irgendjemandem sein. Und sie halten sich an den Händen. Die Finger verschränkt.

So ziehen Jamie und ich von Haus zu Haus. Die Leichen werden ohne viel Aufhebens hinten im Lastwagen gestapelt. Jamies verschlossenem Gesicht entnehme ich, dass er gar nicht richtig hier ist, dass er nicht gerade die Leiche eines zehnjährigen Mädchens auf die ihrer Mutter türmt. In Gedanken ist Jamie woanders, vielleicht stapelt er auf einem Bauernhof Kartoffelsäcke aufeinander.

Als ich einmal den Bogen raushabe, fällt es mir leicht, die Toten aufzuspüren. Die Tentakel, die ich bei dem ersten Pärchen wahrgenommen habe, sind wie Erinnerungsspuren, die sie zurücklassen, eine Fährte, der ich folgen kann. Jamie schaut mich schon komisch an, weil ich ihm zielsicher einen Toten nach dem anderen präsentiere.

Um sie zu finden, kann ich meine Schutzmauer aber nicht vollständig aufrechterhalten. Die Ängste und Todesqualen gehen mir ganz schön an die Nieren. Falls es stimmt, kann ich zumindest nachvollziehen, warum sich viele der Überlebenden umgebracht haben.

Auf einmal nehme ich etwas Neues wahr.

Es eilt; jetzt, in dieser Sekunde.

Jemand ist noch am Leben.

11

11

ELF

CALLIE

Zwei Armeejeeps kommen angefahren.

Bei dem Gebrumm tritt Lizzie aus dem Zelt und Kai folgt ihr.

»Ob die es sich anders überlegt haben?«, fragt sie. »Kommen die zurück, um uns zu helfen?«

Der Jeep hält, darin sind Soldaten in Schutzanzügen und auch der Soldat, der hier zuvor das Kommando hatte. Aber offenbar ist er nun jemand anderem unterstellt.

Die Männer steigen aus und der Kommandant grinst. Mir gefällt das nicht.

»Guten Abend. Leutnant Kirkland-Smith, zu Ihren Diensten. Wo ist Shay McAllister?«

12

12

ZWÖLF

SHAY

Ich sage Jamie Bescheid, dass wir noch mal zurückmüssen, den Hang hinunter und um die Kurve. Das ist eigentlich nicht unser Job, meint er, die Straße ist schon geräumt. Aber ich lasse nicht locker.

Die Schmerzspur wird unterwegs immer stärker.

»Halt an.« Vor uns liegt ein heruntergekommener Bungalow, der am Ende der Straße ganz für sich steht. Der Rasen wuchert und ist total zugemüllt.

Wir steigen aus dem Wagen und laufen zum Haus. Vor der Tür bleibe ich stehen, klopfe an. Erst dann trete ich ein.

»Hallo?« rufe ich.

Jamie sieht mich skeptisch an, doch dann vernehmen wir von oben ein Geräusch. Wir laufen zur Treppe.

Die Bude ist ein Saustall, überall dreckige Teller mit vergammeltem Essen, das zum Himmel stinkt. Auf der Treppe steigen wir über verstreut herumliegende Klamotten. Oben gehen wir an einer und noch einer offenen Zimmertür vorbei, aber ich spüre jemanden hinter der verschlossenen Tür am Ende des Flurs. Ich steure direkt darauf zu, und Jamie, der sich inzwischen an meine Methode gewöhnt hat, überspringt die anderen Räume ebenfalls.

Ich klopfe an. »Hallo? Können wir helfen?« Dann öffne ich die Tür.

In der Ecke hockt ein Junge. Er hat die Arme um den Kopf geschlungen und stöhnt.

»Hi. Ich bin Shay.« Als ich mich neben ihn knie, nimmt er die Arme herunter.

»Na, wenn das nicht *My Sharona* ist.« Er summt das Lied, bevor er weiterstöhnt.

Es ist Duncan.

13

13

DREIZEHN

CALLIE

Da stimmt doch was nicht.

Erst fand ich es falsch, dass Shay nicht auf Mum und Kai hören wollte. Dass sie es den Soldaten hätte sagen sollen, dass sie eine Überlebende ist und mit Kai zurück nach Newcastle gehen will. Aber nun bin ich mir nicht mehr so sicher.

Diese Männer sind mir nicht geheuer.

Als Lizzie ihnen sagt, welche Straße Shay und Jamie gerade kontrollieren, fackeln die nicht lange, sondern machen sich sofort auf den Weg. Der Kommandant und zwei Begleiter. Der andere, der hier früher das Sagen hatte, bleibt und hilft Lizzie und Kai.

Die Männer fahren zu der Straße, wo Jamie und Shay laut Plan eigentlich sein müssten, und ich begleite sie. Doch der Lkw steht nicht dort.

»Ist sie gewarnt worden? Sie darf uns nicht entkommen. Hätten wir bloß mehr Männer dabei.«

Im Jeep haben sie Waffen, gefährlich aussehende Waffen.

»Ist doch bloß ein Mädchen. Wo soll die schon hin sein? An den Straßenposten kommt sie jedenfalls nicht vorbei. Die haben Order, sie festzuhalten.«

»Denkt dran, sie ist nicht bloß ein Mädchen. Wenn sie die Sache spitzkriegt, könnte sie uns gefährlich werden.«

»So oder so bekommen wir sie in die Finger.«

»Kommt, wir fahren zurück zum Park. Vielleicht haben wir sie verpasst und sie sind inzwischen zurück.«

Ich schwinge mich in die Luft, um nach Shay und dem Wagen Ausschau zu halten.

Keine Spur.

14
14
VIERZEHN

SHAY

Wir halten vor Lizzies Zelt. Pflichtbewusst helfe ich Duncan vom Lkw, doch der schüttelt mich ab, meint, er kann allein laufen.

Jamie fährt mit seiner Fracht weiter bis zum Tennisplatz, wo das Feuer schon wartet.

Ein Soldat, mit dem wir gestern bei unserer Ankunft gesprochen haben, nähert sich uns. Kai ist auch dabei. Ist die Armee nicht abgezogen? Unsicher sehe ich zwischen Kai und ihm hin und her.

»Sind Sie zurückgekommen, um uns zu helfen?«, frage ich den Soldaten.

Der Mann sieht mich schuldbewusst an und seufzt. »Nein, tut mir leid. Ich habe nur einen Trupp vom ASR hergeführt, der auf der Suche nach dir ist. Gerade sind sie unterwegs, um dich aufzugabeln, aber die kommen sicher gleich zurück.«

Böse funkle ich Kai an, doch der streckt ergeben die Hände aus. »Mum muss es der Militärführung gesagt haben.«

»Was bedeutet denn ASR?«

» Alternatives Spezial-Regiment«, antwortet der Soldat achselzuckend. »Mehr weiß ich auch nicht.«

Ein dunkler Schatten taucht auf und dann steht Callie neben Kai. *Versteck dich, Shay!* Callie ist außer sich.

Warum?

Das sind keine normalen Soldaten, die da gekommen sind. Irgendwas stimmt mit denen nicht. Die haben Waffen und behaupten, du könntest gefährlich werden. Und dass sie dich so oder so in die Finger kriegen.

Was?

»Ich unterbreche euch ja echt nur ungern. Wisst ihr noch, wer ich bin? Der Typ, der stirbt.«

Kai schaut sich an, wer da eigentlich neben mir steht, und zuckt zurück. »Duncan? Du hilfst Duncan?«

»Natürlich.« Ich befördere Duncan in Richtung Zelt, diesmal lässt er es zu und stützt sich auf mich. Schmerz durchströmt ihn, aber er schafft es weiterzulaufen.

»Wer ist denn das da?«, presst Duncan zwischen zusammengebissenen Zähnen hervor.

»Kai. Den kennst du doch schon.«

»An den Muskelprotz, der mich vermöbelt hat, kann ich mich erinnern. Ich meine sie.«

Duncan zeigt auf Callie. Ich bin schockiert. Kann er sie etwa auch sehen?

Doch Callie nimmt keine Notiz von ihm. *Shay, hör mal! Du musst dich verstecken, bevor die anderen Männer zurückkommen. Die wollen dir was antun, das habe ich gespürt.*

Wagengeräusche. Duncan und ich sehen aus der Zeltöffnung: ein Jeep der Armee.

Duncan flucht und spuckt auf den Boden. »Vor diesen Idioten in Tarnanzügen habe ich mich schon die ganze Woche versteckt. Aber was wollen die von dir?«

Unsicher zucke ich mit den Achseln. »Warum bist du denn mit uns gekommen? Gezwungen hätten wir dich nicht.«

»Weil du dabei warst.«

Darauf sage ich nichts.

»Falls du gleich wegmusst, Shay«, sagt Duncan und legt eine extra Betonung auf meinen Namen, »muss ich dir noch was sagen. Tut mir leid, dass ich so ein Arsch war.«

Vor lauter Überraschung vergesse ich Callie und die Soldaten und wende mich Duncan zu. Er entschuldigt sich? Eine heftige Schmerzwelle erfasst ihn, er krümmt sich, richtet sich aber wieder auf und sieht mich an, als wäre das der eigentliche Schmerz.

»Unter diesen Umständen … mach dir keine Sorgen«, antworte ich.

»Ja, ich sterbe mal einfach weiter. Erfüllst du mir noch einen letzten Wunsch?«

»Was denn?«

»Einen Kuss. Nur um den Neandertaler zu provozieren, mit dem du abhängst.«

»So übel ist der gar nicht.«

»Ach ja?«

Lauf weg, Shay. Jetzt. Die kommen. Callie hat Angst um mich, das spüre ich deutlich, aber sie muss sich irren. Die Männer gehören doch der Armee an. Die werden mir doch nichts tun, immerhin sind wir in Schottland! Soldaten sollten doch zu den Guten gehören.

Ich trete vors Zelt. Drei Soldaten in Schutzanzügen steigen aus dem Jeep. Kai spricht mit ihnen und deutet auf mich.

Als sie auf mich zugehen, spüre ich es plötzlich, und je näher sie kommen, desto intensiver wird die Bedrohung.

Einer der Männer schenkt mir ein aufgesetztes Lächeln. »Bist du Shay McAllister, eine Überlebende der Aberdeen-Grippe?«

»Ja, das bin ich.« Ich zeige keinerlei Reaktion. »Und Sie sind?«

»Leutnant Kirkland-Smith. Freut mich, dich kennenzulernen.«

Lizzie macht einen Schritt zurück. »Du bist eine Überlebende? Du meintest doch, du wärst immun?« Sie wirkt erschrocken, abgestoßen.

»Bin ich doch. Überlebende sind immun.«

Duncan lehnt noch am Zelteingang, obwohl er Schmerzwellen verströmt. Und während alle Augen auf mich gerichtet sind, schleicht er sich davon.

»Wir hatten ganz schön Mühe, dich zu finden«, sagt der Leutnant. »Aber jetzt bringen wir dich sofort zu Ärzten, die sich mit der Grippe befassen. Vielleicht kann dein Fall uns weiterhelfen.«

Er lügt wie gedruckt, das spüre ich ganz genau. Was haben sie mit mir vor?

»Natürlich«, antworte ich und setze ebenfalls ein Lächeln auf, die Männer sollte man lieber nicht provozieren.

Kai tritt neben den Leutnant. »Ich komme mit.«

»Tut mir leid, mein Junge, aber das geht nicht.«

»Da habe ich aber anderes gehört. Bringen Sie sie denn nicht zum Forschungsteam nach Newcastle?«

»Das unterliegt der Geheimhaltung. Das darf ich dir nicht sagen. Nun verabschiedet euch, wir müssen gleich los.«

Mit entsetztem Gesicht wendet sich Kai mir zu. »Tut mir leid wegen vorhin. Und tut mir leid, dass ich nicht mitkommen kann.«

»Aber wolltest du das nicht? Wolltest du nicht, dass mich die Soldaten mitnehmen?«

Er schüttelt den Kopf. »Spinn doch nicht rum. Ich möchte bei dir sein.«

»Ich auch«, murmle ich, und sofort ist alle Wut verflogen. Ich kämpfe gegen die Tränen an. Kai nimmt mich in den Arm und flüstert mir ins Ohr, dass er nach Hause fährt, um von seiner Mutter zu erfahren, wohin sie mich bringen. Dass er schon einen Weg finden wird, mich nach Newcastle zu holen. Als er sich von mir losmacht, möchte ich mich am liebsten an ihn klammern. Aber ich muss ihn gehen lassen, damit wenigstens er der Bedrohung nicht länger ausgesetzt ist. Wer weiß, was gleich noch passiert.

Kai steigt auf sein Motorrad und fährt davon.

Mit ruhigen, gemächlichen Schritten laufe ich auf den Jeep zu. Zwei Soldaten warten dort schon mit dem Leutnant auf mich, ein weiterer tritt von hinten dazu.

Schaut weg, schaut weg, schaut weg … in meinem Kopf rufe ich Bilder von einem Sonnenuntergang auf. Alle Männer schauen nach Westen.

Vorsichtig bewege ich mich rückwärts. Klappt ja!

Schaut weg, ihr seht mich nicht; schaut weg, ihr seht mich nicht; schaut weg, ihr seht mich nicht; schaut weg …

Dann renne ich zum Hinterausgang des Parks.

Ich habe vielleicht zehn, zwanzig Schritte Vorsprung, bevor sie merken, dass ich weg bin. Ich versuche, sie in die Irre zu führen, schicke ihnen Bilder von mir, wie ich zum Eingang des Parks laufe. Zunächst laufen sie wirklich in die falsche Richtung, bis sich der Leutnant umdreht. Ich mache mich ganz klein, wünsche mir, unsichtbar zu sein. Solange der Leutnant dort steht und nach mir Ausschau hält, kann ich nicht durch den Park entkommen. Ich schlüpfe einfach ins Krankenzelt und lege mich auf ein Feldbett.

Ziehe das Laken über mich, spiele Tote.

Die letzten schmerzhaften Erinnerungen der Insassen dieses Bettes überkommen mich. Nicht nur ein oder zwei, sondern viele, sehr viele.

Ich errichte eine Schutzmauer um mich herum, versuche, Gedanken und Gefühle abzustellen. Die Sekunden vergehen nur langsam. Weder Stimmen noch Schritte sind zu vernehmen. Offenbar suchen sie woanders nach mir.

Jedenfalls im Moment.

Shay? Ich schrecke zusammen. Ist Callie nicht mit Kai weg? *Die kontrollieren gerade den hinteren Teil des Parks und den Hauptweg. Lizzie macht Tee. Wenn du jetzt vorne rausschlüpfst, sieht dich vielleicht keiner.*

Ich linse unter dem Laken hervor.

Es ist schummrig. Von den Kranken im Zelt ist kaum noch einer am Leben. Und die letzten Lebenden wären nicht mehr imstande, Alarm zu schlagen.

Ich krieche aus dem Zelt und eile im Schutz der Dunkelheit zum Vordereingang.

Warte, ruft Callie. Einer der Soldaten kommt zurück.

Ich kauere mich hinter die niedrige Mauer vom Café am Parkeingang. Kann ich raus, ohne dass er mich sieht?

Eher nicht.

Ich stelle mir vor, dass es weiter hinten bei der Brücke Krach gibt und schicke ihm den Gedanken.

Und während er sich umsieht, klettere ich über die Mauer.

Doch ich bin nicht allein. Unruhiger Atem verrät mir, dass sich hier noch jemand versteckt.

»Duncan?«

»Ja.«

»Warum bist du abgehauen?« Er atmet schnell, aber Schmerzen hat er keine mehr. Lange wird er nicht mehr durchhalten.

»Sterben kann man überall. Das lass ich mir von niemandem vorschreiben.«

Schhhhh, macht Callie. Der Typ kommt zurück.

Ich verharre reglos. Schritte nähern sich und gehen weiter.

»Tut mir leid, aber ich muss weg«, sage ich.

»Kein Ding. Ich komme klar.«

Zögernd robbe ich näher an ihn heran und gebe ihm rasch einen Kuss auf die Wange. Als meine Lippen seine Haut berühren, spüre ich alles: Duncan weiß, dass er stirbt, dennoch ist er glücklich. Glücklich, dass ich ihm diesen kleinen Gefallen getan habe.

Los, los!, ruft Callie.

Ich schlüpfe vorne aus dem Café, stolpere im Dunkeln aber über irgendetwas. Es gibt einen Riesenkrach. Wie erstarrt bleibe ich stehen.

Schritte. Schnelle Schritte kommen auf uns zu.

Ich renne los. Jetzt brauche ich auch nicht mehr leise zu sein, mit vollem Tempo stürme ich die Straße entlang.

Duck dich!, schreit Callie. Ein lauter Knall und irgendwas zischt mir über den Kopf hinweg. Mein Ohr ist heiß, dann feucht.

Schießen die auf mich?

Ja.

Nun kommt ein Soldat aus der anderen Richtung. Ich mache kehrt, ducke mich, aber auf einmal steht der andere mit gezückter Waffe vor mir. Im blanken Metall spiegelt sich das Licht, als er die Waffe auf mich richtet. Gerade hat er schon mal damit auf mich geschossen, das sagen mir die bunten Hitzeregenbogen im Lauf der Waffe. Blut rinnt mir vom Ohr über den Hals. Ich bin wie zur Salzsäule erstarrt. Vor lauter Angst kann ich keinen vernünftigen Gedanken fassen.

Mir bleibt nichts anderes übrig, als aufzugeben. Vorsichtig richte ich mich auf und nehme die Hände hoch.

Doch der Soldat hat nach wie vor die Waffe auf mich gerichtet.

Er hält sie ganz ruhig, zielt. Wir sind in Großbritannien. Er ist bei der Armee. Das geht doch nicht … das kann er doch nicht … NEIN …

Lärm – Angst – eine Bewegung. Ich werde unsanft aus dem Weg gestoßen. *Duncan?* Ein Schuss fällt, Duncan zuckt, alles wird rot. In Zeitlupe bricht Duncan zusammen.

Schock und Schmerz. Wellen von Schmerzen, die Duncan überrollen. Der Tod stand ihm unmittelbar bevor, doch diese Schmerzen haben mit der Krankheit nichts zu tun, sie stammen von der Kugel, die ihm den Bauch zerfetzt hat.

Im nächsten Augenblick ist es vorbei. Frieden kehrt ein. Duncans Körper verströmt noch Wärme, aber er ist tot.

Seine letzten Gedanken bestürmen mich: *Lauf, Shay, lauf!* Ohne zu überlegen, hat er sich schützend auf mich geworfen. Er hat mich gerettet.

Er ist gestorben.

Ich hole Luft, um zu schreien. Wut kocht in mir hoch, die ich gegen den Mann richte, der ihm das angetan hat.

Lauf, Shay, lauf! Duncans Gedanken hängen noch in der Luft.

Ich stehe auf und laufe los.

15

15

FÜNFZEHN

CALLIE

Shay ist schnell, aber viel zu laut. Sie rennt blindlings drauflos und schaut nicht, wohin sie tritt. Nun stolpert sie wieder, schlägt lang hin, keucht.

Halt an, sage ich. *Warte hier hinter dem Wagen. Ich gehe mal gucken, wo die sind. Shay? Hörst du mir auch zu?*

Sie sieht mich an. Nickt. »Warten. Hier. Okay.« Auch wenn sie die Worte mehr keucht als spricht, ist das zu laut.

Sorry, denkt sie.

Bleib einfach außer Sicht und mach keinen Krach.

Ich kehre zum Parkeingang zurück. Duncans Leiche liegt auf der Straße. Der, der ihn erschossen hat, liegt daneben und rührt sich nicht. Was ist denn mit dem passiert? Als er eben Shay erschießen wollte, ging er plötzlich selbst zuckend zu Boden. Hat jemand auf ihn geschossen?

Der Leutnant und die anderen beiden Soldaten sind vor Ort. Dann kommt Lizzie angerannt.

»Was ist passiert?«, fragt sie.

»Shay hat einen meiner Soldaten angegriffen und ihm die Waffe weggenommen. Der Junge hat versucht, es zu verhindern. Dabei hat sie ihn erschossen.«

»Was?«, ruft Lizzie aus.

»Wir müssen das Mädchen finden. Wo könnte sie hin sein?«

»Sie wohnt am Abzweiger zum See.«

»Nach Hause wird sie sicher nicht gegangen sein.«

Lizzie kniet sich neben Duncan, fühlt seinen Puls. Kopfschüttelnd lässt sie sein Handgelenk los. Wut spiegelt sich in ihren Zügen. »Wo ist denn Kai, Shays Freund? Zu ihm würde sie bestimmt gehen«, sagt Lizzie. Nun möchte ich ihr wieder eine runterhauen.

»Wollte er nicht zurück nach Newcastle? Alarmiere die Posten an den Straßensperren. Wenn er dort auftaucht, sollen sie ihn festhalten und herbringen.«

Lass dich nicht erwischen, Kai. Fahr wie der Wind!

16

16

SECHZEHN

SHAY

Ich lasse den Kopf auf die Knie sinken. Als der Schuss fiel, hat es gar nicht wehgetan, es war nur ein plötzlicher Druck, und das Ohr wurde heiß, aber nun schmerzt es richtig. Der halbe Kopf ist nass vom Blut.

Callie hat mich gerettet. Hätte sie mich nicht gewarnt, hätte es mich nicht bloß am Ohr erwischt. Dann wäre ich jetzt tot.

So wie Duncan.

In den letzten Tagen habe ich so viele Menschen sterben sehen, dennoch nimmt mich sein Tod besonders mit. Auch wenn Duncan nicht mehr lange zu leben hatte, war er bereits jenseits der Schmerzen. Dass er sich schützend auf mich geworfen – mich aus dem Weg gestoßen und für mich die Kugel kassiert hat –, hat ihm ein sehr schmerzhaftes Ende beschert. Die Kugel hat seinen Tod brutal beschleunigt. Warum hat er das für mich getan?

Kapiere ich nicht. Duncan hat mich vom ersten Tag an schikaniert, ist auf dem Trampelpfad übergriffig geworden. Dann entschuldigt er sich heute urplötzlich. Und fängt eine Kugel ab, die für mich bestimmt war.

Ich bin froh, dass ich ihm noch einen Kuss gegeben habe, auch wenn Kai das sicher nicht verstehen würde.

Ist Kai entkommen? Ist er in Sicherheit?

Die Nacht ist still, kalt. Ich horche angestrengt, aber außer zirpenden Grillen, zwitschernden Vögeln und dem Wummern meines Herzens höre ich nichts. Mir ist schwindelig, ich fühle mich körperlos, als könnte ich einfach davonschweben.

Ich strecke mich aus. Nach oben zum Himmel, zu den Bäumen darunter, der Erde und auch all den Dingen, die dort wachsen. Ich stelle mir vor, dass ich durch die Augen einer Katze sehe, die durch den Garten streift, durch die Augen der Vögel in den Bäumen und der Insekten, die fliegen, krabbeln und spinnen – tausend Augenpaare. Facettenaugen, die Killin aus jedem Winkel betrachten. *Wo bist du, Kai?*

Eine Motte auf dem Bewegungsmelder sieht Kai, wie er unser Haus verlässt.

Ich bekomme einen Kloß im Hals. Er trägt seine Motorradkluft. Langsam läuft er zu seinem Motorrad, das neben dem Haus steht, jeder Schritt scheint ihm schwerzufallen, als wüsste er nicht, ob er bleiben oder fahren soll.

Bleib, Kai, bitte.

Das Licht des Bewegungsmelders erlischt und die Motte flattert davon. Stattdessen finde ich eine Spinne auf dem Dachvorsprung. So sehe ich durch die gesplitterten Spinnenaugen, wie Kai sein Motorrad startet. Verdammt.

Durch verschiedene Augenpaare beobachte ich, wie er unsere Straße entlangfährt. Am Ende zögert er.

Nicht nach rechts abbiegen. Fahr nicht so schnell weg, sonst kann ich dir nicht folgen. Bieg links ab. Komm her zu mir. Ich flehe ihn an, aber aus dieser Entfernung habe ich keine Chance.

Kai biegt nach rechts ab.

17

17

SIEBZEHN

CALLIE

Shay?

Shay sitzt noch genauso zusammengesunken am Boden wie vorhin. Inzwischen ist noch mehr Blut am Kopf hinzugekommen, dunkles geronnenes, aber auch frisches. Auf ihrer Haut vermischt es sich mit dem gerade einsetzenden Regen zu einem Strudel. Ich gerate in Panik. Shay darf nicht sterben. Sie ist doch die Einzige, mit der ich reden kann.

Shay!, sage ich laut in ihrem Kopf.

Sie stöhnt, regt sich.

Steh auf.

Wozu? Kai ist fort. Mum ist fort. Shays Gedanken sind düster und verworren. Sie fühlt sich verlassen. Allein.

Ich bin doch noch da! Los, steh auf! Ich lasse ihr so lange keine Ruhe, bis sie sich endlich aufrappelt, sich am Wagen hochzieht, hinter dem sie sich versteckt hat. Bei jeder Bewegung verzieht sie das Gesicht.

Okay. Und jetzt?

Bring dich ins Trockene.

Ihr Haus kommt ihr in den Sinn, aber so leer ist es auch kein Zuhause mehr.

Nein. Wir können nicht zu eurem Haus zurück. Dorthin hat sich einer der Soldaten aufgemacht. Wahrscheinlich ist er jetzt da. Alle Welt sucht nach dir. Du musst von der Straße weg, bevor noch jemand hier langkommt.

Also schön. Shay stolpert bis zur nächsten Ecke und biegt dann in eine Seitenstraße ein. Sie versucht es so lange an verschiedenen Türen, bis sie fündig wird. Drinnen schiebt sie den Riegel vor und lehnt sich einen Moment gegen die Tür. Anschließend läuft sie langsam durch den Flur, eine Hand immer an der Wand, bis sie auf das Badezimmer stößt.

Shay schaltet das Licht ein und schaut in den Spiegel. Ihr Haar ist nass und verzottelt, ihr Gesicht bleich, eine Hälfte dreckverschmiert, die andere blutüberströmt.

Ich sehe scheiße aus.

Kann man so sagen.

Vielen Dank auch.

Sie hält ein kleines Handtuch unter den Wasserhahn und tupft das Blut ums Ohr ab, dabei verzieht sie das Gesicht. Als sie das Handtuch unter dem Wasser ausspült, wirbeln altes und frisches Blut durch den Ausguss. Den Vorgang wiederholt sie etliche Male, Tränen steigen ihr in die Augen, bis das Ohr sauber ist. Nun rinnt ihr neues frisches Blut am Hals hinunter, das Ohr ist halb abgerissen.

Das muss genäht werden, sage ich.

Mit Nadel und Faden war ich noch nie besonders begabt. Aber vielleicht …

Was?

Na, als ich mich am See von der Krankheit so geschwächt fühlte, habe ich mich selbst geheilt. Vielleicht kann ich ja auch diesmal was tun.

Ihre Augen nehmen einen seltsamen Ausdruck an, etwas Schwarzes wirbelt durch das Blau der Iris. Aus der Nähe habe ich das noch nie gesehen, deshalb schaue ich neugierig zu. Ihr Blick ist direkt auf mich gerichtet, aber sieht sie mich überhaupt?

Ihr bleiches Gesicht bekommt wieder Farbe, und ihr Ohr verfärbt sich rot, verschwimmt und dann … ist der Teil, der abgerissen war, wieder dran. Das Ohr ist heil.

Shay blinzelt und ihre Augen sehen wieder normal aus.

Sie blickt in den Spiegel. *Wow.* Mit zitternder Hand berührt sie ihr Ohr. »Scheiße, wie habe ich das nur gemacht?«, sagt sie laut.

Keine Ahnung. Ich wusste nicht, dass du so was kannst.

Als sie durch den Flur geht, hält sie sich immer noch mit einer Hand an der Wand fest.

»Kai ist weg«, sagt sie und seufzt. »Wusstest du das?«

Ja. Eine Weile bin ich den Soldaten gefolgt, dann bin ich zu eurem Haus gesaust. Da habe ich ihn wegfahren sehen.

»Warum bist du nicht mit ihm gegangen?«

Im Moment brauchst du mich mehr.

Shays Augen füllen sich mit Tränen. »Aber Kai ist dein Bruder.«

Und du bist meine Freundin.

»Danke, Callie. Danke, dass du mir hilfst. Danke für alles«, sagt Shay, und sie meint es wirklich so, das spüre ich, aber das reicht mir nicht. Ich will, dass sie es auch sagt.

Bin ich auch deine Freundin?

»Natürlich. Du hast was gut bei mir. Mehr als das. Ich schulde dir was.«

Und du ignorierst mich auch nicht mehr? Versprichst du mir das?

»Nein, nie wieder. Ich habe einfach gedacht, ich werde verrückt. Dass du ein Hirngespinst bist, dass es dich gar nicht wirklich gibt. Aber jetzt weiß ich, dass nicht wir beide verrückt sind, sondern die ganze Welt. Die Welt hat nicht mehr alle Tassen im Schrank, ist ein Irrenhaus, und wir sind bloß zwei Insassen, die das Geschirr suchen.«

Ha! Das finde ich gut. Aber wie wär's damit: Der Rest der Welt ist verrückt und wir sind die Normalen? Und wir halten zusammen. Stimmt doch, oder?

»Okay. Abgemacht.« Shay hält mir die Hand hin. Zögernd lege ich meine hinein. Sie schüttelt sie, als würde sie sie halten.

Shay ist meine Freundin. Ich habe eine Freundin. Freunde sind füreinander da.

Dann gähnt sie und reibt sich das Ohr. »Irgendwie kitzelt es.« Dann gähnt sie noch mal.

Du musst schlafen. Ich halte Wache.

»Okay. Danke.« Shay schlendert in das Wohnzimmer und macht es sich auf dem Sofa gemütlich, sich oben in eines der Betten legen will sie nicht. *Vielleicht sind die Leute, die hier gewohnt haben, im Bett gestorben,* denkt sie. *Vielleicht liegen sie ja noch oben.*

Ich gehe mal nachschauen. Geschwind durchsuche ich das Haus: *Keiner da, weder tot noch lebendig. Geh schlafen. Ich wecke dich, wenn was passiert.*

Aber sobald Shay eingeschlafen ist, eile ich zur Straße, die Kai genommen hat.

An der ersten Straßensperre sehe ich ihn nirgends, die hat er wohl schon passiert. Gerade will ich weiterziehen, als mir was ins Auge fällt.

Was steht denn dahinten am Straßenrand?

Kais Motorrad.

18

18

ACHTZEHN

SHAY

Kai liegt neben mir und streichelt mir übers Haar. Noch nie hat mich jemand so angesehen. Es prickelt überall und ich kann gar nicht anders: Ich muss ihn küssen.

Dann ist er plötzlich fort. Meine Arme sind kalt.

Er ist in Schwierigkeiten.

Suchend strecke ich mich nach ihm aus, weiter und weiter, finde nichts als Stille, Leere.

Er ist nicht da und schlimmer noch, er ist nirgends.

Schreiend schlage ich um mich. Ich falle vom Sofa und lande mit einem lauten Rums auf dem Holzfußboden.

Mein Herz klopft von dem Traum, aber mehr war es auch nicht. Ein Traum.

Ich setze mich auf. Licht sickert durch fremde Vorhänge in ein unbekanntes Haus, dem ich als ungeladener Gast gestern Abend kaum Aufmerksamkeit geschenkt habe. Erst jetzt nehme ich das aufgeräumte Zimmer wahr.

»Callie?«, rufe ich erst laut, bevor ich es im Geist wiederhole: *Callie?*

Keine Antwort. Gut, dann kann ich mir einmal alles in Ruhe

durch den Kopf gehen lassen, ohne dass sie meinen Gedanken lauscht.

Wenn Callie wirklich existiert – nach gestern Abend steht das wohl außer Frage –, bin ich also nicht verrückt geworden. Ist damit auch alles andere wahr, an das ich mich aus den Träumen vor Mums Tod erinnere?

Dann ist Callie also meine Halbschwester und mein Vater ist der Mann, den Kai abgrundtief hasst?

Wenigstens ist Kai nicht mein Halbbruder, das wäre ja auch mehr als schräg.

Mein Magen knurrt. Wie kann ich nur in so einer Situation Hunger haben?

Ich begebe mich in die Küche, mache den Kühlschrank auf und ganz schnell wieder zu. Da ist was schlecht geworden.

Aber im Regal steht Erdnussbutter und in der Gefriertruhe ist Brot. Das wandert sofort in den Toaster. Ich bin schon bei der vierten Scheibe, als ein Schatten durch den Flur zischt und Callie abrupt vor mir stehen bleibt. Sie ist in Aufruhr.

»Was ist denn?«

Ich bin der Straße gefolgt, die Kai genommen hat und …

»Was ist passiert? Geht es ihm gut?«

Weiß ich nicht! Sein Motorrad stand hinter der Straßensperre, aber ihn habe ich nicht gesehen.

Sofort überfällt mich die gleiche Panik wie im Traum. Die haben auf mich geschossen, die haben Duncan getötet. Der Soldat wollte mich erschießen, obwohl ich mich schon ergeben hatte. Was werden sie mit Kai machen? Aber das kapiere ich nicht. Die haben ihn doch laufen lassen, warum also …?

Callie verschweigt mir doch was, verbirgt ihre Gedanken. »Was denn? Sage es mir!«

Ich konnte es dir gestern Abend nicht mehr sagen. Du warst so aufgebracht und brauchtest dringend Schlaf.

»Mir was nicht sagen?«

Die meinten, dass sie ihn an der Straßensperre abfangen wollen.

»Aber warum? Sie haben ihn doch ziehen lassen.«

Weil sie dich unbedingt wollen, und Lizzie sagte, du würdest Kai suchen gehen.

»Was?«

Ich habe gehofft, dass Kai es schon vor ihnen durch die Straßensperre geschafft hätte. Aber dann war nur noch sein Motorrad da. Die müssen ihn geschnappt haben.

»Wo ist er jetzt?«

Weiß ich nicht. Gerade habe ich ganz Killin abgesucht, konnte ihn aber nirgends finden. Was sollen wir bloß machen?

Innerlich zittere ich. Sie wollen doch mich, nicht Kai!

Callie liest meine Gedanken. *Nein! Wenn du dich stellst, haben sie euch beide. Was soll das denn bringen?*

»Hör zu. Erst mal müssen wir ihn finden.«

Ich habe doch schon alles abgesucht. Im Park ist er nicht und auch nicht bei den Soldaten im Armeecamp.

»Such weiter. Los!«

Callie zögert, aber dann ist im Flur, wo sie gerade noch stand, nur noch ein dunkler Schatten zu sehen. Und weg ist sie.

Ich setze mich hin und strecke meine Fühler aus. So wie gestern Abend nehme ich Kontakt zu all den Augen im Dorf auf. Denen von Zweibeinern, Vierbeinern, Sechs- und Achtbeinern, da bin ich nicht wählerisch.

Doch Kai kann ich nirgends erspüren. Sehen kann ich ihn auch nicht. Wie in meinem Traum und das macht mir Angst.

19

19

NEUNZEHN

CALLIE

Ich habe das ganze Dorf erneut in Lichtgeschwindigkeit abgesucht und will gerade aufgeben und zurück zu Shay.

Irgendwas veranlasst mich aber, noch ein letztes Mal bei Shay zu Hause nachzuschauen.

Im Garten hinterm Haus steht eine Bank, von der aus man den See überblickt.

Beim letzten Mal war die Bank leer, doch nun liegt Kai darauf. Er rührt sich nicht. Seine Augen sind geschlossen. Die Hände hinterm Rücken zusammengebunden und an der Bank befestigt.

Mir macht es Angst, ihn so reglos zu sehen. Ist er okay? Kann ich nicht sagen.

Er muss einfach okay sein.

Ich gebe ihm einen Kuss.

Keine Sorge, Kai, wir retten dich. Meine Freundin und ich.

20

20

ZWANZIG

SHAY

Wir halten uns fernab der Straßen dicht am Seeufer. Ich gebe mir Mühe, leise zu sein, obwohl mein Herz so laut schlägt, dass es uns sicher verrät. Als Callie zurückgeflitzt kam, hatte ich Kai längst gefunden. Ich habe ihn durch die Augen eines Schmetterlings gesehen, der auf der Bank saß.

Kai rührte sich nicht, das war nicht mehr normal. Er schlief nicht bloß. Im Gesicht war er blass, bis auf die Stellen, die lila angeschwollen waren. Mit einem Tau hatte man ihm die Hände auf den Rücken gebunden und an der Bank festgemacht.

Wie gerne hätte ich die Hand nach ihm ausgestreckt, ihn berührt. Und als hätte mein Wunsch sich auf den Schmetterling übertragen, schwebte er auf ihn zu und landete zart auf seiner Wange.

Noch immer regte Kai sich nicht.

Ich bin auf dem Weg zu dir. Diesen Gedanken hatte ich ihm dann geschickt und seither wieder und wieder.

Callie kommt zurück. *Die Luft ist rein*, sagt sie und zischt wieder ab, um auszukundschaften, dass auch niemand am Wegrand auf der Lauer liegt.

Bestimmt haben sie Kai an der Bank festgebunden, um mich

herzulocken. Mir ist schon klar, dass das eine Falle ist und eigentlich niemandem von uns damit gedient ist, dass ich direkt hineintappe.

Doch auch wenn ich vor Angst zittere und am liebsten weit weglaufen möchte, fällt mir keine bessere Lösung ein.

Wir verstecken uns zwischen den Bäumen, die unser Haus vom Loch trennen. Von hier kann ich Kais Umrisse so gerade eben erkennen.

Da ist niemand! Geh und bind ihn los.

Du täuschst dich. Warum sollten sie ihn hier so einfach allein zurücklassen?

Ich täusche mich nicht. Hilf ihm! Callie ist sauer. *Du hast bloß Bammel.*

Ja. Habe ich auch. Ich seufze. *Das ist eine Falle, Callie. Und Kai ist der Köder. Gib mir Zeit, mich umzuschauen.*

Ich setze mich ins Gras. Unterwegs habe ich schon etliche Male vergeblich versucht, Kai zu erreichen. Dabei musste ich immer stehen bleiben, weil ich in dem Moment jegliches Körpergefühl verliere.

Ich strecke mich aus, diesmal nicht nach Kai, noch nicht, auch wenn ich mich danach sehne. Stattdessen nehme ich Fühlung mit unserer Umgebung auf. In der Nähe fange ich an, taste mich immer etwas weiter vor und weiter. Und noch ein bisschen weiter und … da. Da versteckt sich ein Soldat im Gebüsch, das Gewehr auf Kai gerichtet. Ein Gewehr mit Zielfernrohr. Ich suche und suche weiter, bis ich auf einen weiteren Soldaten stoße, auch mit Gewehr. Ich öffne die Augen.

Callie, es sind zwei Soldaten. Beide habe das Gewehr auf Kai gerichtet. Wenn ich zu Kai gehe, eröffnen sie das Feuer. So gut ich kann, beschreibe ich ihr, wo ich die Soldaten gesehen habe, und sie geht nachsehen.

Und dann strecke ich mich erneut aus, diesmal nach Kai.

Er rührt sich. Ich bin so erleichtert, dass er nicht mehr so schrecklich leblos wirkt, aber nun hat er Schmerzen. Ihm tut der Kopf weh, der gesamte Körper; überall hat er Prellungen und Blutergüsse, die ich nicht sehen konnte. Kai will die Arme bewegen, aber das geht nicht und tut nur weh.

Kann ich mit ihm in Kontakt treten, ihn trösten? Immerhin bin ich jetzt viel dichter dran. Ich schenke ihm Liebe, als würde ich ihm eine innere Umarmung geben.

Er ist perplex.

Kai? Ich bin's, Shay. Kannst du mich hören?

Er macht Anstalten, die Lippen zu bewegen, um mir zu antworten.

Nein, sag nichts. Denk es einfach.

Shay? Ich versteh's nicht. Wo bist du? Geht es dir gut?

Ich bin ganz in der Nähe, aber im Moment kann ich nicht zu dir.

Wie können wir uns überhaupt unterhalten? Kai ist verwirrt, glaubt zu träumen.

Nimm es als schönen Traum. Ich liebkose ihn mit meinen Gedanken, versuche, ihm den Schmerz zu nehmen, so wie ich es bei mir selbst schon getan habe. Ich schenke ihm Wellen von Energie und er kommt mehr und mehr zu sich.

Bist du's auch wirklich?

Ja. Wir holen dich da schon raus. Verhalt dich einfach ruhig.

Was anderes bleibt mir ja auch kaum übrig. Wer ist wir?

Das erkläre ich dir ein andermal.

Mach bloß keine Dummheiten. Lass mich zurück und bring dich lieber selbst in Sicherheit.

Kannst du vergessen.

Du wolltest nicht mit den Soldaten gehen. Ich hätte auf dich hören sollen.

Shay? Shay? Callie ist zurück.

Ich muss los. Ich stelle mir vor, wie ich ihn küsse, spüre meine und auch seine Lippen, und dann tue ich das Einzige, was ihm in dieser Situation hilft: Schlaf jetzt, Kai. Schlaf ein. Ich schicke ihm einen tiefen, heilsamen Schlaf.

21

21

EINUND-
ZWANZIG

CALLIE

Wir warten bis zur Dämmerung.

Shay schleicht sich an den ersten Soldaten heran. Er sitzt auf einem Holzklotz, Blick und Waffe auf Kai gerichtet. Dann niest er plötzlich und wendet den Kopf ab. Ich sage Shay, sie soll sich nicht rühren, bis er sich wieder nach vorne richtet.

Schafft sie das?

Ich bin so frustriert, dass ich nichts machen kann. Nachdem Shay die Verstecke der beiden Soldaten ausfindig gemacht hat, habe ich versucht, die Männer zu verbrennen. Ich habe mich auf sie gestürzt, in sie hinein, lodernd, wie bei dem Jungen in Aberdeen. Aber es hat nicht geklappt. Vielleicht lag es an den Schutzanzügen, irgendwas an den Anzügen stoppt mich, genauso wie es verhindert, dass sie *es* kriegen.

Wenn ich einen Körper hätte, könnte ich den Soldaten plattmachen.

Könntest du? Shay liest meinen letzten Gedanken.

Klar. Und du?

Shay antwortet nicht. Als ich Shay erzählte, dass der Soldat, der Duncan erschossen hat, leblos am Boden lag, meinte sie ja, sie hätte wohl irgendwas mit ihm gemacht. Seither überlegt sie krampfhaft, wie sie es wohl angestellt hat, denn sie vertraut nicht darauf, dass sie diesem Soldaten einen Stein über den Kopf schlagen kann.

Ich könnte es. Ich stelle mir seinen blutüberströmten Schädel vor. Shay dreht sich der Magen um.

Vergiss nicht, wozu die imstande sind. Wenn sie könnten, würden sie dich und Kai über den Haufen schießen. Und nun konzentrier dich.

Shay schleicht sich lautlos heran, dabei schickt sie dem Soldaten unentwegt beruhigende Gedanken: *Es ist still. Du bist ganz allein. Die Nacht ist still.* Weil ich im Dunkeln besser sehe, sage ich ihr, wo sie die Füße hinsetzen soll. Auch ihn behalte ich im Blick, damit sie möglichst nah herankommt.

Warte, sage ich und Shay erstarrt. Der Soldat dreht den Kopf leicht und spricht in das Funkgerät in seinem Anzug, zu leise, als dass wir es verstehen könnten.

Dann nimmt der Mann Kai wieder ins Visier.

Wir schleichen näher heran.

Jetzt ist es so weit, Shay. Tu es für Kai. Dir bleibt nichts anderes übrig.

22

22

ZWEIUND-
ZWANZIG

SHAY

Der muss doch meinen Herzschlag hören!

Callie hat mir in lebhaften Bildern vor Augen geführt, was ich machen soll. Hau ihm mit dem Stein kräftig auf den Kopf, tritt sein Gewehr weg.

Wie soll sich ein Hänfling wie ich gegen einen abgerichteten Killer durchsetzen? Klar, das klappt bestimmt.

Mach schon!

Ich tu's, weil mir nichts anderes übrig bleibt.

Ich atme tief durch, konzentriere mich. Artig neigt er den Kopf nach hinten.

Jetzt.

Mit beiden Händen hole ich aus. Mir ist schlecht vor Angst.

Kurz bevor der Stein auf seinen Schädel niedergeht, taucht der Mann zur Seite ab.

Der Stein trifft ihn nur halb. Er steht auf, taumelt etwas, hält das Gewehr aber weiter fest. Aber ich bin zu dicht dran, erschießen kann er mich nicht, deshalb will er mir den Lauf über den Kopf schlagen. Ich ducke mich schnell genug weg, dass mich die Waffe nur an der Schulter trifft, aber der Schmerz geht mir durch und durch.

Ich sinke auf die Knie.

Er macht einen Schritt zurück und legt grinsend an.

Neben Angst und Schmerz flammt in mir eine unbändige Wut auf. Wie kann er es wagen? Was gibt ihm das Recht? In mir kocht der Zorn über, ergießt sich über den Mann.

Der Soldat geht zuckend zu Boden.

Siehst du, ganz einfach, sagt Callie.

Ich bin fassungslos, mir steigt ein bitterer Geschmack in den Mund. War ich das? Kann ich mit meiner Wut Menschen verletzen und jemanden wie diesen großen Soldaten zu Boden zwingen?

Callie liest meine Gedanken. *Zum Glück, denn mit einem Stein in der Hand bist du echt unfähig. Noch einen und dann …*

»Shay McAllister!«, schallt es durch die Nacht. »Das reicht jetzt. Ergibt dich und wir lassen ihn laufen.«

Wir drehen uns zur Bank um. Dort steht der zweite Soldat und hält Kai eine Waffe an den Kopf.

23

23

DREIUND-
ZWANZIG

CALLIE

Attackier ihn mit deiner Wut! So wie bei dem hier, mach's noch mal! Aber Shay hat nur Angst um Kai, für etwas anderes ist in ihren Gedanken kein Platz.

Los, mobilisier deine Wut!

Sie versucht es, aber es funktioniert nicht. Ist der Mann zu weit weg?

»Dein Lover sieht vielleicht gerade etwas tot aus, aber sein Herz schlägt noch, davon habe ich mich eben noch überzeugt.« Und wieder diese Stimme. »Er lebt noch. Du hast zehn Sekunden Zeit, mit erhobenen Händen herzukommen. Sonst mache ich von der Waffe Gebrauch. Bei seinen Füßen fange ich an und arbeite mich alle zehn Sekunden weiter hoch.«

»Eins!«

Shay erhebt sich.

»Zwei!«

Geh nicht, der tut dir weh!

»Drei!«

Ich habe keine Wahl.

Shay stürmt aus dem Versteck. Ich habe Angst um sie, um Kai, und ich kann nichts machen.

Sie wedelt wild mit beiden Händen. »Hier bin ich. Hier drüben«, brüllt sie.

»Komm her. Fünf!«

Seine Waffe ist nach wie vor auf Kai gerichtet. Shay soll näher kommen.

»Sechs!«

Stolpernd bewegt sie sich auf die beiden zu.

»Sieben!«

24

24

VIERUND-
ZWANZIG

SHAY

Blitzschnell präge ich mir ein, wo ich langmuss.

Und dann strecke ich mich nach Kai aus. Nun sehe ich nicht mehr, wohin ich trete, und gerate ins Stolpern, aber ich laufe einfach weiter. Nicht auf geradem Wege, ich weiche ein wenig seitlich aus, damit der Soldat seine Position verändern muss, um mich zu erschießen.

Denn das will er doch, oder?

»Acht!«

Kai? Unzusammenhängende Bilder driften durch seine Gedanken. Träumt er? *Wach auf, Kai, aber rühr dich nicht.*

Hhmmm. Allmählich kommt er zu sich, weiß wieder, dass ich in seinem Kopf bin. Anfangs ist er noch verschlafen, aber als ihm klar wird, wo er ist, wird er ruck, zuck wach. Ich dränge ihn, sich nicht zu rühren, auch wenn seine Muskeln nach so langer Zeit in einer Position nach Bewegung schreien. *Was geht hier vor sich?*

Ich schicke ihm ein Bild von sich auf der Bank, dem Soldaten, der Waffe. Und von mir, wie ich den Hügel hinunterlaufe.

»Neun!«

Ich ziehe mich aus Kais Gedanken zurück, mache die Augen auf und verlasse den Schutz der Bäume.

Der Soldat richtet die Waffe jetzt auf mich. »Gerade noch rechtzeitig!«, sagt er.

Mit erhobenen Händen stehe ich vor ihm. Sterben ist gar nicht so schwer. Ich habe schon so oft zugesehen. Dennoch rebelliert jede Zelle, jedes Gewebe, jedes Organ in mir: Lauf, kämpfe – lebe.

Aber ich kann jetzt nichts mehr tun.

Kai schlägt die Augen auf. Der Soldat achtet nicht auf ihn. Der steht nämlich neben der Bank und richtet die Waffe genüsslich auf mich.

Kai tritt dem Soldaten heftig in den Bauch. Dabei löst sich ein Schuss. Zum Glück fliegt die Kugel über meinen Kopf hinweg. Ich renne zur Bank.

Kai hat so schwungvoll zugetreten, dass die Bank ins Wanken gerät. Und da er immer noch an sie gefesselt ist, kracht er mitsamt der Bank gegen den Soldaten und begräbt ihn halb unter sich. Ein weiterer Schuss löst sich und mein Herz macht einen Aussetzer, aber wieder saust die Kugel ziellos durch die Luft und bleibt mit einem Pling in einem Baum stecken.

Callie brüllt. *Schneller!*

Als ich bei den beiden ankomme, will sich der Soldat gerade aufrichten und die Bank beiseiteschieben. Ich packe die Bank und donnere sie ihm gegen den Kopf. Dann trete ich ihm die Waffe aus der Hand. Er kippt auf den Rücken und bleibt reglos liegen.

»Kai? Alles okay?«

»Shay!«

Zitternd küsst er mich, die Arme noch verschnürt am Rücken. »Ich habe solche Angst gehabt«, sagt er, und ich weiß, dass es ihm nicht um sich selbst ging.

Shay! Hinter dir!, kreischt Callie.

Ich wirble herum. Der Soldat hat sich halb aufgerichtet, die eine Hand hält er hinter dem Rücken verborgen. Auf einmal zieht er eine zweite Waffe, eine Pistole.

Diesmal schäumt die Wut in mir sofort hoch, die Wellen branden gegen den Soldaten. Er krümmt sich und geht zu Boden.

»Shay? Warst du das?« Entsetzt sieht mich Kai an, Angst spiegelt sich in seinem Blick, aber nicht vor dem Soldaten. Er schaut mich an.

25

25

FÜNFUND-
ZWANZIG

CALLIE

»Was ist das für ein Krach?« Shay legt den Kopf schief und horcht.

Kannst du mal nachgucken, Callie?

Ich flitze am Haus vorbei zur Straße, komme dann noch schneller zurückgesaust.

Ein Militärjeep ist auf dem Weg. Fährt im Affenzahn, rufe ich hinunter. Ich bleibe lieber oben in der Luft, damit ich alles überblicken kann.

Shay beeilt sich, Kai von der Bank loszumachen. »Ich kriege den Knoten nicht auf, verdammt.«

Nun ist er schon auf der Zufahrt. Mach schnell!

Shay rennt ins Haus und kommt gleich darauf mit einem Messer zurück. Sie säbelt an dem Strick herum, bis Kai endlich befreit ist. Mühsam rappelt er sich auf und schaut zu dem Soldaten am Boden.

»Kommt der wieder in Ordnung?«

Shay wendet sich ihm zu. »Weiß ich nicht. Aber er wollte mich umbringen.«

Nun stehen sie einfach da und schauen sich an, dabei sollten sie doch weglaufen.

Mit quietschenden Reifen hält der Jeep vorm Haus.

Lauft!

Sie stürzen den Hang hinunter, schlagen sich zwischen den Bäumen ins Unterholz.

Dann nimmt Shay Kai bei der Hand und zieht ihn hinter einen Busch. Dort hocken sie sich hin.

»Schhhh«, macht sie.

Was ist los, Callie?

Es sind zwei Männer. Einer ist dieser Leutnant. Gerade haben sie ihren Mann im Garten gefunden. Sie glauben, dass er tot ist. Froh wirken die nicht. Der Leutnant hat eben gegen die Bank getreten. Der andere sieht sich mit so einem seltsamen Fernglas um.

Und was sagen sie?

Ich gehe lauschen. Der mit dem Fernglas sucht den Wald zu allen Seiten ab.

Fluchend hält er inne. »Nichts zu sehen.«

»Weit können sie nicht gekommen sein. Larson hat erst vor ein paar Minuten gefunkt, dass er sie gesehen hat.«

»Die Verstärkung bringt Hunde mit. Die finden wir schon.«

26

26

SECHSUND-
ZWANZIG

SHAY

Schweigend marschieren wir durch die Dunkelheit, beeilen uns, lautlos zum See zu gelangen. Ich flüstere Kai zu, dass Soldaten mit Hunden kommen werden, dass wir so schnell wie möglich zum Steg und aufs Wasser hinausmüssen.

Kai wundert sich bestimmt, woher ich das alles weiß, aber er fragt nicht nach. Ich hüte mich, in seine Gedanken zu dringen. Er ist durcheinander und möchte für sich sein. Warum, möchte ich lieber nicht wissen. Als er mitbekommen hat, dass ich irgendwas mit dem Soldaten angestellt habe, hat er mich so seltsam angesehen. Im Moment verdränge ich die Gedanken daran, sonst wäre ich nicht mehr imstande, einen Fuß vor den anderen zu setzen.

Mir ist schwindelig. Ich habe heute bloß Toast mit Erdnussbutter gegessen und das war morgens, also schon ewig her. Sicher ist Kai auch hungrig und vor allem durstig.

Heute Nacht sind keine Sterne zu sehen, die werden von Wolken verborgen. Hoffentlich bleibt das auch so, wenn wir auf dem Wasser sind. Im Moment ist es einfach schwierig zu sehen, wohin man tritt.

Gerade sind wir am Ufer angekommen, da saust Callie herbei. *Beeilung! Da ist noch ein Wagen mit Soldaten gekommen und …*

Bevor sie den Satz beenden kann, erfüllt Hundegebell die Stille.

»Lauf«, ruft Kai. »Ins Wasser.«

Hält das die Hunde ab, die Witterung aufzunehmen? Mir bleibt fast die Luft weg, als das eisig kalte Wasser meine Waden umspült. Hoffentlich übertönt der Krach der Hunde uns. Endlich tauchen vor uns in der Dunkelheit die Umrisse der Pier auf. Unser Boot liegt noch auf der anderen Seite des Ufers, wenn das Ruderboot unserer Nachbarn nicht am Steg liegt, weiß ich auch nicht, was wir machen sollen. Schwimmen?

Über uns im Gehölz kracht es gewaltig. Bellen. Rufe. Licht flackert auf, tanzt durch die Nacht.

Sie sind im Anmarsch.

Wir stolpern über den Steg. Als ich das Ruderboot unserer Nachbarn entdecke, schreie ich fast auf vor Freude. »Steig ein«, rufe ich und mache das Tau los. Ich klettere hinter Kai ins Boot und stoße uns mit aller Kraft vom Steg ab.

»Lass mich«, sagt Kai. Er schnappt sich die Ruder und legt los.

Wasser spritzt, als die Hunde unseren Geruch am Ufer ausmachen und ihm um den See folgen. Von wegen abschütteln, in Filmen funktioniert das immer besser. Im Wasser können sie uns dann sicher nicht mehr aufspüren, aber noch sind wir so nah, dass man die Hunde deutlich im Licht der Taschenlampe sieht. Bestimmt folgen die Hundeführer den Tieren auf den Steg, leuchten mit ihren Taschenlampen über den See und haben uns direkt vor der Flinte, oder etwa nicht?

Schlag für Schlag entfernen wir uns vom Ufer. Kais Arme zittern unter der Anstrengung.

Die Hunde kommen näher. Nun wird der Steg vom Licht der Taschenlampen erhellt. Die Hunde rennen bellend bis ans Pierende.

Die Kegel der Taschenlampen huschen übers Wasser, von einer Seite zur anderen. Das Licht erreicht uns nicht ganz.

Ihr könnt uns nicht sehen, ihr könnt uns nicht sehen, ihr könnt uns nicht …

Ich wiederhole die Worte wie eine stille Beschwörungsformel, wünsche mir, dass sie wahr sind.

Dann schießen sie aufs Wasser, fast hätte ich losgeschrien. Kai und ich legen uns flach ins Boot.

Doch die Schüsse sind nicht zielgerichtet. Die können uns nicht sehen, die ballern nur wild herum. Bald hören sie auf.

Ich berühre Kai an der Hand und bedeute ihm, dass ich jetzt das Rudern übernehme. Langsam ziehe ich die Ruder so leise wie möglich durchs Wasser.

Ihr könnt uns nicht sehen, ihr könnt uns nicht sehen, ihr könnt uns nicht …

»Woher wusstest du, dass sie Hunde dabeihaben würden?«, flüstert Kai kaum hörbar.

Callie neben ihm verschränkt die Arme vor der Brust. *Ich habe dir von den Hunden erzählt. Sag ihm, dass ich da bin!*

»Wir reden nachher«, flüstere ich zurück.

Wie soll ich ihm nur die Sache mit Callie beibringen? Er hat doch schon so viel durchgemacht. Schlimm genug, was ich ihm alles über mich erzählen muss. Wie soll ich ihm da noch sagen, dass seine geliebte Schwester gestorben ist und uns schon die ganze Zeit als Geist begleitet?

Unmöglich.

27

27

SIEBENUND-
ZWANZIG

CALLIE

Ich funkle Shay böse an, aber sie nimmt keine Notiz von mir. Dabei hat sie doch versprochen, das nicht mehr zu tun.

»Wir sind schon fast auf der anderen Seite«, sagt Shay sanft.

»Wo wollen wir hin?«

»Kann sein, dass sie mit den Hunden einmal um den See gehen, um uns aufzustöbern. Ich frage mich, ob wir sie von unserer Spur ablenken können.«

»Wie denn?«

»Unser Boot liegt nicht weit von hier. Wie wär's, wenn wir dort anlegen? Einmal die Straße entlanglaufen und wieder zurück. Und dann in unser Boot steigen.«

»Wenn die Hunde das Ruderboot finden und unsere Spuren bis zur Straße verfolgen, wo unsere Spur endet, glauben sie, wir wären weggefahren? Geniale Idee!«

Shay glüht vor Stolz.

Du hast doch versprochen, ihr wollt später über alles reden, sage ich. *Was willst du ihm sagen?*

Sofort wird sie wieder verschlossen.

Shay manövriert das Boot ans Ufer. Kai steigt ins Wasser, um es ins Gebüsch neben Shays Boot zu ziehen.

»Hast du Lust zu joggen?«, fragt sie.

»Eigentlich nicht. Aber wir sollten uns nicht zu viel Zeit lassen.«

Beim Laufen kümmern sie sich nicht darum, leise zu sein, stürmen die Böschung hinauf und den Hang hoch zur Bergbaustraße. Dort machen sie schnaufend eine Atempause.

»Runter ist es leichter«, meint Kai.

»Ja, klar.«

Nun laufen sie zurück zum Boot, ziehen es ins Wasser. Klettern hinein.

Shay hält sich keuchend am Boot fest, während Kai auf den See hinausrudert.

»Du fährst doch sonst immer mit dem Rad steile Hänge rauf, also das Laufen kann jetzt nicht das Problem gewesen sein. Bist du seekrank?«

»Nein. Krank vor Hunger wohl eher. Und Durst.«

»Ich auch. Meinst du, man kann das Wasser aus dem See trinken?«

»Weiß ich nicht, aber wenn wir nicht bald was trinken, werden wir auch krank. Ich finde, wir sollten es riskieren.« Shay taucht die Hand ins kühle Wasser und trinkt, wieder und wieder. Kai sieht zu, tut es ihr gleich.

»Wird sich zeigen, ob es okay ist, aber erst mal tut es gut«, sagt Kai. »Du kennst dich hier besser aus. Wohin geht es jetzt?«

»Vielleicht sollten wir uns erst mal ausruhen, bevor wir das entscheiden. Ich hab da gerad so eine Idee, wo wir es versuchen könnten. Halt dich am Ufer und rudere weiter von Killin weg.«

Shay kommt allmählich wieder zu Atem und übernimmt die Ruder, als sie sich dem Ziel nähern, einem Haus auf dem See. Sie manövriert das Boot zu einer Leiter, die ins Wasser ragt.

»Was ist das hier?«, fragt Kai.

»Ein Pfahlbau, ein Haus, das auf Stelzen im Wasser steht. Vor Jahrhunderten haben die Schotten in solchen Häusern gewohnt. Die lassen sich gut verteidigen.«

Mir ist das nicht geheuer.

In der Morgendämmerung ist eine Holzkonstruktion zu erkennen. Die Bezeichnung Haus finde ich jetzt übertrieben. Mehr eine schwimmende Bretterbude auf Stelzen. Groß genug ist sie schon, aber ein Stoß und das ganze Ding fällt um.

Es ist stabiler, als es aussieht, denkt Shay, um mich zu beruhigen.

Kai macht das Boot an einem langen Tau fest. Dann klettert Shay die Leiter bis nach oben hoch, während Kai auf einer der unteren Stufen steht und das Boot mit dem Ruder unter den Pfahlbau schiebt, bis es nicht mehr zu sehen ist.

Kai klettert hoch. Shay bedeutet ihm, ihr ins Haus zu folgen. Drinnen leuchtet sie mit dem Handy umher. In der Mitte des Raums stehen einige niedrige Bänke und bilden eine Art Sitzkreis. Shay und Kai lassen sich darauf nieder, nebeneinander, aber ohne sich zu berühren.

»Woher weißt du von diesem Haus?«, fragt Kai.

»Wir sind hier mal mit unserem Geschichtskurs gewesen. Es ist eigentlich ein Museum. Aber ich wusste, dass man vom Loch gut Zugang hat, weil ein paar aus meiner Klasse angeblich schon mal hier waren, um … du weißt schon.« Selbst in dem fahlen Morgenlicht wird Shay sichtlich rot.

Sie zittert und Kai rückt näher, legt den Arm um sie. Sie lehnt sich an ihn.

»Wollen wir jetzt reden?«, fragt er.

»Ja«, flüstert sie.

»Also. Was geht überhaupt vor sich?«

»Woher soll ich das wissen? Die Soldaten wollen mich anscheinend töten.«

Kai schüttelt den Kopf. »Das ergibt keinen Sinn.«

»Erzähl doch mal, wie es dir ergangen ist.«

»Ich wurde an der Straßensperre angehalten. Sollte warten. Dann kamen zwei Soldaten in einem Lkw, sie kamen aus Killin, aber ich habe sie noch nie gesehen. Sie befahlen mir, einzusteigen und meinten, du hättest Duncan erschossen.«

»Stimmt nicht! Die haben auf mich geschossen, als ich abhauen wollte. Duncan hat sich dazwischengeworfen und so haben sie ihn erschossen.«

Kai streicht ihr über die Wange. »Ich hab's auch gar nicht geglaubt. Ich dachte mir schon, dass es ein Missverständnis sein muss. Dann haben sie mich zu dir nach Hause gebracht. Inzwischen war mir klar, dass die nichts Gutes im Sinn haben, und ich hab versucht abzuhauen. Aber ohne Erfolg. Die haben mich ganz schön verprügelt. Als ich wieder zu mir kam, war ich an die Bank gebunden.«

»Tut mir leid.« Shay hat Tränen in den Augen. »Es ist alles meine Schuld.«

»Du hast mich ja nicht verprügelt.« Gedankenverloren reibt er sich den Kopf. »Aber jetzt tut es nicht mehr weh. Was ist los, Shay? Mir kam es vor, als würde ich dich wieder in meinen Gedanken spüren wie im Park. Aber da hast du mich gegen meinen Willen von was abgehalten. Heute … hast du mir gutgetan, mich schlafen lassen und mir später rechtzeitig gezeigt, was los ist, sodass ich noch verhindern konnte, dass der Soldat dich erschießt. Oder bilde ich mir das alles nur ein? Und … was hast du mit dem Soldaten angestellt? Danach, meine ich? Du siehst ihn an und er fällt einfach um. Hast du ihm irgendwas angetan?«

»Ich weiß es selbst nicht, aber ich denke schon.«

»Lizzie meinte, Überlebende könnten lauter verrücktes Zeug, Leute beeinflussen und so.«

»Seit ich krank war, hat sich irgendwas in mir verändert. Ich denke anders und kann auf einmal Dinge tun, wie in Gedanken mit dir sprechen. Ich kann mich nach der Welt ringsum ausstrecken. Ich sehe anders.«

»Kannst du meine Gedanken lesen?«

»Nein. Na ja, deine Gefühle nehme ich wahr und deine Gedanken, wenn du sie in meine Richtung schickst.«

»Lass das«, versetzt Kai.

»Okay, mache ich nicht. Versprochen.« *Versuche ich wenigstens*, sickert in ihre Gedanken.

»Und zwinge mich ja nicht, was zu tun, was ich nicht tun will.«

»Versprochen.«

»Aber ich hätte nichts dagegen, wenn du mir hilfst, die Kopfschmerzen loszuwerden.«

»Klar. Soll ich vorher einfach fragen?«

»Ja. Genau. Es sei denn, ich bin bewusstlos an eine Bank gefesselt. Dann darfst du nach eigenem Ermessen handeln.« Kai lächelt und Shay lächelt vorsichtig zurück.

»Was mit dem Soldaten passiert ist … kapiere ich selbst nicht«, sagt sie. »Ich dachte, gleich bringt er mich um, und da ist bei mir irgendwie eine Sicherung durchgebrannt, und ich habe losgeschlagen.«

»Das ist ziemlich unheimlich.«

»Ja, mir ist das selbst nicht geheuer.« Shay schiebt ihre Hand in seine. »Aber ich bin noch immer ich.«

Zögerlich küsst er sie auf die Stirn, dann auf die Lippen. »Du küsst noch gleich. Jedenfalls glaube ich das. Aber um ganz sicher zu gehen, muss ich das noch weiter prüfen. Ist das schon alles? Gibt es noch mehr, was ich wissen sollte?«

Erzähl ihm von mir!

Callie, das geht nicht.

Du hast gesagt, du bist meine Freundin.

Bin ich ja auch, aber …

Aber was? Ich bin stocksauer. *Wie kannst du meine Freundin sein und meinem Bruder nicht sagen, dass ich hier bin?*

Stell dir bloß mal vor, wie das für ihn sein wird. Denk in Ruhe drüber nach. Wenn du es danach immer noch willst, mach ich es.

Darüber brauche ich nicht mehr nachzudenken. Sag's ihm!

28

28

ACHTUND-
ZWANZIG

SHAY

»Es gibt da noch was, das du wissen musst. Es fällt mir schwer, darüber zu reden, und für dich wird es sogar noch schwerer werden, es zu verkraften.« Ich schlucke. »Wir sind in diesem Moment nicht allein.«

Kai sieht sich hektisch um, als hätte sich jemand unbemerkt angeschlichen.

»Nein, so meine ich das nicht. Du kannst sie nicht sehen.«

»Aber du?« Kai mustert mich aufmerksam, aber gleichzeitig denkt er, bei mir sei jetzt doch eine Sicherung durchgebrannt.

»Ja. Sehen und hören auch. Du hast mich doch gefragt, woher ich wusste, dass die Soldaten mit Hunden anrücken. Sie hat die Soldaten belauscht und es mir dann berichtet.«

»Sie?«

»Sie. Ohne sie wäre ich längst tot. Sie hat mir das Leben gerettet. Hat mich gewarnt, sodass ich mich ducken konnte, als auf mich geschossen wurde. Es … tut mir jetzt echt leid, aber … es ist deine Schwester.«

Kai weicht vor mir zurück. »*Was?*«

»Sie ist hier. Sitzt neben dir auf der Bank.«

Er schaut sich zu Callie um, aber was sieht er? Nichts.

»Das ist nicht witzig.«

»Nein, aber es ist wahr.«

»Lizzie meinte, Überlebende können mit Toten sprechen. Willst du damit sagen, Calistas Geist«, – er schaudert – »ist in diesem Moment hier?«

»Ja.«

»Nein. Jetzt reicht's aber. Was ist nur mit dir los?« Kai ist aufgebracht. Er steht auf und läuft zur Tür, als könnte er es nicht ertragen, auch nur einen Moment länger in meiner Nähe zu sein.

»Aber, Kai …«

»Nein! Ich will davon nichts mehr hören. Du scheinst ja irgendwie so ein krankes Bedürfnis nach Aufmerksamkeit zu haben, dass du dir solche Sachen ausdenkst.«

»So ist es nicht. Wirklich nicht!« *Callie, hilf mir doch.*

Wie denn?

Erzähl mir was, was ich nicht wissen kann.

Kai ist schon halb aus der Tür.

Ich hatte einen Teddy aus Glas, das war mein Lieblingsspielzeug.

»Sie sagt, sie hatte einen Teddy aus Glas, den sie besonders gern hatte.«

Kai bleibt stehen, dreht sich verzweifelt um. »Der ist kaputt. Der ist vom Regal gefallen und zerbrochen.«

Macht nichts.

»Macht nichts, sagt sie.«

»Calista? Bist du wirklich da?« Kai schaut sich in der Hütte um, als könnte er sie doch sehen, wenn er sich besondere Mühe gibt.

Ich bin wirklich da.

»Sie ist da.«

Er schüttelt den Kopf. »Nein, das ist jetzt echt zu viel. Das kann nicht wahr sein.«

Kai ist außer sich, und ohne zu überlegen, strecke ich mich zu ihm aus, um ihn zu trösten …

»Nein! Bleib aus meinem Kopf, Shay. Ich habe dich gewarnt.« Nun tritt sein deutscher Akzent hervor und er spricht abgehackter.

»Tut mir leid«, flüstere ich.

Sag ihm, dass ich bei all seinen Fußballspielen war, mit einem Buch auf dem Schoß. Sag's ihm. Und dass von seiner Zimmerdecke Modelle hängen, von Motorrädern. Die hat er selbst gebaut.

Und ich wiederhole alles, was Callie mir verrät.

»Das weißt du alles von mir!«, sagt er aufgebracht. »Als du mich nach meiner Schwester gefragt hast, wolltest du alles nur wissen, damit du es wie ein Papagei nachplappern kannst.«

Ich mache einen Schritt zurück, als hätte er mir gerade ins Gesicht geschlagen, und schüttle den Kopf. »Natürlich nicht! Und du hast mir auch nie gesagt, was du in deinem Zimmer hast.«

»Dann lass mich mal eine Frage stellen.« Mit verschränkten Armen sieht er mich an. »Was habe ich ihr zu ihrem letzten Geburtstag geschenkt? Ich war spät dran mit meinem Geschenk. Ich habe es ihr kurz vor der Reise mit Mum gegeben, kurz bevor sie verschwunden ist. Niemand hat es gesehen. Und sie hat es in ihrem Zimmer gelassen, damit es nicht verloren geht, meinte sie.«

»Callie? Was war das?«

Ich kann mich nicht mehr erinnern.

Was?

Mein Gedächtnis ist total verkorkst von alldem, was die mit mir angestellt haben.

Versuch, dich zu erinnern, Callie.

Ich weiß es nicht mehr.

»Sie weiß es nicht mehr. Ihr Gedächtnis ist verkorkst.«

»Ja, klar.«

Kai stampft wütend hinaus. Mir laufen die Tränen über die Wangen.

Wieso glaubt er mir nur nicht?

Weil er mir nicht glauben will. Er will nicht glauben, dass seine Schwester gestorben ist.

Moment mal! Mir fällt es wieder ein. Vielleicht ein silberner Delfin? Eine Kette?

»Callie sagt, ein silberner Delfin! An einer Kette.«

Kai dreht sich um, und diesmal hat auch er Tränen in den Augen, die er nicht einmal zu verbergen versucht.

»Calista?«, flüstert Kai. Und dann geht sie zu ihm hin und schlingt ihre dunklen Arme um ihn.

»Sie ist hier bei dir«, sage ich und lege seine Arme um sie, auch wenn ich weiß, wie sehr ihn die Wahrheit verletzt. Auf Dauer hilft es ihm sicher, darüber hinwegzukommen. Ich hoffe es jedenfalls.

Ich schütze meine Gedanken vor Callie. Soll ich Kai alles anvertrauen, damit es zwischen uns keine Geheimnisse mehr gibt? Soll ich ihm sagen, dass Callie meine Halbschwester ist? Dass ich und sie den gleichen Mann zum Vater haben, den er so abgrundtief hasst?

Nein, das muss Kai nicht wissen. Meine Mutter ist noch vor meiner Geburt abgehauen, um mich von meinem Vater fernzuhalten. Mit ihm stimmte was nicht, hat sie gesagt. Kais Meinung bestätigt das und ich traue ihrem Urteil. Und eigentlich ist er ja auch nicht mein Vater, jedenfalls nicht richtig.

Doch irgendwie hat es mich schon berührt, als wir uns getroffen haben.

In Edinburgh. Wir haben uns in Edinburgh an der Uni getroffen. Als mir klar wird, was das bedeutet, muss ich mich echt zusammenreißen: In dem Teil wütet die Aberdeen-Grippe.

Mein Vater ist mit ziemlicher Wahrscheinlichkeit tot. Er ist gestorben, bevor ich überhaupt wusste, wer er ist.

Irgendwie fühlt sich das seltsam an. Obwohl ich keine besonders hohe Meinung von ihm habe, macht es mir zu schaffen, dass er nicht mehr existiert. Ich kann das Gefühl nicht richtig greifen.

Und was ist mit Kai? Vielleicht würde er die Dinge jetzt anders beurteilen. Vielleicht würde er wissen wollen, wer mein Vater ist.

Aber für heute hat er schon mehr als genug zu verdauen.

Ich verstaue diese Gedanken tief in meinem Bewusstsein, damit Callie sie nicht entdeckt. Dann nehme ich Kai in den Arm.

29

29

NEUNUND-
ZWANZIG

CALLIE

Eng umschlungen schlafen sie den Tag durch, während ich Wache halte. Morgens steigt Nebel vom Loch auf, der uns einhüllt, als gäbe es das Land – die Welt – ringsum nicht mehr. Aber am Nachmittag vertreibt die Sonne den Nebel und alles kommt wieder ans Licht. Eine schmale Brücke zum Festland. Erhöht auf der Uferböschung ein Haus mit Zaun und eine Straße. Aber es kommt keiner.

Ich verlasse die Hütte, um auszukundschaften, was die Armee vorhat. Seit gestern Abend sind keine weiteren Soldaten hinzugekommen; insgesamt sind es sechs Männer und drei Hunde. Die Soldaten gehen mit den Hunden um den See und die Hunde bellen und schnüffeln und rennen aufgeregt hin und her. Sie finden das Ruderboot, das Kai und Shay zurückgelassen haben, und auch die Spuren zur Straße hinauf. Von da an konzentrieren sie ihre Suche auf die Straße und wohin sie führt. Shays Trick scheint zu funktionieren.

Und während ich warte und alles beobachte, denke ich nach.

Eigentlich sollte ich doch glücklich sein, weil Kai endlich von mir weiß, aber ich bin es nicht. Er war so bestürzt. Damit habe ich nicht gerechnet. Ich dachte, er würde sich freuen, dass ich bei ihm bin, aber so war es nicht. Und er wollte unbedingt wissen, wie ich verschwunden bin, aber das konnte ich ihm nicht sagen. Daran kann ich mich nicht mehr erinnern. Und dann wollte ich ihm auch nichts weiter von dem erzählen, an das ich mich erinnere, denn das würde ihn nur noch trauriger machen.

Shay dachte sich schon, dass er so reagieren würde. Aber ich wollte ja nicht auf sie hören.

Zumindest weiß ich, wo ich gewesen bin; dass Dr. 1 mir das angetan hat und dass er entkommen ist. Sobald ich an ihn denke, brennt in mir der Hass so heiß, dass ich Angst habe, aus Versehen den Pfahlbau zu entzünden, deshalb setze ich mich sicherheitshalber ans Ufer.

Wenn ich Kai und Shay von ihm erzähle, werden sie sich dann nicht auch rächen wollen?

Besonders, wenn sie es für ihre eigene Idee halten.

Die Sonne steht schon tief am Himmel, als sie sich endlich regen.

Kai setzt sich auf und stützt den Kopf in die Hände. »Ich habe voll den Kater, obwohl ich doch keinen Tropfen getrunken habe«, sagt er. »Mein Kopf … aua.«

»Darf ich dir helfen?«, fragt Shay schüchtern.

Begeistert ist er nicht, aber er lässt sich von ihr aufhelfen und auf die Bank setzen. Shay massiert ihm die Schultern, den Nacken und die Schläfen. Seufzend lehnt er sich zurück und sie schlingt die Arme um ihn. Er dreht den Kopf und sie küssen sich.

Kotz!, sage ich.

Shay löst sich von Kai und verdreht die Augen.

»Was?«, meint er.

»Callie meinte Kotz. Ich glaube, sie steht nicht so darauf, uns beim Küssen zuzusehen.«

Kai schüttelt den Kopf. »Ich kann es immer noch nicht fassen, dass Calista hier ist.«

Callie, nicht Calista.

»Sie möchte Callie genannt werden«, sagt Shay.

»Ich weiß. Sorry, Callie. Ihr Vater hat sie immer so genannt, deshalb habe ich es nicht getan.« Ein Schatten huscht über sein Gesicht, als er von meinem Vater spricht, und auch Shay reagiert sofort, aber ehe ich ihren Gedanken lesen kann, ist er auch schon verschwunden. »Aber wenn sie es so will, dann nenn ich sie eben Callie.« Kai zuckt die Achseln. »Jedenfalls würde ich gerne wissen, wann sie bei uns ist. Beim Küssen muss uns meine kleine Schwester wirklich nicht zuschauen.«

Gib mir eine kurze Warnung, dann verzieh ich mich.

Shay lächelt.

»Was?«

»Sie verzieht sich, wenn wir sie vorher warnen.«

Kai grinst. »Das würde ja eine gewisse Planung voraussetzen.«

»Apropos Planung. Was machen wir denn jetzt?«

»Lass uns erst mal die Lage besprechen.«

»Okay.«

»Also, Mum wollte, dass wir uns dem Militär anvertrauen. Sie sagt ihnen, dass du in Killin bist. Daraufhin versuchen sie, dich umzubringen, als Nächstes schlagen sie mich bewusstlos, fesseln mich und benutzen mich als Köder, um einen erneuten Versuch zu unternehmen, dich umzubringen. Das ist ja wohl kein normales Verhalten für Mitglieder der Armee.«

»Nein.«

»Und ich bin überzeugt, dass Mum nichts davon geahnt hat.«

»Hoffen wir mal. Wäre schon ein wenig übertrieben, nur weil ihr Sohn eine Freundin hat.«

»Hmm.«

»Iona meinte, ich sollte den Soldaten nicht sagen, dass ich eine Überlebende wäre. Überlebende verschwinden einfach.«

»Mum meinte, dass sie abtauchen, bevor sie sie zu Gesicht bekommt. Sie wollte, dass du ins Forschungscenter nach Newcastle gebracht wirst. Wir könnten das auf eigene Faust versuchen.«

»Aber woher sollen wir wissen, dass mir nicht das Gleiche mit den Soldaten in dem Lager in Newcastle blüht? Und diesmal gerät deine Mutter womöglich noch zwischen die Fronten.«

»Was sollen wir sonst machen? Meine Mutter will herausfinden, was hinter dieser Krankheit steckt, bevor sie sich noch weiter ausbreitet. Sollten das nicht alle wollen? Sie meint, dafür braucht sie dich.«

Ich weiß, wo es herkommt.

»Was?« Shay schaut mich an und Kai sieht zwischen ihr und der Stelle, wo ich bin, hin und her.

Ich weiß, woher die Krankheit kommt.

Shay wiederholt meine Worte. Sie sehen sich an. »Dann schieß mal los«, sagt Shay.

Es kommt von dort, wo ich war. Die Insel mit den Explosionen und den Bränden.

»Den Shetlandinseln?«

Ja.

»Erzähl.«

Das tue ich dann auch und Shay wiederholt für Kai. Dass wir in einem unterirdischen Forschungslabor waren, dass sie alle Leute mit Absicht angesteckt haben und dann zugesehen haben, wie sie krank wurden und starben. Und dass ich nicht gestorben war. Ich hatte überlebt. Wie Shay. Deshalb weiß ich auch, wie sie sich jetzt fühlt.

Und dann haben sie mich geheilt.

Als ich ihnen erkläre, was das bedeutet – der geschlossene Raum, das Feuer –, wird Kai fuchsteufelswild. Shays Augen füllen sich mit Tränen.

Und dann hat sich die Krankheit unter den Ärzten und Schwestern ausgebreitet. Es kam zu Unfällen, unterirdischen Explosionen, die sich später auch über der Erde fortgesetzt haben. Es ist ausgebrochen.

»In den Nachrichten hieß es, dass die Katastrophe auf den Shetlandinseln mit einem Erdbeben anfing, das dann die Öldepots in Brand gesteckt hat«, sagt Shay. »Vielleicht hat ja das gleiche Erdbeben auch das unterirdische Labor zerstört.«

»Könnte sein«, antwortet Kai.

»Ich kapier's nicht«, meint Shay. »Was veranlasst jemanden dazu, in einem groß angelegten Experiment Menschen krank zu machen?«

Von einer Schwester habe ich gehört, dass sie nach einem Heilmittel für Krebs suchen.

Shay gibt es an Kai weiter.

»Aber die können doch nicht einfach Menschenversuche machen, nicht einmal für ein Krebsmittel. Nicht so«, entgegnet Kai.

»Legal war das sicher nicht. Deshalb lag es wohl auch so versteckt. An wie vielen Menschen wurde denn dort herumexperimentiert?«

Ich weiß nicht. Als ich dort ankam, hat man mich in eine Gruppe mit dreißig Leuten gesteckt. Kinder, Jugendliche, alte Menschen. Nachdem ich geheilt war, bin ich einer weiteren Gruppe begegnet, die infiziert wurde. Aber warte mal, ich habe ja die nummerierten Beutel mit der Asche der Toten gesehen. Davon gab es über 400.

»So viele.« Shay ist entsetzt. »Als ich Iona von Callie erzählt habe, meinte sie, in den letzten Jahren seien vermehrt Menschen in Nordengland und Schottland verschwunden. Wie lange gibt es dieses Labor schon?«

Keine Ahnung.

»Wenn das stimmt, dann fing die Aberdeen-Grippe gar nicht in Aberdeen an«, sagt Kai.

Genau! Von der Insel haben sie die Krankheit nach Aberdeen verschleppt.

»Callie meint, es sei mit den Kranken von den Shetlandinseln nach Aberdeen gelangt.«

»Mum muss das erfahren. Um die Krankheit zu stoppen, muss man wissen, wo sie angefangen hat und welchen Weg sie genommen hat. Wir müssen es ihr sagen.«

»Aber das erklärt immer noch nicht, warum man mich umbringen wollte. Bloß weil ich die Krankheit überlebt habe, die sie geschaffen haben?«

»Ich weiß es nicht.«

Es gibt jemanden, der es vielleicht weiß. Der Arzt, der für alles zuständig war.

»Wer war das?«, fragt Shay. Kai sieht sie mit erhobener Braue an.

Seinen richtigen Namen kenne ich nicht. Dort haben ihn alle Dr. 1 genannt. Er hat ein Haus auf der Insel. Nachdem ich aus dem Labor entkommen bin, habe ich mich auf die Suche nach ihm gemacht. Im Haus stand ein prall gefüllter Schreibtisch mit Unterlagen. Wenn wir dort hingehen, könnten wir herausfinden, wo er steckt.

Shay gibt weiter, was ich gesagt habe. »Wenn er von Anfang an dabei war, weiß er vielleicht, wie man die Krankheit aufhalten kann.«

»Wir haben ja ohnehin nichts Besseres zu tun«, meint Kai.

»Ja. Sich im Pfahlbau verstecken kann auf Dauer etwas öde werden.«

»Außerdem komme ich fast um vor Hunger. Die Verpflegung lässt zu wünschen übrig.«

»Ist nicht existent, meinst du wohl. Aber sag deiner Mutter ja nicht, was wir vorhaben.«

»Das muss ich doch!«

»Überleg doch mal. Sie hat die Soldaten gebeten, mich abzuholen. Und wie hat das geendet?«

»Sie hat nicht gewusst, was passieren wird. Anders kann ich es mir nicht erklären.«

»Das glaube ich dir ja, Kai. Aber wenn uns deine Mutter nicht abkauft, wie die Armee gegen uns vorgeht, sagt sie ihnen vielleicht doch, wohin wir wollen, einfach im Glauben, das Richtige zu tun. Aber selbst wenn nicht, belauschen die womöglich das Telefonat oder zwingen deine Mutter, ihnen unsere Pläne zu verraten. Du darfst ihr nichts sagen.«

Kai sieht Shay lange an und nickt schließlich. Mit einem Seufzer sagt er: »Du hast ja recht, aber sie wird sich solche Sorgen machen. Und wenn uns die Soldaten nun aufgreifen, bevor wir die Shetlandinseln erreichen? Dann wird niemand von den Experimenten erfahren.«

Shay legt den Kopf schief, überlegt. »Stimmt. Wir müssen Iona informieren.«

»Iona kannst du genauso wenig anrufen. Gilt für sie nicht das Gleiche? Alle Welt weiß, dass ihr befreundet seid. Vielleicht wird sie beobachtet oder abgehört.«

Shay schüttelt den Kopf. »Iona hat einen Blog unter einem anderen Namen. Keiner weiß, dass sie sich dahinter verbirgt. Ich kann mich da einloggen und ihr schreiben, sodass nur sie es sieht.

Es steht dann auch nicht im Netz. Irgendjemanden müssen wir einweihen.«

»Und wenn die Soldaten nun auch ihr Netzwerk überwachen?«

»Die ist hightechmäßig absolut hochgerüstet. Ein Freund von ihr, ein totaler Computercrack, hat es ihr so eingerichtet, dass man ihre Aktivitäten nicht zurückverfolgen kann. Iona meint, es würde durch die Weltgeschichte geleitet. Man kann sie nicht tracken, echt nicht.«

»Und wie kommen wir ungesehen von hier weg?«, fragt Kai. »Also die Straßen können wir nicht nehmen, da sind überall Sperren. Und zu Fuß haben wir die Hunde am Hals.«

»Wir könnten mit Fahrrädern querfeldein fahren. Können Hunde Fahrräder verfolgen?«

»Keine Ahnung. Vielleicht. Als wir durchs Wasser gewatet sind, hatten sie jedenfalls keine Probleme.«

Shay nickt. »Okay, dann lass uns mal überlegen. Wenn wir uns jetzt erst mal außer Reichweite der Hunde begeben und dann, bevor es mit den Straßensperren losgeht, die normalen Wege verlassen? Außerhalb der Quarantänezone könnten wir uns ein Auto besorgen, vielleicht wären Fahrräder auch besser. Wir könnten abseits der Straßen auf Fahrradwegen die Küste entlangfahren. Und wie wir auf die Shetlandinseln kommen, überlegen wir uns dann vor Ort.«

»Okay. Als Erstes müssen wir uns einen Wagen besorgen, um die Hunde abzuschütteln.«

»Ja. Welche Stelle ist dafür günstig? Was lässt sich vom See aus gut erreichen? Callie kann uns helfen, einen sicheren Ort auszukundschaften.«

Kai und Shay beratschlagen sich noch weiter, was und wie und wann, aber ich haue ab. Ich sage, dass ich die Straße beobachte, ob die Armee anrückt, aber eigentlich will ich nur weg von Shay, damit sie nicht mitkriegt, was ich denke.

Können wir Dr. 1 wirklich aufspüren?

Wenn wir ihn haben, will ich mich um ihn winden und ihn verbrennen.

Ich will zusehen, wie er vor Schmerzen schreit, so wie all die anderen, und dann, kurz bevor er stirbt, wird er mich sehen und hören. Und da werde ich ihm sagen, wer ich bin, was ich ihm angetan habe und warum.

ICH

WILL

RACHE.

TEIL 4

1	2	3	4	4
T	E	I	L	4
EINS	ZWEI	DREI	VIER	VIER

DER SÜNDENFALL

Hat man erst einmal alle möglichen Lösungen ausgeschlossen, wird das Unmögliche nicht nur möglich, sondern wahrscheinlich.

Xander, *Manifest des Multiversums*

1

1

EINS

SHAY

Bei Einbruch der Dunkelheit machen wir uns auf den Weg. Kai klettert die Leiter hinunter und zieht das Boot unter dem Pfahlbau hervor. Als er hineinklettert, schaukelt es heftig. Nachdem es sich beruhigt hat, steige ich nicht viel anmutiger dazu. Nach anderthalb Tagen ohne was im Magen habe ich leichte Koordinationsschwierigkeiten.

»Bereit?«, flüstert Kai.

Auf mein Nicken hin rudert er uns mit leisen, ruhigen Schlägen auf den See hinaus. Kai hat noch länger nichts gegessen als ich, musste Prügel einstecken und war einen ganzen Tag an eine Bank gefesselt, dennoch macht er unbeirrt weiter.

Ich sehe ihm beim Rudern zu. Heute Abend zeigen sich die Sterne am Himmel; ihre bunten Lichtscheine spiegeln sich im Wasser, auf Kai. Wenn er die Ruder durchs Wasser zieht, spannen sich seine Muskeln an; sein Haar kräuselt sich im Nacken. Wie gerne würde ich ihn jetzt berühren!

»Hör auf«, raunt er.

»Womit?«

»Mich so anzusehen. Ich versuche mich hier zu konzentrieren.«

Callie kehrt von ihrem Erkundungsgang zurück. *Drei Soldaten sind noch in der Gegend. Einer hat sich mit den Hunden bei dir zu Hause verschanzt, der scheint zu schlafen. Zwei sind auf Patrouille. Einer oberhalb des Sees, zwischen den beiden Straßensperren, der andere unterhalb. In Kenmore ist die Luft rein.*

»Kann losgehen, sagt Callie.« Ich halte beide Daumen hoch. Daraufhin dirigiert Kai das Boot Richtung Kenmore.

Kenmore ist ein kleines Dorf, das am See von Killin aus am weitesten weg liegt. Als wir nach Killin kamen, stand es noch nicht unter Qurantäne, mittlerweile schon. Es ist noch nicht geräumt worden. Callie hatte uns bereits von Leichen und Kranken dort berichtet, denen niemand hilft, seit die Soldaten, bis auf die paar, die mich schnappen wollen, abgezogen sind.

Kai hält inne.

»Soll ich dich ablösen?«, frage ich.

»Nein, ich kann noch. Ich habe nur gerade gedacht, dass wir unsere Handys in den See schmeißen sollten. Damit können die uns sonst orten. Benutzen können wir die eh nicht.«

»Oh. Okay.« Seufzend ziehe ich meins hervor und pelle es mühsam aus der Schutzhülle. Die Hülle hat mir Mum geschenkt. Eisbärdesign à la Ramsay. Mir fällt es schwer, alles zurückzulassen. Aber Mum ist tot, also was soll's.

Die Hülle stecke ich ein und die Handys versenken wir im kalten Loch Tay.

Schon bald erreichen wir Kenmores Pier. Bevor die Ortschaft vor meinen Augen auftaucht, spüre ich schon das Leid und die Toten. Ich muss es ausblenden. Callie will uns von oben im Blick behalten und saust in den Himmel.

Kai lenkt das Boot an den Anlegesteg und ich klettere an Land, mache das Tau an einem Poller fest. Kai folgt mir. Nun müssen wir uns stehlen, was wir brauchen.

Wir laufen durch eine Straße und durch eine weitere und schauen uns nach einem geeigneten Haus um. Manche stehen leer oder werden nur von Toten belegt. In anderen liegen Kranke und Sterbende. Hin und wieder lockere ich meine Schutzmauern, um zu spüren, wer sich wo befindet, damit wir die Lebenden meiden.

Über Haustüren, Hintertüren und Fenster verschaffen wir uns Zugang zu den Häusern, dabei denken wir möglichst nicht darüber nach, was mit den Bewohnern geschehen ist. Leicht ist es nicht, vor allem mit den menschlichen Überresten.

Wir stopfen uns mit Obst und Müsliriegeln voll, alles, was schnell geht, und füllen Rucksäcke mit Lebensmitteln und Wasser. Wir stöbern nach Klamotten, die uns einigermaßen passen, und ziehen sie an. In einem Haus stehen Landkarten in einem Regal. Die wichtigsten präge ich mir rasch ein, mitnehmen tue ich keine.

Mein fotografisches Gedächtnis ist seit meiner Krankheit noch präziser geworden. Wenn ich mir jetzt eine Karte anschaue, sehe ich sie nicht bloß vor meinem inneren Auge, sondern kann sie mit vorhandenen Karten und Informationen verknüpfen. Als wäre alles, was ich bislang gelernt habe, jederzeit abrufbereit. Nun brauche ich nicht mehr umständlich in meinen Gedanken nach irgendwelchen Erinnerungen zu kramen.

Ich durchstöbere sämtliche Handtaschen, Schubladen und sogar die Taschen der Toten nach Handys, die noch einigermaßen Akku haben und nicht mit einem Code geschützt sind. Nachdem ich fünf Stück gefunden habe, habe ich die Nase voll von der grausigen Suche. Das muss reichen. Kai macht sich auf die Socken, um einen Wagen für uns aufzutreiben. Ein Handy lasse ich an, die anderen schalte ich aus und wickle sie für unsere Flussüberquerung mehrfach in Plastikfolie ein. Mit dem einen Handy logge ich mich in Ionas Blog JIT ein.

In den Entwürfen stoße ich auf einen Artikel mit der Überschrift: Wie geht es euch?

Ich gehe auf »Bearbeiten«.

Shay: Uns geht es gut. Wir haben herausgefunden, dass die Aberdeen-Grippe gar nicht in Aberdeen begonnen hat. Gleich machen wir uns zu den Shetlandinseln auf. Dort gab es ein unterirdisches Labor, in dem zwielichtige Versuche unternommen wurden, um ein Krebsmittel zu finden. Von da kommt die Grippe. Wir versuchen, den verantwortlichen Arzt ausfindig zu machen.

Als ich zwischendurch speichere, um zu überlegen, was ich weiter schreiben will, loggt sich ein neuer Bearbeiter ein. Iona muss online sein.

Iona: Wow. Voll der Scoop!

Ich grinse.

Shay: Danke, Mann!

Ich speichere wieder und aktualisiere die Seite. Ein neuer Text erscheint.

Iona: Ja, sorry. Ich bin echt froh, dass es euch beiden gut geht. Die haben behauptet, du hättest jemanden umgebracht. So ein Scheiß! Sind sie hinter dir her, weil du zu viel weißt? Zu uns sind Soldaten in Schutzanzügen gekommen, die haben sich vor unserer Straßensperre aufgebaut, bis mein Bruder und unsere Nachbarn beschlossen haben, sie lieber durchzulassen. Die Soldaten haben alle befragt, wollten wissen, wo du steckst, und haben dann Haus, Scheunen und Ställe durchsucht. Obwohl wir ihnen klar gesagt haben, dass wir die Zufahrten schon vor der Quarantäne abgeriegelt hatten und hier niemand reingekommen ist. Jedenfalls, bis die da aufgekreuzt sind.

Beim Lesen kaue ich auf der Lippe herum.

Shay: Oh mein Gott! Tut mir echt leid.

Ich bin entsetzt, mir läuft es eiskalt den Rücken hinunter. Was wäre wohl passiert, wenn sie die Soldaten nicht freiwillig durchgelassen hätten?

Iona: Muss es nicht. Für so eine Story würde ich sterben. Halt mich ja auf dem Laufenden. Ich gebe die Infos an meine Quellen weiter, damit die im Netz Alarm schlagen können, falls einem von uns was zustößt.

Shay: Iona! SAG NICHT, DASS DU DAFÜR STERBEN WÜRDEST! Ich schreie sie in Großbuchstaben an.

Iona: Sorry, das war nur so dahingesagt, blabla. Habt ihr schon einen Plan, wie ihr zur Insel übersetzen wollt?

Shay: Nee.

Iona: Vielleicht habt ihr es noch nicht mitbekommen, aber ganz Großbritannien steht unter Quarantäne. Unsere Küsten werden von der Küstenwache und der Marine bewacht, und auf offener See stehen auch noch UNO-Streitkräfte bereit, um alles abzuriegeln.

Shay: Was?? Wie sollen wir denn jetzt da hinkommen?

Iona: Wo ein Wille ist … Es wird von Booten berichtet, denen es gelungen ist, bis nach Europa zu gelangen. Vielleicht fällt mir noch was ein. Schau zwischendurch mal auf die Seite. Das hier lösche ich gleich mal.

Shay: Ist die Verbindung denn nicht sicher?

Iona: Doch. Aber ich lösche es trotzdem. Pass auf dich und diesen scharfen Typen auf. Hab dich lieb.

Shay: Hab dich lieb.

Als ich die Seite wieder neu lade, ist der Post verschwunden. Ich bin erschüttert und mache mir Sorgen um Iona und ihre Familie. Dass Iona Infos löscht, die mit einer Story zu tun haben, heißt, dass sie auch Angst hat, und wenn es einen Menschen gibt, der nie Angst hat, dann ist es Iona.

Kai ist zurück. »Vor einem leeren Haus habe ich einen richtig guten Wagen gefunden, aber die Schlüssel sind nirgends. Wir müssen also noch weitersuchen.«

»Okay, dann aber schnell.«

Mit den geklauten Vorräten machen wir uns zu den umliegenden Straßen auf, die wir bislang gemieden haben, weil die Menschen dort noch leben und Schmerzen verströmen.

»Was hältst du davon?« Kai deutet auf einen dunklen Geländewagen. Wir linsen durch die Scheibe, vielleicht haben wir ja Glück, aber nein, der Schlüssel steckt leider nicht in der Zündung.

Ich marschiere zur Haustür. Fragend drehe ich mich zu Kai um und klopfe dann einfach.

Keine Reaktion, aber das Haus ist von Schmerz durchdrungen, selbst durch meine Mauern spüre ich ihn.

Die Haustür ist verschlossen. Durch eine Pforte gelangen wir zur Hintertür, die offen ist.

Unten ist alles ein einziges Chaos, als hätte jemand einen Wutanfall bekommen und mit Sachen geschmissen. Leise suchen wir alle Ablagen, Jackentaschen und Schubladen nach den Autoschlüsseln ab. Ich zeige zur Treppe, und Kai bedeutet mir, dass er vorgeht. Oben im Schlafzimmer liegt ein Mann und hält seine tote Frau im Arm. Er ist die Quelle des Schmerzes. Mit wildem Blick sieht er uns an.

»Wer seid ihr?«, keucht er. Ihm steht der Tod unmittelbar bevor, in den Augen schimmert schon das Blut.

Ich trete hinter Kai vor. »Hi. Ich bin Shay. Das ist Kai. Wir würden gerne Ihren Wagen leihen, aber wir können die Schlüssel nicht finden.«

Er lacht. Eine Meisterleistung für jemanden, der im Sterben liegt. »Warum sollte ich euch verraten, wo sie sind?«

»Spielt das für Sie noch eine Rolle?«

»Nein. Aber darum geht's nicht.«

Hilfe suchend sehe ich mich zu Kai um.

»Also«, sagt Kai, »wir haben herausgefunden, woher die Epidemie kommt und dass sie mit Absicht verbreitet wurde. Wir sind auf dem Weg zu dem Typen, der dafür verantwortlich ist. Deshalb brauchen wir ein Auto.«

Der Mann legt den Kopf schief. Auf einmal entspannen sich seine Gesichtszüge: Der Schmerz ist überwunden. Nun atmet er auf und ich ebenfalls.

»Warum sagt ihr das nicht gleich?« Er deutet zum Nachttisch. »Da, in der zweiten Schublade. Aber eine Bedingung habe ich.«

»Welche denn?«

»Tötet das Schwein, wenn ihr es findet.«

»Versprochen«, antwortet Kai. Es klingt so aufrichtig und hasserfüllt, dass mir angst und bange wird. Kai zieht die Schublade auf und schnappt sich die Schlüssel.

Als wir im Wagen sitzen und den Motor anwerfen, spüre ich, wie der Besitzer oben im Haus seinen letzten Atemzug tut.

An der nächsten Straßenecke gesellt sich Callie wieder zu uns.

»Wo sind die Soldaten jetzt?«, frage ich.

Der, der das obere Seeufer überwacht, kehrt euch gerade den Rücken zu und läuft nach Killin. Ihr habt also genug Zeit, ungesehen bis zum Abzweiger zu gelangen.

Kai fährt mit ausgeschalteten Scheinwerfern gemächlich aus

Kenmore heraus. Callie schwebt als Kundschafterin voraus, und obwohl ich ja weiß, wo jeder Soldat ist, halte ich vor Nervosität die Luft an, weil ich jeden Moment damit rechne, dass vor uns in der Dunkelheit ein Armeefahrzeug auftaucht. Aber auf den Straßen bleibt alles ruhig.

Wir gelangen zu unserem Abzweiger, einer schmalen, kurvenreichen Straße, die schon normalerweise wenig befahren ist und in der jetzigen Situation erst recht nicht. Sie schlängelt sich hinauf in die Berge, höher und höher, weg von Loch Tay, hin zu abgelegenen Orten.

2

2

ZWEI

CALLIE

Kai ist der lahmste Fahrer aller Zeiten, aber bloß weil er nicht bremsen will, damit die Bremslichter nicht leuchten. Vorbei an einer riesigen Talsperre, die in der Nacht schimmert, kriechen wir höher und höher den Berg hinauf. Die Straße wird immer schmaler, bis Kai irgendwann stehen bleibt und die Handbremse zieht.

»Es ist zu gefährlich. Ohne Licht sehe ich die Straße nicht mehr.«

»Echt?« Shay wirkt überrascht. »Ich schon … die Sterne scheinen so hell.«

Für uns, aber für ihn vielleicht nicht.

»Fahren kann ich nicht, aber lenken«, sagt Shay.

»Das klingt auch gefährlich.«

Shay knufft ihn.

»Aua! Callie, ist der Soldat unten am See noch auf derselben Route?«, fragt Kai. Ich freue mich, dass er mich direkt anspricht.

Ich sehe mal nach!

Der Soldat läuft nach wie vor um den See, diesmal in seiner Endlosschleife Richtung Kenmore.

Er ist noch am See, sage ich und Shay gibt es weiter.

»Wie weit ist es noch bis zur Straßensperre an der Brücke?

Knapp fünf Kilometer, was meint ihr?«, fragt Shay. »Vielleicht sollten wir uns schon nach einem Plätzchen umschauen, wo wir den Wagen verstecken können. Könntest du die Straßensperre vor uns noch mal kontrollieren, Callie?«

Ich zische die Straße hoch, bis sie auf eine weitere stößt. Dort führt eine Brücke über einen Fluss, an dem ein Wachhäuschen steht. Ich schwebe hinunter, um nach dem Soldaten zu sehen, der hier die Stellung hält.

Das ist aber seltsam. Er spricht mit einem weiteren Soldaten. Sind die zu zweit, sonst stand hier doch immer nur einer allein?

Die scheinen sich zu verabschieden. Wachablösung? Einer bleibt und der andere steigt auf sein Motorrad und … nimmt die Straße hinunter nach Killin.

Ich rausche an den Männern vorbei und bleibe kurz darauf abrupt vor Kai und Shay stehen.

Ein Wachsoldat kommt hier gleich auf seinem Motorrad vorbei.

»Was?«, fragt Shay.

Nicht mehr lange und der ist hier!

»Callie meint, ein Soldat ist mit dem Motorrad zu uns unterwegs.«

»Wir müssen runter von der Straße und uns verstecken.«

»Reicht die Zeit, um zur Talsperre zu fahren und dort zu parken?«

In der Ferne taucht ein Licht auf, verschwindet in der nächsten Senke wieder.

Nein.

Die beiden stürzen mit ihren Rucksäcken aus dem Wagen.

»Mir nach«, sagt Shay. »Ich kenne mich hier aus. Callie, hältst du uns auf dem Laufenden?«

Sie rennen die Straße hinunter bis zu einem kleinen Weg. Gerade sind sie hinter einem Buckel in einer Senke verschwunden, als die Scheinwerfer des Motorrads von Neuem auftauchen. Auf die Entfernung muss der Soldat den Wagen sehen. Er hält an und zückt sein Funkgerät.

Ich horche.

»… kurz vor der Talsperre angehalten. Ich sehe mich mal um.«

Mit eingeschaltetem Scheinwerfer fährt er langsam heran, steigt vom Motorrad ab, durchsucht das Wageninnere mit einer Taschenlampe und leuchtet auch die Umgebung ab.

Abermals nimmt er das Funkgerät zur Hand.

»Hier ist keiner. Wahrscheinlich sind die von hier aus zu Fuß weiter, um die Sperre am Fluss zu umgehen und sich so aus der Quarantänezone zu stehlen. Fordere Verstärkung an. Die sollen die Flussübergänge überwachen. Ich komme wieder zurück.«

3

3

DREI

SHAY

Der Weg ist schwer zu erkennen, selbst für mich. Auch wenn alles in mir zur Eile drängt, verlangsame ich das Tempo, damit Kai mithalten kann und sich auf dem steinigen Untergrund nicht hinlegt.

Zack ist Callie wieder zurück. *Der Soldat hat angehalten und Verstärkung angefordert, dann ist er wieder hoch zur Straßensperre.*

»Was hat er genau gesagt?«

Dass sie die Flussübergänge überwachen werden.

Als ich Kai davon erzähle, fragt er: »Und jetzt?«

»Wir könnten uns hier eine Weile verstecken. Nur was machen wir, wenn sie Hunde dabeihaben?«

Schhhhh, macht Callie, und ich gebe Kai Zeichen, leise zu sein. Callie verschwindet kurz.

Oben auf dem Berg steht jemand mit seltsamen Ferngläsern.

»Seltsame Ferngläser? Kann man damit im Dunkeln sehen? Solche Infrarotteile?«

Keine Ahnung. Vielleicht. Wäre ja witzlos, durch die Dinger zu gucken, wenn man eh nichts sieht.

Kai und ich drücken uns ins Gebüsch. »Wir sollten zurück nach Killin und eine größere Schleife laufen, bevor wir zurückkommen und den Fluss überqueren«, flüstere ich.

»Die Hunde sind in Killin. Dann haben wir die wieder am Hals.«

»Hast du eine bessere Idee?«

»Nein.«

Uns bleibt nichts anderes übrig, als umzukehren und uns wieder hinunter ins Tal zu schlagen. Als wir das Waldgebiet oberhalb von Loch Tay erreichen, verstecken wir uns im Dickicht, während Callie die Lage peilt.

Kurz darauf kehrt sie zurück. *Oben an der Straßensperre sind sie jetzt zu fünft. Zwei, die mit Ferngläsern die Bergzugänge absuchen, zwei am Fluss und einer an der Straßensperre.*

»Und was ist mit den Hunden?«

Die schlafen noch bei dir zu Haus.

»Seltsam. Ich hätte wetten können, dass sie gleich als Erstes die Hunde raufholen, damit die unsere Spur vom Wagen verfolgen.«

Von den Soldaten aus Killin ist keiner dabei. Nur die beiden Posten von der Straßensperre und drei weitere aus der Umgebung.

Vielleicht wissen die Männer mit den Hunden also gar nichts von uns? Was hat das denn jetzt schon wieder zu bedeuten?

4

VIER

CALLIE

Shay und Kai haben sich entschlossen, tagsüber im Wald zu bleiben und dort zu schlafen. Ich halte Wache. Oben am Berg sind noch immer fünf Uniformierte. Einer kontrolliert die Straßensperre, drei die besten Flussübergänge und der letzte läuft mit seinem Fernglas zwischen den Posten hin und her. Von den Soldaten im Tal kommt niemand herauf, die Hunde sind noch in Killin.

Bei Einbruch der Dunkelheit marschieren Kai und Shay wieder hinauf bis zum Fluss. Ihre Rucksäcke wollen sie im Gebüsch zurücklassen. Aber auch ohne Gepäck wird es schwer werden, auf die andere Seite zu gelangen. Der Fluss tritt tosend über die Ufer, brandet und braust, bricht sich an Felsen und Bäumen. Shay zückt die Handys, die sie sorgfältig in Plastikfolie eingeschlagen hat, und verstaut sie in ihrer Jackentasche.

Sie schleichen näher ans Flussufer heran.

Er kommt gerade zurück. Seid leise.

Danke, Callie, denkt Shay und bedeutet Kai, sich still zu verhalten.

Schritte. Ein Lichtstrahl überm Fluss. Schritte verklingen.

Okay, jetzt könnt ihr!

Shay nickt und sie und Kai nehmen den Pfad zum Fluss.

Er kommt zurück!

Shay nimmt Kai bei der Hand und zerrt ihn in eine Bodensenke, wo sie mit der Dunkelheit verschmelzen.

Der Strahl einer Taschenlampe wandert über ihre Köpfe hinweg zurück zum Wasser.

Einen Moment lang bleibt der Soldat regungslos stehen, fordert aber keine Verstärkung an. Schließlich wendet er sich ab und geht.

Er ist weg. Jetzt aber!

Kai und Shay laufen zum Fluss. Als Kai die Strudel, Wirbel und Felsen im trüben Sternenlicht sieht, stöhnt er leise auf. »Kommen wir hier auch rüber?«

»Callie meint, alle guten Stellen werden überwacht. Da bleibt uns wohl nichts anderes übrig.« Die Angst in ihrer Stimme ist unüberhörbar.

Sie kraxeln die Böschung hinunter, rutschen auf den nassen Steinen aus. Ihnen bleibt die Luft weg, als sie ins Wasser tauchen. Mit ein paar kräftigen Zügen hat Kai schnell die Flussmitte erreicht, Shay folgt ihm etwas langsamer, beide werden von der Strömung ein gutes Stück flussabwärts getrieben.

Shay kommt mit der Strömung so gar nicht klar. Wasser schwappt über sie hinweg, prustend taucht sie wieder auf.

Die Stromschnellen kommen näher.

Schwimm zum Ufer.

Shay kann keinen klaren Gedanken mehr fassen, wird panisch. Statt zu schwimmen, schlägt sie nur noch mit den Armen um sich. Dann wird sie von einem Wirbel erfasst.

Ihr Kopf verschwindet unter Wasser.

5

5

FÜNF

SHAY

Meine Lungen brennen und mir ist so, so kalt. Vor meinen Augen tanzen lustige Pünktchen, kleine runde Blasen, die sich bilden, auflösen und wieder neu bilden. Callie hat Angst um mich, das nehme ich noch am Rande wahr.

Über mir schlagen die Wellen zusammen. Ich werde von der Strömung unter Wasser gedrückt. Unter der Oberfläche bilden die Felsen einen Tunnel, durch den das Wasser rauscht und mich in die Tiefe reißt. Ich bin zwischen den Felsen quasi eingeklemmt. Unter Mühen gelingt es mir, kurz aufzutauchen und nach Luft zu schnappen, aber dann bin ich auch schon wieder unter Wasser.

Was passiert mit mir? Ich bin verwirrt. Angst habe ich keine mehr. Gleich werde ich ohnmächtig. Mir fällt es schwer, nicht einzuatmen, auch wenn es nur Wasser zu atmen gibt.

Wasser, erfüllt von Wut und Leben. Ich strecke mich danach aus. Nun nehme ich die Kälte und Kraft der Strömung nicht mehr wahr. Ich tanze mit winzigen Amöben, flitze mit silbrigen Fischen am Grund und schaue hoch zu meinen Füßen.

Die Fische wissen, wo es langgeht. Ich springe von Augenpaar zu Augenpaar, schaue mir die Felsen und das Wasser an, die Muster, Wirbel und Strudel.

Die Strömung, die mich unter Wasser drückt, schießt flussabwärts auf Stromschnellen und Wasserfälle zu. Unter mir gibt es eine Abkürzung, einen unterirdischen Tunnel durch die Felsen. Deshalb werde ich so unbarmherzig in die Tiefe gesogen: Strömung und Schwerkraft treiben das Wasser auf die Wasserfälle zu.

Wenn ich noch ein kleines Stückchen flussabwärts drifte, vorbei an diesem unterirdischen Wasserstrom, sollte ich wieder in der Lage sein aufzutauchen.

Als ich in meinen Körper zurückkehre, erschlägt mich der Sauerstoffmangel schier. *Mach schon, Shay.* Kraftlos kippe ich zur Seite, um durch den Tunnel zu passen – sofort werde ich stromabwärts transportiert und weiter in die Tiefe gezogen. In meiner Angst würde ich mich am liebsten an den Felsen hochziehen, aber ich lasse mich kopfunter vorwärtsschwemmen, bis ich einen Punkt erreiche, an dem sich die Sogkräfte die Waage halten, und ich reglos im Wasser stehe.

Noch ein Stück, Shay, sage ich mir. *Du schaffst das.*

Ein Ruck und ich habe die Passage überwunden. Nun werde ich von der Strömung bloß noch vorwärtsgespült und gelange so strampelnd an die Oberfläche. Gierig schnappe ich immer wieder nach Luft. Aber ich treibe unaufhaltsam auf die Wasserfälle zu, habe keine Kraft, dagegen anzukämpfen.

Überhaupt keine.

Tut mir leid, Kai.

Kurz vor der Fallkante komme ich den Felsen gefährlich nah.

Jemand packt mich an der Schulter. Kai hält mich fest in den Armen, geduckt zwischen den Felsen im Fluss.

Ich röchle.

»Schon gut, ich habe dich ja. Ich habe dich ja«, sagt er wieder und wieder, als hätte er die Worte ebenso nötig wie ich.

Der Soldat kommt zurück!, sagt Callie.

Unter Husten versuche ich, es Kai zu sagen. Irgendwann gebe ich auf und zeige nur zum Ufer. »Kommt er?«

Ich nicke.

»Wir schaffen es nicht mehr ungesehen ans andere Ufer. Wir müssen uns auf der anderen Seite hinter diesen Felsen verstecken und uns gut festhalten. Hast du verstanden?«

Bei dem Gedanken, mich wieder der Strömung auszusetzen, wird mir schlecht vor Angst.

»Callie, du sagst uns in allerletzter Sekunde Bescheid, wenn wir abtauchen müssen. Lange können wir uns so nicht halten. Shay, du klammerst dich einfach an mich.«

Mehr noch als der Fluss droht mich die Panik mitzureißen.

Keine Sorge. Kai hält dich gut fest. Der lässt garantiert nicht los.

Die nächsten Augenblicke kommen mir ewig vor. *Jetzt!*

Auf mein Zeichen schiebt Kai uns um die Felsen herum, zurück in die Strömung. Sie zieht und zerrt an uns, aber ich schlinge die Arme um Kai und klemme zwischen ihm und den Felsen.

Das Licht der Taschenlampe schwenkt über die Felsen, hinter denen wir uns verstecken, und scheint dort minutenlang zu verharren. Irgendwann wandert der Strahl weiter.

Kai bringt uns zurück, zur sicheren Seite der Felsen, wo uns die Strömung festhält. Er atmet schwer.

Ihr müsst über den Fluss, bevor der Soldat zurückkommt. Los!

»Wir schaffen das, Shay«, sagt Kai. »Wir sind nah dran, ganz nah. Wir müssen nur noch schnell dieses kleine Stück überqueren und aus dem Wasser steigen, bevor der Typ zurückkommt.«

Shay?

Ich antworte keinem. Ich kann nicht gleichzeitig denken, atmen und mich bewegen.

»Bereit?«, fragt Kai. Ich nicke.

»Halt dich an mir fest.«

Kai wendet mir den Rücken zu und ich halte mich hinten an seinen Schultern fest, dann stößt er sich kräftig von den Felsen ab.

Sofort reißt uns die Strömung mit sich, ich habe damit zu kämpfen, nicht in Panik zu geraten, nicht loszuschreien und alles noch schlimmer zu machen.

Als könnte es noch schlimmer werden. Das Tosen der Wasserfälle hallt laut durch die Dunkelheit. Sie sind nah. Der Fluss Lyon will uns zum Abendessen verspeisen.

Kai muss schwer kämpfen, um uns ans andere Ufer zu bringen, und ich kann ihm nicht helfen, habe keine Kraft mehr, aber …

Ich schließe die Augen und strecke mich aus, schicke Kai Energiewellen. So viel ich kann.

Auf einmal gibt es einen Ruck. Ich schlage die Augen auf. Kai hält sich an einem Ast fest und zieht uns Stück für Stück ans Ufer.

Keuchend liegen wir dort. Ich bin unfähig, mich zu bewegen, liege noch halb im Wasser.

Duckt euch!

Der Strahl einer Taschenlampe gleitet über das Wasser, kommt immer näher. Scheint er schon auf unsere Beine?

Der Soldat sieht uns jedenfalls nicht. Der Strahl wandert weiter.

Und mit Callies Durchhalteparolen und Kais Hilfe gelingt es mir, auf alle viere zu kommen. Wir krabbeln die Böschung hoch, sodass wir außerhalb der Reichweite der Taschenlampe sind, wenn der Soldat zurückkehrt.

Wir sind klatschnass, mit Schlamm beschmiert, von Felsen zerschnitten und von Dornen zerkratzt. Halb erfroren, bibbernd und erschöpft. Aber wir haben es geschafft: Wir sind außerhalb der Quarantänezone.

6

6

SECHS

CALLIE

Ich treibe ein leer stehendes Haus für die beiden auf. Ist nicht weiter schwer. Weil wir nicht mehr in der Quarantänezone sind und hier niemand krank oder tot ist, hätte ich gewettet, dass alle zu Hause friedlich im Bett liegen. Von wegen. Es sieht aus, als wären alle abgehauen. Die gesamte Ortschaft am Fluss ist eine Geisterstadt.

Kai schlägt eine Scheibe ein und klettert durchs Fenster, öffnet Shay dann die Tür. Das Warmwasser ist abgedreht worden, also müssen sie es erst wieder anstellen und warten, bevor sie ein Bad nehmen können. Anschließend suchen sie nach was Brauchbarem zum Anziehen.

Kai erholt sich schnell wieder, aber Shay ist schlapp und zittert; sie kann sich kaum bewegen und spricht weder mit Kai noch mit mir.

Kai hält sie im Arm, flößt ihr ein paar Löffel Dosenobst und Kekse ein, die sie aus der Küche gemopst haben. Doch Shay bekommt nichts runter.

»Was war nur mit dir?«, fragt er. »Du bist Ewigkeiten unter Wasser verschwunden. Ich dachte schon …« Und weiter sagt er nichts. Nun zittert er auch.

»Tut mir leid«, flüstert sie. »Die Strömung hat mich so lange unter Wasser gedrückt.«

Kai schlingt die Arme um sie, und ich warte erst gar nicht, dass Shay mir sagt, dass ich verschwinden soll.

Ich gehe einfach.

7

7

SIEBEN

SHAY

Die Sonne tut gut auf der Haut. Es ist kalt, aber meine Beine sind vom treten in die Pedale warm. Unglaublich, wie schnell ich mich von der Flussüberquerung erholt habe. Einmal ausschlafen und futtern, was wir finden konnten, und schon war ich wiederhergestellt. Aber mir ist klar, dass ich dem Tod nur knapp entronnen bin, und nicht nur weil ich fast ertrunken wäre. Wenn ich Kai nur ein bisschen mehr von meiner Energie gegeben hätte, wäre nichts mehr übrig geblieben, um mein Herz am Schlagen zu halten.

Mit dieser Erkenntnis genieße ich die Sonne und das Radfahren gleich doppelt.

Kai fährt neben mir. Er schaut mich an und grinst. »Schön, dich so lächeln zu sehen.«

»Klingt jetzt vielleicht verrückt, aber ich komme mir vor wie im Urlaub. Ich wünsche mir schon seit Langem, mit dem Fahrrad nach Inverness zu radeln. Mum stand nicht so aufs Fahrradfahren und allein wollte sie mich nicht losradeln lassen.« Sofort werde ich ernst.

Kai berührt mich sanft am Arm. »Wenn wir schon mal hier sind, können wir ja auch Spaß haben. Callie, müssen wir uns Sorgen machen? Kommt da was?«

Callie saust los.

»Wenn du sie bittest, tut sie es gleich noch mal so gerne.«

»Uns erwarten doch sicherlich demnächst irgendwelche Soldaten oder Straßensperren.«

»Glaube ich auch. Wobei diese Region ja von der Epidemie nicht betroffen ist und wir inzwischen meilenweit von der Quarantänezone entfernt sind.« Wir sind bestimmt schon über hundert Kilometer gefahren, vorbei an Loch Rannoch und hinein in den Cairngorms-Nationalpark, über Dalwhinnie nach Aviemore und durch jeden anderen winzigen Ort entlang der Fahrradroute. Und unterwegs gab es keine Armee und keine Straßensperren. Sind wir mal zufällig jemandem begegnet, schien der nicht beunruhigt, hat uns zwar mit merkwürdigen Blicken bedacht, aber das ist normal, so wird hier jeder angeschaut, der nicht aus der Gegend stammt.

Callie ist zurück. *Keine Soldaten, keine Straßensperren. Ein paar Kilometer vor uns liegt ein Dorf mit Läden, Kneipen und so.*

Mir knurrt der Magen. »Vielleicht können wir da ja was zu essen bekommen. Irgendwas Warmes. Was hältst du davon? Gute Idee, schlechte Idee?«

»Hmm. Es scheint sich ja niemand an uns zu stören, warum sollten sie also was dagegen haben, wenn wir im Dorf kurz Rast machen?«, antwortet Kai. »Also los!«

Als wir die Ortschaft erreichen, entdecken wir einen kleinen Pub mit einem Fahrradständer vor der Tür. Wir gehen hinein und setzen uns an den Kamin.

Ich zücke das nächste Handy und logge mich bei JIT ein. Dort gibt es einen neuen Beitrag: Sie reisen durch Schottland und brauchen eine ruhige Bleibe am Meer? Versuchen Sie es in

Elgin. Ich empfehle das Café Marbles. Kellner Lochy ist Ihnen sicher gern behilflich.

Also arbeitet Ionas Freund in einem Café in Elgin, wo wir offenbar in See stechen sollen. Lochy muss den Weg kennen.

Ich lösche den Beitrag und schreibe: Iona ist toll!

Danach schalte ich das Handy aus. Später werden wir es irgendwo wegwerfen. Ich versuche, nicht weiter darüber nachzudenken, warum wir hier sind, und tue einfach so, als wären wir im Urlaub. Wir sind nicht der Quarantänezone entkommen und halb tot in ein Haus eingebrochen. Wir haben keine Klamotten, Lebensmittel und Fahrräder gestohlen, um am nächsten Tag mit einer unmöglichen Mission nach Inverness aufzubrechen. Nein, wir haben die Reise von langer Hand geplant. Wir haben uns sogar Kneipen auf der Strecke rausgesucht, heute wollen wir diese mal ausprobieren.

Wir bestellen. Als Kai meine Hand nimmt, rückt alles in die Ferne, und ich komme mir wirklich vor wie auf einem normalen Date.

In der Wärme werde ich schläfrig, schließe die Augen und kuschle mich an ihn. Kai legt den Arm um mich. Ganz unwillkürlich geht mein Geist auf Wanderschaft, streckt sich aus.

Es fällt mir wirklich schwer, nicht in Kais Gedanken zu dringen. Den Moment im Fluss hat er bislang nicht erwähnt. Hat er nicht gemerkt, dass ich ihm Kraft gegeben habe? Dann hat er wohl auch nicht gemerkt, dass ich ihm beinahe alles gegeben hätte.

Aber Notfälle zählen nicht. Für alle anderen Gelegenheiten hat mir Kai zur Genüge deutlich gemacht, dass ich mich aus seinem Kopf raushalten soll. Ausgerechnet der Ort, der mich am meisten interessiert, ist tabu.

Ich strecke mich weiter aus, an uns vorbei, zu den Bäumen im

Garten, den Insekten, den Vögeln. Ein Rotkehlchen hüpft übers Fensterbrett und schaut von draußen herein. Durch seine Augen sehe ich mich und Kai drinnen sitzen.

Auf einmal wendet der Vogel abrupt das Köpfchen. Ah, ein Wagen nähert sich.

Ein Polizeiwagen.

Ich mache die Augen auf. »Dreh dich jetzt nicht um, aber ein Polizeiwagen ist gerade vorgefahren«, flüstere ich.

»Bestimmt reiner Zufall«, sagt Kai.

Die Kellnerin bringt unser Essen. »Lasst es euch schmecken!«

Callie? Was macht der Polizist da draußen?

Quatscht mit jemandem auf der anderen Straßenseite. Der wirkt ganz entspannt.

Beruhigt stürze ich mich auf meinen Pie und die Pommes. Wie lange habe ich schon nichts Warmes mehr gegessen? Und es schmeckt!

Jetzt kommt der Polizist zu uns herüber. Ich glaube, der will auch in den Pub.

Der Polizist tritt durch die Tür und nun sehe ich ihn mit eigenen Augen. Er schaut sich um und grüßt den alten Typen an der Bar. Dann spricht er mit der Kellnerin und setzt sich auf der anderen Seite vom Kamin an einen Tisch.

Kai nickt mir unmerklich zu. *Alles gut*, gibt er mir mit seinem Blick zu verstehen.

Der isst nur zu Mittag hier, mischt sich auch Callie ein. *Polizisten müssen auch mal essen. Verbrecher jagen kostet Kraft.*

Da geht es ihm wie uns.

Die Kellnerin bringt dem Polizisten ein Sandwich, als der alte Typ von der Bar ruft: »Mach mal die Nachrichten an. Heute soll es eine Pressekonferenz geben.«

Die Kellnerin schaltet einen uralten Fernseher ein, der über der Bar hängt.

»Aktuelle Meldung. Die Quarantänegebiete in Schottland und Nordengland werden ausgeweitet. Ein Bericht von unserem Reporter vor Ort.«

Ein Reporter in Schutzanzug schaut in die Kamera und beschreibt die neuen Grenzen. Auf dem Bildschirm erscheint eine Karte und die Kellnerin schnappt nach Luft. »Das ist ja ganz in der Nähe.«

Dann wird zurück ins Studio geschaltet. »Nun nach Norwegen. Ein Schiff mit über hundert Flüchtlingen aus Schottland ist der Küstenwache entkommen und hat die Eindämmungszone durchbrochen, damit steigt die Zahl der Ankömmlinge weiter. Die Quarantänelager an der Küste platzen aus allen Nähten.« Die Nachrichtensprecherin schaut einen Moment lang nicht in die Kamera.

»Wir kehren zu dem Bericht gleich zurück. Die Konferenz des Premierministers in London beginnt jeden Augenblick.«

Das Gesicht des Premierministers nimmt den Bildschirm ein. Er lächelt wie immer, aber irgendwie scheint er in letzter Zeit nicht so viel geschlafen zu haben.

Er verliest eine vorgefertigte Erklärung über die bevorstehenden Herausforderungen, dass die Regierung alles tue, um ein Heilmittel für diese fürchterliche Krankheit zu finden. Dann schaut er direkt in die Kamera.

»Bleiben Sie ruhig und bleiben Sie, wo Sie sind. Um die Ausbreitung der Epidemie zu verhindern, sollte keiner mehr reisen!«

Die Kellnerin blickt zu uns herüber. »Von wo kommt ihr beide denn?«

Alle Augen im Pub sind auf uns gerichtet.

»Aus der Nähe. Wir sind von Aviemore hergeradelt«, sagt Kai, was ja auch stimmt, auch wenn das natürlich nicht unser Ausgangspunkt war.

Im Raum entspannen sich alle sichtlich. Dort ist weit und breit keine Quarantäne verhängt. Unterm Tisch drücke ich Kais Hand.

»Und dahin wollt ihr auch wieder zurück?«, fragt der Polizist.

»Ja, Sir«, antwortet Kai.

Nun richtet der Polizist den Blick auf mich. Ich lächle vorsichtig, versuche, nicht so eingeschüchtert zu wirken.

»Bist du aus der Gegend?«, fragt er. »Du kommst mir so bekannt vor.«

»Ich? Nein. Aviemore. Ursprünglich aber aus London.«

Er nickt und widmet sich wieder seinem Sandwich.

Nichts wie weg hier. Ich sehe Kai an und deute mit den Augen zur Tür. Er schüttelt kaum merklich den Kopf. Würde es Verdacht erregen, wenn wir jetzt Reißaus nähmen?

Ich versuche, meinen Pie zu Ende zu essen, aber der schmeckt mit einem Mal wie Sägemehl.

Das Telefon des Polizisten klingelt. Er schnappt sich das angebissene Sandwich und geht zur Tür, dabei winkt er der Kellnerin noch kurz zu.

Ich atme auf. In den Nachrichten wird inzwischen über Lokales berichtet. Mich interessiert es nicht, bis eine neue Reportage mir einen Schock versetzt.

»Die Fahndung nach einem Mädchen aus Perthshire, die im Zusammenhang mit dem Mord an dem siebzehnjährigen Duncan MacFaddon gesucht wird, geht weiter. Der Junge wurde letzte Woche in Killin erschossen.«

Fassungslos starre ich zum Fernseher. Das bin ich. Dieses total bescheuerte Schulfoto vom letzten Jahr prangt quer über dem

Bildschirm. Ich neige den Kopf etwas vor, sodass mir das Haar ins Gesicht fällt, und schaue mich um. Die Kellnerin wischt Tische ab, der alte Knacker an der Bar nippt an seinem Pint. Keiner blickt zum Fernseher.

Als sich die Kellnerin wieder der Bar zuwendet, ist das Foto nicht länger zu sehen. Die Kellnerin tritt hinter die Bar und verschwindet in der Küche.

Kai steht auf und legt Geld auf den Tisch. Hand in Hand schlendern wir zur Tür. Meine ist schwitzig.

»Verhalt dich ganz normal«, zischt Kai draußen und hält mich zurück, als ich losstürmen will.

Der Polizeiwagen steht noch vor dem Pub. Der Polizist tippt auf dem Bildschirm seines Handys herum. Wir gehen an ihm vorbei zu unseren Rädern.

»Wartet!«, ertönt eine Stimme. Erschrocken zucke ich zusammen, Kai dreht sich um. Es ist die Kellnerin. »Euer Wechselgeld«, ruft sie.

»Das ist für Sie.« Lächelnd winkt Kai ihr zu.

Der Polizist steckt das Handy weg. Auf einmal ist seine Miene ernst und frostig. Sein Blick ist auf mich gerichtet. Er macht einen Schritt auf uns zu.

»Shay McAllister?«

8

8

ACHT

CALLIE

Sie laufen weg. Kai und Shay rasen mit Volldampf zurück in den Wald, aus dem sie vorhin mit den Rädern gekommen sind. Der Polizist setzt ihnen keuchend nach, das Funkgerät in der Hand. Aber er hat zu oft im Pub zu Mittag gegessen, sie entwischen ihm. Inzwischen haben die beiden den Fahrradweg verlassen und schlagen sich ins Unterholz. Shay dreht sich um und dann … Knack. Sie knallt mit dem Kopf gegen einen tief hängenden Ast. In Zeitlupe sackt sie auf dem Boden zusammen. Kai ist mittlerweile schon ein gutes Stück weitergelaufen, bevor er merkt, dass Shay nicht mehr folgt. Gerade als er sich umwendet, trifft der Polizist bei Shay ein.

Lauf weg, Kai! Aber er hört mich ja nicht und stürzt auf Shay zu.

»Shay? Shay?« Blut läuft ihr über die Stirn. Sie reagiert nicht.

»Was haben Sie mit ihr gemacht?«, brüllt Kai voller Wut.

»Gar nichts, sie ist gegen den Baum gelaufen. Du darfst sie nicht bewegen. Und du bist festgenommen und sie auch. Warte mal kurz.« Der Polizist ruft einen Krankenwagen und fordert Unterstützung an, dabei schnauft er unentwegt.

Los, Kai. Lauf weg!

Aber Kai hält nur Shays Hand.

9

9

NEUN

SHAY

Ich bin in einer Zwischenwelt. Stimmen werden mal laut, mal leise, als würde jemand am Lautstärkeregler spielen. Irgendjemand öffnet mir die Augenlider, erst das eine, dann das andere. Grelles Licht scheint mir entgegen, ich fühle es eher, als dass ich es sehe. Dann bewege ich mich, auch wenn ich nichts tue. Hände berühren mich, mein Kopf wird angeschnallt. Ich werde angehoben.

Kai ärgert sich über irgendwas. Ich versuche, mich darauf zu konzentrieren, was er sagt. Er will mit mir mitkommen? Doch dann verklingen seine Worte.

Später höre ich wieder Stimmen. Jemand spricht mich an, und meine Augenlider flattern, bis ich etwas erkenne. Ich liege in einem Bett mit hoher Metallkante. Ein Zimmer mit hellen Wänden. Vor mir steht eine Frau in weißem Kittel. Bin ich in einem Krankenhaus? Ich versuche, mich zu bewegen, den Kopf zu heben, aber in meinem Schädel hämmert es.

»Bleib ganz ruhig liegen, Shay. Du hast einen ziemlichen Schlag auf den Kopf bekommen, da bewegst du dich besser nicht. Ich möchte dir bloß ein paar Fragen stellen.«

Ich möchte aber keine Fragen beantworten.

»Welcher Wochentag ist heute?«

Was soll die Frage? »Was?«

»Welches Jahr haben wir?«

Ich schließe die Augen und tue so, als wäre ich wieder bewusstlos, und bald darauf kehrt Ruhe ein.

Mein Kopf pocht schmerzhaft, aber als ich krank war, war es viel schlimmer. Kann ich mich wie am Ohr selbst heilen? Ich strecke mich zu meinem Inneren aus, aber es tut zu weh. Ich kann nicht mehr. Ich bin müde. Ich muss schlafen.

Als ich später wieder aufwache, linse ich vorsichtig durch die Wimpern: Es muss Nacht sein. Alles ist ruhig, die Lichter sind gedimmt. Ich bin allein.

Durch das Fenster in der Tür sehe ich jemanden in Habachtstellung. Werde ich bewacht?

Wo ist Kai? Ich muss hier raus, Kai suchen.

Aber der Schmerz trommelt mit dicken Klöppeln in meinem Kopf. Meine Gedanken sind verworren. In diesem Zustand kann ich nichts machen.

Als ich mich das letzte Mal geheilt habe, habe ich es ganz instinktiv getan, aber nun fehlt mir dieses Gefühl. Wie soll ich mich heilen, wenn ich mich auf nichts konzentrieren kann?

Ich muss es versuchen.

Mit jedem Herzschlag wird der Schmerz durch meinen Körper gepumpt: Ich schließe die Augen, strecke mich danach aus.

Mein Herz zieht sich zusammen, spült Blut durch meinen Körper. Rote Blutkörperchen wandern zu allen Zellen, tauschen in fröhlichem Tanz Sauerstoff gegen Kohlendioxid. So soll es sein.

Aber wo sitzt der Schmerz? Es gibt auch weiße Blutkörperchen, klebrige Plättchen, die zur Wunde an meiner Stirn beordert werden. Doch die Blutergüsse und Schwellungen dahinter sind der eigentliche Grund für die wirren Gedanken und die Schmerzen, die mit jedem Herzschlag zunehmen.

Schau genauer hin. Jeder Teil meines Körpers besteht aus Molekülen, Atomen und innerhalb der Atome Elementarteilchen. Auf ihren eigenen Umlaufbahnen vollführen diese Teilchen Tänze und Sprünge. Ich verliere mein Ziel vor Augen und drehe mich mit ihnen … keine Ahnung, wie lange das geht. Da gibt es noch etwas Seltsames, dem ich auf den Grund gehen möchte, ich spüre ihm nach …

Doch dann fällt es mir wieder ein: Wellen. Es waren Wärmewellen, die mich am See gewärmt haben; Heilwellen, die mein Ohr geheilt haben; Energiewellen, die ich Kai gesandt habe.

Ich kann Wellen formen, um meine Verletzung an der Stirn zu heilen.

Sie beschleunigen den Heilungsprozess, aber sorgen auch dafür, dass die Schwellung verschwindet, lindern die Entzündung und nehmen den Druck, den ich bei jedem Herzschlag spüre.

Es funktioniert. Die Kopfschmerzen vergehen.

Verwundert schlage ich die Augen auf. Habe ich das gemacht? Habe ich die winzigen Teilchen in mir als Heilwellen genutzt? Licht besteht ja eigentlich auch aus Wellen, kann aber den Charakter von Teilchen haben; und hier ist es nun umgekehrt: Die Teilchen in mir verhalten sich wie eine Welle. An diese Anwendung der Quantenphysik hätte mein Physiklehrer nicht im Traum gedacht.

Funktionieren die anderen verrückten Dinge, die ich tun kann, nach demselben Prinzip? Aber dafür, weiter darüber nachzugrübeln, habe ich jetzt keine Zeit; ich muss hier raus.

Durch das Fenster in der Tür sehe ich die Wache im Flur stehen. Er kehrt mir den Rücken zu.

Ich strample die Decke ein wenig weg und bin aufs Schlimmste gefasst. Na toll! Ich trage ein Krankenhausnachthemd und meine Klamotten sind nirgends zu sehen.

Ist Callie da? *Callie? Callie?* Ich strecke meinen Geist nach ihr aus, aber ich spüre sie nicht. Sie muss bei Kai geblieben sein.

Ich habe mich so daran gewöhnt, dass sie für uns immer alles auskundschaftet, dabei kann ich es doch auch selbst. Mit geschlossenen Augen strecke ich mich aus, diesmal nicht nach innen, sondern nach außen.

Andere Menschen schlafen in den Zimmern ringsum, draußen vor der Tür steht ein Wachmann. Im Schwesternzimmer am Ende des Gangs ist eine Schwester. Ein Telefon klingelt, sie geht ran.

Die Fahrstuhltüren öffnen sich und ein Mann kommt heraus. Er spricht mit der Schwester, der Wachmann vor meiner Tür geht auf die beiden zu. Am liebsten würde ich den günstigen Moment nutzen und aus dem Zimmer stürmen, aber die Wachen sind jetzt schon zu zweit. Und auch wenn ich meine Gehirnerschütterung geheilt habe, würde ich nicht darauf bauen, dass ich jemanden im Sprint abhänge. Als ich mich das letzte Mal geheilt habe, konnte ich anschließend kaum geradeaus laufen. Ich lausche lieber.

»Ich weiß nicht, warum Sie das Mädchen bewachen«, sagt die Schwester. »Sie hat einen heftigen Schlag auf den Kopf bekommen, schweres Schädel-Hirn-Trauma. Die geht nirgendwohin.«

»Befehle.« Der Mann, der vor meiner Tür gewacht hat, gähnt. Er nickt dem Neuankömmling zu. »Na, dann viel Spaß.«

Er steigt in den Fahrstuhl und ist verschwunden.

Der neue Wachmann leiht sich einen Stuhl von der Schwester und macht es sich vor meiner Tür gemütlich. Die Schwester geht zurück ins Schwesternzimmer.

Ganz sanft strecke ich mich zu dem Wachmann aus. Er hat

tausend Pläne im Kopf, was er heute Abend eigentlich hätte mit seiner Freundin machen wollen, das treibt mir die Schamesröte ins Gesicht, und ich möchte mich zurückziehen.

Doch stattdessen sende ich ihm Gedanken ans Schlafen, dass er müde, hundemüde ist. Er gähnt.

Die Schwester kommt vorbei. Sie lacht leise. »Ich sag's nicht weiter, wenn Sie ein Nickerchen machen wollen. Wenn was passiert, wecke ich Sie.« Eine Klingel ertönt und die Schwester läuft schnell zu einem Krankenzimmer.

Ja. Schlaf, schlaf, schlaf … Ich mache meine Sache so gut, dass ich mich fast selbst ins Land der Träume befördere.

Abermals kommt die Schwester vorbei. Sie kichert, spart sich aber einen Kommentar. Noch ist er nicht richtig eingeschlafen, befindet sich in diesem Übergangsstadium zwischen Wachen und Träumen, aber ich steige schon mal vorsichtig aus dem Bett und teste meine Standfestigkeit. Am Anfang muss ich mich noch am Bett festhalten. Langsam tappe ich im Zimmer umher und schaue durchs Fenster in der Tür.

Nun schnarcht er sogar.

Am Ende des Gangs kann ich noch den Hinterkopf der Schwester ausmachen. Wenn es mir jetzt gelingt, das Zimmer zu verlassen, könnte ich unbemerkt in die andere Richtung verduften.

Ich stopfe Kissen unter meine Decke, damit es auf den ersten Blick so aussieht, als läge ich noch schlafend darunter. Behutsam öffne ich die Tür einen Spalt. Leider blockiert das schlafende Dornröschen den Durchgang, ich muss ihn umlagern und gegen die Wand stützen. Gott sei Dank wacht er nicht auf, sondern schnarcht weiter.

Die Schwester spricht am Telefon, ihre gedämpfte Stimme hallt durch den Flur.

Auf Zehenspitzen schleiche ich mich davon, vorbei an einem Zimmer, dann noch einem und noch einem. Es klingelt.

Ich verdrücke mich in eines der Zimmer und hoffe, dass nicht ausgerechnet hier jemand nach der Schwester geklingelt hat. Im Bett liegt eine schlafende Gestalt, atmet laut.

Schritte im Flur. Ziehen vorbei. Entweder hat die Schwester nicht in mein Zimmer geschaut oder die Kissen haben sie in die Irre geführt.

Mir ist kalt in meinem Krankenhausnachthemd. Ich öffne den Kleiderschrank, der hier im Raum steht, und behalte die Gestalt im Bett dabei im Auge. Im Schrank hängen eine lila Strickjacke und lila Stretchhosen.

Ich seufze. In der Not frisst der Teufel Fliegen.

Ich ziehe das Nachthemd aus und schlüpfe in die Hose, die viel zu weit am Bund ist und zu kurz, dann ziehe ich die Strickjacke über und knöpfe sie zu.

»Lila ist nicht unbedingt Ihre Farbe, Liebes.«

Erschrocken zucke ich zusammen. Im Bett sitzt eine alte Frau in den 80ern.

»Tut mir leid. Ich … ähm …«

»Sind Sie auf der Flucht?«

»Ja, schon.«

Sie klatscht in die Hände. »Wie aufregend! Ach, könnte ich doch auch nur. Alles Gute, Liebes.« Und kaum liegt sie in der Horizontalen, schläft sie auch schon wieder.

Die Schwester eilt zurück ins Schwesternzimmer. Ich warte einen Moment und linse in den Flur. Die Wache schläft noch. Auf Zehenspitzen tripple ich barfuß durch den Gang, an Schuhe habe nicht gedacht. Aber nun will ich nicht noch mal zurück.

Am Ende des Gangs nehme ich die Treppe abwärts.

Im Krankenhaus laufen die Leute zu allen Tages- und Nachtzeiten in allen möglichen Aufmachungen herum, ohne dass sich jemand daran stört. Das rede ich mir zumindest ein. Ich wandere durch die Notaufnahme. Dort wimmelt es nur so von wunderbaren Dingen wie gebrochenen Armen, Schnittwunden und Blinddarmentzündungen – vielleicht nicht so wunderbar für die Betroffenen, aber diese Kranken sind besser dran als die, mit denen ich in letzter Zeit zu tun hatte. Für die vielen Patienten gibt es viel zu wenig Personal. Alle sind beschäftigt und gestresst. Hier falle ich garantiert nicht auf.

In der Ecke vom Wartezimmer hängt ein Fernseher, auf dem die Nachrichten laufen. Aus Angst, dass mein Foto wieder gezeigt wird, beeile ich mich. Doch es gibt nur ein Update zu Quarantänezonen.

Patienten und Krankenhausmitarbeiter halten inne und verfolgen gebannt, ob sich die Krankheit auf dem Vormarsch hierher befindet.

Unwillkürlich bleibe auch ich nun stehen und schaue.

Das glaube ich nicht! Bis nach Aviemore ist sie schon gedrungen? Der Fluss, den wir nach unserer Flucht aus Killin überquert haben, grenzt nicht einmal mehr annähernd an die neue Quarantänezone. Diese Quarantänezone, sollte ich wohl sagen. Von Aberdeen und Edinburgh aus ziehen sich die Zonen bis nach England und weiter.

Hier und da gibt es einzelne Fälle in Europa, Nord- und Südamerika, Asien und Afrika. Bloß Australien und Neuseeland sind noch verschont geblieben.

Erst als sich die Leute um mich herum leise über die Zonen unterhalten, besinne ich mich wieder auf mein Vorhaben.

Ich schlüpfe hinaus in die Nacht.

10

10

ZEHN

CALLIE

Kai läuft in seiner Zelle auf und ab. Ihm ist die Anspannung anzusehen, seine Kiefer mahlen aufeinander und die Hände hat er zu Fäusten geballt. Und ich kann ihm nicht helfen.

Alles ist das reinste Chaos. Ich wusste nicht, wen ich begleiten sollte, Shay oder Kai, und fragen konnte ich auch nicht, weil Shay bewusstlos war und Kai mich nicht hören kann.

Im Gang ertönen Schritte. Kai tritt an die Zellentür. »Sag mir endlich mal einer, was mit meiner Freundin ist!«, brüllt er.

Keine Antwort.

Kai schlägt gegen die Wand und hält sich anschließend die Hand. Kopfschüttelnd setzt er sich auf die Pritsche.

»Callie, bist du da?«, flüstert er.

Ich bin hier, Kai.

»Lass mich allein. Hilf Shay, zu entkommen. Und sag ihr, sie soll weitermachen und tun, was nötig ist. Alles wird gut.«

Wir können dich nicht zurücklassen! Shay würde es nie erlauben.

»Keine Widerworte, mach einfach!«

Ich bin sprachlos. Kann er mich etwa hören? Nein, Kai kann sich nur denken, was ich sagen würde.

Als später wieder Schritte erklingen, läuft Kai immer noch unruhig in der Zelle umher. Diesmal bleibt jemand vor seiner Tür stehen, eine Klappe wird geöffnet.

Der Polizist, der den Krankenwagen gerufen und ihn hergebracht hat, steht dort.

»Deine Freundin hat 'ne heftige Gehirnerschütterung, aber das wird schon wieder. Sie muss noch mindestens einen Tag im Krankenhaus bleiben, vielleicht auch länger. Zufrieden? Nun leg dich hin und schlaf. So gut habe ich es nicht.«

»Danke, dass Sie mir Bescheid geben.«

»Ich verstehe schon, wie du dich fühlst, auch wenn ich nicht nachvollziehen kann, was du an diesem Mädchen findest.«

Kai stellt die Stacheln auf.

»Offenbar leistest du einer Mörderin Beihilfe.«

»Das stimmt nicht. Shay ist unschuldig!«

»Na, das höre ich ja zum ersten Mal«, sagt er, aber bleibt vor der Klappe stehen. Warum nur?

Kai fragt sich das offenbar auch. »Was geht denn vor sich?«

»Wenn ich das nur wüsste! Von der Armee habe ich Order, dich nicht aus den Augen zu lassen, deshalb schiebe ich eine Doppelschicht. Die Soldaten kommen euch zwei holen.«

»Warum nicht die Polizei? Liefern Sie uns nicht der Armee aus!«

»Eigentlich sollte es Sache der Polizei sein. Mir wurde aber nahegelegt, ihren Anordnungen zu folgen.« Glücklich scheint er darüber nicht zu sein.

»Hören Sie. Wenn Sie uns den Soldaten übergeben, bringen die Shay um. Das haben sie schon mehrmals versucht, dabei ist auch der Junge erschossen worden. Er ist ihnen in die Quere gekommen, als sie auf Shay geschossen haben.«

»Und warum sollten die Soldaten das tun?«

Kai zögert. »Ist uns selbst ein Rätsel. Aber Shay ist eine Überlebende der Aberdeen-Grippe. Wahrscheinlich hat es damit zu tun.«

Der Polizist macht große Augen. »Ich habe Gerüchte über Überlebende gehört, aber …« Er zuckt die Achseln.

»Was denn?«

»Dummes Geschwätz, das wiederhole ich jetzt nicht.«

»Kann ich einen Anwalt sprechen?«

»Nein, tut mir leid. Allein das Gespräch verstößt offenbar schon gegen die Vorschriften«, presst er angewidert hervor. »Versuch, ein wenig zu schlafen, mein Junge.« Er schließt die Klappe in der Tür und geht.

Ich bin verunsichert. Geh Shay suchen, hat Kai gesagt. Ich schlüpfe unter der Tür durch und folge dem Polizisten.

Am Ende des Gangs schließt er eine Tür auf und betritt ein Büro. Er wirft den Schlüsselbund auf den Tisch, zieht die unterste Schublade auf und holt eine Flasche Whisky heraus. Eine Weile starrt er die Flasche nur an, dann schraubt er den Verschluss ab, trinkt einen Schluck und packt die Flasche zurück in die Schublade.

Als das Telefon klingelt, fährt er zusammen. Er schaut auf die Uhr. Fast Mitternacht. »Was? Jetzt warten Sie aber mal …«

»Aber …«

»Verstehe.«

Er legt auf, reibt sich die Augen. Dann streckt er die Hand erneut nach dem Hörer aus, lässt sie eine Zeit lang darüber schweben, überlegt es sich anders. Schließlich nimmt er doch den Hörer in die Hand und wählt.

Er wartet eine ganze Weile, legt dann irgendwann auf und wählt erneut.

»Hallo? Bitte stellen Sie mich zum Herausgeber durch.«

»Ja, ich weiß, wie spät es ist. Außerdem weiß ich, dass er in der Redaktion ist, weil ich es gerade bei ihm zu Hause versucht habe. Sagen Sie ihm, sein Neffe Euan sei am Apparat. Es ist dringend.«

Während er wartet, trommelt er mit den Fingern auf dem Schreibtisch. Dabei scheint er versucht zu sein, im letzten Moment doch wieder aufzulegen. Als jemand rangeht, brüllt der so laut, dass ich es quer durchs Zimmer höre. *»Was zum Teufel ist denn los? Weißt du, wie spät es ist?«*

»Ja, tut mir leid. Hör mir einfach mal kurz zu. Hast du das mit dem Mädchen aus Killin mitbekommen, das ich heute mit seinem Freund verhaftet habe?«

»Brauchst mir nicht zu gratulieren. Hör zu. Ich habe Order bekommen zu tun, was so ein Arsch von der Armee will. Alle Kollegen wurden nach Hause geschickt. Ich bin ganz allein. Heute wollen sie das Mädchen schon aus dem Krankenhaus holen, obwohl sie minderjährig ist und eine schwere Gehirnerschütterung hat. Und dann hat mir ihr Freund eben doch erzählt, dass sie eine Überlebende der Aberdeen-Grippe ist. Die ganze Sache stinkt zum Himmel. Kein Jugendamt, kein Anwalt, kein Telefonat, nicht mal die Familie weiß Bescheid.«

»Wie das Arschloch heißt? Kirkland-Smith. Den Dienstgrad weiß ich nicht.«

»Hmm. Ja. Mach das, aber lass mich nicht zu lange warten. In einer Stunde wollen die hier sein, bis dahin muss ich eine Entscheidung getroffen haben.«

Er legt auf und öffnet die Schublade mit dem Whisky wieder. Nach kurzem Zögern knallt er die Lade wieder zu.

Bald werden die Soldaten mit ihren Waffen eintreffen. Kai ist eingesperrt, die Schlüssel liegen auf dem Schreibtisch.

Allein kann ich nichts ausrichten. Ich muss Shay auftreiben.

11

11

ELF

SHAY

Es ist kalt und jetzt regnet es auch noch. Mit bloßen Füßen scheine ich zielsicher auf jeden scharfen Stein auf dem Bürgersteig zu treten. Mir juckt die Stirn, und als ich kratze, fühle ich ein Pflaster. Ich löse eine Ecke und reiße es ab.

Das Pflaster ist voller Blut, aber meine Stirn ist wieder heil.

Echt cool. Schade, dass ich nicht auch noch Schuhe, Regenschirm und Klamotten herbeizaubern kann.

Wo Kai jetzt wohl ist?

Meine Gedanken sind diffus. Wie bin ich überhaupt im Krankenhaus gelandet? Ich habe mir den Kopf gestoßen, aber wo?

Wir haben zu Mittag gegessen. Angestrengt runzle ich die Stirn. Und dann kam dieser Polizist. Er hat mich erkannt und sind wir dann nicht weggerannt? Wir sind über den Fahrradweg und … was danach passiert ist, weiß ich nicht mehr.

Und mich haben sie ins Krankenhaus gebracht. Konnte Kai abhauen? Wenn nicht, was ist mit ihm geschehen? Wurde er verhaftet? Ist er auf der Wache?

Ein Mann und eine Frau mit Schirm laufen an mir vorbei.

»Entschuldigen Sie, wo ist denn hier die Polizeiwache?«

Das Pärchen ignoriert mich und beschleunigt den Schritt.

Mir ist flau im Magen, zitternd stütze ich mich an einen Baum, stelle mich mit den Füßen aufs Gras. Lehne die Stirn gegen den Stamm.

Callie, wo bist du?

Wieder und wieder rufe ich nach ihr, aber sie antwortet nicht. Hier ist sie also nicht.

Und jetzt? Ich habe keinen Plan. Ich bin durchgefroren, nass, hungrig, mir schwirrt der Kopf. Ich zittere am ganzen Leib und kämpfe mit den Tränen.

Etwas kommt schnell, sehr schnell über die Straße gebrettert, und ein Mann, der seinen Hund spazieren führt, springt aus dem Weg, hebt fluchend die Faust. Erst im Nachhinein registriere ich, was es war: zwei Armeejeeps, die in Richtung Krankenhaus jagen.

12

12

ZWÖLF

CALLIE

Ich steige in den Himmel, um mich zu orientieren. Unter mir verteilen sich die Lichter in alle Richtungen. So wie es aussieht, sind wir in einer Stadt. Wie soll ich Shay hier bloß finden?

Krankenhaus, sie ist doch im Krankenhaus.

Ich sause zurück auf Straßenhöhe und suche die Hauptstraßen ab, bis ich auf einen Krankenhauswegweiser stoße. Ich folge dem Schild bis zum nächsten. Ein Krankenwagen rast an mir vorbei. Der wird ja wohl in die richtige Richtung unterwegs sein. Ich lege einen Zahn zu und folge dem Wagen, der mich direkt zum Ziel führt: *Raigmore Krankenhaus* steht auf dem Schild.

Und wer parkt neben dem Schild? Zwei Armeejeeps!

Shay, wo bist du? Keine Antwort.

Im Krankenhaus renne ich umher und suche Shay und die Uniformierten.

Die Soldaten finde ich. Die sind im Schwesternzimmer, wo ihnen eine eingeschüchterte Schwester und ein Polizist gegenüberstehen.

»Mir ist egal, wer das angeordnet hat. Mein Sergeant hat angerufen und mir befohlen, das Mädchen hierzubehalten. Daran halte ich mich, bis er mir was anderes sagt.« Der Polizist hat sich kerzengerade vor den drei Soldaten aufgebaut und sieht dem Anführer direkt ins Gesicht.

Die Schwester strafft die Schultern. »Zuvor muss sie von einem Arzt offiziell entlassen werden.«

Shay, bist du hier? Wieder keine Antwort.

Dem Anführer reißt der Geduldsfaden. Er gibt seinen beiden Gefolgsleuten ein Zeichen und die drängen sich an der Schwester und dem Polizisten vorbei durch den Flur, schauen in jedes Zimmer.

Der Polizist ist außer sich und protestiert. Keiner nimmt Notiz von ihm.

Die Soldaten gelangen an ein Zimmer mit einem Stuhl neben der Tür.

»Ich kann das nicht zulassen …« Als sich der Polizist vor die Tür schiebt, wird er unsanft aus dem Weg gestoßen.

Einer der Soldaten geht ins Zimmer, kommt aber sogleich zurück. »Leer«, sagt er zum anderen. »Kissen unter der Decke.«

»Was?« Der Polizist geht hinein. Ihm bleibt der Mund offen stehen. »Aber gerade eben war sie doch noch hier …«

»Offenbar ist sie Ihnen entwischt«, entgegnet der Soldat verächtlich. Der andere ist bereits am Telefon und fordert Verstärkung an, um Krankenhaus und Umgebung zu durchsuchen. Doch bevor er zu Ende gesprochen hat, bin ich auch schon durch den Flur und aus dem Krankenhaus gehuscht.

Ich muss Shay vor ihnen finden.

Ich suche alle Straßen ab, die vom Krankenhaus wegführen, rufe dabei immerzu nach ihr.

Antwortet da jemand schwach?

Shay?

Callie?

Ich versuche, die Richtung auszuloten. Folge ihr. Anderthalb Kilometer von hier entfernt in einem Haus, nein, hinter einem Haus finde ich sie. In einem Garten, in einer Art Holzverschlag.

Dort sitzt sie am Boden, die Arme um die angezogenen Knie geschlungen, durchnässt, bibbernd. Sie hebt den Kopf. Unter Tränen lächelt sie mich an. »Mann, bin ich froh, dich zu sehen.«

13

13

DREIZEHN

SHAY

»Du willst also sagen, dass ich gegen einen Baum gerannt bin?«

Ja.

»Ich habe meinen Kopf an einem Baum gestoßen und war bewusstlos?«

So war das.

Ich haue mit meinem Kopf leicht gegen das Lenkrad. Dann kämpfe ich weiter mit dem Schaltknüppel des Autos, es knirscht gewaltig im Getriebe.

Bingo! Ich habe den Rückwärtsgang gefunden.

Im Regen versuche ich, etwas hinter mir zu erkennen. In Zeitlupe setze ich zurück, dabei fahre ich halb den Kantstein hoch. Zum Glück ist es mitten in der Nacht.

Mit Hängen und Würgen bekomme ich den ersten Gang rein und fahre stotternd los.

Kannst du auch ein bisschen schneller fahren?

»Versuch ich ja«, stoße ich zwischen zusammengebissenen Zähnen hervor.

Ich gehe nachsehen, was die Soldaten vorhaben. Fahr du einfach weiter geradeaus. Ich finde dich schon.

Und weg ist sie.

Vorsichtig fahre ich die Straße entlang. Hätte Callie nicht ein leeres Haus mit einem Wagen mit Automatikschaltung auftreiben können?

Callie lässt nicht lange auf sich warten.

Verstärkung ist eingetroffen. Schwärmen vom Krankenhaus aus. Die haben Hunde dabei.

»Wenn sie das Haus finden, wo wir das Auto herhaben, kommen die vielleicht drauf, dass wir damit unterwegs sind. Wir müssen uns beeilen.«

Auf zur Polizeiwache!

»Bisschen seltsam, mit einem geklauten Wagen zur Polizei. Aber was soll's!«

Callie leitet mich über Schleichwege. Hin und wieder verschwindet sie, um sich zu vergewissern, dass wir auf dem richtigen Weg sind. Schließlich bittet sie mich, in einer ruhigen Gasse zu warten, während sie nach Kai sieht.

Callie bleibt ungewöhnlich lange weg.

Dann kommt sie plötzlich angeflitzt.

Vor der Polizeiwache steht ein Militärjeep. Die Soldaten versuchen, in die Wache einzubrechen, aber ich habe nachgesehen, die sind nicht mehr da.

»Was?«

Kai und der Polizist sind nicht mehr da!

»Wo sind sie?«

Woher soll ich das wissen?

»Das ergibt keinen Sinn. Die Polizei verlegt doch nicht mitten in der Nacht einen Gefangenen. Die Armee hat ihn offenbar auch nicht. Was geht hier vor sich?«

Vielleicht hat ihn der Polizist weggeschafft, eher so heimlich.

»Wie kommst du darauf?«

Er hat jemanden angerufen und ihm von Kai und dir erzählt, dass du eine Überlebende der Grippe bist und dass die Armee deine Auslieferung verlangt. Darüber hat er sich geärgert.

»Wen hat er denn angerufen?«

Seinen Onkel, der ist Herausgeber. Und der Onkel sollte was in Erfahrung bringen und sich dann wieder melden.

»Wie, Herausgeber? Von einer Zeitung?«

Glaube schon.

»Wow. Vielleicht hat der Polizist Kai in die Redaktion gebracht. Wo sind wir? In Inverness? Was für Zeitungen gibt es hier denn?«

Keinen Schimmer!

»Dann suchen wir uns jetzt mal einen Laden, der Zeitungen verkauft.«

Warte. Ich muss dich doch leiten, damit wir nicht auf die Soldaten stoßen.

Callie verschwindet kurz und zeigt mir dann den richtigen Weg.

Bei einer Tankstelle werden wir fündig. Ich gehe hinein, froh, dass es in dem Haus, wo wir das Auto gestohlen haben, ein paar anständige Klamotten gab, in denen ich nicht total schräg aussehe. Waren zwar Jungssachen, aber mit Gürtel geht die Jeans, und die Schuhe sind zwar etwas zu groß, mit zwei Paar Socken sieht es aber wenigstens nicht so aus, als hätte ich Clownsfüße.

Ich schaue mir die Zeitungen an. Tatsächlich haben sie uns in die nächstgrößere Stadt, nach Inverness, gebracht. Und hier gibt es zwei große Zeitungen, die infrage kommen.

Ich lächle den Mann hinter der Kasse an. »Haben Sie vielleicht ein Telefonbuch, das ich mir mal anschauen darf?«

»Reicht dir das Branchenbuch?«

»Ja, das ist super.«

Der Mann kramt unter der Theke herum und reicht es mir. Ich schlage die Adressen der beiden großen Zeitungen nach.

»Haben Sie auch Karten von Inverness?«

Er reicht mir eine, ich lerne sie auswendig und gebe sie zurück.

»Willst du die kaufen?«

»Nein, aber haben Sie vielen Dank für Ihre Hilfe.«

Ich laufe zurück zum Wagen, wo Callie wartet, und steige ein.

»Also, ich habe die Adressen von den beiden Zeitungen und weiß auch, wie man hinkommt. Einen Versuch ist es wert.«

Ruckelnd kriechen wir die Straße entlang. »So langsam habe ich den Bogen raus.«

Ja, man merkt's.

Die erste Zeitungredaktion liegt dunkel und verlassen da.

Bei der zweiten parken wir ein Stückchen weiter entfernt. Inzwischen ist es bestimmt zwei Uhr, aber hinter den Jalousien schimmert noch Licht.

Mit Callie laufe ich die Straße entlang, halte mich im Dunkeln. Wir gehen hinten um das Gebäude herum und da steht doch tatsächlich ein Polizeiwagen.

Volltreffer.

Ich gehe mal kurz nachsehen, sagt Callie. Im nächsten Moment ist sie schon wieder da.

Sie grinst. *Kai schläft schon halb auf einem Stuhl. Der Polizist streitet sich mit einem Typen herum, der wohl sein Onkel sein muss.*

»Ich versuche, Verbindung zu Kai aufzunehmen, damit er weiß, dass wir da sind.«

Ich schließe die Augen und strecke mich nach der Umgebung aus.

Und zu den Büros über uns.

Kais Geist ist wie ein vertrauter Fußabdruck, der zu meinem passt. Erst schwebe ich vor ihm herum. In der Ecke sitzt eine Spinne in ihrem Netz, mit ihren Augen schaue ich mich im Zimmer um.

Kai befindet sich in einer Art Warteraum, direkt neben der Tür. Er hat die Füße hochgelegt. Die anderen beiden Männer sind in ein hitziges Gespräch vertieft.

Kai? Ich umschmeichle ihn mit seinem Namen. *Ich bin's, Shay.*

Er schreckt auf. Instinktiv versucht er, mich aus seinen Gedanken zu drängen, aber als ihm klar wird, was vor sich geht, entspannt er sich und lädt mich ein.

Shay?, denkt er. *Wie geht's dir?*

Mir geht's gut. Ich bin aus dem Krankenhaus geflohen. Bei dir auch alles okay?

Ja. Was machst du hier?

Dich retten, was sonst!

Ich habe Callie doch gesagt, du sollst ohne mich abhauen. Hat sie dir das nicht gesagt?

Nein, aber das hätte auch nichts gebracht. Hör zu. Callie und ich haben um die Ecke geparkt. Ich schicke ihm ein Bild von dem Wagen, in dem wir gekommen sind. *Und ich stehe jetzt direkt unten vor dem Hintereingang.*

Damit bist du hergefahren? Er lacht in sich hinein.

Ja! Wie bekommen wir dich jetzt frei? Hast du eine Idee?

Die Leute hier sind nicht die Bösen. Aber dich würden sie wohl nicht so ohne Weiteres laufen lassen. Gib mir einen Moment. Ich überlege mir was.

Kai streckt sich und steht auf.

»Die Toiletten sind wo?«, fragt er.

»Die Treppe runter. Erste Tür links. Du brauchst einen Schlüssel.« Der Herausgeber wirft Kai einen Schlüsselbund zu. Kai fängt ihn auf und läuft die Treppe hinunter.

Sogleich versucht er es an der Hintertür, doch die ist verschlossen. Am Schlüsselbund hängen eine Menge Schlüssel, er probiert sie der Reihe nach durch, aber keiner passt.

Warte. Ich verlasse Kais Gedanken, öffne die Augen und gehe zur Hintertür. Ich sehe Kai durch das Glasfenster in der Tür und drücke die Hand gegen die Scheibe.

»Kommst du zurecht da unten?«, ruft jemand von oben.

»Ja«, ruft Kai laut zurück und denkt an mich gewandt: *Vielleicht gibt es ja ein Fenster in der Toilette.*

Er versucht mehrere Schlüssel, bis einer in die Tür links passt. Kurz darauf kehrt er kopfschüttelnd zurück.

Nun rüttelt er an der Klinke der Tür rechts. Verschlossen. Er probiert einen Schlüssel, den nächsten.

Oben sind Schritte zu vernehmen. Es kommt jemand.

Das Schloss geht auf. Kai verschwindet hinter der Tür. Sekunden später öffnet er ein Fenster und klettert hinaus. Als Schritte auf der Treppe erklingen, ist er schon sicher auf dem Boden gelandet.

Ich nehme ihn bei der Hand und wir laufen los.

14

14

VIERZEHN

CALLIE

Das ist ja so viel entspannter.

»Callie findet, dass du besser fährst als ich.«

Ja!

»Hier musst du jetzt links«, sage ich. Gott sei Dank habe ich mir die Karte so gut eingeprägt, dass ich uns aus Inverness rauslotsen kann.

Kai biegt ab und seufzt. »Der arme Euan. Ich fühle mich echt mies, dass ich einfach abgehauen bin. Hoffentlich kriegt er jetzt keinen Ärger.«

»Euan? Ist das der Typ, der uns festgenommen hat?«

»Na ja, schon. Aber für dich hat er einen Krankenwagen gerufen. Und als er herausgefunden hat, dass die Soldaten krumme Sachen machen, hat er den Polizisten im Krankenhaus angewiesen, dich nicht auszuhändigen.«

»Zu der Zeit war ich schon längst weg.«

»Aber das konnte Euan ja nicht wissen. Und als sein Onkel zurückrief, hat er mich aus der Zelle geholt.«

»Bevor die Soldaten gekommen sind.«

»Genau.«

»Was hat ihn dazu gebracht?«

»Hab ich dir doch gesagt. Er ist keiner von den Bösen.«

»Im Kreisverkehr nimmst du jetzt die zweite Ausfahrt. Ich meine doch, was hat er von seinem Onkel erfahren, dass er dich rausgelassen hat?«

»Der hat sich ein wenig über diesen Kirkland-Smith informiert. Der Typ aus Killin, weißt du noch?«

»Ja, der Leutnant, dessen Soldaten Duncan auf dem Gewissen haben? Der dich an die Bank gefesselt und auf mich geschossen hat? Wie sollte ich den je vergessen?«

»Ja, der hat darauf bestanden, dass wir in seinen Gewahrsam kommen. Jedenfalls ist das Regiment, dieses ASR, über das er das Kommando hat, ein ziemlich undurchsichtiger Verein. Niemand weiß, wofür das ASR überhaupt zuständig ist und wer da die Fäden zieht. Wo lang jetzt?«

»Vorn an der Ampel links. Wir sollten den Wagen irgendwo unauffällig loswerden. Die haben Hunde. Wenn die meine Spur bis zum Haus der Besitzer verfolgen, könnten sie spitzkriegen, dass der Wagen fehlt, und eine Fahndung nach einer berüchtigten Mörderin rausgeben.«

»Da ist was dran. Wollen wir uns einen anderen besorgen?«

»Hier in der Gegend ist es mit dem Klauen schwieriger. Man könnte uns erwischen. Um diese Zeit sind alle zu Hause, und wenn nicht, dann sehen zumindest die Nachbarn nach dem Rechten. Es ist nicht so ausgestorben wie in oder um eine Quarantänezone.«

»Wie weit ist es noch bis nach Elgin?«

»Keine Ahnung. So weit habe ich mir die Karten nicht angeschaut. Warte mal.«

Ich durchstöbere das Handschuhfach. Nichts. Dann taste ich nach der Tasche hinterm Fahrersitz. Und tada! Eine Schottlandkarte.

»Elgin liegt etwa … oh. Bis nach Elgin sind es über sechzig Kilometer.«

»So weit können wir nicht laufen.«

»Jedenfalls dauert es. Aber ich wäre den Wagen gerne schnell los. Was machen wir?«

»Lass uns noch ein Stück fahren und hoffen, dass die Soldaten nicht gleich darauf kommen. Callie kann ja so lange die Straße vor uns im Auge behalten.«

Shay unterdrückt ein Gähnen. »Du bleibst einfach auf der Küstenstraße, immer geradeaus.« Sie faltet die Karte zusammen und gähnt herzhaft.

»Schlaf doch ein bisschen«, sagt Kai.

Shay macht die Augen zu und schon bald geht ihr Atem ganz gleichmäßig, entspannt sinkt sie in die Polster.

»Callie?«, flüstert Kai. »Hör mal. Ich bin ein bisschen böse auf dich. Shay sollte allein abhauen und nicht meinetwegen riskieren, geschnappt zu werden. Das hast du ihr einfach nicht ausgerichtet. Du hättest ja wenigstens versuchen können, sie zu überreden, allein abzuhauen.«

Ungläubig sehe ich ihn an. Da sitzt er in aller Seelenruhe hinterm Lenker und fährt, während er mir eine Standpauke hält. Nach allem, was ich für ihn getan habe! Seine dämliche gegen Bäume laufende Freundin retten, ihr von dem Zeitungsfritzen erzählen, damit wir Kai befreien können.

Wütend verschränke ich die Arme vor der Brust. *Vielen Dank auch!* Aber Kai kann mich weder sehen noch hören. Er kann sagen, was er will, und ich kann es ihm nicht heimzahlen.

»Und kannst du jetzt bitte die Straße vor und hinter uns beobachten? Schau dich nach Soldaten, Polizisten und Straßensperren um. Und weck Shay, falls es was Wichtiges gibt!«

Und jetzt soll ich ihm auch noch einen Gefallen tun?

Der kann mich mal.

»Danke, Callie.«

Wütend funkle ich ihn an. Aber er merkt ja nichts. Das kotzt mich an, keiner hört mich und immer heißt es nur *Callie, tu dieses, Callie, tu jenes.*

Ich könnte natürlich einfach eine Biege machen und die beiden in Bäume und Straßensperren tappen lassen.

Aber das geht nicht. Ich brauche sie. Ich brauche sie, um Dr. 1 zu finden.

Und dann können sie mich mal.

Im Moment entscheide ich mich fürs Zweitbeste und verlasse den Wagen. Ich fliege durch die Nacht und genieße allein meine Freiheit. Auch wenn ich auf der Straße bleibe und weiß, wo der Wagen hinter mir ist, tue ich so, als wüsste ich es nicht.

15

15

FÜNFZEHN

SHAY

Shay, Shay, wach auf.

Callie lässt nicht locker, also kann ich sie nicht länger ignorieren.

»Hhmmm. Was denn?«

Polizei und Armee vor uns! Sag das Kai.

Eilig komme ich zu mir, zerre Kai am Ärmel. »Polizei und Armee vor uns. Fahr von der Straße runter.«

»Was machen die?«, fragt Kai. »Halten die Ausschau nach uns?«

Woher soll ich das wissen?, sagt Callie. Sie sitzt mit verschränkten Armen hinter mir auf dem Rücksitz und hält größtmöglichen Abstand zu uns.

»Wo sind sie denn genau?«, frage ich, und stumm füge ich hinzu: *Ist was, Callie?*

Nein, mir geht's gut. Die sind auf einem Parkplatz. Ihr wärt direkt daran vorbeigerauscht.

Ich drehe mich zu Callie um. *Klingt aber nicht so, als würde es dir gut gehen. Also, sag ehrlich!*

Callie zuckt die Achseln. *Tut mir leid, ich habe schlechte Laune.*

Verständnisvoll lächle ich sie an. *Ja, waren ein paar heftige Tage.*

Ja, sagt Callie und lächelt zurück.

»Wie weit ist es denn noch nach Elgin? Und wo genau sind wir jetzt?«, fragt Kai. Ich hole die Karte heraus und suche den Abzweiger, den wir gerade genommen haben.

»Sind noch etwas über 15 Kilometer.« Bevor ich sie zusammenfalte, lerne ich die Karte auswendig.

»Okay. Höchste Zeit, die Karre loszuwerden«, sagt Kai. »Gehen wir zu Fuß weiter?«

»Wäre echt zu riskant, noch einen Wagen zu stehlen. Entlang der Küste führt auch ein Fahrradweg. Den könnten wir nehmen, falls wir ihn in der Dunkelheit finden. Brauchst du eine Pause?«

»Nein, alles gut. Lass uns erst ein Versteck für den Wagen suchen.«

Kai nimmt einen schmalen Feldweg, rechts und links nichts als Höfe, Felder und Scheunen. Vor uns liegt ein Gatter. Kai springt aus dem Wagen, öffnet das Gatter und fährt mit dem Wagen hinter eine halb verfallene Scheune. Alles unter den belustigten Blicken einer müden Schafherde.

»Hoffentlich findet den keiner so schnell«, sagt Kai. »Auf geht's.«

Wir klettern aus dem Wagen, stiefeln über einen schlammigen Acker und schließen das Gatter hinter uns. Wir laufen den Feldweg entlang.

»Noch ein Stückchen geradeaus, dann müssten wir eigentlich wieder auf die alte Straße kommen«, sage ich. »Mit ein bisschen Glück finden wir ein Straßenschild, dann weiß ich wieder, wo wir sind.«

Am Wegrand steht eine Straßenlaterne.

»Was hast du überhaupt an?«, fragt Kai.

»Der letzte Schrei unter Gaunern.« Mit meiner aufgerollten Jungsjeans, dem viel zu großen Hoodie und den riesigen Schuhen, die auch mit zwei Paar fetten Socken bei jedem Schritt schubbern, drehe ich mich stolz im Kreis.

Mit einem bewundernden Pfiff nimmt er mich bei der Hand und wir laufen.

Und laufen.

Und laufen …

Der Morgen graut schon, als wir endlich oberhalb der Küste eine Pause machen. Die Sonne geht über dem Meer auf, zwischen den Wolken färbt sich der Himmel wunderschön rosa- und dunkelrot.

»Roter Himmel am Morgen macht dem Seemann Sorgen«, sagt Kai.

»War es nicht der Schäfer?«

»Ja, dem auch. Aber wir sind ja die, die so schnell wie möglich auf ein Schiff wollen.«

Ich lehne mich an ihn, Kai legt den Arm um mich. Ich bin hungrig und durstig, an den Knöcheln habe ich Blasen, die ich vielleicht heilen könnte, wenn ich nur die Energie dafür aufbringen würde, aber selbst dafür bin ich zu müde. Kai küsst mich auf die Stirn und drückt mich noch fester an sich.

Ich verdränge alles andere, um diesen schönen Moment zu genießen: Kais warmen Körper, den Sonnenaufgang, das Meer und das frühmorgendliche Vogelgezwitscher.

Weiter unten sitzt Callie auf einem Felsen. Unberührt von den Sonnenstrahlen ist sie Dunkelheit im Licht, ein bloßer Schatten: Dasein im Nichtsein.

Als würde sie meinen prüfenden Blick spüren, dreht sie sich um. Ihre Augen – dunklere Flecken im Dunkel ihres Gesichts – lassen mich schaudern.

16
16
SECHZEHN

CALLIE

Erst um die Mittagszeit machen wir das Café Marbles in Elgin ausfindig. Es ist ein Schickimicki-Laden und brechend voll, die Leute tragen teure Klamotten, die aber nicht danach aussehen dürfen. Shay überkommt der Hunger, als sie mit Kai das Café betritt und das Essen auf den Tischen sieht.

Eine gehetzt wirkende Kellnerin spricht sie an. »Ein Tisch für zwei?«, fragt sie mit erhobener Braue und abschätzigem Blick. Kai und Shay sehen etwas schmuddelig aus.

»Können wir mit Lochy sprechen?«, fragt Shay.

»Eigentlich sollte er schon längst da sein, aber er verspätet sich. Wollt ihr einen Tisch?«

Die beiden sehen sich an. Sie haben kein Geld.

»Ja«, antwortet Kai.

Die Kellnerin weist ihnen einen Tisch an der Küchentür direkt vor den Klos zu.

»Wie sollen wir denn das bezahlen?«, fragt Shay leise, nachdem die Kellnerin abgerauscht ist.

»Das ist mir gerade egal, ich bin einfach nur hungrig. Hoffen wir, dass Lochy aufkreuzt und uns unbedingt ein Mittagessen spendieren will. Sonst können wir immer noch Geschirr spülen.«

Sie nehmen sich die Speisekarte vor. »Einmal alles?«, fragt Shay und Kai lacht. Die Kellnerin bringt einen Wasserkrug und einen Brotkorb. Als sie das nächste Mal vorbeikommt, macht sie große Augen, weil das Brot so schnell verschwunden ist.

»Könnten Sie uns noch etwas Brot bringen?«, fragt Shay.

»Wollt ihr auch noch bestellen?«, fragt die Kellnerin wieder mit gehobener Braue.

»Natürlich.«

Der zweite Korb ist genauso schnell leer.

Ist das vielleicht Lochy, der an der Tür?, frage ich. Ein Typ in den Zwanzigern mit Hornbrille und einem T-Shirt, auf dem *Zeit ist relativ* steht, wird gerade von der Kellnerin zusammengestaucht. Über uns muss sie auch was sagen, denn der Typ schaut zu unserem Tisch herüber und nickt.

Gleich darauf kommt er auf uns zu. »Hi, ich bin Lochy. Ionas Freund. Shay und Kai, nicht wahr?«

»Ja.« Shay lächelt, weil sie so froh ist, dass sie ihn gefunden haben. Und er lächelt zurück.

»Jess glaubt, dass ihr alles Brot auffuttert und dann die Fliege macht.« Er lacht. »Seid ihr hungrig?«

»Ein bisschen. Aber pleite.«

»Das Essen geht auf mich. Ich empfehle Pasta Spezial. Anschließend könnt ihr zu mir gehen.« Lochy nennt ihnen die Adresse und beschreibt ihnen den Weg, dann tut er so, als würde er ihnen was auf der Speisekarte zeigen, und lässt den Schlüssel in Shays Hand gleiten. »Schlaft ein wenig, duscht oder beides. Heute Abend bin ich zurück.«

17

17

SIEBZEHN

SHAY

In Lochys Wohnzimmer sieht es aus wie bei Iona, nur noch mit dem Faktor 1000 multipliziert: alles voller Technik – überall Computer, Bildschirme und Kabel in einem wohlorganisierten, übersichtlichen Chaos. An einem Ende der Wohnung ist auch eine winzige Küche mit einem Futon, der an der Wand lehnt. Ein Bad gibt es und ein Schlafzimmer, dort steht die Tür offen. Das Schlafzimmer ist das Gegenteil vom organisierten Rest der Wohnung. Hier sieht es aus, als hätte eine Bombe eingeschlagen.

»Dusche?«, fragt Kai und reibt sich die Augen.

Ich schüttle den Kopf. »Sollte ich vielleicht. Aber ich bin so schön satt, ich muss erst schlafen.« Ich nehme ihn bei der Hand. Wir tüfteln aus, wie das mit dem Futon funktioniert, und kurz darauf schlafen wir auch schon.

»Halloooo …?«

Ich mache ein Auge auf: Lochy steht vor uns. Kai regt sich, als ich mich aufsetze. Durch die Jalousien dringt nur Dunkelheit: Es ist Nacht. Ich gähne. »Haben wir den ganzen Tag verschlafen?«

»Dann habt ihr es wohl gebraucht«, meint Lochy. »Seid ihr ausgeruht?«

»Wenn ich erst mal wach bin, schon.«

»Wir haben einiges zu besprechen, aber es hat keine Eile. Erst mal muss ich den Horror von Gastronomie und Kapitalismus mit *Martian Massacre* Level 16 verarbeiten.«

Ich stehe auf und Lochy führt mich zu einem Schrank. »Nur ein Vorschlag. Hier sind Handtücher, da ist die Dusche. Irgendwo habe ich auch noch Klamotten«, er durchwühlt den Schrank, »von einer Exfreundin. Die in aller Eile weg ist.« Lochy drückt mir einen Kleiderstapel in die Hand. »Schau doch mal, ob was Passendes dabei ist.«

Er wirft einen Blick auf Kai. »Du bist größer als ich, aber vielleicht habe ich was … ja, hier. Probier mal an. Von einem Exfreund.«

»Ist der auch in aller Eile weg?«

»Ist es nicht immer so?« Lochy grinst.

Erst dusche ich, dann Kai. Ich wühle mich durch die Klamotten von Lochys Exfreundin. Also ehrlich gesagt, muss es sich um mehrere Freundinnen gehandelt haben, denn es gibt verschiedene Größen und darunter auch was Passendes für mich. Ich wandere ins Wohnzimmer, wo Lochy mit unerbittlicher Miene Aliens plattmacht.

An der Wand hängt ein Fernseher, auf dem Nachrichten laufen. Mir bleibt die Luft weg, als ich die Karte mit den Quarantänezonen sehe. In Schottland haben sich die roten Bereiche ausgedehnt, erstrecken sich über Cairngorms und schließen Inverness mit ein.

Als Kai mit etwas knappen Klamotten aus der Dusche kommt, pfeift Lochy und stellt sein Spiel aus.

Zeit zum Reden.

»Was weißt du?«, frage ich Lochy.

»Mit der Relativitätstheorie kenne ich mich aus. Ich kann ein geiles Soufflé machen. Und was ich über Computer weiß, zähle ich lieber gar nicht erst auf, das würde Tage füllen.« Auf meinen skeptischen Blick hin grinst er. »Ach, du meinst jetzt ganz konkret über die Sache? Iona hat mir erzählt, dass ihr auf die Shetlandinseln müsst, und auch ein wenig über die Gründe. Dass ihr dort womöglich Beweise findet, dass die Krankheit, die bei uns grassiert, von Menschen gemacht ist, und vielleicht Abhilfe findet.«

»Von Iona weiß ich, dass die Küsten bewacht werden. Können wir trotzdem auf die Insel?«

»Könnt ihr. Ist nur weder legal noch bequem. Gegen Geld kann man auf einem Boot anheuern, das Flüchtlinge nach Europa bringt. Ich habe eines gefunden, das auf dem Weg nach Norwegen auf den Shetlandinseln einen Zwischenstopp macht. Aber das kostet, und nicht wenig. Und ihr seid pleite, oder?«

Kai und ich sehen uns bestürzt an. »Ja, wir sind blank.«

»Ich habe ein paar gut betuchte Freunde. Denen werde ich von euch erzählen, dann helfen sie bestimmt.«

»Was sind das für Leute?«

»Die gehören zu einer Onlinegruppe. Iona ist auch dabei. Daher kennen wir uns. Sie traut ihnen und ich auch.«

Wieder tauschen Kai und ich Blicke. »Mir wäre es lieb, wenn so wenig Leute wie möglich Bescheid wüssten«, sagt Kai. »In ihrem und auch in unserem Interesse.«

»Verstehe.«

»Darf ich Iona noch mal kontaktieren?«, frage ich.

»Ja, klar. Ich weiß, dass ihr über ihren Blog kommuniziert, aber wenn du willst, kannst du auch unser Gruppensystem benutzen. Dann denken alle, du wärst ich. Aber die Nachrichten werden verschlüssel und umgeleitet. Selbst wenn jemand den Code knackt, kann er es nicht zu unseren IP-Adressen zurückverfolgen.«

»Klingt gut.«

»Komm, ich rufe das Programm mal auf.«

Seine Finger fliegen nur so über die Tastatur und geben eine komplizierte Login-Sequenz ein, dennoch speichert mein Gehirn alles ab.

Ein virtuelles Herz erscheint auf dem Bildschirm.

LOL: Hey, JIT.

Es plingt.

JIT: Hey, LOL, schon wieder irgendwelche Herzen gebrochen?

LOL: Leider nein. Aber ich habe gerade Besuch. Ich übergebe mal an ... Er schaut mich an. Locke.

JIT: Locke? Das passt!

LOL: JIT? Bist du das?

JIT: Hurra, du hast es geschafft! Kümmert sich LOL um alles?

LOL: Denke schon. Er will uns Geld über eine Gruppe beschaffen, in der ihr seid. Ist das okay?

JIT: Kein Problem, die halten dicht.

LOL: Wünschte, wir könnten richtig quatschen.

JIT: Ich auch, aber lieber nicht. HDL

LOL: HDL

Ich wende mich wieder den anderen zu. Kai, der über meine Schulter hinweg mitgelesen hat, nickt.

»Okay, dann mal los«, sage ich.

»Kannst du uns ein bisschen was über die Überfahrt erzählen?«, fragt Kai an Lochy gewandt.

»Wird kein Zuckerschlecken. Überfüllte Boote, die Leuten gehören, die für Geld alles machen.«

»Wohin fahren die Boote?«

»Je nachdem. Eine Weile sind sie noch recht mühelos zu verschiedenen Teilen Europas durchgedrungen. Aber es ist schwerer geworden, seit die Sicherheitsvorkehrungen verstärkt wurden. Manche Länder lassen die Flüchtlinge nicht an Land. Andere stecken sie in Quarantänelager. Als es in ein paar Lagern zum Ausbruch der Krankheit gekommen ist, hat man die ohne medizinische oder sonstige Hilfe einfach abgeriegelt. Und auch die Überfahrt selbst ist riskant. Man kann von der Küstenwache verhaftet werden, manche Boote kentern auch in der stürmischen See.«

»Oh mein Gott«, entgegne ich. »Ich hatte ja keine Ahnung, wie schlimm es ist. Warum versuchen die Leute, das Land zu verlassen, wenn es so gefährlich ist?«

»Ganz einfach, weil sie vorm Bleiben noch größere Angst haben.« Lochy schnappt sich eine Fernbedienung und schaltet zu einem Sender, auf dem rund um die Uhr die aktuellen Quarantänezonen gezeigt werden. Auf dem Bildschirm erscheint eine Karte.

»Was? Inverness hat es auch erwischt?«, fragt Kai.

»Ja und damit ist Elgin eingekesselt. Die Zone zieht sich oben von Iverness bis unten nach Aberdeen. Diese Woche ging es plötzlich ganz schnell.«

»Und deshalb setzen die Menschen alles aufs Spiel, weil sie in der Falle sitzen.«

»Eben.«

»Was ist mit dir, Lochy? Willst du nicht auch weg?«, frage ich.

»Ich? Kommt nicht infrage. Ich wette, ich bin immun, sonst hätte ich mir schon längst was Schlimmes geholt«, sagt er augenzwinkernd, aber man spürt die Angst hinter seiner vermeintlichen Tapferkeit.

»Komm doch mit uns«, sage ich.

Er schüttelt den Kopf. »Ich kann nicht abhauen. An diesem Ort gibt es zu viele Menschen, die hier nicht wegkönnen und die mir viel bedeuten«, sagt er verlegen. »Jedenfalls habe ich versucht, Informationen über die Shetlandinseln zu sammeln, die euch helfen könnten. Aber es ist echt seltsam, als hätte diese Region ein Informations-Vakuum. Selbst für diese paar Daten musste ich mich einhacken.«

Auf einem neuen Bildschirm zeigt er uns Satellitenbilder der Inseln und zoomt dann auf die Hauptinsel Mainland. »Hier seht ihr die großen schwarzen Gebiete, wo alles vom Feuer und den Explosionen verbrannt worden ist. Aber obwohl nicht sämtliche Regionen betroffen sind, darf keiner zurück auf die Insel. Auf den anderen Inseln haben noch Leute gewohnt, aber die haben sie auch evakuiert, angeblich wegen der Umweltbelastung.«

»Angeblich? Meinst du, es hat andere Gründe?«, fragt Kai.

»Da muss mehr hinterstecken, sonst würden die nicht jeden Zugang blockieren. Außer einem provisorischen Stützpunkt von der Royal Airforce, die die Küste überwachen und ein Auge auf die internationalen Eindämmungsgrenzen haben sollen, ist da nichts.« Lochy zeigt uns den Stützpunkt auf der Karte. »Und es gibt natürlich diverse Beamte und Reinigungskräfte im Hafen von Sullom Voe, die da ihren Job machen. Aber man würde viel mehr Personal erwarten und es dringt auch kaum etwas davon an die Öffentlichkeit. Überhaupt, weder offiziell noch inoffiziell.«

»Vielleicht ist das im Vergleich zu dem, was in England und Schottland gerade passiert, nicht interessant genug«, sagt Kai.

»Das spielt bestimmt eine Rolle, aber der alleinige Grund ist es nicht. Echt spannend. Da ist irgendwas passiert, was richtig Schräges. Ich hoffe echt, dass ihr es herausfindet.«

»Darf ich noch mal die Karte von Mainland sehen?«, frage ich.

»Gerne.« Lochy zeigt mir, wie ich auf dem riesigen Bildschirm verkleinern und vergrößern kann.

Callie, erkennst du auf der Karte, wo wir hinmüssen?

Callie schaut sich alles genau an. *Wo ist denn dieser Ölhafen?*

»Wo liegt Sullom Voe?«, frage ich Lochy.

»Geh mal näher ran und jetzt links. Ja, in dem Teil der Insel.« Callie rückt dichter an den Bildschirm. *Da ungefähr bin ich aus dem Forschungslabor entkommen. Und da ganz oben liegt das Haus von Dr. 1.*

Lochy besitzt noch weitere Karten von den Shetlandinseln und ich schaue sie mir ganz genau an und präge sie mir ein.

Callie vergleicht die Satellitenaufnahmen immer wieder mit den Landkarten.

Ja. Genau da liegt es. Callie zeigt im oberen Teil der Insel auf einen Punkt, der fast im Meer liegt.

Ich zoome ran. Obwohl dieser Teil nicht weit entfernt von Sullom Voe ist, hat er am wenigsten abbekommen. Der Ort ist von Wasser umgeben und nur durch eine schmale Landzunge mit dem Rest der Insel verbunden. Wild, karg, zerklüftet. Der ganze Landstrich wirkt unheimlich, seltsam rot verfärbt.

Und dorthin wollen wir.

18

18

ACHTZEHN

CALLIE

Gleich brechen wir auf. Lochy hat eine Telefonleitung aufgebaut, die man nicht zurückverfolgen kann, damit Kai die Möglichkeit hat, Mum anzurufen. Nach langem Hin und Her sind sie übereingekommen, dass die Notwendigkeit zu erfahren, was Mum weiß, das Risiko überwiegt. Aber mir ist schon klar, dass Kai einfach noch mal ihre Stimme hören möchte – genau wie ich.

Um mitzuhören, rücke ich dicht an Kai heran, so dicht wie schon lange nicht mehr.

»Hallo, Mum?«

»Kai! Wo bist du? Geht es dir gut? Und Shay?«

»Darf ich nicht sagen, ja und ja.«

»In was hast du dich da reinziehen lassen?«

»Wir tun das Richtige, das verspreche ich dir.«

Kurze Pause. »Das glaube ich dir, aber …«

»Ich kann nicht lange reden, ich muss dich was fragen.«

»Was denn?«

»Habt ihr schon Fortschritte gemacht? Seid ihr der Ursache der Aberdeen-Grippe schon auf der Spur?«

»Nein, wir können den Erreger nicht dingfest machen. Wir brauchen Überlebende, schick mir Shay.«

Lochy gibt Zeichen, dass die Zeit für die sichere Verbindung gleich um ist.

»Ich muss auflegen.«

»Ich hab dich lieb.«

»Hab dich auch lieb, Mum. Denk immer dran.« Die Verbindung wird unterbrochen.

Ich hab sie auch lieb.

Kai ist der Kummer anzusehen und mein Ärger von vorhin verraucht. Shay nimmt seine Hand.

»Können wir los?«, fragt Lochy.

Wir folgen ihm durch den Hinterausgang und eine Straße entlang, warten einen Moment. Ein Transporter hält. Lochy überreicht Kai einen Rucksack mit Wasserflaschen und Essen, drückt Shay und Kai noch einmal kurz. Dann schlägt er gegen die Tür vom Transporter und sie wird geöffnet.

Von drinnen starren einem viele Augenpaare entgegen. Die Leute rücken ein wenig zusammen, aber in diesem normalen Transporter, in dem schon zwei Männer, drei Frauen, ein schreiendes Baby und so viele Kinder herumwuseln, dass man den Überblick verliert, ist es tierisch eng.

Da ziehe ich mich lieber zurück. *Ich fahre auf dem Dach mit, Shay.*

19

19

NEUNZEHN

SHAY

Rumpelnd und schlingernd jagt der Wagen über die Straßen. Das Baby weint ununterbrochen und ein Kind übergibt sich. Mir wird schlecht von dem Geruch, und ich wünschte, ich könnte mich draußen zu Callie gesellen.

Kai sitzt außen und schützt mich vor der Wagenwand. Doch obwohl es Kai ist, der mir so auf die Pelle rückt, könnte ich schreien, weil es eng ist und man kaum Luft kriegt.

Als wir endlich da sind und die Türen geöffnet werden, ist die frische Luft eine Wohltat. Seeluft, man hört schon das Meer rauschen. Der Wagen parkt hinter Bäumen. Ich schaue mir die Mitreisenden an. Sie sehen verängstigt aus, manche sind etwas vollgekotzt, ansonsten sind es ganz normale Leute, könnten auch Familien aus Killin sein.

Vor der Grippe zumindest.

Uns wird gesagt, wir sollen leise und zügig laufen.

Durch die Bäume nehmen wir einen Pfad hinunter zu einem steinigen Strand. Es ist windig und die See ist bewegt. Nah der Küste liegt ein Fischerboot vor Anker, stattliche Größe; ich bin erleichtert, dass wir uns gleich nicht wieder so quetschen müssen.

Wir werden aufgefordert, immer jeweils zu viert in ein Ruderboot zu steigen, wobei wir vollkommen nass werden. Das Wasser ist eiskalt und das Ruderboot hüpft auf den Wellen. Beim Fischerboot angekommen, müssen wir eine Leiter hinaufklettern, die im Wellengang wild hin- und herschwingt. Von oben greifen helfende Arme nach uns und ziehen uns an Bord. Offenbar sind wir nicht die einzigen Passagiere. In der Dunkelheit sehe ich so viele Menschen, dass ich wieder Probleme habe, Luft zu bekommen, obwohl wir draußen sind.

»Wenn das kein Abenteuer ist«, flüstere ich Kai zu.

»Hast Glück, dass ich gerne nah bei dir bin, bei den anderen weiß ich nicht so.«

Callie verzieht das Gesicht. *Ist das auch sicher mit so vielen Leuten an Bord?*

Ganz bestimmt. Dabei will ich wohl eher mich selbst davon überzeugen. Callie verlässt das Deck und setzt sich oben auf die Kajüte, wieder würde ich ihr gern Gesellschaft leisten.

Fände ich auch schön, sagt sie. *Kletter hoch zu mir.*

Das sähen die hier bestimmt nicht gern.

Zumindest sind wir jetzt die Letzten, die an Bord gebracht werden. Der Anker wird eingeholt und wir nehmen Kurs aufs Meer. Abermals werden wir gewarnt, leise zu sein, denn Geräusche tragen weit übers Wasser und eventuell sind Patrouillenboote in der Nähe unterwegs.

So weit im Norden wird es im Juli gar nicht richtig dunkel, obwohl es schon spät ist. Die Sterne sind von Wolken verhüllt und auf dem Schiff gibt es kein Licht, nur die Reflexion der bleichen Gesichter. Das Schaukeln wird auf offener See stärker, während Schottland wie ein dunkler Schatten hinter uns verschwindet. Eine Frau weint lautlos, ein Mann wiegt sie sanft im Arm. Die Kinder werden zum Schweigen ermahnt.

Ein Baby schreit und die Mutter nimmt es auf den Arm. Es schreit lauter, sie wiegt und schaukelt es, aber es hilft nicht. »Tut mir leid«, haucht die Mutter. »Sie ist ein bisschen krank und sie hört nicht auf …« In dem Moment wird ihr die Bedeutung der Worte klar. »Nein, nein, nicht *das!*«

Auf dem überfüllten Deck rücken alle von der Mutter und ihrem Kind ab. Wütendes Gemurmel setzt ein und das Baby weint erneut.

Die Stimmung ist hässlich, alle haben Angst, dass das Baby uns ansteckt und alle sterben.

»Schhhhh!«, macht einer von der Besatzung. Jemand flüstert ihm was zu und auch er weicht ängstlich zurück.

Schützend hält die Frau ihr Kind zwischen sich und der Reling. Die Schreie des Babys klingen gedämpft, werden schwächer.

Callie ist von ihrem Ausguck heruntergekommen, um die Lage zu checken. Nun wirkt sie alarmiert.

Shay, die hält das Baby zu fest im Arm!

Was?

Sie drückt ihm die Luft ab. Tu was!

Ich schiebe mich durch die Menge und tippe der Mutter auf die Schulter. Sie zuckt zusammen.

»Lassen Sie mich mal«, sage ich. »Mit Kindern kann ich gut. Ich beruhig die Kleine schon.« Beschwichtigend lächle ich ihr zu, aber sie sieht mich an, als hätte ich ihr gerade angedroht, das Kind über Bord zu werfen. Davor hat sie anscheinend Angst. Nun drückt sie das Kind noch fester an sich.

Ich strecke mich nach ihr aus … beruhige ihre Angst und ihr Misstrauen. Wenigstens lockert sie den Griff etwas, das Kind ist schwach, aber füllt die Lungen und brüllt erneut.

Die Mutter überlässt mir die Kleine. Ich habe null Ahnung von

Babys. Aber ich schaukle sie, schicke ihr friedliche, glückliche, schläfrige Gedanken. Sie beruhigt sich, es funktioniert!

Doch als ich aufschaue und die anderen Passagiere noch immer mit ängstlichen und wütenden Mienen das Kind anstarren, wird meine Konzentration gebrochen. Und als würde die Kleine durch mich die Bedrohung spüren, holt sie wieder Luft, um zu weinen, aber ihre Atemwege sind verstopft und sie hustet nur.

»Das Kind ist bloß erkältet, es hat nicht die Aberdeen-Grippe. Lasst es in Ruhe!«, sage ich. Das Baby hustet noch einmal und schläft dann ein.

Die Leute scharren betreten mit den Füßen. Ich reiche der Mutter das Kind zurück.

Bald darauf ist das Baby vergessen, auch die Patrouille und die Epidemie, der alle entkommen wollen. Der Seegang wird stärker. Das Boot schlingert, steigt mit jeder Welle hoch und fällt hart ins Tal, wieder und wieder.

Nun haben wir alle mehr Angst vor dem Meer als vor sonst was.

20

20

ZWANZIG

CALLIE

Manchmal bin ich froh, so zu sein, wie ich jetzt bin. So viele Leute müssen sich übergeben, manche schaffen es über die Reling, aber längst nicht alle. Obwohl ich mich so fern wie möglich halte, bin ich dankbar, dass ich nichts mehr rieche.

Am frühen Morgen beruhigt sich die See wieder, aber dennoch ist es ein Unglücksboot, das im Nebel den Shetlandinseln zutreibt. Es hält sich dicht an der Küste und verschwindet dann in einer Höhle.

»Ihr beiden.« Einer der Seemänner zeigt auf Kai und Shay. »Ihr verlasst das Boot hier?«

»Ja«, antwortet Kai.

»Wir bleiben in der Höhle bis zur Dämmerung. Wir rudern euch gleich an Land.«

Die Seeleute machen sich am Anker zu schaffen, dann lassen sie das Ruderboot zu Wasser.

»Warte mal.« Jemand fasst Shay am Arm. Es ist die Mutter von dem Baby. »Danke für gestern Nacht.«

Shay zuckt die Achseln, ihr ist das peinlich. »Kein Ding. Ich hoffe, Sie werden sich in Ihrer neuen Heimat wohlfühlen. Norwegen, oder?«

»Ja. Es hängt ein bisschen von der Strömung ab, wo wir landen, aber so ist es geplant. Aber ihr geht schon von Bord? Warum?«

»Wir müssen hier noch was erledigen.«

»Ich wünsche euch alles Gute.«

»Abmarsch, ihr beiden«, sagt der Seemann.

Kai und Shay klettern die Leiter hinunter und steigen ins Ruderboot. Die anderen Passagiere winken, wünschen ihnen Glück, Kai und Shay winken zurück. Das Wasser ist spiegelglatt, nach der gestrigen Nacht ist es kaum zu glauben, dass es dasselbe Meer sein soll.

Der Seemann rudert sie aus der Höhle hinaus und ein Stück die Küste entlang. Dann steuert er auf eine kleine Bucht zu.

»Wenn ihr die Insel verlassen wollt, findet euch wieder in der Höhle ein. Ein paar unserer Boote halten dort. Wann genau, kann ich nicht sagen, das hängt von vielen Dingen ab.« Er zuckt die Achseln.

»Wie sollen wir denn ohne Ruderboot zur Höhle kommen?«, fragt Kai. Wieder zuckt der Seemann die Achseln. Kai und Shay sehen sich an.

Werft ihn über Bord und behaltet das Boot.

Callie! Shay ist schockiert.

Schwimmen wird er ja wohl noch können.

Das geht nicht! Die brauchen das Boot vielleicht.

Ihr braucht es. Kai schafft es vielleicht, zur Höhle zu schwimmen, aber so wie du dich im Fluss angestellt hast, kriegst du das nie hin.

Wir besorgen uns irgendwo ein Boot. Das klappt schon.

Der Seemann manövriert das Boot in die Bucht nahe der Küste. Felsenriffe ragen steil empor.

»Können wir hier hochklettern?«, fragt Shay.

»Nicht mein Problem. Raus mit euch.«

21

21

EINUND-
ZWANZIG

SHAY

Wir stehen an einem steinigen Strand. Hinter uns schlagen die Wellen sanft an die Küste, vor uns erheben sich hohe Klippen. Links stürzt ein Wasserfall herab. Rechts ist eine Spalte im Fels, von dort sollten wir bis zu dem Grashang weiter oben gelangen. Nur das Meer und das Geschrei der Möwen sind zu hören. Es ist verlassen hier, einsam und schön.

Kai schaut zur Felsspalte. »Wollen wir da hoch?«

»Ja, aber noch nicht.«

»Was hast du vor?«

»Waschen.« Ich zeige zum Wasserfall. »Ein Picknick.« Ich deute rings um uns zum Strand. »Dann klettern wir zum Hügel hinauf und machen in der Sonne einen Mittagsschlaf.«

Kai grinst. »Du hast die besten Ideen.«

Callie verzieht das Gesicht und verschränkt die Arme. *Sollten wir nicht lieber sofort los?*

»Callie findet, dass wir sofort lossollten.«

»Wir müssen uns ausruhen, Callie. Und auch ein bisschen schlafen, sonst sind wir zu nichts zu gebrauchen«, sagt Kai.

Na gut. Ich sehe mich schon mal um.

Callie rauscht wie ein Schatten die Klippe hinauf.

»Wer zuerst da ist!«, ruft Kai und rennt zum Wasserfall, zieht sich im Lauf das T-Shirt aus.

Später liegen wir keuchend auf dem Grashang. Der Aufstieg war nicht ohne. Unsere Vorräte sind fast aufgebraucht, hoffentlich können wir sie unterwegs aufstocken.

Als ich wieder zu Atem komme, rolle ich mich auf die Seite und küsse Kai. Er küsst mich zurück, einmal, zweimal, danach hält er wie jedes Mal inne, rückt ein wenig ab und schaut mich an. Seine Pupillen sind ganz groß, sein Herz wummert, aber er hält mich auf Armeslänge, als hätte er Angst, was nach einem weiteren Kuss geschehen könnte.

Schläfrig, wie wir sind, fallen uns in der Sonne bald die Augen zu. Mit dem Kopf liege ich auf Kais Brust, höre seinen Herzschlag; er hat den Arm um mich gelegt, streichelt mir übers Haar.

In diesem halb wachen Zustand lasse ich die Gedanken schweifen, eigentlich habe ich Ruhe dringend nötig, aber ich will noch nicht schlafen, möchte den Moment mit Kai genießen, die wärmende Sonne auf der Haut und das murmelnde Meer unter uns.

Unwillkürlich strecke ich mich zu allem ringsum aus, dem pulsierenden Gras, den Insekten und Spinnen und Bewohnern des Erdreichs, den Fischen im Meer und den Vögeln in der Luft.

Und zu der Insel selbst.

Die Insel lebt. Erde und Gestein haben ein Gedächtnis und eine Bestimmung. Die Insel wurde verletzt, aber sie wird heilen und zu neuem Leben erwachen.

Und hier, so nah bei mir, ist ein weiteres Leben, eigenständig, aber so verwoben mit meinem, seine Hand in meinem Haar.

Ich tauche in Kais Geist. Obwohl er schon fast schläft, schreckt er auf. Er schüttelt vehement den Kopf, und mir ist klar, dass er mich nicht in seinen Gedanken haben will.

»Tut mir leid«, flüstere ich und ziehe mich zurück.

Noch immer schlägt sein Herz nah an meinem Ohr und auch sein Arm liegt noch auf mir, aber ich fühle mich ausgeschlossen und allein.

22

22

ZWEIUND-
ZWANZIG

CALLIE

Dieser Teil von Mainland ist neu für mich, und ich brauche eine Weile, um mich zu orientieren. Zum Glück sind Kai und Shay nicht mitgekommen. Der Royal-Airforce-Stützpunkt, von dem Lochy erzählt hat, liegt nicht weit entfernt, man hätte die beiden womöglich entdeckt, wenn sie die Insel am helllichten Tag durchquert hätten.

Mir ist auch klar, dass sie schlafen müssen, nachdem sie sich die Nacht auf diesem scheußlichen Boot um die Ohren geschlagen haben.

Aber in mir drängt alles zur Eile. Das Haus von Dr. 1 ist gleich um die Ecke! Ich wäre in ein paar Minuten da, aber wie lange brauchen die beiden zu Fuß? Wenn wir erst mal bei ihm zu Hause waren und herausgefunden haben, wo er steckt, können wir endlich abhauen.

Dann verbrenne ich ihn und sehe zu, wie er krepiert.

Ich hasse diese Insel. Hier erinnert mich alles daran, was sie mir und so vielen anderen angetan haben.

Die Insel war zum Großteil zerstört, verbrannt und schwarz, aber sie erholt sich wieder. Inmitten des Schwarz zeigt sich schon das erste Grün, reckt sich der Sonne entgegen; es gibt Vögel, Insekten und Krabbeltiere. Manche Regionen sind unberührt geblieben, dort lebt, atmet und wächst alles wie zuvor. Menschen gibt es hier auch, auf dem Stützpunkt und nahe dem Öldepot, das explodiert ist.

Ich finde, hier sollte sich nichts ändern. Hier sollte niemand leben. Die Insel sollte tot und dunkel bleiben, so wie all jene, die bei lebendigem Leib unterirdisch begraben oder verbrannt wurden.

So viele Tote. Gibt es noch andere wie mich? Wo sind die anderen Geister? Meine Angst, jemanden wie mich zu finden, ist genauso groß wie die Angst, niemals jemanden zu finden. Wenn ich die Einzige bin, werde ich für immer ungehört und allein bleiben.

Ich habe nur Shay. Sie darf mich nie verlassen.

23

23

DREIUND-
ZWANZIG

SHAY

Ich liege auf der Wiese, mein Kopf in ihrem Schoß. Mum flicht mir Blumen ins Haar. Sie summt ein Lied, das ich kenne, aber mir sind die Worte entfallen.

Es geht so: La-di-dah und di-di-dah, langsamer, dann schneller und noch mal, irgendwie so. La-di-dah, di-di-dah …

»Ich habe dich vermisst«, sagt sie zwischendrin.

»Bleib doch.«

Mum schüttelt den Kopf und singt, diesmal die Worte, die zu dem Lied gehören. Es sind Unsinnsworte, die sie mir vor langer Zeit als Kind vorgesungen hat, während sie mich im Arm wiegte.

»Warum konnte Callie bleiben und du nicht?«

Mum lächelt. »Was glaubst du denn?« Dann summt sie wieder das Lied.

Die Frage macht mir zu schaffen. Mum hätte mich nie allein zurückgelassen, wenn es eine andere Möglichkeit gegeben hätte, also daran kann es nicht liegen.

La-di-dah, di-di-dah …

Shay, wach auf.

Von Mum kam das eben nicht, die singt noch. Ich runzle die Stirn.

Callie ist da. Sie ist kalte Dunkelheit im Licht, während Mum Wärme und Licht in der Dunkelheit ist. Das ist nicht das Gleiche, überhaupt nicht.

»Was glaube ich denn …?«

Wach auf, sagt Callie wieder. *Wir müssen los.*

Ich setze mich auf, werde blitzschnell wach. Kai streckt sich, gähnt. Neben ihm ist Callie, ihr steht die Ungeduld ins Gesicht geschrieben. In mir zieht sich vor Schmerz alles zusammen, ich sehne mich zurück zu meinem Traum – zu Mum –, möchte in ihren Armen liegen und ihrem Gesang lauschen.

Kai nimmt meine Hand. »Was ist denn, Shay? Hast du was?«

Ich nicke stumm, mir schießen die Tränen in die Augen und er schließt mich in seine Arme.

24

24

VIERUND-
ZWANZIG

CALLIE

»Wie spät ist es?«, fragt Kai und schaut auf die Uhr. »Nach Mitternacht und immer noch nicht richtig dunkel.«

»Nein, und dunkler wird es so weit im Norden auch nicht«, sagt Shay. »Weiße Nächte. Zu dieser Jahreszeit wird es nicht richtig dunkel, dafür wird es im Winter nie richtig hell.«

»Bist du schon mal hier gewesen?«

»Ja. Mein Onkel und seine Familie wohnen hier.« Shay ringt schon wieder mit den Tränen, wendet das Gesicht ab, damit Kai nichts merkt. »Wir haben sie ein paarmal besucht, aber nicht im dunklen Winter. Meine Cousinen haben mir aber davon erzählt.«

»In dem Dämmerlicht ist es leichter zu sehen, leider wird man auch leichter gesehen.«

»Stimmt. Aber nur, wenn jemand Ausschau hält. Und warum sollten sie, die glauben doch, sie hätten die Insel für sich.«

Niemand ist in der Nähe, sage ich.

»Callie sagt, hier ist keiner.«

Ich halte mich vor ihnen auf dem Schlängelpfad, den ich ausgekundschaftet habe und der einen Bogen um den Stützpunkt macht, dann die Richtung wechselt und von den Öldepots weg zum Haus von Dr. 1 führt.

Die sind so lahm.

Shay ist in Gedanken versunken, hat die Schutzmauern aufgerichtet. Aber sie ist aufgewühlt, als würde ihr dieser Ort ebenso zusetzen wie mir.

Ich lasse mich neben sie zurückfallen.

Shay?

Was?

Alles okay?

Schweigen. Dann seufzt sie. *Ja, mehr oder weniger. Und bei dir?*

Auch. Warum hast du vorhin beim Aufwachen geweint?

Ich habe von meiner Mutter geträumt.

Oh.

Als ich aufgewacht bin, hatte ich das Gefühl, sie noch einmal verloren zu haben, und habe mich so allein gefühlt.

Du kannst gar nicht allein sein, Shay. Ich bin immer bei dir.

25

25

FÜNFUND-
ZWANZIG

SHAY

Die Sonne steigt aus dem Meer auf, als wir das weiße Haus endlich erreichen. Wir mussten durch verbranntes Ödland und über eine Landzunge, um zu dieser Art Insel zu gelangen. Bis hierher ist das Feuer nicht gedrungen; die Vegetation ist üppig grün, überall wachsen Wildblumen. Das Haus ist herrlich auf einer Klippe gelegen mit Blick aufs Meer, doch den Geruch von Asche und Tod kann selbst die Meeresluft nicht vertreiben.

Kai versucht es an der Haustür. »Abgeschlossen«, sagt er.

Wir laufen um das Haus herum, probieren alle Türen und Fenster. Vergeblich.

»Dann müssen wir eben einbrechen«, sagt er. »Wobei die Fenster aus extradickem Glas zu bestehen scheinen, wahrscheinlich weil hier ein starker Wind vom Meer geht. Könnte schwierig werden.«

»Neben der Tür ist ein Codeschloss«, sage ich und öffne den kleinen Kasten. »Vielleicht kann ich den Code knacken.«

Es ist eine ganz normale Tastatur mit Zahlen. Aus wie vielen Zahlen besteht so ein Code wohl? Drei? Vier? Auf mich wirken die Tasten alle gleich, aber vielleicht hat jemand Spuren hinterlassen. Ich schließe die Augen und strecke mich aus.

Auf fünf der Tasten sind runde Male, leichte Abdrücke durch das Öl von der Haut, auf 1, 2, 3, 5 und 7. Der Code hat also mindestens fünf Zahlen, vielleicht auch mehr, denn eine Zahl kann ja mehr als einmal vorkommen.

So viele Kombinationen kann ich nie im Leben ausprobieren. Ich mache die Augen wieder auf, trete einen Schritt zurück und schaue mir das Haus an. Natürlich könnte es eine zufällige Zahlenkombination sein, selbst wenn sie eine persönliche Bedeutung wie ein Geburtsdatum, hätte, käme ich nicht drauf.

Ich spiele Kombinationen durch, versuche, ein Muster zu erkennen, eine Logik, aber das ist aussichtslos!

Der Wind hat aufgefrischt und ohne Bewegung fröstle ich. Schön ist es vielleicht hier, aber kalt zum Wohnen, so hoch und einsam, an drei Seiten vom Meer umgeben.

Kai hat einen Stein gefunden und hält ihn hoch. »Die Scheiben in der Tür sind womöglich leichter zu zerschlagen. Vielleicht können wir dann durchgreifen und so die Tür öffnen. Soll ich's versuchen?«

In der Tür sitzen drei kleine Glasquadrate in einer Reihe. Anders als die dicken verstärkten Scheiben der Fenster wirken sie eher wie Zierde. Die sehen antik aus, mit einem Bullaugenmuster wie bei mundgeblasenem Glas. Wäre wirklich schade drum.

Mit dem Finger fahre ich über das mittlere Glas. Ist in die Mitte vom Kreis ein K geätzt? Könnte das Markenzeichen des Herstellers sein. Durchgefroren, wie ich bin, will ich nur ins Haus, und ich bin drauf und dran, Kai das Okay zu geben, als mir plötzlich ein Licht aufgeht.

Ein Kreis oder eine Null mit einem K symbolisiert den absoluten Nullpunkt, kälter geht nicht. Wir haben das letztes Schuljahr in Chemie gehabt. Und in Celsius ist das …

–273,15.

Könnte es sein, dass Dr.1 vor der Tür stand, das K in der Null im Glas gesehen und sich diesen Code ausgedacht hat? Jedenfalls wurden diese Zahlen gedrückt.

Scheint ein wenig dürftig. Einen Versuch ist es wert. Achselzuckend tippe ich 2 7 3 1 5 ein.

Das Schloss springt auf. Ich drücke die Klinke runter und öffne die Tür.

»Du bist echt der totale Freak«, sagt Kai beklommen. Er legt den Stein aus der Hand und folgt mir ins Haus.

Ich bin wirklich ein Freak! Deshalb stößt er mich auch immer weg.

Aber damit kann ich mich jetzt nicht beschäftigen. Andere Dinge haben Vorrang.

Kai deutet zu der elektronischen Uhr in der Mikrowelle. »Strom ist noch an.«

Ich glaube, es gibt einen Generator, sagt Callie.

»Callie tippt auf einen Generator. Aber besser, wir machen kein Licht, falls welche von der Royal Airforce über uns drüberfliegen oder jemand am Strand vorbeifährt«, sage ich. »Bald können wir auch so genug sehen.«

Kai und ich gehen auf Erkundungstour. Im Erdgeschoss gibt es eine Küche, einen offenen Wohnbereich mit Kamin und Badezimmer. Im Wohnbereich steht ein Schreibtisch mit einem Laptop und Bücherregalen, daran angeschlossen ein Wintergarten. Unter einer Plane steckt ein nobles Teleskop. Oben gibt es noch zwei Schlafzimmer und ein weiteres Bad. Kai dreht das Wasser an, es kommt warm aus der Leitung.

»Ladys first?«

»Nein, geh du ruhig zuerst. Ich will loslegen.«

Schon bald steht Kai unter der Dusche und ich gehe nach unten. Die Sonne ist ein wenig aufgegangen und durch die Fenster dringt genügend Licht.

Ich setze mich auf den Schreibtischstuhl. Er ist wuchtig und bequem. Callie thront auf dem Küchentresen, ihre Beine baumeln herunter, sie beobachtet mich. Was für ein Mann hat wohl in diesem Stuhl gesessen, hat die Sterne studiert und Menschen wie Callie umgebracht?

Das werde ich jetzt herausfinden.

26

26

SECHSUND-
ZWANZIG

CALLIE

In der Küche stapeln sich fein säuberlich all die Aktenordner und Dokumente, die Shay schon durchgegangen ist, ohne auf etwas zu stoßen, das uns sagt, wer Dr. 1 ist oder woher er kommt.

Stirnrunzelnd nimmt sich Kai sämtliche Papiere noch einmal vor, falls Shay etwas übersehen hat, dabei sinkt seine Laune zunehmend.

Was soll ich denn erst sagen!

Shay kommt die Treppe hinunter, frisch geduscht und in einem Bademantel, der ihm gehört haben muss.

»Und? Schon fündig geworden?«, fragt sie Kai.

»Nein, aber ich gebe nicht auf. Hast du's mal an seinem Laptop versucht?«

»Ja. Ist passwortgeschützt.«

»Konntest du diesmal keinen Code herbeizaubern?«

Shay hebt seufzend eine Braue. »Nein. Auf einer Tastatur sind ständig alle Tasten in Gebrauch, da gibt es keine klaren Spuren.«

»Wenn er in diesem Haus gewohnt hat und nichts auf seine Identität hindeutet, muss es Absicht sein. Vielleicht sind hier keine Hinweise«, sagt Kai.

»Irgendeine Spur muss es doch geben.« Shay tritt ans Bücherregal. »Ich sehe mal die Bücher durch, vielleicht hat er seinen Namen hineingeschrieben oder etwas Persönliches als Lesezeichen hinterlassen.« Shay nimmt ein Buch nach dem anderen aus dem Regal, schaut hinein und dreht es dann auf den Kopf, um zu sehen, ob etwas herausfällt. Dann inspiziert sie die Bücher genauer.

»Callie, war Dr. 1 Arzt?«, fragt Shay nach einer Weile. »Irgendwie bin ich selbstverständlich davon ausgegangen, weil er ja ein Heilmittel gegen Krebs gesucht hat.«

Die anderen Doktoren waren auf jeden Fall Mediziner. Ich dachte, Dr. 1 wäre es auch, aber ich habe nie gesehen, dass er irgendeine Untersuchung oder so durchgeführt hat. Vielleicht aber auch, weil er der Chef war.

»Callie dachte, er wäre Arzt, aber sicher ist sie nicht.«

»Spielt das denn eine Rolle?«, fragt Kai.

»Ich versuche einfach zu verstehen, wie er tickt. Dem Haus nach zu urteilen, haben wir es mit einem Typen zu tun, der offenbar viel Geld hat. Er besitzt ein Teleskop, schaut sich gern die Sterne an. Hier gibt es Unmengen von Büchern, die alle gelesen aussehen, also liest er viel. Aber die Auswahl der Bücher ist … na ja … merkwürdig. Manche behandeln echt seltsame, abseitige Themen. Von Philosophie über Sterndeutung, bestimmte Gebiete der Quantenphysik und so esoterisches Zeug wie Aura sehen lernen. Und die Romane erst. Das passt alles überhaupt nicht zusammen: *Der Glöckner von Notre Dame, Supergute Tage oder die sonderbare Welt des Christopher Boone, Der seltsame Fall des Dr. Jekyll und Mr. Hyde* und massig Bücher, von denen ich noch nie gehört habe. Aber außer ein paar Arbeiten über Experimente zu Zellgewebe gibt es hier nichts, was auch nur im Entferntesten an Medizin oder Bio erinnert. Vielleicht ist das aber auch reine Urlaubslektüre und hat nichts mit seiner Arbeit zu tun.«

Kai hat sich durch den Papierkram von Dr. 1 gearbeitet und knöpft sich jetzt die Küchenschränke vor, danach Kühlschrank und Gefriertruhe. »In den Schränken lagern eine Menge haltbarer Lebensmittel, die Gefriertruhe ist gut bestückt, der Kühlschrank ist fast leer, nichts, was schlecht werden könnte. Übrigens scheint er Vegetarierer zu sein, nirgends Fleisch oder Fisch.«

Shay nickt. »Also hat er hier vielleicht nicht dauerhaft gelebt. Und so ordentlich, wie es aussieht – keine angebrochene Milch oder so –, ist er wohl nicht Hals über Kopf abgereist. Wahrscheinlich war er überhaupt nicht hier, als das Unglück passiert ist.«

»Vielleicht führt er woanders ein komplett anderes Leben. So wie du es auch zu seiner Lektüre gesagt hast, vielleicht ist das hier sein Feriendomizil.«

Shay lässt sich mit einem Stapel Bücher auf einem Stuhl nieder und fängt an zu lesen.

Was soll das denn bringen?

Shay hält inne und schaut über den Rand des Buches hinweg. »Ich versuche, mich in ihn hineinzuversetzen. Bücher sagen eine Menge über einen Menschen aus, findet ihr nicht?«

»Stimmt. Was Callie immer so alles gelesen hat!«, sagt Kai.

»Was hast du denn gerne gelesen, Callie?«

Ich schaue Shay an. Bücher? Ich habe Bücher gelesen, wenn ich beim Fußball war. Als Kai gespielt hat. Aber was? Ich kann mich nicht mehr erinnern und das macht mir Angst. Ich sollte es eigentlich wissen. Was mochte ich? Doch die einzigen Bücher, die mir einfallen, sind die, die wir in der Schule lesen mussten.

Und dann werde ich sauer. Wenn meine Erinnerungen so ein Chaos sind, weiß ich schon, wem ich das zu verdanken habe. Und dieses Gerede über meine oder seine Bücher bringt uns auch nicht weiter.

Ich weiß nicht, was das mit alldem zu tun hat!, brülle ich so richtig laut.

Shay fährt zusammen. Überrascht sieht sie mich an, aber ich bin mehr als sauer und muss ganz schnell weg von den beiden.

Ich boxe gegen die Wand und verschwinde durch den Kamin.

27

27

SIEBENUND-
ZWANZIG

SHAY

»Wollen wir ins Bett?«, fragt Kai.

Ich schüttle den Kopf. »Solange es hell ist, möchte ich noch lesen.«

Kai gibt mir einen Kuss und wandert die Treppe hoch, während ich zum nächsten Buch greife. Callie ist noch nicht wieder zurück, ich habe Kai überhaupt nicht gesagt, wie sauer sie war.

Ich muss weiterlesen. In Windeseile blättere ich die Seiten um. Ich habe schon immer schnell gelesen, aber nicht so wie jetzt. Gierig verschlinge ich alles und kann es mir nicht nur merken, sondern verstehe es auch und kann es in ein großes Ganzes integrieren. Keine Ahnung, was passiert ist, als ich krank war, aber mir kommt es vor, als wäre mit der Grippe mein Gehirn neu gestartet und zu einem Supercomputer umgerüstet worden. Vorhin konnte ich einfach mal so im Kopf mit Zahlenkombinationen jonglieren. Und im Krankenhaus vor ein paar Tagen war ich imstande, meine Gehirnerschütterung zu heilen, und zwar nicht intuitiv, sondern indem ich mir genau überlegt habe, was zu tun ist.

Ich bin echt ein Freak.

Und je mehr ich lese, desto mehr habe ich das Gefühl, ich nähere mich diesem mysteriösen Dr. 1 an.

Bislang entspricht er nicht meiner Vorstellung eines psychopathischen Massenmörders. In seinen Büchern geht es um Logik und Philosophie, in manchen auch um Wissenschaft und Religion. Keine Politik und keine Propaganda; und unter den wissenschaftlichen Titeln finden sich weder Medizin noch Biologie, sondern vor allem Physik und Astronomie.

Dann scheint er noch ein merkwürdiges Interesse an Auren zu haben, versponnenes Hippiezeug, das ich zunächst gleich beiseitelegen will, aber … irgendwie klingt es nach Mum. Ich schaue mir die Titel an. Die Sammlung enthält Bücher, in denen es darum geht, die Aura zu spüren, zu heilen und die Farben zu entschlüsseln.

Ich schnappe mir die Bücher und breite sie auf dem Schreibtisch aus. In einem steckt hinten eine Farbkarte.

Als ich sie auseinanderfalte, flattert ein Zettel raus. Die Umrisse eines Mannes sind skizziert und mit Buntstiften ist die Aura eingezeichnet. Mit dem Heiligenschein wirkt es fast religiös. Hat Dr. 1 das gemalt?

Über der Zeichnung steht ein einziges Wort: *Vox*. Was soll das heißen? Irgendwie hat es einen vertrauten Klang, ich runzle die Stirn, überlege. Heißt es vielleicht so was wie »Stimme«?

Kaum habe ich die ersten Seiten gelesen, bekomme ich eine Gänsehaut. Seit ich krank gewesen bin, spüre ich ständig die Gefühle der Menschen in meiner Umgebung. Die Beschreibung der Aurawellen klingt wie das, was ich wahrnehme … könnte es das Gleiche sein?

In dem Buch heißt es, dass sensitive Menschen die Aura sowohl sehen, hören als auch fühlen können. Dafür müssen sich Augen und Ohren umstellen, defokussieren; feste Materie hinter sich lassen und sich auf den Raum innerhalb der Materie konzentrieren. Materie besteht aus Atomen, die wiederum aus Teilchen bestehen, Teilchen, die durch den Raum fliegen.

Teilchen können sich auch wie eine Welle verhalten.

Mir wird ganz anders.

So habe ich mich geheilt, mit Wellen aus dem Inneren. Habe ich meine Aura genutzt, ohne zu wissen, was ich da tue?

Und nicht nur Lebewesen haben eine Aura. Seit unserer Ankunft spüre ich die Insel ganz deutlich. Ihre Geschichte ist in die Erde und die Felsen eingeschrieben wie ein Gedächtnis. Im Buch steht, dass es für Anfänger leichter ist, die Aura aus der Entfernung zu sehen. Und wo habe ich das erste Mal Farben um Objekte gesehen? Bei der Sonne, dem Mond und den Sternen, sie sind umgeben von leuchtenden Farben und Energiemustern. Das war die erste Veränderung, die mir nach der Krankheit auffiel.

Ich lege das Buch beiseite, tappe nach oben und sehe Kai beim Schlafen zu. Und ich spüre ihn, ohne ihn zu berühren oder in seinen Geist zu dringen. Ihn umgibt ein Energiemuster, das ich als seines erkenne, einzigartig wie ein Fingerabdruck. Ich bin überzeugt, dass ich ihn mit geschlossenen Augen in einem Raum voller Menschen finden würde. Selbst im Schlaf ist alles vorhanden, was ihn ausmacht: der Tatendrang, die Energie, der Beschützerinstinkt und die Fürsorge, aber auch die Wut, die sich bei ihm gegen sich selbst, aber auch gegen alles und alle anderen richtet.

Ich berühre Kais Hand, er bewegt sich. Er ist warm, solide, real. Dennoch besteht alle Materie letztendlich aus Atomen. Und sind Atome mit ihren winzigen Teilchen, die sich um einen winzigen Kern drehen, nicht am Ende bloß leerer Raum? Unsere Augen sind es gewohnt, sich auf Energie in fester Form zu konzentrieren, sodass wir Objekte und auch uns selbst als solide wahrnehmen, aber beides stimmt eigentlich nicht.

Ich strecke mich nach Kai aus, aber nicht ins Innere, sondern zu dem Raum um ihn herum.

Schillernde und pulsierende Farben, mir bleibt die Luft weg: Da ist Kais Aura, wo sie schon immer gewesen sein muss, ein Farbring, der mit der Haut seines Körpers verbunden ist. Erst jetzt, wo ich scharf hinsehe – oder besser unscharf hinsehe –, erkenne ich seine Aura. Leidenschaftliches Rot und Rosarot, fürsorgliches Blau, Ränder schwarzen Ärgers. Und Nuancen, die ich nun erst, wo ich sie sehe, so fein wahrnehme: ein Hauch Silber für Intuition, ein sanfter Blauton für Ehrlichkeit. Was Kai war, ist und sein wird, liegt vor mir in den Farbwellen, in den Schattierungen und Schwingungen – ein bisschen wie Farbe und Schall.

Kais Fingerabdruck, so kommt es mir vor, ein Energiemuster mit seiner ganz persönlichen Stimme.

Seiner … Vox? Ist das die Bedeutung des Wortes auf der Zeichnung?

Und was ist mit mir?

Ich strecke die Hand aus und schaue auf die gleiche Art unscharf. Wow. Staunend bewege ich meine Hand und sehe dem Spiel der Farben zu. Ein Regenbogen um beide Hände, der sich um die Arme noch verdichtet. Genau wie auf der Abbildung in dem Buch von Dr. 1. Es gibt noch weitere Farben und Details, aber alles in allem sieht es aus wie ein Regenbogen.

Unten im Wohnzimmer tauche ich noch weiter in die Bücher und Schaubilder ein. Was bedeutet meine Aura? Es gibt verschiedene Anhaltspunkte und nicht alle Bücher kommen zu demselben Schluss. Aber in den meisten steht, dass Leute mit Regenbogen-Aura sich gut für Energiearbeit eignen, also Heiler sind. Und sie können auch Sternmenschen sein, die erste Inkarnation auf der Erde. Was soll das denn bitte schön heißen?

Je mehr ich mich in das Thema vertiefe – Bücher, Schaubilder, Farbkarten –, desto schneller drehen sich meine Gedanken. Fast als hätte Dr. 1 die Bücher hier für mich zurückgelassen, sie spiegeln mich und was ich bin.

Und natürlich könnte ich mir vormachen, dass ich bloß versuche herauszufinden, wer Dr. 1 ist und wo er steckt, aber mich treibt eine brennende Neugier, mehr und mehr zu erfahren – mein neues Selbst zu verstehen.

Heiler können Menschen gesund machen, indem sie die Aura heilen. Habe ich das auch so bei meinem Ohr gemacht, bei Kai, nachdem er Schläge kassiert hatte und an die Bank gefesselt worden war, und bei meiner Gehirnerschütterung im Krankenhaus? Bei den ersten Malen weiß ich gar nicht, wie ich vorgegangen bin. Ich habe mich ausgestreckt und bin in den Schmerz eingetaucht. Aber im Krankenhaus waren meine Gedanken so verworren, dass ich mir einen Plan zurechtlegen musste und … ja. Ich glaube, so habe ich es tatsächlich gemacht. Jetzt, da ich die Aura sehen kann, könnte ich es natürlich direkter angehen und müsste mich nicht so gefühlsmäßig vortasten.

Als mir klar wird, was das bedeutet, erschrecke ich richtig. Wenn ich Auren heilen kann, kann ich sie dann auch verletzen? Die Soldaten haben meine Wut abbekommen und sind zu Boden gegangen. Mir schaudert. Die Fähigkeit zu heilen, kann missbraucht werden und Schmerz verursachen.

Seite um Seite lese ich, bis das Licht so schummrig wird, dass mir die Augen wehtun. Schließlich muss ich aufhören. Ich stehe auf und strecke mich, dann gehe ich zur Tür.

Am Himmel sind die Sterne zu sehen.

In einem der Bücher habe ich mich schlaugemacht, wie man ein Teleskop bedient, nun bin ich bereit für einen Feldversuch.

Die Jalousien und das Dach des Wintergartens versperren mir die Sicht, aber an der Wand befinden sich Schalter. Als ich sie ausprobiere, fahren die Jalousien hoch, Dach und Türen öffnen sich. Ich decke das Teleskop ab und schalte es ein.

Obwohl ich die Farben rings um die Sterne sehe, sind sie immer noch kühl und weit weg. Irgendwie bin ich nervös, weil ich nicht weiß, was ich durch die Linse des Teleskops sehen oder auch nicht sehen werde.

In Gedanken bin ich noch immer damit beschäftigt, wonach ich überhaupt suche, als der Bildschirm und die Kontrollleuchten zum Leben erwachen. Das gesamte Teleskop bewegt sich, stellt sich ein, ohne dass ich etwas tun muss.

Dieses Teleskop ist viel moderner als die, die in den Büchern beschrieben wurden. Ob es eine Sonderanfertigung ist? Ich versuche, die Handhabung des Bildschirms und der Kontrolltasten zu begreifen.

Interessant. Offenbar ist das Teleskop darauf programmiert, bestimmte Koordinaten im Himmel zu verfolgen, dabei berücksichtigt es die Erdumdrehung und die Bewegung der Sterne. Sobald ich es eingeschaltet habe, fokussiert es sich darauf. Was hat Dr. 1 so fasziniert, dass er es immer im Blick haben wollte?

Zögernd presse ich meine Augen ans Okular. Ein verschwommener Klecks Licht strahlt vor tintenschwarzem Hintergrund. Atemberaubend schön. Als ich die Schärfe einstelle, tritt ein Doppelstern deutlich hervor, mittig und strahlend. Dieses wunderschöne Sternenpaar in solcher Klarheit zu sehen, tut fast weh: ein leuchtend goldener Stern und im Schatten sein kleiner blauer Begleiter. Streifen farbenfroher Aura umgeben die beiden, feine Farbverläufe, die ich sehen und spüren kann. Mit bloßem Auge wäre das nicht möglich.

Die Himmelskarte mit den Konstellationen habe ich aus einem der Bücher noch im Kopf: Der Doppelstern ist der Kopf im Sternbild des Schwans und bildet den untersten Punkt des Nördlichen Kreuzes. Er heißt Albireo.

Von der Schönheit, Klarheit und Ferne der Sterne bin ich ganz ergriffen, und in ihren Auren zeigt sich alles, was sie je gewesen sind und sein werden. Und während ich gedankenversunken in den Nachthimmel blicke, statt mich mit dem eigentlichen Problem zu befassen, wird mir dennoch einiges klar. Dr. 1 ist nicht der Einzige, der nicht dem entspricht, was ich erwartet habe. Ich bin es auch nicht und genauso wenig die Krankheit, die mich erst zu dem gemacht hat, was ich bin.

Irgendwie hängt alles miteinander zusammen: Dr. 1, die Epidemie, meine Veränderung, die Auren, die Zeichnung von Dr. 1, Teilchen, die zu Wellen werden, und Wellen, die Teilchen beeinflussen. Nur weiß ich noch nicht wie. Mir fehlt noch was.

Als Callie zurückkommt, spüre ich sie mehr, als dass ich sie sehe. Sie steht hinter mir und schaut zu.

»Hi«, sage ich und richte mich auf. Ich drehe mich zu ihr um und strecke mich zu ihrer Aura aus. Aber Callie hat keine Farben, jedenfalls sehe ich keine, nur Dunkelheit.

Hi.

»Tut mir leid, dass ich dich vorhin verärgert habe. Das wollte ich nicht.«

Ich weiß. Callie lehnt sich seufzend an die Wand. *Es liegt an dieser Insel. Allein, hier zu sein, macht mich schon wütend, und diesem Dr. 1 kommen wir kein Stück näher.*

»Vielleicht, ganz vielleicht doch. Ich habe viel nachgedacht. Und ich habe eine Vorstellung von diesem Dr. 1 und was er getan hat. Aber du musst mir jetzt helfen.«

28

28

ACHTUND-
ZWANZIG

CALLIE

Ungläubig sehe ich Shay an. Kann sie mit ihren blauen Augen Dinge sehen, die ich mit meinen schwarzen nicht sehen kann? Wie gern möchte ich ihr glauben. Ich will diesen Dr. 1 unbedingt auftreiben, dafür tue ich alles.

Wie kann ich dir helfen?

Shay deckt das Teleskop ab und betätigt die Schalter, sodass sich Jalousien, Türen und Dach wieder verschließen. Sie wendet sich mir zu.

»Du hast uns bislang kaum etwas über dieses unterirdische Forschungslabor erzählt. Du musst mir alles sagen, was du weißt.«

Ich will nicht. Es war furchtbar dort! Panik schleicht sich in meine Stimme, in meine Gedanken.

»Ich weiß. Das tut mir auch leid. Aber es wäre wirklich hilfreich. Ich habe einfach das Gefühl, dass wir auf dem Holzweg sind, kann aber nicht genau sagen warum. Vielleicht weißt du etwas, das mir hilft, die Puzzleteile zusammenzusetzen.«

Wäre ich wirklich bereit, alles zu tun, um Dr. 1 zu finden? Ich bin mir noch nicht mal sicher, dass ich mich überhaupt an Dinge erinnern kann, die Shay wissen will, aber allein schon der Gedanke löst in mir den Wunsch aus, ganz schnell ganz weit wegzulaufen.

Ich habe Angst.

Shay setzt sich aufs Sofa und hält mir die Hand hin. Ich lege meine dunkle in ihre und hocke mich zu ihr.

Fühlst du meine Hand?, frage ich sehnsüchtig.

»Schon, es kribbelt so ein bisschen. Fühlst du meine?«

Ich schüttle den Kopf. *Nicht so, wie du meinst. Wenn ich mit der Hand, dem Fuß oder sonst einem Körperteil gegen etwas stoße, spüre ich einen Widerstand, und ich kann auch nicht durch Dinge hindurchgehen. Aber zwischen deiner Hand und der Wand merke ich keinen Unterschied. Ich kann auch nicht schmecken oder riechen. Nur sehen und hören.*

»Aber du siehst, dass ich deine Hand halte. Und du weißt, dass ich deine Freundin bin und ich dich gernhabe?«

Ich glaube ihr. Aber vielleicht auch nur, weil ich es mir wünsche?

Nein. Shay ist meine Freundin.

Ich nicke.

»Und ich würde dich auch nie darum bitten, wenn es nicht wichtig wäre.«

Ich erwidere ihren Blick. Shay fixiert mich, sie ist die Einzige, die nicht durch mich hindurchguckt. Seufzend gebe ich nach. *Okay. Was willst du wissen?*

»Erzähl mir alles, was dir zu diesem Labor einfällt. Von Anfang an.«

Ich lehne mich auf dem Sofa zurück und nach einer Weile lege ich los. Ich erzähle ihr alles, was ich weiß, wobei viele Erinnerungen – gerade aus der ersten Zeit – ziemlich nebulös und verworren sind.

Wir sind in Gruppen angekommen. Ich hatte eine Freundin in meiner Gruppe. Oft haben wir nächtelang geredet, um uns die Angst zu vertreiben. Ich runzle die Stirn. *Weiter weiß ich nichts über die Freundin, nicht einmal ihren Namen.*

Nach tausend Bluttests und Scans und Kram haben sie uns eines Tages in kleine Zimmer gesperrt, jeden für sich. Durch die Wand wurde mir eine Spritze verabreicht. In der Wand war ein Fenster und durch das hat eine Schwester mit dicken Handschuhen gegriffen.

Es tat weh. Ich wurde sehr krank, so wie du. Mir hat alles so wehgetan, dass ich geschrien habe. Es wollte nicht wieder aufhören. Ich dachte, ich sterbe, bin ich aber nicht.

Dann ging es mir besser. Anfangs waren sie ganz aus dem Häuschen. Ich weiß noch, dass Dr. 1 zu Besuch kam. Wieder kämpfe ich mit der Erinnerung. *Da habe ich ihn wohl zum ersten Mal gesehen. Es war offensichtlich, dass er das Sagen hatte. Alle haben vor ihm gekuscht.*

Sie haben viele Tests gemacht. Manche waren schmerzhaft. Daran will ich nicht mehr denken.

»Schon gut, Callie. Ich bin ja bei dir, die können dir nichts mehr tun.«

Ich habe schnell gemerkt, dass ich Leute beeinflussen kann, dass die tun, was ich will. So wie du. Einmal hätte ich eine Schwester fast dazu gebracht, mich rauszulassen.

Und danach wollten sie nicht mehr, dass ich rede. Ich musste eine Maske tragen, mit der ich nicht mehr sprechen konnte.

Eines Tages haben sie dann gemeint, ich müsste geheilt werden. Obwohl ich ja gar nicht mehr krank war.

Ich halte inne. Shay drängt mich nicht, aber ich weiß, dass sie möchte, dass ich weiterspreche. Auf meine Art hole ich Luft und fahre fort. Ich habe Kai und Shay nur ein wenig darüber erzählt, aber nun packe ich aus: erzähle, wie weh es getan hat und dann irgendwann nicht mehr, dass ich meinen Körper verlassen und zugesehen habe, wie man mich verbrannt hat. Dass sie meine Asche eingesammelt und zu all den anderen Beuteln mit Asche weggehängt haben.

Wie ich dem Wissenschaftler hinunter zu einem großen Kontrollraum gefolgt bin und dann mit ein paar Technikern durch eine Luke in einen Schacht gestiegen bin, hinunter zu einem riesigen, runden, summenden Ding, einem gigantischen Wurm.

Shays Augen leuchten, als ich den Wurm erwähne. »Was weißt du noch darüber? Sag mir alles, was du weißt.«

Ich versuche, den Wurm zu beschreiben, aber meine Worte reichen nicht aus.

»Wäre es vielleicht okay, wenn du dich daran erinnerst und ich versuche, die Erinnerung zu sehen? So wie wir manchmal unsere Gedanken teilen?«

Okay. Kannst ja mal versuchen.

Shay hängt sich in meine Gedanken und ich wandere zurück …

Ich fliege schneller und schneller über den Wurm hinweg. Er ruft mich. Irgendwas in ihm ist auch Teil von mir.

Ich halte an. Ärzte hantieren mit Gerätschaften an dem Wurm herum.

Dann machen sie sich auf den Weg zu ihren nächsten Opfern. Stellen sie ruhig und spritzen ihnen was. Schützend halte ich die Arme über den Kopf, halte mir die Ohren zu, damit ich nicht mehr miterleben muss, was die machen.

Dann will Shay alles über die Nacht wissen, in der ich geflohen bin. Ich zeige ihr, wie die Leute erkrankt sind. Die Waffen und das Blut. Die unterirdische Explosion, Rauch und Feuer. Nein, ein

Erdbeben hat es vorher nicht gegeben. Und die Explosionen über der Erde fanden viel später statt. Es müssen die Öldepots gewesen sein, auch wenn ich das zu der Zeit noch nicht gewusst habe.

Und wir sitzen zusammen, bis es hell wird, Shay, die sich langsam durch meine Erinnerungen arbeitet, und ich, die alles vergessen will.

29

29 NEUNUNDZWANZIG

SHAY

Auf der Treppe erklingen Schritte und Kai erscheint im Wohnzimmer. »Warst du die ganze Nacht wach?«

Ich schaue auf zu ihm. »Ja. Und mit Callies Hilfe«, ich lächle ihr zu, »habe ich ein paar Dinge herausbekommen.«

Kai setzt sich uns gegenüber hin. »Und was?«

»Was Dr. 1 überhaupt auf dieser Insel wollte, warum er für seine Forschung an solch einen abgeschiedenen Ort gekommen ist. Die haben unter der Erde einen Teilchenbeschleuniger gebaut. So wie im Kernforschungszentrum CERN in der Schweiz, weißt du? Eine massive Konstruktion, in der Teilchen immer weiter beschleunigt und zur Kollision gebracht werden.«

»Ein Teilchenbeschleuniger? Bist du dir sicher?«

»Ja, Callie hat das Ding gesehen. Sie wusste nicht, was es war, aber sie hat es mir beschrieben und in ihren Erinnerungen gezeigt. Ich war letztes Jahr mit der Schule im CERN. Da stand im Grunde die gleiche Apparatur.«

»Aber was hat das mit der Epidemie zu tun?«

»Gestern habe ich ein paar Forschungsberichte gelesen, deren Bedeutung mir erst jetzt klar geworden ist, seit ich von dem Teilchenbeschleuniger weiß. Im CERN hat man versucht, Antimaterie herzustellen, um damit in vitro gezüchtete Tumorzellen zu bekämpfen, mit dem Ziel, eines Tages so Krebs heilen zu können. Die Antimaterie sollte den Tumor infizieren und zerstören. Ich glaube, die sind hier nur einen Schritt weiter gegangen und haben mehr Antimaterie genutzt, um mehr Zellen zu töten.«

Kai macht große Augen. »Antimaterie? Das klingt aber sehr Doctor-Who-mäßig.«

»Stimmt. Aber das ist noch nicht mal das Schlimmste. So wie es aussieht, haben die überhaupt nicht nach einem Krebsmittel gesucht. Das war bloß vorgeschoben, um Ärzte und Schwestern für das Projekt zu gewinnen. Die haben nicht Krebszellen mit Antimaterie attackiert, sondern ganze Menschen.«

Kai runzelt die Stirn. »Bloß wenn sie nicht nach einem Krebsmittel gesucht haben, was sollte denn das alles?«

»Also das ist jetzt reine Spekulation, aber könnte es nicht sein, dass sie eine neue Art von biologischer Waffe entwickelt haben? Auch wenn es sich streng genommen um keine biologische Waffe handelt, kann man damit auch Feinde ins Visier nehmen und töten. Das würde erklären, warum dieses Alternative Spezial-Regiment hier so eigenmächtig handelt. Ich wette, in solch einem Fall sind nicht alle bei Militär und Regierung informiert.«

»Mein Gott. Was für eine Vorstellung!« Kai verschränkt die Arme vor der Brust, als würde er meine Worte abblocken wollen.

»Und die Waffe ist nach draußen gelangt und hat uns die Aberdeen-Grippe beschert. Die Bezeichnung stimmt natürlich nicht. Weder kommt es aus Aberdeen, noch ist es eine Grippe oder überhaupt eine Krankheit, wie wir sie kennen. Mit Biologie hat das gar nichts zu tun. Die haben mit einem Teilchenbeschleuniger experimentiert und nicht mit Bakterien oder Viren. Callies Erinnerungen an den laufenden Beschleuniger, die Entnahme von Proben, die dann Versuchspersonen injiziert wurden, ja, all das bestätigt das irgendwie.«

Kai zieht die Augenbrauen noch etwas mehr zusammen. »Aber wenn die Krankheit durch Antimaterie hervorgerufen wird, wäre das nicht wie Gift? Wie kann ein Gift ansteckend sein und sich derartig verbreiten?«

»Von der Quantenphysik wissen wir, dass Licht sich sowohl wie Wellen als auch wie Teilchen verhalten kann. Und mit Materie ist es genauso. Warum sollte es bei Antimaterie anders sein? Antimaterie kann also ein *Ding* sein wie Gift oder eben eine Welle. Wellen können sich ausbreiten und ganze Landstriche infizieren. Kann sein, dass sie nicht einmal wussten, dass es sich so ausbreiten würde, bis jetzt. Ich vermute es sogar, denn eine Waffe ist nur nützlich, wenn man sie auch gezielt einsetzen kann.«

Kai schüttelt den Kopf. »Das ist mir zu hoch. Quantenphysik? Teilchen und Wellen? Du klingst schon wie Alex.«

Als Kai seinen Stiefvater – oder, ohne es zu wissen, meinen Vater – ins Spiel bringt, lasse ich mir nicht anmerken, wie sehr mich das trifft. Ich sage mir, dass es gerade Wichtigeres gibt, aber vielleicht vermeide ich das Thema auch nur.

»Wir müssen noch mehr darüber in Erfahrung bringen«, sage ich. »Aber eines weiß ich mit Sicherheit: Die Epidemie begann hier auf der Insel mit etwas, das aus dem Teilchenbeschleuniger stammt.«

In der Nacht machen wir uns gemeinsam zu der Scheune auf, in der der Fahrstuhlschacht verborgen ist, durch den Callie fliehen konnte. Ich kann sie nicht allein gehen lassen und Kai lässt uns wiederum nicht allein losziehen.

Ihm fällt es schwer, mir zu glauben. Für ihn klingt das zu weit hergeholt, zu Science-Fiction-mäßig. Aber würde man in der Zeit zurückreisen und einem Höhlenmenschen vorführen, wie man mit einem Gewehr ein Mammut erschießt, würde der auch an Hexerei glauben. Selbst wenn man nur hundert Jahre zurückginge, würden unsere Vorfahren es kaum für möglich halten, was heutzutage mit Computern alles möglich ist.

Um zu den Überresten der Scheune zu gelangen, müssen wir totes, schwarzes Gelände durchqueren. Über die kalte Asche zu laufen, kommt mir fast so vor, als würde ich die Gräber der Toten stören. Hier könnten hundert Callies liegen, mehr vielleicht.

»Alles okay, Callie?«

Ja.

Callie ist recht kleinlaut, ihre Wut ist abgeflaut, seit sie mir alles erzählt und mir ihre Erinnerungen gezeigt hat. Doch sie ist fest entschlossen. Um Dr. 1 zu erwischen, würde sie alles tun, selbst an den Ort zurückgehen, dem sie für immer den Rücken kehren wollte.

Das stimmt.

Als wir die niedergebrannte Scheune erreichen, verbinden wir erneut unsere Gedanken. Callie sucht einen Weg hinein und entdeckt einen Spalt, durch den sie zum Aufzugsschacht gelangt. Sie schlüpft nach unten, hat schreckliche Angst vor diesem Ort, davor, wieder unterirdisch eingesperrt zu sein und nicht mehr hinauszukommen.

Die Feuer sind längst erloschen, alles ist kalt und tot. Callie läuft die Korridore auf und ab, gelangt problemlos immer tiefer und tiefer nach unten. Hier ist alles so zerstört, dass keine der Türen mehr vollständig intakt ist. Vor verriegelten Ausgängen kauern Skelette in den Ecken, das Fleisch weggebrannt, die Augenhöhlen leer.

Callie hofft, in einem der Büros auf Hinweise zu stoßen, aber das Feuer hat alles verschlungen.

Je tiefer Callie gelangt, desto größer ist das Ausmaß der Zerstörung. Als sie endlich die Tunnel erreicht, ist der Wurm tot. Alles ist eingestürzt.

Dort hat alles angefangen. Es hat einen Unfall gegeben und den Teilchenbeschleuniger zerfetzt. Das hat wiederum ein Erdbeben ausgelöst, oder vielleicht hat auch schon die Erschütterung allein ausgereicht, um das größte Öldepot Europas zu vernichten. Und mit den brennenden Ölfässern und dem brennenden Teilchenbeschleuniger ist fast die gesamte Insel in Flammen aufgegangen.

Manche müssen aus dem Labor entkommen sein und mit ihnen die Epidemie, die dann mit den Inselbewohnern, die evakuiert wurden, nach Schottland gelangt ist.

Und der Beweis liegt hier begraben mit all den Toten.

30

30

DREISSIG

CALLIE

»Bist du dir sicher?«, fragt Kai. »Hier ist es losgegangen mit der Aberdeen-Grippe? Mit Leuten, denen eine Art Antimaterie gespritzt wurde, die aus dem Teilchenbeschleuniger stammt?«

»Ja. Total sicher«, sagt Shay.

»Kann man mit dem Wissen jetzt die Epidemie aufhalten?«

»Weiß ich nicht. Aber die Ursache zu kennen, hilft bestimmt in irgendeiner Form weiter. Meinst du nicht?«

»Doch.«

»Und wie verbreiten wir die Nachricht? Das dürfen wir nicht vermasseln. Andere müssen davon erfahren.«

»Ja. Meine Mutter?«

»Und JIT. Aber das reicht nicht. Wir sollten uns auch an die Royal Airforce hier auf der Insel wenden.«

»Gehören die nicht zur Armee und schießen erst mal auf dich, bevor sie Fragen stellen?«

»Glaube ich nicht. Weißt du, dieser Leutnant Kirkland-Smith hat nicht gemeinsame Sache mit dem übrigen Militär gemacht. Er wurde nicht informiert, als unser Wagen in Killin gefunden wurde. Ansonsten wäre er gleich mit den Hunden aufgekreuzt und hätte uns gehabt. Und diesem Polizisten aus Inverness kam er auch nicht so ganz astrein vor, oder? Nachdem er sich über ihn informiert hatte, hat er dich schließlich ganz schnell weggebracht.«

»Willst du damit sagen, dass der Leutnant desertiert ist und jetzt seine eigene Agenda hat?«

»Vielleicht waren die Methoden von seinem Spezialregiment so *alternativ*, dass keiner davon wusste, und jetzt, wo die Sache schiefgegangen ist, wollen sie es weiter unter Verschluss halten.«

»So betrachtet ergibt das alles einen Sinn«, sagt Kai und strafft die Schultern. »Also schön, morgen gehe ich zum Stützpunkt und erzähle der Royal Airforce, was wir herausbekommen haben.«

»Nein, das muss ich schon selbst machen.«

»Hör zu, die Soldaten waren hinter dir her, nicht hinter mir. Falls du dich täuschst und die Royal Airforce steht doch hinter Kirkland-Smith, wäre es klüger, wenn ich gehe.«

»Aber ich bin diejenige, die herausgefunden hat, was sie mit dem Teilchenbeschleuniger machen. Ich habe ihn in Callies Gedanken gesehen. Ich kann es viel besser erklären.«

So wie sich Kai und Shay anstarren, wird keiner von beiden nachgeben. Gehen sie am Ende beide?

Ich habe Angst. Wenn sich Shay nun irrt und die Royal Airforce nicht auf sie hört? Vielleicht steckt ja die Regierung mit drin, dann werden beide gleich umgebracht, um die Sache zu vertuschen.

Für Kai und Shay kommt das wohl nicht in Betracht. Die können sich nicht vorstellen, dass die Regierung es zulassen würde, dass an Menschen wie mir herumexperimentiert wird.

Auch scheinen sie die ganze Sache schlimmer zu finden, wenn es gar nicht darum ging, Krebs zu heilen, sondern Waffen herzustellen. Hat Dr. 1 das mit dem Krebs vielleicht gesagt, um Leute wie Schwester 11 zu ködern, aber spielt das Warum am Ende überhaupt eine Rolle?

Die haben mir was gespritzt, das mich krank gemacht hat. Als ich es überlebt habe, haben sie mich bei lebendigem Leib verbrannt und mich so zurückgelassen. Das Warum ist mir total egal

Auch wenn ich Angst habe, dass es ein Fehler sein könnte, zur Royal Airforce zu gehen, halte ich den Mund. Wir müssen es versuchen, müssen ihnen sagen, was wir wissen, damit sie Dr. 1 finden.

Dr. 1 soll dafür bezahlen, was er getan hat.

31

31

EINUND-
DREISSIG

SHAY

Ist es nicht klar, dass ich gehen muss? Kai spielt den Helden und will sich der Gefahr aussetzen. Dabei ist es total unlogisch. Auf keinen Fall können wir beide zur Royal Airforce gehen. Falls man uns doch verschwinden lässt, gibt es keine Zeugen mehr. Und ich biete mich an, weil ich es besser erklären kann.

Aber im Moment schiebe ich den Streit noch vor mir her. »Lass uns einfach später entscheiden, wer was übernimmt«, sage ich. »Als Erstes müssen wir überlegen, wie wir mit Iona, Lochy, deiner Mum und eventuell noch anderen Kontakt aufnehmen können, um ihnen alles zu erzählen. Wir knöpfen uns noch mal den Laptop von Dr. 1 vor, vielleicht bekommen wir das Passwort heraus.«

Wir versuchen wirklich alles: den Namen jeder Insel, der Halbinsel, Dr. 1, Dreins, DrEins; noch mal den Code von der Tür, Autorennamen, die Titel der zerlesensten Bücher. Nach drei Versuchen müssen wir den Computer immer wieder neu starten. Keines der Passwörter funktioniert.

Ich lehne mich zurück und reibe mir die Augen. Wenn es irgendeine beliebige Reihenfolge von Buchstaben und Zahlen ist, haben wir keine Chance.

Aber Dr. 1 überlässt nichts dem Zufall. Wer hat schon den absoluten Nullpunkt als Türcode, bloß wegen eines Markenzeichens in der Scheibe? Es muss doch eine Möglichkeit geben, den Code zu knacken.

Was könnte es sonst noch sein …?

Mein Blick fällt auf das Teleskop. Das gesamte Haus, die Lage, die ausfahrbaren Jalousien und das Glas – alles wurde rund um das Teleskop designt. Ein Teleskop, das darauf programmiert ist, den wunderschönen Albireo zu beobachten. Könnte es das sein?

Ich tippe *Albireo* ein. Fehlanzeige. Ich versuche es in Großbuchstaben, dann in Kleinbuchstaben. Nichts.

Verärgert schalte ich den Laptop aus und lasse meine verspannten Schultern kreisen, während ich warte, dass der Rechner sich wieder hochfährt.

»Mach mal eine Pause«, sagt Kai. »Tee?«

Ich schüttle den Kopf, will nicht aufhören. Irgendwie bin ich davon überzeugt, auf der richtigen Spur zu sein, aber …

Moment mal. In einem der Astronomiebücher habe ich gelesen, dass der Albireo auch unter einem anderen Namen bekannt ist: Beta Cygni, der Schwan.

Der Laptop ist wieder bereit. Ich gebe *Betacygni* ein. Nein. *betacygni.* Nein. Noch ein Versuch, bevor ich den Computer neu starten muss. Ich beiße mir auf die Lippe und tippe: *BetaCygni.*

Den Finger schon fast wieder auf dem Einschaltknopf, starre ich gebannt auf den Bildschirm, blinzle und bingo! Es hat funktioniert!

»Ich hab's. Es war der zweite Name des Doppelsterns, auf den das Teleskop eingestellt ist.«

»Na klar, was sonst!«, sagt Kai mit hochgezogener Augenbraue. Er schüttelt den Kopf. »Keine Ahnung, wie du das angestellt hast, aber Glückwunsch. Und jetzt?«

»Ich versuch's erst mal über Lochys Web-Gruppe, darüber kann ich mit Lochy und Iona in Kontakt kommen.« Ich rufe die Seite auf und durchlaufe alle Anmeldeschritte.

Es funktioniert nicht. Ich versuche es noch mal, falls ich aus Versehen einen Buchstaben ausgelassen habe.

»Mist. Vielleicht klappt es nur über Lochys Computer. Ich gehe auf JIT. Es ist Abend, also könnte es gut sein, dass Iona online ist.«

Ich schreibe einen Post.

Shay: Bist du da?

Pause. Ich lade die Seite neu.

Iona: Gott sei Dank! Dich gibt es noch. Seid ihr okay?

Shay: Ja. Wir sind auf den Shetlandinseln, haben alle Rätsel gelöst und wollen nun allen davon erzählen.

Iona: Dann mal los.

Und ich berichte Iona, so schnell ich schreiben kann.

Iona: Wow. Ich verstehe nicht mal ansatzweise, wie du das alles ausgetüftelt hast. Bist du dir auch sicher mit dem Teilchenbeschleuniger?

Aus Angst, dass sie womöglich alles für Spinnerei hält, will ich ihr lieber nichts von Callie sagen, deshalb ist es natürlich schwierig zu erklären, wie ich auf alles gekommen bin. Gleichzeitig möchte ich Iona nichts vorenthalten. Ich beiße mir auf die Lippe.

Shay: Ja, da bin ich ganz sicher. Mir fehlt nur leider die Zeit, dir alles ganz genau zu erklären. Kannst du die Infos verbreiten? Morgen wenden wir uns an die zuständigen Stellen auf der Insel. Die Royal Airforce hat hier einen Stützpunkt. Aber nur für den Fall, dass sie uns nicht so freundlich aufnehmen, du weißt schon, kannst du Lochy und seinen Freunden Bescheid geben und auch Kais Mum und allen, die dir sonst noch einfallen?

Kai gibt mir die Kontaktdaten seiner Mutter und ich poste sie gleich weiter.

Wieder und wieder lade ich die Seite neu, doch nichts kommt. Ich habe schon Panik, dass Iona inzwischen etwas zugestoßen sein könnte, als ein neuer Post erscheint.

Iona: Sorry, tut mir leid. Ich konnte gerade nicht antworten. Lochy ist gestorben. An der Grippe. Die hat sich so ausgebreitet.

Ungläubig starre ich auf die Worte. Lochy … tot?

Nein, das kann doch nicht wahr sein, tippe ich schließlich.

Iona: Doch. Ich tue mein Bestes und gebe allen Bescheid. Shay, ich hab dir das nie gesagt, aber ich habe ihn geliebt – Lochy. Er war ein hoffnungsloser Fall, das weiß ich, aber ich habe ihn so geliebt. Ich muss jetzt Schluss machen.

Ich möchte durch das Netz greifen bis zu Ionas Zimmer und sie ganz fest in den Armen halten, sie trösten.

Shay: Es tut mir so leid.

Kai, der die ganze Zeit mitgelesen hat, legt den Arm um mich. Auch nach mehrmaligem Laden kommt nichts mehr. Iona hat sich ausgeloggt.

Ich schaue zu Kai auf. »Wir haben ihn zwar nur kurz gekannt, aber ich mochte Lochy total. Und was er alles für uns riskiert hat. Ohne ihn hätten wir es nie auf die Insel geschafft. Und nun ist er tot? Wie kann das denn sein?«

»Ich kann's selbst nicht glauben«, sagt Kai.

Ich stehe auf, Kai hält mich im Arm. Ich spüre sein Herz im Brustkorb schlagen und denke, dass Lochys Herz nie wieder schlagen wird. Wir müssen diese Epidemie aufhalten, damit sie nicht noch mehr Leben fordert.

Du musst Dr. 1 finden, vielleicht weiß der, wie man die Krankheit stoppt, sagt Callie. *Kannst du nicht mit Sachen, die auf dem Computer sind, rauskriegen, wo er ist?*

Gute Frage. Ich gebe an Kai weiter, was sie gesagt hat, und wende mich wieder dem Laptop zu, doch auf dem Rechner ist nichts Persönliches. Nicht einmal ein Browserverlauf, außer unserem eigenen. »Wenn Lochy jetzt hier wäre, könnte er bestimmt …«, setze ich an.

»Ja«, sagt Kai. »Der würde es garantiert rauskriegen.«

Kai und ich legen uns schlafen. Ich bin erschöpft wie nie zuvor in meinem Leben. Erschöpft von den vielen Büchern, die ich verinnerlicht habe, und auch von dem Erfolgsgefühl, dass ich all diese Dinge herausfinden und entschlüsseln konnte. Und dann ist da Lochy.

Ich verstehe selbst nicht, warum mich sein Tod so traurig macht. Angefangen mit Mum, sind so viele Menschen gestorben. Doch Lochys Tod lässt mich den Verlust der anderen noch einmal spüren, als wäre er ein Toter zu viel.

Und ich bin extrem beunruhigt, aber ich kann mir selbst keinen Reim drauf machen. Noch nicht.

Nach ein paar Stunden wache ich auf, in einer Endlosschleife spulen sich Orte in meinem Kopf ab: Aviemore … Inverness … Elgin …

Mir ist schlecht, als müsste ich mich jeden Moment übergeben. Mein Kopf fiebrig heiß. Ein Grauen überflutet mich. Ich halte es nicht mehr aus, kann nicht mehr still liegen. Ich schleiche mich nach unten und schalte den Computer ein.

Callie erscheint und schaut mir über die Schulter. *Was machst du da?*

»Ich muss kurz was überprüfen.«

Auf der Webseite der Regierung schaue ich mir die Quarantänezonen an. Die sind rot markiert. Mir bleibt die Luft weg, als ich sehe, wie sie angewachsen sind.

Mit der Datumsfunktion kann ich mir anschauen, wie es gestern, vorgestern usw. dort ausgesehen hat. Ich gehe zu dem Tag zurück, an dem wir Killin verlassen haben.

Und dann Tag für Tag vorwärts.

Zitternd fahre ich die Zonen mit dem Finger auf dem Bildschirm ab, mir dreht sich der Magen um. Ich schlucke, ich will nicht spucken. Um ganz sicher zu sein, springe ich vor und zurück, beobachte, wie die roten Bereiche auf der Karte wachsen und schrumpfen.

Was ist denn?

»Schau mal, Callie. Schau dir mal die Route an, die wir genommen haben. Von Killin über Aviemore und Inverness. Dann nach Elgin. Einen Tag, nachdem wir dort waren, haben sich die Qurantänezonen bis dahin ausgebreitet. Es liegt an uns, die Epidemie folgt uns.«

Was? Was meinst du damit?

Tränen schießen mir in die Augen.

»Ich bin's, oder? Ich bin die Trägerin. Anders kann es nicht sein.«

32

32

ZWEIUND-
DREISSIG

CALLIE

Shay, eine Trägerin? Kann das sein?

Ich schaue mir die Karte genau an und bitte sie, noch weiter zurückzugehen.

Es gibt aber auch Orte, an denen du nie gewesen bist.

»Ja, aber ich bin nicht die einzige Überlebende. Verstehst du das denn nicht? Es müssen die Überlebenden sein, die die Krankheit übertragen.«

Shay gibt einen weiteren Suchbefehl ein: *Schottisches Fischerboot mit Flüchtlingen.*

Sie schnappt nach Luft. »Da ist ein Foto von dem Schiff, auf dem wir waren. Das ist es, ganz sicher. Und dazu die Schlagzeile: ›Norwegen weist Pestschiff ab.‹«

Shay tippt auf den Bildschirm. »Das wurde vor ein paar Tagen ins Netz gestellt. All die Menschen, auch die Mutter mit dem Kind. Inzwischen sind die bestimmt alle tot … wegen mir?«

Shay weint lautlos, Tränen laufen ihr übers Gesicht.

Aber ich starre immer noch auf die Quarantänezonen, die Karten, und denke daran, wo alles angefangen hat.

Die Explosion auf der Insel. Ich bin entkommen.

Ich bin nach Aberdeen.

Dann nach Edinburgh.

Dann nach Newcastle.

Zurück nach Edinburgh, dann mit Kai nach Killin. Von Killin nach Aviemore, von Inverness nach Elgin.

Das sind die Epidemiezentren und ich bin in jedem dieser Orte gewesen und einen Tag später ist die Krankheit ausgebrochen. Genau die Orte zu genau der Zeit.

Vor einer halben Ewigkeit haben Mum und Kai in Newcastle über die Ausbreitung der Krankheit gesprochen. Sie haben sich gefragt, ob es eine Typhus-Mary geben könnte, wie Mum sie genannt hat. Eine Person, die die Krankheit verbreitet, und zwar schneller als die Kranken selbst.

Falls es eine Typhus-Mary gibt … bin ich es vielleicht.

Aber das ist doch verrückt. Ich bin ein Geist.

Auch wenn es verrückt klingt, scheint es die einzig logische Antwort zu sein.

Nicht Shay ist die Trägerin, sondern ich.

Ich muss es sein. Jeder, dem ich zu nahe komme, erkrankt, es sei denn, sie sind immun wie Kai oder Überlebende wie Shay.

Ich habe Shay angesteckt, nicht wahr? Und dann muss sich ihre Mutter bei ihr angesteckt haben, denn ihre Mutter war schon tot, als ich ihr begegnet bin.

Ich fühle mich schrecklich. Es ist meine Schuld, dass ihre Mutter gestorben ist. Ich habe Shay angesteckt und sie dann ihre Mutter.

Aber das wusste ich doch nicht! Ich wusste nicht, dass ich andere anstecke, wenn ich ihnen nahe komme.

Schlimm genug, dass es auf der Insel im unterirdischen Labor passiert ist, aber immerhin hatten all diese Ärzte und Schwestern es nicht besser verdient.

Aber die anderen Menschen?

Natürlich sind nicht alle Menschen gut, das weiß ich selbst, aber ganze Familien sind gestorben, nicht nur Mütter und Väter, auch kleine Kinder. Schmerzen; Scheiterhaufen; Rauch, der in den Himmel steigt.

Ich muss allein sein, irgendwo, wo mir niemand zu nahe kommen kann, dann wird keiner mehr sterben.

Nur was ist dann mit Dr. 1?

Dr. 1 hat das aus mir gemacht.

Wenn wir ihn aufspüren, kann ich ihn anstecken, verbrennen wäre doch zu einfach. Ich stecke ihn an und schaue zu, wie er langsam und qualvoll stirbt.

Dr. 1 muss sterben. Das ist das Wichtigste, wichtiger als alles und alle anderen.

Sobald er tot ist, werde ich verschwinden, den Menschen fernbleiben, damit keiner mehr krank wird und stirbt.

Ich mustere Shay. Hat sie meinen Gedanken gelauscht? Nein. In ihrem Schock ist sie noch ganz mit sich selbst beschäftigt. Sie weint.

Ich schirme meine Gedanken ab. Shay darf die Wahrheit nicht erfahren. Dann würde sie mir nicht mehr helfen, denn sie will ja nicht, dass sich noch mehr Menschen anstecken. Aber Shay ist so klug, wie kann ich nur verhindern, dass sie mir auf die Schliche kommt?

Wenn sie aufgewühlt ist, kann sie nicht mehr klar denken.

Ja, du musst die Trägerin sein. Deshalb wollten die vom ASR dich wohl auch umbringen. Irgendwie müssen die wissen, dass Überlebende Träger sind.

Shay zuckt zusammen. »Aber ich wusste das doch nicht«, flüstert sie.

Deine Schuld, dass Lochy tot ist.

Shay steht auf. Mit verschränkten Armen läuft sie durch den Raum, als müsste sie sich mühsam zusammenhalten.

Und meine Mum. Das denkt sie nur, laut aussprechen kann sie es nicht.

Was willst du jetzt machen?

»Keine Ahnung«, sagt sie. Sie schlottert, aber kurz darauf steht sie schon wieder aufrecht da. »Ich weiß, was ich zu tun habe. Ich muss mich stellen.«

33

33

DREIUND-
DREISSIG

SHAY

Es ist warm, aber das Meer ist wild. Oben von den Klippen aus beobachte ich die heranrollenden Wellen.

Auch das Meer hat eine Aura, smaragdgrün jagt sie den Wellen hinterher. Und wenn sie sich an den Felsen brechen, tanzt sie in den Schaumkronen. Ich komme langsam wieder zur Ruhe.

Eine Tür geht auf. Hinter mir erklingen Schritte.

»Da bist du.« Kais Stimme. Er setzt sich neben mich auf den Felsen, nimmt mein Kinn in die Hand. Ich drehe mich zu ihm um und küsse ihn. Mit geschlossenen Augen fühle ich seine Aura, mit offenen sehe ich nun, was ich bislang nur gespürt habe. Als hätte ich mich einfach nur für das öffnen müssen, was schon immer da war.

Kai will sich schon wieder zurückziehen, aber ich lege ihm die Hand in den Nacken, ziehe ihn dichter an mich heran und küsse ihn erneut; sein Herz klopft so wie meines, seine Aura wird tiefrot. Als ich innehalte und auf meine Hand schaue, ist auch meine Aura rot.

Er greift nach meiner Hand.

»Shay, lenk mich nicht ab, hör mir lieber zu.«

»Okay, ich höre zu.«

»Du musst mich allein zu der Royal Airforce gehen lassen. Wir können nicht zusammen dahin.« Dann ergeht er sich in einer detaillierten Auflistung der Gründe, aber eigentlich will er nur nicht, dass mir was geschieht. Blau leuchtet Kais Beschützerinstinkt auf, der ihn so sehr ausmacht.

In diesem Moment sollte ich es ihm sagen. Sagen, dass es zu spät ist. Für mich und alle, mit denen ich in Kontakt gekommen bin. Ich bin eine Trägerin und muss deshalb gehen.

Aber ich kann ihm nicht verraten, was ich vorhabe. Ich kenne ihn, lese es klar und deutlich in seiner Aura. Kai würde nicht darüber hinwegkommen, wenn er mich allein gehen lassen müsste, genauso wie er nie darüber hinweggekommen ist, dass er Callie nicht retten konnte. Ich muss ihm die Entscheidung abnehmen.

»Das wird alles verändern, nicht wahr?«, frage ich. »Du hast recht, es sollte nur einer von uns gehen. Wenn derjenige … nicht zurückkommt, dann muss der andere alle Hebel in Bewegung setzen und sich an die Öffentlichkeit wenden. Also egal, wer von uns geht, wir sehen uns vielleicht nie wieder.«

»Sag das nicht.« Er drückt meine Hand ganz fest.

»Hier ist der Deal. Du kannst gehen.« Nun schimmert gelbgrüne Täuschung in meiner Aura auf. Aber das sieht er ja zum Glück nicht, oder? Trotzdem senke ich den Blick. »Aber heute Nacht gehört uns. Uns allein.« Ich schaue zu ihm auf und wir sehen uns in die Augen.

»Uns allein?«

»Callie hat versprochen wegzubleiben.«

Kai lässt meine Hand los und fährt mit dem Finger über meinen Arm. Ich erschauere. Wie gerne würde ich mich nach ihm ausstrecken, ihn so, wie er meine Haut berührt, im Inneren berühren. Ich seufze.

»Was hast du denn?«

Seine Augen haben einen warmen Haselnusston, der in der Spätnachmittagssonne ins Grün spielt. Sieht er mehr, als ich denke?

»Schwer zu erklären.«

»Versuch's mal.«

»Du berührst mich, wie eben gerade, aber ich darf das nicht. Ich meine nicht so«, ich berühre ihn an der Wange, »sondern innen. Ich habe diesen besonderen Sinn, darf ihn aber nicht nutzen. Als würdest du jetzt zu mir sagen, mach die Augen zu und sieh mich nicht an. Lass die Hände von mir und berühr mich nicht. So fühlt sich das an.«

»Mir macht es Angst, wenn du oder überhaupt jemand in meinen Gedanken ist«, sagt Kai.

»Es könnte schön sein. Sich so zu berühren.« Ich halte ihm meine Hand hin und er mir seine, wir verschränken unsere Finger. »Und so«, sage ich, küsse ihn und rücke lächelnd ab. »Und so können wir uns auch im Geist berühren. Überall zur gleichen Zeit.«

Für immer im Innern. Für immer vereint. Aber das geht ja nicht.

»Für mich fühlt sich das wie ein totaler Kontrollverlust an.«

»Das ist kein Verlust. Eher ein Teilen. Vertrau mir einfach.« Ich betrachte seine Aura eingehend und entdecke etwas Neues. »Du behältst gerne die Kontrolle. Hörst du deshalb immer mittendrin auf?« Mir steigt die Röte in die Wangen, auch wenn Kais Blick in mir Verlangen auslöst und mich durcheinanderbringt. Warum reden wir jetzt darüber, wo wir uns doch verabschieden sollten?

»Das ist mir nicht immer leichtgefallen, wenn du mich so wild küsst. Aber du bist erst sechzehn. Und du hast eine Menge durchgemacht.«

»Haben wir doch beide.« Und das Schlimmste kommt noch. »Du brauchst mich nicht mehr zu beschützen.«

Kannst du gar nicht.

Kai sieht mich an und nickt langsam. »Und wenn uns nur noch heute bleibt?« Er nimmt mich bei der Hand und hilft mir auf, küsst mich und zieht mich mit sich.

Irgendwie gelingt es mir, einen Fuß vor den anderen zu setzen und mit ihm durch die Tür zu laufen, auch wenn in mir alles zusammenstürzt.

Und dann gehen wir nach oben ins Schlafzimmer, das wir geteilt, aber eben auch nicht geteilt haben. Weil wir nicht getrennt sein wollten, aber geschlafen haben wir auf Armeslänge Abstand, nur unsere Fingerspitzen haben sich berührt.

Kai steht vor mir, sieht mich an, zieht mich zu sich heran und küsst mich sanft.

»Ich traue dir. Also los«, sagt er und legt meine Hand an seine Stirn.

»Bist du sicher?«, frage ich.

»Bist du's?«

Statt einer Antwort küsse ich ihn wieder und wieder, und als unsere Auren verschmelzen, berühre ich Kais Geist.

Er weiß, dass ich hier bin, und er dort ist, dass wir gleichzeitig getrennt und zusammen sind. Jetzt stößt er mich nicht weg.

Shay?, fragt er und seine Gedanken verweben sich mit meinen.

Ja?

Ich liebe dich.

Ich liebkose ihn, innen und außen. Das ist das erste Mal, dass er es sagt. Hier in seinen Gedanken kann er die Wahrheit nicht verstecken.

Ich schon, doch diese Wahrheit will ich mit ihm teilen:

Ich liebe dich auch.

Liebe und Verlangen, das nur mir allein gilt, strahlt klar und deutlich aus seinen Gedanken und seiner Aura. Endlich zögert er nicht länger. Es ist verlockend, so verlockend, mich ihm hinzugeben und es jetzt zu erleben, aber kann ich das auch noch auf die Liste der Vertrauensbrüche setzen?

Ich küsse Kai. Und statt ihn zu lieben, hintergehe ich ihn und breche mein Versprechen. Ich singe ihn sanft in den Schlaf, wie die Sirene, die den Seefahrer mit Liebe lockt und sein Schiff an den Klippen zerschellen lässt.

Und dann schreibe ich Kai einen Brief.

In dem erkläre ich ihm alles. Dass ich Trägerin bin. Dass es so und nicht anders sein muss. Dass er zurück zur Höhle gehen und von dort ein Boot nach Hause nehmen und dafür sorgen soll, dass jeder den wahren Grund für die Epidemie erfährt und auch, wie sie sich ausbreitet.

Ohne mich.

Ich weiß nicht, ob er es verstehen wird. Ich weiß nicht, ob er mich hassen wird.

Hoffentlich nicht.

Als ich ihn zum Abschied küsse, lächelt er im Schlaf. Ich schiebe den Brief unter das Kissen neben ihn, damit er ihn findet, wenn er aufwacht. Lange wird es nicht dauern.

Ich stehe in der Tür und präge mir seine Züge ein. Dieses Bild werde ich in meinem Herzen bewahren, solange oder so kurz ich noch zu leben habe. So wie sich sein Haar im Nacken kräuselt. Im Schlaf wirkt er viel jünger, weil sich seine Züge entspannen, so weich zeigt er sich der Welt sonst nicht. Nur mir. Mit jedem Atemzug hebt und senkt sich seine Brust.

Dann schleiche ich die Treppe hinunter, meine Schutzmauern

habe ich verstärkt. Falls Callie in der Nähe ist, will ich nicht, dass sie mich spürt und mir womöglich folgt. Mittlerweile kenne ich sie gut. Seit ich ihre Erinnerungen aus dem unterirdischen Labor geteilt habe, weiß ich, dass sie nichts mehr hasst, als irgendwo eingesperrt zu sein. Sie darf mich nicht begleiten, denn wenn das Militär erst einmal weiß, dass ich Trägerin bin, erwartet mich sicher Schlimmeres als nur Eingesperrtsein. Außerdem gehört sie zu ihrem Bruder.

Und ich trete hinaus in die Nacht.

Ich laufe schnell, den Weg habe ich mir schon vorhin zurechtgelegt.

Ich bin so seltsam gefasst. Oder bin ich wie betäubt?

Natürlich tue ich das Richtige. Neben dem Brief an Kai habe ich auch noch Iona auf JIT eine Erklärung geschickt. Ich musste ihr sagen, dass die Überlebenden Träger sind; falls mir keiner glaubt, vielleicht glaubt man ihr.

Und auch, dass es meine Schuld ist, dass Lochy tot ist. Ich hoffe, dass sie mir eines Tages verzeihen wird.

Im Dämmerlicht lege ich Kilometer für Kilometer zurück. Schon bald geht die Sonne auf, ich kann es kaum fassen. Wie kann die Sonne aufgehen, wenn mir das Herz zerbricht, weil mich jeder Schritt weiter von Kai wegbringt?

Ich bin fast da. Aus der Ferne kann ich den Stützpunkt schon erkennen.

Ich zwinge mich weiterzulaufen. Inzwischen macht sich in mir die Angst breit, eine Angst, die mich bis ins Mark erschüttert und meinen Entschluss ins Wanken bringt. Wie gerne würde ich einfach davonlaufen und mich verstecken.

Am Eingang steht eine gelangweilt dreinschauende Wache, die nicht einmal einen Schutzanzug trägt. Bestimmt glauben die von der Royal Airforce, sie seien die Einzigen hier auf der Insel. Wozu also solche Sicherheitsvorkehrungen?

Der Soldat ist nicht besonders aufmerksam. Ich muss winken, damit er mich sieht. Er erschrickt richtig.

Auch wenn ich am liebsten davonstürzen würde, halte ich meine Hände so, dass er sie sehen kann, und bewege mich langsam auf ihn zu.

In Hörweite bleibe ich stehen, zitternd hebe ich die Hände hoch.

Anfänglich zögert er, dann will er sich mir nähern.

»Kommen Sie nicht näher! Ich bin eine Überlebende der Aberdeen-Grippe. Ich bin eine Trägerin.«

Abrupt bleibt er stehen.

»Ich weiß auch, was die Epidemie ausgelöst hat. Ich möchte helfen, sie aufzuhalten. Lassen Sie mich helfen.«

Er hält das Gewehr fest umklammert.

Bitte erschieß mich nicht, bitte erschieß mich nicht, bitte erschieß mich nicht …

In Gedanken wiederhole ich die Worte gebetsmühlenartig immer wieder.

34

34

VIERUND-
DREISSIG

CALLIE

Als ich am nächsten Morgen zurückkomme, gibt es oben einen Riesenkrach. Ich rase die Treppe hoch.

Kai hält sich die Hand. Seine Knöchel sind blutig und in der Wand ist ein Loch.

Er ist allein und hält einen Brief in der Hand.

Wo ist Shay?

Ich sause im Haus umher, dann nach draußen. Ich finde sie schon, und wenn ich dafür die ganze Insel absuchen muss.

So schnell, dass ich nur noch ein Schatten bin, ein schwarzer Schemen, fliege ich dahin. Erst suche ich die äußeren Ecken der Insel ab und rücke dann Stück für Stück zur Mitte vor.

Ich grase alles ab, auch den Airforce-Stützpunkt, aber sie ist nirgends zu finden. Ich fühle sie nicht, ich höre sie nicht.

Wie kann das sein?

Wenn wir uns nah genug waren, habe ich Shays Anwesenheit immer gespürt, und so klein, wie die Insel ist, müsste ich sie hier ausfindig machen können.

Wo ist sie nur?

Hat sie mich ausgetrickst? Sie hat mich gebeten fortzugehen, um ihr und Kai eine letzte gemeinsame Nacht zu gönnen. Hat sie nur gewartet, bis ich weg war, und dann Kai in Schlaf versetzt, um sich zu stellen?

Abermals begebe ich mich zu dem Airforce-Stützpunkt, um etwas genauer zu suchen. Am Eingang steht eine Wache. Ich schwebe an ihr vorbei und durchpflüge die gesamte Basis – Quartiere, Gemeinschaftsräume, Kantine, Vorratskammern – und dann auch den Flugplatz. In den Flugzeughallen stoße ich nur auf Monteure, die an den Flugzeugen herumwerkeln. Shay ist nicht da.

So habe ich mir das aber nicht vorgestellt. Ich muss bei ihr sein! Werden die sich nicht gleich als Erstes auf die Suche nach Dr. 1 machen, wenn Shay ihnen alles erzählt?

Da muss ich dabei sein!

In mir wächst das Entsetzen, als mir klar wird, dass ja alles noch viel schlimmer ist. Ohne Shay hört mich keiner. Sieht mich keiner.

Sie ist meine Freundin, hat sie gesagt, aber dann hat sie mich reingelegt und ist abgehauen. Sie weiß doch, dass ich ohne sie genauso gut wieder unter der Insel eingesperrt sein könnte. Ungehört. Ungesehen.

Allein.

Shay hat gelogen. Sie ist nie meine Freundin gewesen.

In meinem Kummer und in meiner Verzweiflung schreie ich, so laut ich kann. Doch für alle anderen könnte es genauso gut der Wind sein.

Wo bist du, Shay? Ich brauche dich!

Aber sie antwortet nicht.

Sie ist fort.

Teri Terry
Mind Games
464 Seiten. Gebunden
ISBN 978-3-649-66712-4
Auch als ebook erhältlich:
ISBN 978-3-649-66874-9

Was ist virtuell, was ist real? In Lunas Welt lässt sich das kaum noch auseinanderhalten: virtueller Unterricht, Dates und Sport als Avatar, sogar das Parlament tagt digital. Nur Luna bleibt offline. Sie ist eine Verweigerin, seit ihre Mutter vor Jahren in einem Online-Spiel starb. Umso überraschter ist Luna, als sie von der mächtigen Firma PareCo zu einem Einstufungstest eingeladen wird – und einen der begehrten Programmierer-Jobs erhält. Warum hat die Firma so ein großes Interesse an ihr? Als Luna den begabten Hacker Gecko kennenlernt, beginnt sie die von PareCo erschaffene Welt immer mehr zu hinterfragen. Doch dann ist Gecko auf einmal verschwunden, und Luna kann sich nicht mehr an ihn erinnern …

Teri Terry
Book of Lies
400 Seiten. Gebunden
ISBN 978-3-649-66752-0
Auch als @book erhältlich:
ISBN 978-3-649-62330-4

Quinn und Piper sind Zwillinge, doch sie sind sich noch nie begegnet. Erst als ihre Mutter bei einem tragischen Unfall stirbt, treffen sich die Schwestern auf der Beerdigung. Piper ist begeistert und fasziniert. Für sie ist Quinn der Schlüssel zu einem uralten Familiengeheimnis. Doch Quinn ist voller Misstrauen. Warum wurde sie ihr Leben lang von ihrer Schwester ferngehalten? Schlummert in ihr tatsächlich eine dunkle Seite, vor der sie ihre Mutter und Großmutter immer gewarnt haben? Ist sie eine Gefahr für Piper? Während Quinn ihre Vergangenheit hinter sich lassen will, vergräbt sich Piper immer tiefer in die Mythen und Prophezeiungen, die sich um ihre Familie ranken – und tritt damit ein Inferno los.

Düster, fesselnd, magisch – Teri Terry schlägt alle in ihren Bann!